李遇春 等 著

现代中国旧体诗词通论

社会科学文献出版社
SOCIAL SCIENCES ACADEMIC PRESS (CHINA)

国家社会科学基金重大项目
"多卷本《中国现当代旧体诗词编年史》编纂与研究及数据库建设"
(18ZDA263) 阶段性成果

代前言：从"合法性"论争到"合理性"论证 *

——现当代旧体诗词研究的问题与方法三人谈

现当代旧体诗词研究是 21 世纪以来中国文学研究中的学术焦点之一。为了总结成绩、推动研究进一步走向深化，我们特邀请多年从事这方面研究的华中师范大学文学院李遇春教授、上海大学文学院曹辛华教授和复旦大学中国古代文学研究中心黄仁生教授，围绕现当代旧体诗词研究的问题与方法展开对话，讨论现当代旧体诗词文献的开掘与整理、诗词述史模式的调整与更新、诗词传播与接受的场域与机制、诗词作家作品个案剖析等话题。现整理出这篇文字，以飨读者。

——《文艺研究》编辑部

李遇春：进入 21 世纪以来，中国现当代文学中的"新旧之争"再次成为学术焦点和文化热点。如何对中华优秀传统文化进行创造性转化和创新性发展、赓续源远流长的中华诗词命脉，已然成为我们这个时代无法回避的重大课题。近百年来，旧体诗词虽然一直存在着并发展着，但长期处于被主流学术界所压抑或遮蔽的地位，由此导致旧体诗词的文学史"合法性"问题长期未能化解，学界深陷"新诗"（现代）与"旧

* 原刊于《文艺研究》2020 年第 11 期，责任编辑陈斐，作者李遇春、曹辛华、黄仁生。

诗"（传统）二元对立思维模式中难以自拔。毋庸讳言，这种"合法性"论争在很大程度上妨碍了中国现当代旧体诗词的"合理性"论证，使得我们热衷于外部研究和宏观研究而相对地忽视了内部研究和个案研究，无法直面真正的文学史难题，比如诗词文献的开掘与整理、诗词述史模式的调整与更新、诗词传播与接受的场域与机制、诗词作家作品个案剖析等等。这种研究思路与方法上的偏执亟待反思、调整。

感谢《文艺研究》编辑部的信任，委托我组织这次三人谈！也谢谢复旦大学黄仁生教授和上海大学曹辛华教授的热情支持！黄教授是古代文学研究专家，在元明清文学研究方面有很深造诣。近年来，他致力于古今文学演变研究，在打通古今上做出了不少成绩。曹教授长期从事现当代旧体文学研究，所撰《民国词史考论》（人民出版社，2017）入选国家哲学社会科学成果文库。他主编的《全民国词》第一辑全15卷，2018年由浙江古籍出版社出版，是现当代旧体诗词研究的重要文献。我本人除了研究现当代小说外，近些年主要从事现当代旧体诗词研究，从对新文学家旧体诗词的研究拓展到对整个现当代旧体诗词创作情况的爬梳，目前正在主持国家社会科学基金重大项目"多卷本《中国现当代旧体诗词编年史》编纂与研究及数据库建设"。可以说，我们三位都在这个研究领域里"浸泡"多年，但学术背景、观照视角、切入路径又有所差异，一定程度上构成了互补，今天咱们畅所欲言，好好儿聊聊。

一　重构历史叙述，厘清旧体诗词文献

李遇春：以我经验式的理解，旧体诗词其实是我们既有的中国现当代文学史秩序中旁逸斜出的一种文体。它被既有的新文学秩序抛离出来，是一个孤独的文学"弃儿"形象，尽管它曾经是中国古代文学的"宠儿"。长期以来，人们对现当代旧体诗词存在诸多误解，其中最突出的有两种。一是文化视角上，旧体诗词被认为是包含了封建落后文化意识的传统文学形式。为了反传统，为了和封建意识形态告别，人们觉得应该把这种承载了负面文化包袱的文体一并抛弃。一百多年

来，这是一个普遍的误解，很多评论家、作家都如是观，连叶圣陶和郭沫若这样喜欢写旧体诗的新文学家也认为写旧体诗是一种“骸骨的迷恋”。二是学术视角上，普遍认为这是一个很窄的领域，数量小、资料少、价值低。但这是一种非常主观的印象和偏见，主要是旧体诗词文献长期得不到发掘和整理所致。事实证明，百年旧体诗词文献资料是海量的，需要学界从量到质进行双重整理与重估。我们需要进一步厘清百年来的现当代旧体诗词文献资源，在此基础上重构中国现当代文学史叙述的新模式。

黄仁生：遇春教授谈的问题，关涉旧体诗词没有被现当代文学学者写进文学史的深层原因。其实有关现当代旧体诗词“入史”、地位与价值的问题，以前并非没人关注。例如，胡适的《五十年来中国之文学》（《申报》1923 年五十周年纪念特刊）、陈子展的《中国近代文学之变迁》（中华书局，1929）与《最近三十年中国文学史》（上海太平洋书店，1930）、卢前的《近代中国文学讲话》（上海会文堂新记书局，1930）、钱基博的《现代中国文学史》（世界书局，1933），都是既论新诗，也评旧诗，尽管对新、旧诗的评价各不相同，但至少可以说，中国现代旧体诗词在最初的文学史中是与新诗放在一起书写、关注的。当然，这与1950 年以前中国高校中文系的中国文学学科不分古代文学与现代文学有关。

但到了20 世纪五六十年代，各大学中文系开始把现代文学（以新文学为中心）作为二级学科来建构，标志是王瑶的《中国新文学史稿》（上册，开明书店，1951；下册，新文艺出版社，1953）、张毕来的《新文学史纲》（作家出版社，1955）、刘绶松的《中国新文学史初稿》（作家出版社，1956）等兼作教材的著作陆续问世，其研究对象仅限于新文学（白话文学）。至1979 年恢复学位制度以后，三千年中国文学发展史以1917 年为界被划分为中国古代文学与中国现代文学两个平行的二级学科。80 年代后期，上海学者率先提出“重写文学史”口号，但直到现在，无论重写的现代文学史，还是新写的当代文学史，基本上还是将旧体诗词视为“弃儿”。这种现象长期存在的重要原因之一是，当代的文学史家们延续了五四新文学先驱的看法，认为旧体诗词代表保守、落后，新诗代表革新、进步，其中有一个频繁出现的关键词叫作"现代性"。他们执着地判定，新诗有现代性，旧体诗词没有现代性，所以旧体诗词不能进入现当代文学史。实际上，不是现当代没有好的旧体诗词，而是文学史学者的观念存在问题。

曹辛华：二位都是从学理上讲，而从文献角度来看，我认为现当代旧体诗词就是另一个"敦煌"，是一个有意无意被历史、政治、文化等多种因素所遮蔽的"敦煌"，因为它经历了民国连绵的战火兵燹，经历了新中国成立前后向海外的流散，经历了社会曲折发展的洗礼。在这个过程中，很多文献资料不被重视，或弃置一旁，或散佚了，其历史也就自然被人有意无意地忽略了。我觉得当代旧体诗词"入史"并不是一个问题，只是我们没有做文献、没有做研究，所以才成为一个问题。长期以来，对现代诗词不仅现代文学研究界不重视，连古典诗词研究界最初也多不认可。我的导师杨海明先生就认为现当代词史应当待沉淀后再研究。之所以如此，正应了黄教授刚才谈到的文学史观的问题。民国学者秉持的是"大文学"观念，新、旧文学都是文学，后来文学逐渐被窄化成"时代文学""新文学""纯文学""活文学"之类，于是旧体文学就被现当代文学史家、古典诗词研究者给冷落了。这就造成了人们对现代诗词文献整理与研究的不足，旧体诗词"入史"也就成了问题。

李遇春：旧体诗词"入史"问题，牵涉中国现当代文学史概念内涵与外延的调整。"中国现代文学"概念并不是一成不变的。大家最熟悉的中国现代文学史是北京大学钱理群、温儒敏等先生合著的《中国现代文学三十年》（上海文艺出版社，1987 年初版）。这本教材一直在不断修改再版。1998 年修订版"前言"里规定："所谓'现代文学'，即是用现代文学语言与文学形式，表达现代中国人的思想、感情、心理的文学。"从现代性的文学史观念出发，最后写出来的现代文学史，肯定以新文学（新诗）为主体。但到了 90 年代后期，通俗文学就被写入《中国现代文学三十年》。这是随着苏州大学范伯群等先生的研究而改变的。

范先生的学术团队致力于研究五四时期被打倒的鸳鸯蝴蝶派的小说，尤其是张恨水的章回体小说和现代武侠小说。通俗文学的"入史"在当时也引发了争议。大家质疑鸳鸯蝴蝶派小说是否有现代性。如果旧体形式的通俗小说可以有现代性，可以写入现代文学史，那么旧体诗词为何就不能具有现代性、不能"入史"呢？其实钱理群先生对旧体诗词的态度也在转变，后来他与贵州大学袁本良合作编著了《二十世纪诗词注评》（漓江出版社，2011）。现当代文学界的不少老一辈学者，在不断改变、调整着自己的文学史视野与观念。

曹辛华：接着遇春教授的思路说，我认为旧体诗词"入史"是个伪命题。现当代旧体诗词要有自己独立的史。这要先从文献做起。我本心是要做唐宋文学研究的，后来改做现当代词学研究。我从南社词研究拓展到民国词史，但随之而来的是一系列与文献整理相关的棘手问题。比如，民国词集总共有多少？民国到底有多少女词人？民国究竟有多少诗词社团？在梳理过程中，我发现自己陷入了文献泥潭。在做文献整理时，我坚持做考证工作。我的《民国词社考论》，考察了两百个左右的词社。而《民国女性词人考论》，考证的结果是近五百位民国女作家可能填过词。现当代旧体诗词文献储量远比我们想象的要大，难度可想而知。做文学研究不同于文学创作，要以文献为基础。做现当代旧体诗词文献整理要着重关注几个群体：首先是名家、大家旧体诗词文献的整理，其次是地方乡邦旧体诗词文献的整理，再次是域外现当代旧体诗词文献的整理。这不仅能保存濒临遗失的史料，还有学科建设意义。现当代文学研究如果把旧体诗词丢掉，是个重大空缺。海外华文文学研究如果摒弃域外旧体诗词，也是个重大空缺。

黄仁生：但问题是许多从事现当代旧体诗词研究的学者缺乏古典文献学的素养。从事文献研究必须具备三种能力：一是读得懂原文，尤其是白文；二是能够鉴赏；三是能够研究、评论，提出自己的新观点。民国时期出版的书中，也有那种线装、没有标点的白文文本，如果无法顺利断句，不能真正读懂，又怎么能够研究呢？我是做古代文学研究的，但我对研究生说，无论你从事哪个方向的研究，都要关注现当代文学。

章培恒教授有一句名言："研究古代文学的人，要以现当代文学为坐标。"现当代文学的发展，要作为我们研究古代文学的一个参照。我们研究古代文学，难道真的是为了复原古代文学吗？难道古代不入流的作家我们也要把他们研究得清清楚楚吗？与其那样做，还不如认认真真研究一个虽被埋没而实际在诗词方面很有成就的现代大家。但做任何研究都要有好的习惯和心态，先从查询目录开始，然后开始搜集、整理文献。现当代旧体诗词文献整理比较复杂，一是因为现当代诗词报刊多；二是有些诗词既在报纸上发，也在刊物上发，文字或许不同，等收到集子里可能还有变化。这就牵涉版本问题，要有版本意识。

李遇春：如此看来，用古典文献学的方法来进行现当代旧体诗词研究，是我们必须打下的一块基石。我们面对的诗词文献浩如烟海，其中有很多是线装书、手稿、传抄本，有些作伪的、价值不高的材料等待我们去辨析、甄别和鉴定。史料是史学的基础。一个时代在学术上能够产生突破性的进展，居首创之功的往往是史料发掘，归根结底是新材料的发现，研究方法其实大同小异。没有新材料，有了新观点也立不住。当然，有了新材料，还要善于利用它，这就牵涉新方法。王国维和陈寅恪是近现代中国学术的巨擘，他们就做到了"新材料"、"新方法"与"新观点"三位一体。陈寅恪在总结王国维学术研究经验时提出了著名的"两重证据法"，后来又发展成"三重证据法"。其实，现代学术大师们最大的优势是善于运用出土文献和域外文献，仅仅停留在国内现有的纸质文献就难免有大的局限。一个时代的学人的产生，和他们在那个时代与一批新材料的相遇一定是不可分的。因此，我们应格外珍惜这批长期被湮没、被遮蔽的现当代旧体诗词文献，要继续挖掘、搜集和整理旧体诗词史料，要有20世纪初国粹派的精神和气度，要有五四后期"整理国故"者的学术情怀，下大气力整理百年珍稀诗词文献。这对于中国文学传统的复兴具有重要意义。我们所做的"打捞历史"、抢救文献的工作，其价值会日益显现。除了内地诗词文献的发掘，港澳台地区及域外的诗词文献也不能忽视。

二 整合多维视角，解析旧体诗词场域

李遇春：思潮、社团与流派是文学史研究中的常见问题。具体到旧体诗词研究领域，相较于历史叙述与文献整理，这是一个更加具体和深入的问题。长期以来，正统的现代文学史表述都是站在新文学的立场上来反击和否定作为新文学对立面的旧文学思潮。比如以林纾为代表的桐城派，以章士钊为代表的甲寅派，以梅光迪、吴宓、胡先骕为代表的学衡派等，它们对新文学的抵抗，在中国现代文学思潮史上是被作为反动的封建复古思潮大书特书的。这当然是以新文学胜利者的姿态去书写的。但在一百年后的今天，回望五四时期文学思潮的新旧之争，是不是应该有新的历史评价？实际上，在新时期以来的现代文学思潮研究中，出现了对甲寅派特别是对学衡派的重评和重估，对林纾的重评也在推进。这意味着我们需要而且也完全有可能去整合多维视角，进一步客观和辩证地审视现当代文学思潮中的新旧之争，进一步深入地解析现当代旧体诗词的文学场域问题，比如旧体诗词的生产与传播、接受机制中出现的新趋势与新特征等。

曹辛华：现当代文学思潮是旧体诗词研究不可回避的对象。我认为有这样几种思潮关系到现当代旧体诗词的发展。一是革命思潮。这与文学革命思潮不一样。辛亥革命引起了近现代诗词内容的变化。时值晚清民国交替之际，主要诗词群体的代表是南社。南社是一个了不起的团体，它是革命、学术、文学三位一体的团体。很多仁人志士以诗词为媒介宣传辛亥革命，那些诗词都很激进。与资产阶级的辛亥革命不同，中国共产党领导的无产阶级革命是另一种更为宏大的革命思潮。它对现当代旧体诗词的影响是巨大而深远的，由此形成了百年红色革命诗词风景线。革命思潮对旧体诗词是直接的激发，由此，许多正能量和主旋律进来了。现当代旧体诗词从来没有脱离革命思潮和时代精神。

二是爱国思潮。它与革命思潮相关。现代爱国思潮直接影响了现代旧体诗词创作，形成了引人注目的“国难诗词”，它是现代“国难文学”的重要组成部分。一批心系家国的诗人兼出版商，如刘承干、周庆云、

王云五等，刊印大量的丛书，其中不少是诗词学书籍。他们的目标就是保国保学，保存我们的文化种子。当时文人受各种爱国运动的影响不断写作旧体诗词。"国防文学""民族文学"观念对诗词的影响是相当大的。可以说，离开爱国思潮，我们就无法解读这些旧体诗人诗词文献里的爱国精神。

三是复古思潮。它在不同时期也是不一样的。比较早的有邓实、黄节、刘师培、章太炎所代表的以《国粹学报》为阵地的国粹派。而在五四新文化运动期间，在"新文化—新文学"的热潮背面，胡适等人也一直在倡导"整理国故"，这一点我们不能抛开不谈。

李遇春：辛华教授谈的三种思潮属于影响旧体诗词创作的外部思潮。而就现当代诗潮的内部发展而言，我以为主要有以下三种路径：一是"守正"，二是"创新"，三是"革命"。这主要着眼于文体视角。所谓"革命"路径，指诗体革命，即打倒旧体，建设新体，废弃本土旧体诗词，引入西洋自由体。这就是诗体革命。从晚清开始的诗界革命，其实不是诗体革命，而是诗体创新。他们的参照就是走文体守正路径的同光体。同光体主要是宋诗派，因为诗分唐、宋，他们坚守的主要是宋诗一脉，后来的南社则主要选择宗唐。我个人对诗界革命派有偏好，认为后来的学衡派就是沿着诗界革命派的路子往前走。一百年来，提倡"旧瓶装新酒""以旧风格含新意境"（梁启超《饮冰室诗话》）的"创新"路径一直没有中断，现在很多诗词社团或流派亦可被纳入诗界革命派，也就是旧体创新派。

另一个路径是"守正"。这方面，同光体毫无疑问是重要代表。晚清的同光体，到民国依然存在，而且部分作者活到了当代。同光体分闽派、浙派、赣派。进入现代语境后，各派依旧老树新枝、后继有人。只不过我们的现代文学史、诗歌史把它们给遮蔽了。湖北的同光体诗人陈曾寿，著有《苍虬阁诗集》，1949年才去世。他是湖北浠水人，和闻一多是同乡，但令人遗憾的是，现代文学史上只有闻一多而不见陈曾寿。再如闽派殿军何振岱及其女弟子"福州八才女"（王真、王德愔、刘蘅、何曦、薛念娟、张苏铮、施秉庄、叶可羲），也将这派延续了下来，所以说宋诗派一百年来也未中断。

我们要寻绎现当代旧体诗潮内部演进的诗学逻辑，就必须从晚清以来开创的几条路径入手。南社和同光体主要走"守正"路径，区别在于宗唐与宗宋。但南社内部也有新、旧之争，也有宗唐与宗宋之争。南社解体后又成立了新南社，但傅熊湘于长沙创立南社湘集，蔡寒琼于广东筹集广南社，朱剑芒抗战中筹集南社闽集。无论是同光体，还是南社，抑或诗界革命派，事实上都没有消亡。甚至中晚唐诗派、汉魏诗派，包括樊增祥、易顺鼎那样一批经常与伶人往来酬唱、颇具消费色彩的现代旧体诗人，一百年来也没有绝迹。我们需要把现当代旧体诗学、词学内部复杂多元、新中有旧、旧中有新的逻辑进程研究清楚，然后才能归并社团、划分流派、研究思潮。

黄仁生：但思潮研究离不开语境。现当代旧体诗词和古代诗词的语境是不同的，其中最大的不同是传播方式的改变。古代诗词也有传播与接受，可以雅集唱和、谱曲吟唱，也可以将诗书写在扇子等载体上流传，但最主要的方式是抄写与刊刻。现当代诗词传播方式的改变，导致了现当代诗词流派、社团甚至思潮的表现方式和古代不同。明代已经有比较成熟的文学流派，但论争还是凭借传统的传播方式。现当代旧体诗词传播方式的变革需要回溯到1872年。那一年中国近现代影响最大、存续最久的报纸《申报》在上海创刊，其后一直延续到1949年，中间仅因战争偶有停顿。《申报》创刊当年就开始发表诗词，这是开风气之先的。自此以后，不仅新的文学传播途径得以形成，相应的稿酬制度逐渐产生，文学的生产与消费方式也发生了转变。报纸需求量增大，刺激了相应的诗词创作与投稿。中国有了和世界接轨的现代报刊制度，而且出版技术也在不断提升，这十分有利于构建现代旧体诗词文学新场域。近现代诗词社团和流派的产生往往离不开新的报刊媒介，如诗界革命派、南社、甲寅派、学衡派等，它们都是在传播方式改变的背景下形成的文学团体或流派。它们提出共同的主张来指导创作，追求比较一致的创作风格，有着共同或接近的思想、文化和文学理念，并且保持一定的连续性、传承性，这就形成了思潮性质的旧体诗词流派。

曹辛华：因为思潮不一样，就形成了不同的流派，这直接引发了社团的繁荣。一些社团现在通常被看作新文学社团或旧体诗词社团，但实际上它们是亦新亦旧、新旧兼容的，报刊亦是如此。我曾让研究生把医药类报刊上的诗词整理出来，结果发现，上面的小说、诗词都是既有白话又有文言的。后来发现这个量特别大，我就指导学生把各个行业的诗词，比如教育、金融、交通等各种报刊上刊载的诗词整理出来。这说明诗词是各行各业的人都可以作的，不只是所谓诗人、学者的专利。关于诗词社团，我还想说地域因素确实很重要，如河南大学在民国时期就形成了以旧体诗词创作为主的文学社团。我现在正在跟国家图书馆出版社合作主编《清末民国旧体诗词结社文献汇编》第三辑，考察出的旧体诗词社团多达 500 个。当前在文学社团研究方面，新文学取得了突出成就。我们研究旧体诗词社团，应积极汲取新文学社团研究的成果，从中寻找灵感。

李遇春：其实现当代文学界对旧体诗词社团及其文献也有关注。陈思和、丁帆先生合作主编的"中国现代文学社团史"研究书系（第一辑，东方出版中心，2006；第二辑，武汉出版社，2011），以新文学社团研究为主，也收录了关于大陆的南社、台湾的栎社，还有横跨海峡两岸的菽庄吟社等旧体诗词社团的研究著作。我也认为以地域视角切入诗词社团研究很有必要。近现代诗学大家汪辟疆先生曾把近代诗人按地域划分为湖湘派、闽赣派、河北派、江左派、岭南派、西蜀派。其实我们在研究现当代旧体诗词社团、流派时也可以采用这种地域视角。港澳台地区的旧体诗词社团也很重要。晚清遗老如陈伯陶等人避难香港，经常在宋王台举行诗会。他们诗酒唱酬，曾印行诗画册子《宋台秋唱》。显然，对这类香港旧体诗词社团活动进行研究，有利于增强我们的民族自信心和文化认同感。

黄仁生：除了中国港澳台地区外，一定要关注域外汉诗，但应着眼于中外交流。尤其是中日汉诗之间的交流，影响到后来中国境内诗史的发展与演变。中国近现代诗歌的演变是从诗界革命开始的，而诗界革命理论正是梁启超在日本流亡时提出来的。诗界革命在语言上持"二元论"

（用关爱和教授的说法，指兼容白话、不废文言），但仍遵守格律，即所谓"旧瓶装新酒"，这就为古典诗词带来了新变化。而最早在诗歌创作中呈现出这种新气象的，是黄遵宪在日本做参赞以后的作品，因此梁启超推崇黄遵宪是"诗界革命"的一面旗帜。事实上，黄遵宪与日本汉诗的关系很密切。1874 年日本《朝野新闻》创刊，当年就发表汉诗。当时上海与日本之间的轮船往来很方便，《申报》与《朝野新闻》可以迅速传给对方，因而这两份本来各有很大影响的报纸发表的诗词，也互有影响。1875 年，日本明治诗坛盟主森春涛受《朝野新闻》影响而创办《新文诗》杂志，在日语发音里"新文诗"与"新闻纸"（报纸）是一样的。日本汉诗真正借助新媒体在社会上产生广泛影响，即由此开始。明治中后期汉诗能够再度兴盛，中日汉诗文得以频繁交流，都是在这样一个背景下展开与延续的。中日虽于 1871 年建交，但直到 1877 年底，中国使团（大使何如璋、参赞黄遵宪等）才抵达东京。黄遵宪赴日后，和森春涛、小野湖山等著名诗人都有交往与唱和。我们现在能看到的黄遵宪诗集里收录的诗词，和当时在日本报刊上发表的文字有差别，尤其是《日本杂事诗》，他在编集时做了修改。

黄遵宪赴日前在国内诗坛是没有地位的，回来以后才在国内、国际上获得很高评价。诗歌里面写火车、电报等各种各样的新事物，就中国人而言，是从黄遵宪开始的，但实际上这种新风最早是由大槻爱古《戏咏时事》16 首［收入《太平唱和》一书，日本明治 8 年（1875）山城屋政吉初版］开启的。因此，我们在探讨近现代诗歌发生变革的时候，有必要关注中日汉诗交流，包括日本汉诗对中国诗人的启发乃至影响。当然，当时中国诗坛上更大的流派是同光体，从晚清到民国，延续了很长时间，比南社都长。作为同光体领袖之一的郑孝胥，曾当过中国驻神户领事馆领事，与很多日本汉诗人有交往与唱和，并在日本出版过诗集。也就是说，同光体在一定程度上也受过日本汉诗的影响。甚至我们很熟悉的易顺鼎、樊增祥等，都和日本诗人有交流与唱和。所以，回溯一下，文学传媒与生产方式的改变，推动了诗界革命派的形成。后来的南社也是讲诗界革命的。无论是诗界革命派、南社还是同光体诗人，他们中有不少人与日本汉诗界存在关联。

李遇春： 我这里补充两点。第一，除了东洋视角以外，还有一个南洋视角。东南亚一带与中国的汉诗交往也很频繁，比如新加坡有个国宝级的旧体诗人潘受，在潘受之前还有个丘菽园，他晚清时就移居新加坡，诗词创作甚丰。国内目前也曾出版新加坡、马来西亚汉诗研究专著。此外印度尼西亚、菲律宾、越南、泰国的汉诗也有人在整理和研究。南洋汉诗人既在南洋本土报刊，如《槟城新报》《国民日报》《南洋商报》《光华日报》等发表汉诗，也在中国报刊如《南社》上发表汉诗。第二，西洋视角也不能忽视。五四时期的新旧诗之争，最早就是胡适与梅光迪、任鸿隽等人在美国留学期间展开的，而且现当代旅欧、旅美或欧美华裔移民旧体诗人也不在少数，所以现当代旧体诗词研究离不开域外视角，只有兼顾不同的视角，研究视野才能更加开阔。

曹辛华： 可见在"西学东渐"背景下，以诗词为媒介的中外交流是频繁的。现在国内学界开始重视现当代域外诗词研究，尤其重视中日近现代诗词交往研究。如日本汉学家久保天随、铃木虎雄、吉川幸次郎、神田喜一郎、水原琴窗等均与当时中国学者、文人来往甚多，在汉学研究和汉诗创作方面均有不小成就。其实，近现代留洋潮对旧体诗词创作影响巨大，域外名词、典故、风情、物事开始大量进入中国诗词。如学衡派代表诗人胡先骕是植物学家，也是南社的中坚力量。他的诗词里有很多英文花卉术语和植物学名词。我觉得真正的诗界革命就发生在辛亥革命到五四运动期间。这一时期，留学渠道得到拓宽，大量学子走出国门，还有不少官员出访海外，他们创作了数量颇丰的具有域外色彩的旧体诗词。比较典型的有曾任教于德国大学的潘飞声，他有《柏林竹枝词》一卷；另一位是晚清民国时期的重要女词人吕碧城，吕词里写了大量的西洋风物，有《海外词》一集。

李遇春： 我再补充一点，除了横跨近现代的《申报》外，还有大量的现当代旧体诗词报刊需要我们去整理和研究。实际上，一百年来旧体诗词的发展、繁荣是和媒介的发展分不开的。拿报纸来说，比较重要的还有《大公报》《新华日报》等。刊登旧体诗词的杂志同样数量庞大，包括《东方杂志》《岭雅》等。其实《新青年》最初也发表旧体诗，陈独秀就曾发表过谢无量的旧体诗，但胡适反对，他认为谢的旧体诗不好，是假古董，不值得发表。在胡适的反对声中，陈独秀妥协了，《新青年》后来不再刊载旧体诗词。进入当代，《光明日报》的《东风》副刊在 1958 年后大量刊载旧体诗词，后来曾出版过《〈东风〉旧体诗词选》（光明日报出版社，1985）。直到现在，全国各地很多报刊都在刊载旧体诗词。可见，报刊是旧体诗词传播中一个非常重要的载体，从近现代到当代，从未中断。

三 直面作家作品，重塑旧体诗词经典

黄仁生：归根结底，现当代旧体诗词思潮、社团、流派、报刊等的研究都要落实到重要作家作品的研究上。没有重要作家作品的支撑，思潮、社团、流派都不会存在。因此，要研究现当代旧体诗词，首先要关注重要的诗词作家作品，尤其是如何对其评价的问题。这涉及诗词选本、笺注本、作家年谱、传记等各个方面。做选本也属于文献整理。民国诗词总体文献整理目前还处在初步阶段，大量散佚手稿无法收集齐全，我们的当务之急不是追求大而全的文献整理，而是要把现当代旧体诗词经典化，要经典化就必须要有好的选本。

我认为要立足时代的整体创作来做选本，要以品鉴的眼光选出优秀的作家作品。现在市面上也有一些民国以来的旧体诗词选本，但公认度不高，影响不大。如果现当代旧体诗词选本能以《唐诗三百首》《宋词三百首》为楷模，以钱锺书的《宋诗选注》为参照，其意义和价值就不可估量。在选本经典化以后，还要编选比选本规模更大的文献，像《宋诗钞》《近代诗钞》那样，编选《民国诗钞》《当代诗钞》，这可以为我们提供写作文学史的重要参考资料。在这方面，现当代新诗研究领域做得非常不错，值得借鉴。现在人们对百年新诗大致有一个基本的判断坐标，但就现当代旧体诗词我们还没有达成类似的共识。

李遇春：黄老师这个话题切中要害。经典化是现当代文学研究中非常重要的课题。现当代文学研究经常会有经典化的焦虑，而古代文学研

究则并不经常遇到，因为早已经被经典化了。不过经典化有个"时差"问题，杜甫在唐代并未被充分经典化。现当代文学，尤其是当代文学的经典化，最让人焦虑。因为现代文学大致有一个经典化谱系，比如"鲁郭茅巴老曹"之类。而当代文学如何经典化？谁是当代的"鲁郭茅巴老曹"？像点将录一样给他们点出个子丑寅卯来确实有难度。在现代新诗史上，已有被经典化的诗人，如郭沫若、徐志摩、戴望舒、艾青、卞之琳、穆旦等。有人把艾青排在第一位，认为他的诗更大气，更包容，时空穿越性更强；也有人把穆旦排在第一位，认为他的诗别出机杼，更精致，更有现代性。学界对此虽有不同看法，但大致的文学史坐标是稳固的。

曹辛华：所以诗词经典化问题很复杂，评判或评选标准是经典化过程中的关键因素。当近现代众多诗人、词人放在面前时，我们一般是从选本选择频率最高的诗人、词人里面进一步筛选。如康有为声名卓著，但我几乎选不出一首艺术水平高的康诗、康词。按艺术水准进行评选，不能简单地用辞藻、语汇、用典去评判，而是应按照唐圭璋先生所提倡的"雅""婉""厚""亮"的标准去衡量，其中"亮"是评价的最高标准。因为诗词作品从来不缺"雅"，"婉"在词作中也很常见，风格厚重的诗也很多，最难达到的标准是"亮"，也就是作品独特的意境能让读者感到眼前一亮，这就是我们常说的创新。钟振振先生说诗词"不按正常的方式说话"，但刻意求新以致艰涩难懂的诗也不能称作好诗，因为晦涩即"不亮"。我个人先做文献梳理工作，至于选本、笺注、评点等工作虽然也在做，但需要接下来几代学者的共同努力去完成。

黄仁生：但这种基础工作现在也需要人来做。山东有位学者叫侯井天，曾用几十年的时间去收集聂绀弩的作品、调查聂绀弩的各种关系、访问与聂绀弩交往过的人，后来出版了《聂绀弩旧体诗全编注解集评》（山西人民出版社，2009）。像他这样投入毕生精力、几十年如一日地做一位当代旧体诗人的笺注本，难道不令人感动吗？我们在做研究时如果能读到很好的笺注本，可以说事半功倍。年轻学者不妨先下大气力做出一个重要作家的笺注本或选本，然后为之写一两万字的前言，对这个作家做出整体评价。待阅历扩大、积累加深以后，再去做一个时代的选本。严格地说，这项工作需要具备选家的眼光，从众多诗人的别集里去挑选优秀之作，集合起来成为一个时期的代表。如果只是从已出版的几个选本里挑选若干首诗凑合而成，或将某作家发表过的诗作全盘收入，或请活着的诗人自选若干首寄来，这样的选本是没有立场、没有价值的，因为选家根本就不懂诗，完全没有自己的诗学观。

李遇春：其实（改革开放）新时期以来，关于现当代作家旧体诗词的注解工作已经开展，且取得了初步的成绩。现当代文学研究界的两位前辈，孙中田先生和刘纳先生，几乎同时领衔主编了"中国近现代文学名家诗词系列"（吉林文史出版社，1999）和"清末民初文人丛书"（中国文史出版社，1998），所选诗人大都横跨近现代，除了新文学家群体之外，陈三立、王国维也名列其中。关于陈三立之子陈寅恪，广东学者胡文辉著有《陈寅恪诗笺释》（广东人民出版社，2008），规模很壮观。学衡派代表陈寅恪的旧体诗被研究、笺注得比较充分，已经经典化了。还有吕碧城、夏承焘、沈祖棻、顾随等，也是不断被经典化的对象。我个人粗略估计，有二十多位诗人是可以进入现当代旧体诗词经典化序列的。如果以他们为核心做专章专节叙写，可以和新诗一样，建立一个文学史或诗歌史的坐标体系。

曹辛华：其实陈寅恪等人的旧体诗是学人诗词的代表。这方面的研究，我向大家推荐刘士林的《20世纪中国学人之诗研究》（安徽教育出版社，2005）。此书虽饱受争议，但有开创之功。学人诗词作者多为高校教授，现代如此，当代也是如此，其价值何在呢？我觉得，这些学者大都坚守在教学第一线，创作体会对于深入鉴赏、评论诗词显然大有裨益。而且，这些学者的旧体诗词创作都有自己的师承，可以视为古代优秀传统文化在现当代的延续，会对学生产生潜移默化的影响。虽然现在社会上各行各业都有从事旧体诗词创作的群体，但高校学人的创作在传承方面的意义无疑更大，因为他们面对的主要对象是学生。现在高校里大量存在的旧体诗词社团很能说明问题。学人诗词有它自己的特点，因为学者们更懂诗词创作原理，所以学人诗词往往有着很高的艺术价值。

李遇春：我这些年来主要做新文学家的旧体诗词研究，而古代文学出身的学者更多的是做现当代学人诗词研究。现当代高校和科研机构里形成了不少学人诗词群体。大家说的学衡派旧体诗词就属于学人诗词范畴。学人诗词群体并不限于研究古典文学的学者，研究现当代文学、西学乃至自然科学的学者都应该被囊括进来，比如以政治学为研究主业的萧公权，在西南联大时就经常和吴宓、朱自清等人酬唱，类似的还有植物学家胡先骕、地质学家翁文灏、数学家苏步青等。其实对学人诗词的评价从钟嵘的《诗品》就开始了，宋人严羽在《沧浪诗话》中更是明确反对宋人"以文字为诗，以才学为诗，以议论为诗"。现当代学人确实更懂创作原理，但对学人诗词的评价，也要保持清醒的态度。真正与时代同呼吸、共命运的大学者，他们的生活不局限于书斋和研究，这类学者写的诗词可能会达到更高境界。而很多学者一辈子只待在书斋里，没有丰富的生活阅历，其诗词创作往往会陷入书本的循环，出现严羽说的"以才学为诗"的弊端。这样的诗词无论如何精美，总会给人无血肉、缺乏艺术生命力的印象。这是学人诗词在创作与评价中需要警惕的问题。

黄仁生：不管是学人之诗，还是新文学家的诗，其实诗人的外在身份并不重要，重要的是能否写出好诗。只要写得好，都可以登堂入室，进入诗词之林。这就牵涉点将录。这是一种模仿《水浒传》对一百零八将的排序产生的诗词评点形式。晚明在政治斗争领域要打击东林党，《东林点将录》应运而生。清中叶后，这种政治领域的游戏方式被应用到文学领域，并延续至今，出现诸多诗坛、词坛点将录。这虽然看似是一种游戏，却并不容易做。要做当代诗坛点将录，起码要选取一百零八位诗人，这一百零八人里面哪个是"及时雨宋江"？哪个是"托塔天王晁盖"？哪个又是"智多星吴用"？要根据他们各自的创作特性进行排序，还要给出相应的评语。因此，必须在对某个时代的创作情况有整体、深入的研究后，才能进行这项工作。点将录可以帮助我们对诗坛或词坛有一个大致的了解，但我们绝不能被其束缚住，不能将点将录的排序与他们的创作水平完全等同。例如点将录把某个诗人列为"及时雨宋江"，不能就认为这个诗人的诗写得最好，更何况宋江的本领在一百零八将里也不是最高的。所以大家在阅读诗词点将录时，要尽量避免走入误区。

曹辛华：其实点将录是中国传统文学评论的一种流行样式。清代有舒位的《乾嘉诗坛点将录》、朱祖谋的《清词坛点将录》，近现代有汪辟疆的《光宣诗坛点将录》、钱仲联的《近百年诗坛点将录》《近百年词坛点将录》《南社吟坛点将录》，当代有刘梦芙的《"五四"以来词坛点将录》《当代词坛点将录》、冯永军（咏馨楼主）的《当代诗坛点将录》、裴涛（苏无名）的《网络诗坛点将录》。赵郁飞博士也曾为近百年女性词坛作点将录。这些点将录对我们研究现当代旧体诗词确实是很有借鉴意义的。

黄仁生：说到诗词点将录，还可延伸到现当代旧体诗话、词话，这些都涉及现当代诗词的评论、评价问题，与旧体诗词经典化密切相关。我认为现在学界是为写诗话而写诗话，这与古代、近现代以指导创作为指归的诗话是不同的。袁枚的《随园诗话》刊行以后，经常会有诗人拿着礼物与作品，请求袁枚将自己的诗写进《随园诗话》，予以评价和推介。后来陈衍写的《石遗室诗话》，影响与《随园诗话》类似。他的诗话先是在天津《庸言》杂志连载，后来在上海《东方杂志》连载；在评论名家名作的同时，还不断推介新人新作，因此，无论旧雨新知，都把诗作寄给他，陈衍诗话实际充当了作者与读者之间的一个桥梁，作者与读者对它都有心理期待，新刊一出，往往竞相抢购，颇有洛阳纸贵之誉。陈衍诗话之所以有如此大的影响力，是因为陈衍作为同光体领袖之一，有慧眼卓识，其诗话既有选优，又有奖掖，既能指导创作，又能提携后进。我们现在做诗话、词话时，也应该以此为楷模，首先是自己要有理论主张，对诗词技艺有真知灼见，然后认真、深入地对诗人诗作进行分析、评选，从而对特定时代的创作形成引导。

李遇春：我同意黄老师的看法。其实当代旧体诗词创作数量庞大，质量也不能一笔抹杀，但诗词评论工作还没有完全跟上。我们还没有出现陈衍这样的重量级诗词评论家。这归咎于目前高校中文教育与人才培养机制的内在缺陷。它不利于当下诗词创作的发展，也不利于现当代旧体诗词的整体复兴。实际上，旧体诗词研究与评论中存在中国文体传统的现代转换问题，需要我们兼顾古今中西的文体资源，但当下的文学评论者普遍存在知识结构和理论话语上的缺陷，习惯于用西方概念和术语评论西方化的中国文本，而对中国特色的旧体诗词文本的评论则往往处于失语状态。这种现象亟待改变，但也只能寄望于更年轻一代学人的崛起。

目　录

第一章　迎中华诗词在新世纪的复兴 [①]

　　众所周知，中国古典诗词在五四新文学运动中被打入另册，虽然此后这种诗体并未消亡，甚至还在不同的历史时期强劲地展示着独特的艺术生命力，但遗憾的是，在长期以来的现代中国文学史书写中，基本上没有了古典诗词文体的位置。一百多年来，随着"新诗"的强势崛起，中国古典诗词一直被视为"旧体诗词"而遭到歧视，正所谓"名不正而言不顺"，戴上了"旧"帽子之后的古典诗词就仿佛戴上紧箍咒的齐天大圣，纵有天大的本事，也总还是摆脱不了各种各样的发展限制，其必然妨碍古典诗词文体在现代中国的自由生长。于是新时期以来，随着时势的变迁，一些有识之士会同体制中人一起为"旧体诗词"正名，他们先是成立了中华诗词学会，随即又创办了《中华诗词》杂志，进而在新世纪成立了中华诗词研究院，"中华诗词"的概念由此深入人心。虽然也有学者以"国诗""汉诗"这样的新概念命名"旧体诗词"，但前者容易让人联想到"国学"的民粹主义，后者又容易让人联想到"汉学"的民族主义，大抵都给人留下保守封闭的印象，不如"中华诗词"更具有包容性，更能指引中国古典诗词在现代中国历史语境中的发展新方向。至于有人指责中华诗词学会及《中华诗词》杂志已沦为当代中国"老干体"诗词的大本营，其中网络诗词界的讥议尤盛，但那是另一个层面的问题，与"中华诗词"新概念的合理性无关。

[①] 本章为李遇春所撰《21世纪新锐吟家诗词编年》"前言"，李遇春主编，华中师范大学出版社2016年出版第一、二辑。2020年后续出版的第三、四、五辑，由李遇春、朱一帆联合主编。

进入新世纪以来，中华诗词确实出现了新的艺术面貌和新的发展态势，长期被新诗和主流学界所压抑的旧体诗词终于出现了复兴的迹象。或者说，中华诗词在新世纪已经开始复兴，这种复兴的势头方兴未艾，艺术前景十分广阔。这不光是因为《中华诗词》杂志在发行量上已经超越《诗刊》成为中国第一大诗歌刊物，更重要的是，如今许多原本只刊登新诗的诗歌杂志也专门开辟旧体诗词栏目以示尊重或者和解，《诗刊》甚至还专门创办了增刊《子曰》，更不用说国内不计其数的地方性旧体诗词专刊了。毫无疑问，旧体诗词在当下的复兴已是大势所趋，尽管学界关于旧体诗词能否入史的问题依旧充满了争议 ①，但中华诗词的艺术绵延和客观历史发展进程并不会以少数人的学术意志为转移，而是在新的历史语境中展示出生命蓬勃的艺术力量。

如果不带偏见地理性回顾百年来的中华诗词演进历程，我们就会发现，所谓旧体诗词，它不仅没有消亡，而且还在艰难的历史时空中曲折地存在着和发展着，百年间无数的诗人词客在殚精竭虑地传承中华诗词的艺术命脉，虽然其间有盛有衰、有高潮有低谷，但毕竟没有中断，事实上也不可能中断，由此终于迎来了新世纪中华诗词复兴的历史转机。正如清人叶燮在《原诗》中所言："乃知诗之为道，未有一日不相续相禅而或息者也。但就一时而论，有盛必有衰；综千古而论，则盛而必至于衰，又必自衰而复盛。"而盛衰之理在正变之中，故叶燮反对"伸正而诎变"，主张用动态的流变眼光看待诗史的演变。他说："且夫风雅之有正有变，其正变系乎时，谓政治、风俗之由得而失，由隆而污。此以时言诗；时有变而诗因之。时变而失正，诗变而仍不失其正，故有盛无衰，诗之源也。吾言后代之诗，有正有变，其正变系乎诗，谓体格、声

---

① 近年来主张旧体诗词可以入史的文章有马大勇的《"二十世纪诗词史"之构想》（《文学评论》2007 年第 5 期）和《论现代旧体诗词不可不入史——与王泽龙先生商榷》（《文艺争鸣》2008 年第 1 期），刘梦芙的《20 世纪诗词理当写入文学史——兼驳王泽龙先生"旧体诗词不宜入史"论》（《学术界》2009 年第 2 期），夏中义的《中国当代旧体诗如何"入史"——以陈寅恪、聂绀弩、王辛笛的作品为中心》（《河北学刊》2013 年第 6 期）等；反对旧体诗词入史的文章有王泽龙的《关于现代旧体诗词的入史问题》（《文学评论》2007 年第 5 期），吕家乡的《新诗的酝酿、诞生和成就——兼论近人旧体诗不宜纳入现代诗歌史》（《齐鲁学刊》2008 年第 2 期）等。

调、命意、措辞、新故升降之不同。此以诗言时；诗递变而时随之。故
有汉、魏、六朝、唐、宋、元、明之互为盛衰，惟变以救正之衰，故递
衰递盛，诗之流也。"① 其实有清以降，中华诗史同样符合叶氏所言正变
盛衰之理，由康乾盛世至晚清末世，由民初走向共和至抗战军兴，再由
新中国的革命年代至改革时期，中华诗词之盛衰正变确实系乎时代的正
变盛衰。当然，正体与变体、盛世与衰世之间并非绝对化理解，正体可
以是另一种意义上的变体，衰世可以是另一种意义上的盛世。但无论如
何，求新求变以救正体之衰，振衰起弊而复盛，这是中华诗词千百年来
历史演变轨迹的根本至理。

在笔者看来，近百年来现代中国旧体诗词发展进程中大致出现过三
次创作高潮，而且这三次创作高潮都体现了时代与诗词之间的盛衰正变
之理。第一次旧体诗词创作高潮出现在 20 世纪三四十年代的抗战时期。
自 1931 年九一八事变之后，日寇侵华野心开始暴露，中华民族继晚清
鸦片战争之后再度陷入了民族危机之中。民国改元以来的国家内部矛盾
开始被中日民族矛盾所压倒，而在那个民族救亡年代里，旧体诗词感时
忧国的现实主义诗歌传统得到了极大的发扬，一改民国初年北洋军阀统
治时期旧体诗词界沉闷平庸的艺术局面。民初的旧体诗坛实际上为晚清
诗坛遗老所掌控，诸如陈三立、郑孝胥、沈曾植等同光体诗人，樊增祥、
易顺鼎、梁鼎芬等中晚唐诗派诗人已经日渐沦为时代的边缘人物，他们
几乎丧失了与广阔的现代社会现实生活对话的能力，大都以遗老遗少自
居，然而那份孤臣遗民情结又与现代中国语境格格不入。而康有为等诗
界革命派以及柳亚子等南社中人也日渐与时代主潮相脱离，甚至再度陶
醉于明清两朝就纠缠不清的宗唐与宗宋的诗坛门户之争中。② 而曾经的
北洋政府大总统徐世昌退隐后组织晚晴簃诗社，笼络一批晚清遗老遗少
辑编《晚晴簃诗汇》，虽于有清一代诗歌编纂善莫大焉，但徐氏所作诗

---

① （清）叶燮：《原诗》，载《原诗 一瓢诗话 说诗晬语》，人民文学出版社，1979，第 3、4、
7 页。

② 柳亚子：《我与朱鸳雏的公案》，载柳无忌编《南社纪略》，上海人民出版社，1983，第
149~154 页。

几乎没有忧国忧民情怀，"其诗冲淡雍容而不俗，有唐代大历之风"。①
这种贵族化的大历诗风并非为徐氏所独有，而是颇能代表民国初年旧体
诗词远离现实的古典主义倾向。加之五四新文学运动和新诗的强势崛起，
旧体诗词遂陷入日渐衰微的境地。

直至抗战军兴，新生的旧体诗词创作力量得以重新集结，他们直面
现实，以旧瓶装新酒，大胆发挥民族艺术形式的长处，一举扭转了民初
以来的旧体诗词创作颓势。在战火纷飞的20世纪三四十年代，除了国
共党人的旧体诗词创作之外，一大批现代学者和新文学家都卷入了旧体
诗词创作的时代浪潮中，尤其是众多新文学家"勒马回缰作旧诗"（闻
一多诗语）的现象颇为引人注目，而《词学季刊》《青鹤》《民族诗坛》
《同声月刊》等一批旧体诗词刊物的创办则为抗战旧体诗词的"中兴"
提供了传播载体与渠道。时至今日，抗战旧体诗词的中兴现象依旧是中
国现当代旧体诗词发展史研究中一个绕不开的重要课题。虽然当时中国
处于战乱之世，"时变而失正"，但抗战诗词作为变体却不失为正，它是
对民初远离现实的贵族诗风和古典格调的大力反拨，由此成就了抗战诗
词的艺术高峰。正所谓"国家不幸诗家幸，赋到沧桑句便工"（清人赵
翼诗语），抗战诗词的中兴与当时的衰世或乱世可谓相反相成，唯其以
变救正之衰，故能成就一代诗史。

第二次旧体诗词创作高潮出现在六七十年代的"社会主义革命与
建设的挫折时期"。毋庸讳言，新中国成立初年的主流旧体诗词在整体
上是以"新台阁体"为显著文体特征的，除了革命领袖毛泽东的红色
诗词广为传颂之外，众多将帅诗词也集中涌现，而且以郭沫若为代表
的文官诗人群体更是沉醉于革命诗词的大潮之中，其中既有新文学家
出身的革命诗词作者，也有各民主党派的革命诗词作者，他们的创作
共同汇聚成了新中国成立后的"新台阁体诗词"潮流。这种与明代初
年"台阁体"诗潮相类似的雍容华贵、铺排肤廓的诗风显然是与当时
的真实社会现实生活相脱节的，它染上了华而不实的伪浪漫主义格调，

---

① 胡迎建：《民国旧体诗史稿》，江西人民出版社，2005，第90页。

表面上尊唐抑宋，而实际上与真正的唐风大相径庭，称之为伪唐风并不为过。1958 年《光明日报》创辟的《东风》副刊就是一个集中刊登"新台阁体诗词"的红色园地。据称编辑部时常收到读者来信，读者对这个栏目表示欢迎，"使我们记忆犹新的是，毛主席读《东风》发表的旧体诗词，既仔细，又认真"。[①]这也从侧面说明了当时"新台阁体诗词"受到了高度重视。事实上，唐诗有初盛唐与中晚唐之别，宋词有北宋词与南宋词之别，北宋词比较接近初盛唐诗，大体属于盛世欢歌，而南宋词比较接近中晚唐诗，大体属于乱世悲歌。"新台阁体诗词"显然是盛世欢歌，虽然历史最终告诉我们那不过是一场激进的"大跃进"诗词运动而已，但毕竟它是当时的诗词正体。

　　然而，20 世纪六七十年代的中国很快"时变而失正"，陷入了困境之中。由此在诗词界出现了艺术反弹，一大批被放逐的新文学家、学者、书画家、艺术家、政界中人开始"反正求变"，他们汇聚成的地下诗词创作潮流蔚为大观，聂绀弩及其"聂体"就是这股地下诗词潜流中的翘楚，虽然时过境迁但依旧为读者、学界和史界所重。这是一股在当代中国政治动荡时期涌现的反叛性的诗词浪潮，它传承的是中国古典诗词在时代逆境中的现实主义精神和战斗功能，故而能在当时构成对主流"新台阁体诗词"正体的艺术反拨。借用清人叶燮的说法，这就是以中晚唐的"衰飒"诗风对抗当时流行的伪唐风，以"秋花""秋声""秋气"有意区别于"春花""春声""春气"，即以中晚唐诗风对抗初盛唐诗风，或曰以南宋词风反拨北宋词风。正如叶燮所言："然衰飒之论，晚唐不辞；若以衰飒为贬，晚唐不受也。"[②]同理，"社会主义革命与建设的挫折时期"的地下诗词创作虽以"衰飒"之风见长，但毕竟是真正的"秋声"，而当时的主流"新台阁体诗词"虽雍容华贵、貌美如同春花，但却不过是伪唐风罢了。

　　随着 1976 年天安门诗歌运动（以旧体诗词为主）的爆发和"文革"的结束，中国当代旧体诗词创作步入了新时期。新时期的旧体诗词在新

---

① 光明日报社文艺部编《〈东风〉旧体诗词选》，光明日报出版社，1985，"编后记"第 417 页。
② （清）叶燮：《原诗》，载《原诗 一瓢诗话 说诗晬语》，人民文学出版社，1979，第 66 页。

的历史语境中其实传承了社会主义革命与建设时期旧体诗词"二水分流"的发展态势。一方面，主流诗坛将新中国成立后的"新台阁体诗词"进一步推向极致，由此当今中国常见的"老干体"诗词大行其道；另一方面，民间诗坛（包含新世纪以来的网络诗坛）将社会主义革命与建设时期的地下诗词创作潮流引入地上并公开传播，与作为正体的"老干体"相对立，而这种民间写作的诗词变体显然更能代表改革开放新时期旧体诗词创作的思想和艺术水准。如果说"老干体"是"春花"，那也只能是丧失了"春声"和"春气"的纸扎的春花，而在民间诗坛艰难行进的旧体诗词则是"秋花"，虽然难免时常笼罩着"衰飒"的"秋意"和"秋气"，但作为一种诗词风格的"衰飒"是不应该受到贬低或责难的，因为它是另一种审美形态，有别于空疏浮泛的伪唐音和伪浪漫，而更接近中晚唐诗风和南宋词格，以忧愤悲凉的现实关怀和沉郁新警的艺术风格为其主要特征。所以，我们这个时代的旧体诗坛依旧存在脱离现实的古典主义艺术路线——"老干体"取向——与直面现实的现实主义或现代主义的民间诗词艺术路线的对立。

而经过多年的民间诗词发展，尤其是新世纪以来网络旧体诗词的勃兴，人们必须正视中华诗词在新世纪已然复兴的现实。这次诗词复兴有着极其厚实宽广的社会文化基础和传媒载体支撑。20世纪90年代以来全球化时代的到来，激发了国内民族传统文化热潮，而旧体诗词写作热潮正是这次民族传统文化热潮的一部分。虽然这种传统文化热有文化保守主义倾向，这当然需要警惕，但对于中华诗词千年命脉的传承而言，却是一次难得的历史发展机缘。更何况西方中心主义的全盘现代化模式本身也并非无懈可击，中国文学和中国诗歌的发展在追求西方式的现代化的同时，是不应该完全丢弃本民族的诗歌传统和文学传统的，相反应该在中西会通和古今融合的立体艺术轨道上探寻，仅仅热衷于单向度的西化新诗写作而彻底放弃民族传统诗词文体是行不通的，也是不必要的。旧体诗词完全可以而且应该获得与新诗同等的发展权利。实际上，新旧诗兼擅的两栖诗人百年来所在多有，有的人新诗比旧诗成就高，有的人旧诗成就赛过新诗，甚至同一诗人在不同时代里由不同的诗体代表他的水准。我们完全没必要把新诗与旧诗二元对立起来，把传统与现代二元对立起来，而应该探寻二者的艺术对话通道。

事实上，当今优秀的旧体诗词作者大都有过新文学和新诗写作经历，他们并不一味地排斥新诗和西方，而是表现出吞吐中西古今的新世纪胸襟，倒是许多新诗人在汲取本民族的诗词传统养料方面存在封闭化和绝对化倾向。好在新世纪以来的诗学观念已经悄然变革，中国现当代文学界的诸多知名学人都对旧体诗词表现出了足够包容的学术胸襟，除了黄修己、钱理群等为旧体诗词的合法地位鼓与呼之外，陈思和甚至还公开出版了他的旧体诗集。① 至于世纪转折之交的网络时代的到来，更是给旧体诗词的复兴创造了新的传播空间。李子、嘘堂等网络诗词名家的崛起，把新世纪民间诗词创作提升到了一个新的艺术高度。当然，还有那些不以网络成名的旧体诗词民间写作，如蔡世平、高昌等人的民间写作，与网络诗词界一道创造了新世纪中华诗词复兴的态势。这就是《21世纪新锐吟家诗词编年》丛书的编纂缘起。我们编纂这套丛书的目的正是集中展示近二十年来中华诗词创作所取得的思想和艺术实绩，也借此为中华诗词在新世纪的艺术复兴正名，我们想表明在"老干体"之外还存在另一种中华诗词，这种现实主义或现代主义的新兴诗词创作潮流代表着新世纪中华诗词的历史成就，也必将指引未来中华诗词的艺术走向。

这一次我们总共出版两辑：第一辑收录了蔡世平、魏新河、高昌、段维、何永沂的诗词编年小集，每人150首左右，依创作年份编排（少数作者的诗词写作时间不是那么具体，所以适当放宽），每集前还有作者自撰的《我的诗词创作道路》，这样的体例便于让读者看到每位诗人所走过的艺术轨迹，以及他们各自的诗词观念和艺术旨趣。由于新世纪文学的起点向来在中国当代文学研究界说法不一，故而我们在编选时适当收录了90年代的部分诗词作品，这主要是为了更完整地显示新世纪

---

① 陈思和：《鱼焦了斋诗稿初编》，漓江出版社，2013。

新锐吟家所走过的艺术历程。第二辑的编纂体例完全相同，收录了李子、嘘堂、独孤食肉兽、无以为名、添雪斋的诗词作品，这五位是当下网络旧体诗坛举足轻重的青年诗词名家，而第一辑的五位作者相对而言并不依赖网络媒体成名或并不以网络空间为诗词发表的主要载体，按照通常的说法，第一辑的作者诗词发表途径以传统媒体为主，而第二辑的作者以网络媒体为主，他们的诗词创作形成了当今中华诗词艺术的新高潮。

毫无疑问，除了这两辑所选入的中华诗词新锐十家之外，新世纪中华诗坛还有不少足以称为新锐吟家的优秀诗人词客，但由于诸种主客观条件的限制，我们此次只是初步选录了以上十家的诗词编年作品，今后条件成熟，我们将继续编纂《21世纪新锐吟家诗词编年》续集，将更多的优秀诗词作者囊括进来，如碰壁、胡马、胡僧、天台、军持、燕垒生、矫庵、伯昏子、莼客、披云、响马、孟依依、发初覆眉等网络诗词作手，以及马斗全、刘梦芙、陈仁德、王翼奇、王亚平、刘庆霖、王震宇、周燕婷等在传统媒体中成长起来的诗词作家，他们都活跃在新世纪中华诗词坛坫中，其创作实绩也值得后人尊重。这些新世纪中华诗词新锐吟家虽然大都是中青年，以"60后"和"70后"为主，但也有年岁较长的"50后"乃至"40后"，比如湘人蔡世平和粤人何永沂就属于年齿较长者。但显然"新锐吟家"并非一个年龄概念，而是一种诗学和审美范畴，它特指那些在中华诗词艺术上锐意创新的作者，所以年龄不是问题，问题在于是否具备新锐的艺术气质和艺术能量。而在我们这个时代里，这种新锐特质主要表现为对中华诗词现实主义艺术传统的传承和新变，以及对中华诗词现代主义先锋形态的创造。

需要强调的是，创新并不仅止于革新，而是有因有革，即在继承的基础上创造性发展。没有继承的革新不是创新，而是断裂。这在理论上不可能，实践上也难行得通。刘勰在《文心雕龙》中明确指出"通变之数"在于"参伍因革"①，一味地因循守旧是没有前途的，而完全断裂式的开新也终将因为水无源、木无本、难以为继而返回原点寻根。回想

---

① （南朝梁）刘勰著，范文澜注《文心雕龙注》（下），人民文学出版社，1958，第521页。

20 世纪 80 年代中期，中国新文学在行进了大半个世纪后由韩少功、贾平凹、莫言、王安忆等人掀起"寻根文学"潮流并不是没有来由的，其根本旨趣正在于返回中国文化（文学）传统中，寻觅创造性转化的民族资源，正在于有意识地、群体性地修复五四以来长期被新文学家有意割裂的民族文学（文化）血缘脐带。所以，文学寻根的目的在于文学传统的再生，在于用西方话语激活中国文学传统，由此发生传统的创造性转化。而刘勰的文学"通变"观念显然值得今人好好地温故而知新，不同之处在于，我们需要在刘勰的古今维度之外增加中西维度，形成立体式的文学通变观或文学创化观。

如果用清人叶燮的话来描述，即一个时代的文学创新往往是这样一幅历史图景："从来豪杰之士，未尝不随风会而出，而其力则尝能转风会。人见其随乎风会也，则曰：其所作者，真古人也；见能转风会者，以其不袭古人也，则曰：今人不及古人也！"①这暴露了中国文学传统好古贱今、厚古薄今的文学史惯性思维，但五四新文学运动以来，这种文学史惯性思维发生了历史性反转，中国人转而迷信现代线性的进化论文学史观，唯求新求变马首是瞻，只顾给那些"不袭古人"的"转风会者"喝彩，给那些割裂传统的文学现代性膜拜者喝彩，而对那些既能"随风会"又能"转风会"的文坛"豪杰之士"报以新保守主义的蔑视，这就彻底混淆了文学复古与文学创化或通变的本质区别，是对现代中国文学发展道路的极大误解。好在这种误解在改革开放新时期乃至新世纪以来得到了更多有识之士的澄清，无论学术界还是创作界，均涌现出了越来越多的豪杰之士，他们在返回传统的基础上锐意创新，既顺应时代的风会和召唤，也能凭借艺术个性共同塑造一个时代的文学风会。而这套《21 世纪新锐吟家诗词编年》丛书正好可以群体性地展示我们时代中华诗词的艺术新变和时代风会。

其实，无论是回归现实主义还是走向现代主义，新世纪中华诗词的艺术新变归根结底是一场对中国古典诗词文体的现代重塑和再造运动。

---

① （清）叶燮:《原诗》，载《原诗 一瓢诗话 说诗晬语》，人民文学出版社，1979，第 7 页。

常常听到不了解旧体诗词创作现状的人这样绝对化地抛下他们的判语断词，即旧体诗词都是老古董，这种古典的诗体根本无法反映或表现现代人的生活经验和生命体验。但问题是，究竟什么样的人才是现代人？现代人是不是只有现代性的生活经验和生命体验？是不是只有那些仅有单向度的现代性经验的人，才是所谓现代人？显然，事实并不是这样。我们常常习惯于将现代人的概念加以抽象化处理或者窄化处理，将现代性的人与现代人两个概念相混淆。实际上，纯粹现代性的人几乎是不存在的，因为现实生活中谁也无法彻底割裂自己与传统的关系，传统已经渗透进了现代人的血液和语言符号之中，如同生命基因一样不可彻底摧毁，而只能借助新的质素的介入，去调整或改善已有的生命结构和功能。这意味着传统就在现代之中，它经过调试后可以成为现代的一部分或有机整体，即使是那些现代严重冲突的传统因素，也会一直与现代相伴生，作为现代性的一种反对力量而与现代性如影随形。正如西方论者所指出的那样："这个批评现代化的'传统'和现代化本身一样有其普遍性与同一的内涵。民国初期批判西方的人是此一传统的一部分。我们可总结道：现代化以及与其同时存在的反现代化批判，将以这个二重性的模式永远地持续到将来。"①

这意味着，反现代化或反现代性与现代化和现代性一样，也是现代人不可或缺的双重性人格的一部分。二者不是你死我活的关系，而是在冲突中对话的关系。这就如同浮士德和摩菲斯特一样，谁也少不了谁，他们在精神上二位一体。不要以为摩菲斯特是魔鬼，浮士德是人，事实的真相是浮士德有时候比魔鬼还可怕，而摩菲斯特有时候比人还要更有人性的悲悯。同理，不要以为那些坚定的现代化或现代性论者就是代表人类未来的天使，因为他们很有可能像魔鬼一样将人类导向灭亡，而那些常常被我们视为新保守主义的反现代化论者，则有可能是最终拯救我们走出现代化沼泽的天使。如果有了这样开放而立体的现代人观念，那我们在谈论中国现当代旧体诗词创作的时候就不

---

① 〔美〕艾恺：《世界范围内的反现代化思潮——论文化守成主义》，贵州人民出版社，1991，第216页。

会轻易跌入现代性的陷阱，就不会简单地将其视为现代人的历史赘生物，而是将其视为现代人整体生命表现形式的有机组成部分。鲁迅先生曾说过，只要作者是一个"革命人"，"则无论写的是什么事件，用的是什么材料，即都是'革命文学'。从喷泉里出来的都是水，从血管里出来的都是血。'赋得革命，五言八韵'，是只能骗骗盲试官的"。[1]借用鲁迅先生的话，我们也可以这样说，只要作者是活生生的现代人，无论他的诗采用的是新体还是旧体，也无论他的诗写的是什么题材或者表达了何种思想情感，哪怕是反现代化或进行现代性反思的思想情感，同样也属于现代人的现代诗。现代诗不是新诗的专门名号，旧体诗词也属于现代诗歌范畴。

明白了这一点，我们就可以客观公正地审视这本新世纪旧体诗词选集中的篇什了。如前所说，新世纪中华诗词创作的一个突出特征就是现实主义诗歌精神的回归与新变，这当然是相对于新时期以来长期占据主潮位置的"老干体"诗词写作模式而言的，而且随着90年代以来中国社会日益转向商业化和消费主义，类似古典应制体的"参赛体"诗词写作模式也应景而生，这些高度模式化的旧体诗词写作的一大弊病在于严重脱离现实社会生活，为格律而格律，为形式而形式，从而使旧体诗词写作沦为空心人的伪古董。而作为对"老干体"和"参赛体"诗体的反拨，直面社会现实生活乃至直面中国社会历史的民间诗词潮流应运而生。新世纪民间（网络）诗词创作中的现实主义诗歌精神首先表现为捍卫艺术的真实性原则，他们坚持"写真实"，"真实"既包括外在的社会现实也包括内在的心理真实，既不歌舞升平、文过饰非，也不回避诗人内心的矛盾和痛苦。

比如蔡世平的"南园词"，大都流露着词人刻骨的"乡愁"，这是作为现代都市人的词人对乡村生活的观照和审视，因此这种乡愁不同于古人的田园山水情结，而是凝结着词人对当代中国乡村现代化进程的反思意识。《浣溪沙·土地生悲》《踏莎行·洪湖》《生查子·大湖泪》《蝶恋

---

① 鲁迅：《革命文学》《而已集》，载《鲁迅全集》第3卷，人民文学出版社，1981，第544页。

花·路遇》《蝶恋花·留守莲娘》等词作极为强烈地抒发了词人的乡土情怀和现代家园意识，同时尖锐地批判了乡村现代化进程中的世态炎凉和人情冷暖。读这样既有强烈的画面感，又有叙事性的旧体词，是很难不诧异于词人的艺术驾驭能力的，读者仿佛正在阅读那些充满了忧患意识和批判精神的现代散文佳作，甚至还会有阅读匠心别具的短篇小说的艺术感受。读李子的乡土词同样有类似的品读体验，但相对而言，李子词显得更客观、更冷静、更写实，词人往往刻意地规避画外音，极力地让纯粹的画面感和艺术镜头凸现在前，而把创作主体的主观情志隐藏起来，这是李子乡土词与蔡世平的南园词在艺术取向上的最大差异。但从《卜算子·铲松油人》《西江月·砍柴人》《阮郎归·伐木人》《木兰花·挖冬笋人》《临江仙·小山娃》《虞美人·山妹子》《柳梢青·老猎户》《临江仙·鬼故事》等反映词人故乡赣南山区生活的系列词作中，我们不难体会到李子词与南园词中共通的乡土忧思和底层关怀。读这样的乡土词，确实会有阅读乡土小说的类似体验，这意味着词这种古老的诗体也可以精妙地反映乡土中国的现代变迁。不仅如此，旧体诗词在反映现代城市生活方面同样大有可为，网络诗人独孤食肉兽、李子、嘘堂、添雪斋、无以为名等人的旧体诗词在现代城市生活书写方面让人耳目一新。这就从整体上回应了中国古典诗词长于书写乡土中国经验，而不适应现代城市生活书写的普遍质疑。

除了乡土诗词和城市诗词值得关注之外，我们还应密切关注新世纪旧体诗词创作中的"底层写作"现象。如蔡世平的《贺新郎·寻父辞》、段维的七律组诗《民生即景》（十七首）、嘘堂的古体诗《湘可食·网上见老妇食湘水组照，哀而写之》、魏新河的《浣溪沙·探父母》、无以为名的七律《蚁族》等，这类集中反映当今中国底层民众生活困境的旧体诗词作品不在少数。尤其是高昌在底层诗词写作方面用力甚深甚勤，他的七绝组诗《挽瓜农邓正加》、组词《弹颊三叹》（《摸鱼儿·住房叹》《凤凰台上忆吹箫·职称叹》《高阳台·求医叹》）、《扬州慢·听人妖唱歌》、七古歌行《须眉红粉辞》和《哀矿难》等，可谓全方位地书写了当今中国底层生活的世态百相，他甚至连现代城市生活中的底层亚文化群体也没有遗忘，其对社会边缘人群及畸形世态的诗词书写令人印象深刻，反映了当今旧体诗人在题材上锐意开拓的艺术雄心。读这样的底层诗词，自然会让人联想到新世纪以来中国新文学界所流行的各种底层文学作品，比如底层小说或底层新诗之类，但由于旧体诗词特有的"旧瓶装新酒"的混搭风格，会给读者带来别样的审美冲击力。

事实上，新世纪旧体诗词创作还给我们带来了更多的艺术惊喜。我们不仅可以看到现实性很强的底层诗词写作现象，甚至还可以读到历史感很强的类似于"伤痕文学""反思文学""新历史主义"性质的新型诗词，故且可名之为"伤痕诗词""反思诗词""新历史诗词"，以求实现中国当代文学史中新文学与旧体诗词之间的对话和对接。在"伤痕—反思诗词"写作方面，何永沂的七绝《读寓真〈聂绀弩刑事档案〉感赋（四首选三）》《和林昭绝命诗〈血诗题衣〉（九首选一）》，高昌的七绝《林希〈白色花劫〉读后》二首，李子的《苏幕遮（打红旗）》、七绝《彭元帅》，嘘堂的五古《六安明清老街》、七古《读巫山巨型标语本末事有感》，尤其是独孤食肉兽的家史性和回忆性系列词作《踏莎行·忆父母早年离居事》《贺新郎·往事沪上》《定风波·田叔》《清平乐·刘叔》《水调歌头·卫姨》《风流子·许姨》等，无不对当代中国的历史运动中的历史与人的命运展开了深入的思索，或忧愤沉郁，或伤感诚朴，均显示了当今旧体诗词作者的新境界与大胸襟。

至于"新历史诗词"写作，蔡世平的《满江红·青山血祭》《贺新郎·洞庭渔妇》、高昌的《石州慢·泰缅边境路祭中国远征军墓》、何永沂的组诗《云南腾冲行（六首）》《塞班岛天宁岛游记（八首）》、魏新河的七律《乙未春访卢沟桥》二首、无以为名的七律组诗《抗日战役记（十首）》、独孤食肉兽的《莺啼序·武汉会战》等，都属于重写民国抗战史的诗词力作，历史视野开阔，人道主义意识鲜明，既能为固化的历史去蔽解冻，又能为战乱中的小人物作史立传，堪称一代诗史或词史。至于以新的历史视野所作的怀古咏史诗词就更多了，何永沂的《贺兰山下游览西夏王陵感赋》、高昌的七绝《观兵马俑坑》、无以为名的七律组诗《读史（二十三首）》、嘘堂的《读史有吊六章》、魏新河的《甘州·读史记》《水龙吟·壬辰寒食过易水登黄金台遗址》《满江红·听诸生论两家后主及宋道君事》等，无不充满了现代人道主义情怀和民主个性意识，虽曰古体，实为新制。

新世纪中华诗词创作的另外一个突出特征就是对传统诗词形式的现代主义塑型。众所周知，现实主义和现代主义这些概念都来自于西方话语，但已经成了现代中国文学话语体系的重要组成部分。如果说现实主义在中国古典诗词史上堪称主潮的话，那么现代主义就比较鲜见了，晚唐温李一派朦胧晦涩的诗词庶几乎有那么一点现代派风度，但至多还是中国文学土壤内部新生的现代派胚芽，只有到了五四新文化运动以后，随着西方现代派哲学和文学在中国的落地生根，中华诗词的传统形式里才有了现代主义的艺术塑型。新世纪中华诗词作者群体中很多年轻人都有过新诗写作经历，或者深受西方现代派哲学和文学艺术的影响，故而他们的诗词创作不可避免地带有"先锋诗词"的艺术探索意味。与现实主义路径的中华诗词热衷于直接反映和干预社会现实生活不同，现代主义路径的中华诗词偏重于间接反映或者折射社会现实生活的倒影、回声和变形，前者带有更强烈的现代启蒙意识和批判精神，是外倾型的写作，后者则是内倾型的写作，往往退回诗人的内心世界，甚至退回其潜意识或非理性体验，可见后者更多地接受了西方现代生命哲学和存在主义哲学的熏染，更多地描述现代中国人的深层生命体验，如孤独与绝望、虚无与荒谬、分裂与创伤记忆等。这种类型的先锋诗词比较接近中国新诗史上的现代派诗歌，我们从中不难窥见穆旦、海子等现当代优秀先锋诗人的影子。当然也不排除近人王国维"人间词"现代哲诗实验体的影响。

新世纪的先锋诗词实验体写作大多书写现代城市人的深层生命体验，如李子的《采桑子（亡魂撞响回车键）》《喝火令（日落长街尾）》《清平乐（群蛇站起）》《忆秦娥（平韵格）》《祝英台近（九颗星）》《少年游（银河有个地球村）》《沁园春·兽的故事》《绮罗香（死死生生）》《临江仙（你到世间来一趟）》《临江仙·童话或者其他》《风入松（以星为字火为刑）》《临江仙（你把鱼群囚海里）》《减字木兰花（远山无数）》等，都带有强烈的现代人类意识和现代城市体验色彩，属于智性写作一路。独孤食肉兽的"兽体"词运用古老的词体书写现代大都市里的物化景观和异化体验，词中关于火车、咖啡屋、娱乐城、购物场、电话亭、摇滚乐等光怪陆离的现代城市意象群纷至沓来，让读者目不暇接，可谓让古老的词体别开生面。其《念奴娇·你的故乡》《贺新郎·北方快车》《念奴娇·千禧前最后的意象》《念奴娇·有女同车：九九城市拼贴》《永遇乐·不来电的城市》等词作，均堪称网络城市诗词佳构。

　　与李子、独孤食肉兽的先锋诗词张扬现代城市生活色彩不同，嘘堂的先锋诗词反过来竭力淡化一切俗世社会生活色彩，由此凸显现代人的生命本体体验，这与现代西方现象学思维如出一辙。当然嘘堂如此写作也与他一直推崇的汉魏古风有关，他的诗大都是古体诗，近体律诗相对较少，看得出来阮籍、陶渊明对他的深刻影响，不仅是诗体的影响，而且是诗歌思维的影响，即远离尘嚣、回归生命本体，对生命存在困境展开深入的诗性叩问。如《苟苟歌》《故居》《谁说路有鬼》《困诗四喻》《古诗九首》《异域诗人杂咏（五首）》《空地》《灵歌》《饮酒（组诗）》《旦兮》《断偈》《考古（组诗）》等，大都气格高古，然而骨子里却包裹着一颗现代人孤独的心。添雪斋的添雪诗和影青词也大都属于淡化外在社会背景、回归现代城市人生命本体经验的作品，如组诗《魇语之诗篇——妖夜八章》《减字木兰花·咏花七首》《廧语词之浣溪沙·七色夜》《用陶公饮酒韵二十首并序》《木兰花令·人间七日，满眼繁华心上灰》、大型组诗《星座宫神话》《浣溪沙·暮光之城》、组诗《死神的24Hrs》等，这些充满魔幻色彩的现代诗词属于中西文化交会的艺术结晶，作者以今化古、以西化中，让中华传统诗词俨然走进了现代青年读者的心田，功莫大焉。此外，无以为名的许多探索诗词也以书写现代都市人的爱情经验和生命体验见长，这些绝望而忧伤的爱情诗词是对中国古典爱情诗词的重塑和变形，而魏新河饮誉词坛的"飞行词"则是对中国传统诗词生命境界的一种拓展，走出了传统文化的樊篱，注入了现代生命体验。

　　最后要说的是语言和风格问题。21世纪以来的中华诗词创作之所以让人耳目一新，除了新的题材的开拓、新的思想姿态的引入、新的精神意蕴的掘进、新的创作手法或表现技法的采用之外，新的语言词汇的铸炼问题颇为引人注目。一般而言，除非是那些执意要制造伪古董的极端守旧派，大多数的旧体诗家并不排斥现代汉语词汇的进入，问题倒不在于允不允许进入，而在于如何进入以及进入后的艺术效果。独孤食肉兽曾说过："若以延揽受众为目的，个人以为旧诗写作面临的最大问题存在于符码层面，也即四、五、七言主打的旧体韵文句式与现代多音节语汇之间的不兼容，形象地说，如同穿鞋尺码不合会打泡起茧。"[①] 正是因为旧体诗词体制在容纳现代汉语语汇方面的局限性，当年五四新文学先驱者才决定要打倒旧体诗词，树立自由体新诗典范来容纳多音节的现代汉语语汇。应该承认，自由体新诗（包含新格律体）的出现是有其历史合理性的，它在反映和表现现代中国人的生活经验和生命体验上有着旧体诗词不可替代的优势，但这并不意味着可以就此取消旧体诗词的生存合法性，因为旧体诗词同样可以书写现代中国人的生活经验和生命体验，而且既可以采用文言也可以采用白话（包括古白话和现代白话），还可以采用文白夹杂的语态。虽然旧体诗词很难容纳现代汉语多音节词，但毕竟单双音节词才是现代汉语的主体，更何况即使是新诗也不可能融入所有的现代汉语多音节词，后者同样需要提炼成有别于日常实用语的诗语。所以摆在现代中华诗词作者面前的任务不是拒绝现代汉语，而是如何有效地在旧体诗词体制中接纳和融合现代汉语，这是当年晚清诗界革命者没有完成的任务，需要今天的豪杰之士勇于尝试，为新世纪中华诗词的艺术复兴立法。

我们欣喜地看到，以蔡世平、高昌、李子、独孤食肉兽等人为代表的当今优秀旧体诗词作手勇于在旧体诗词语言修辞上展开艺术实验，他们果断地引入现代白话语汇，拆解白话与文言的二元对立，在艰辛的诗语铸炼中攀登上了中华诗词的新境界。如"兽体"词中就频繁引入当代城市生活语汇，"夜行车，撤走无数橱窗；锈铁轨，已被鲜花截断"中的"夜行车""橱窗""锈铁轨"都属于古典诗词中未见的语汇。

---

① 李子、嘘堂、徐晋如、独孤食肉兽：《断裂后的修复——网络旧体诗坛问卷实录》，《新文学评论》2014年第2期。

至于李子词中的新语新句更是不可胜数，像"杨柳数行青涩，桃花一树绯闻""月色一贫如洗，春联好事成双""秋雨三千白箭，春花十万红唇""树林站满山冈，石头卧满河床"这样的旧体词句，真是令人拍案叫绝，恍惚间其真的消泯了旧诗与新诗的艺术界限。无以为名的探索诗词被誉为"无名体"，其律诗中的对仗好句也是不胜枚举，诸如"无月支持山变态，有风领导水开头""雪真优雅风堆放，歌好深沉夜吸收""月有饥寒灯喂养，秋非饱满酒添加""水因风活添生态，山为云深出造型"之类，让既有的现代汉语词汇翻转出了新意，让人不得不佩服诗人拆解和重构现代汉语诗语的能力。无以为名的这手绝活还被人解密为"解构词语"或"文白错位"①，这真是内行人深得个中三昧。

至于嘘堂等人的"文言实验"体，其实是并不排斥现代汉语语汇的，他们真正排斥的是现代汉语语汇中那些俗白的部分，而选用并提炼其中文雅的部分。换句话说，他们的"文言实验"在诗语上是为了创造一种高雅的、精英化的"新文言"，这是一种可以与"古汉语"或"古文言"相对接的书面化的诗语，所以新世纪中华诗词创作中的"文言实验"派类似于新世纪中国新诗流派中以西川、王家新等为代表的"知识分子写作"一派，而李子、蔡世平等人的白话旧体诗词则接近于当今中国新诗流派中以于坚、韩东等为代表的"民间写作"或"口语化写作"一派。这说明，如果我们的诗歌研究视野更开阔一点，或者更宽容一点，能够把旧诗和新诗等量齐观的话，我们会发现这两种看似互相反对的诗体其实是彼此相通的，既是精神上的相通，也是诗艺上的相通。所以当今中华诗词创作的总体艺术风格还是新旧融合、中西会通和古今一体。所谓"蔡词""飞行词""李子体""兽体""无名体""文言实验体"这些旧体诗词新体的形成，无不与这些诗人词家善于融会中西、古今、新旧相关，从而新世纪中华诗词的复兴被推向了历史的前沿。

---

① 曾少立：《从四人作品管窥网络诗词不同向度的新变》，《心潮诗词评论》2014年第6期。

第二章　中华诗词的命脉及经典化问题[*]

　　自五四新文学运动以来，随着"新诗"的异军突起，传统的诗歌样式被笼统地视为"旧体诗词"而猛然被放逐于正统的文学秩序之外。从此，现代中国诗坛只关注"新诗"而排斥"旧体诗词"，"新诗"俨然成为新的正统诗体，而"旧体诗词"则沦为被新文学界"妖魔化"的异端，必欲铲除而后快。如今看来，这是中国新文学运动先驱在特定历史条件下"矫枉过正"的文化策略，有一定的历史必然性，但问题在于，他们中的大多数人后来都还在继续写"旧体诗词"，或者新旧兼容，或者干脆弃新从旧，这已经成为中国新诗发展中不可回避的一个文学史悖论。事实上，中国诗歌发展史并不以中国新诗这一特殊的诗体发展为转移，传统形式的"旧体诗词"不仅在五四以后依旧存在着，而且还在艰难地发展着，并且在现代中国诗歌发展的某些历史时期释放出了比"新诗"还要耀眼的艺术光芒。

　　近些年来，五四式进化论的文学史观日渐遭到清算，人们越来越意识到，一种文体的产生和发展并非要彻底取代或消灭另一种文体，文体的发生和发展应该追求多样化和多元化，而不是唯我独尊的文体大一统或一体化。毫无疑问，在文艺的百花园中需要营造健全的、良性的艺术生态，正所谓"阳光，谁也不能垄断"，我们必须让多种文体样式多元竞争，而且同一文类也要允许多种文体的多元竞赛，唯其如此，中国诗歌乃至中国文学才会有更好的出路。在中国诗歌发

---

　　* 本章为李遇春所撰《现代中国诗词经典》（诗卷、词卷）"编选前言"，华中师范大学出版社，2014。

展史上，诗成熟了以后出现了词，词成熟了以后出现了曲，但诗—词—曲的递嬗并不是以新的诗体来取代旧的诗体，而是新旧共存、彼此砥砺，从而出现诗—词—曲三者之间的互动和互渗，比如以诗为词的"诗化词"，或以词为曲的"词化曲"，当然相应地也会产生"曲化词"或"词化诗"，这是诗体发展和演进中必然会出现的文体杂糅现象，也就是现代人所谓的跨文体写作。同样的道理，中国新诗的发生虽然有其历史必然性和合理性，但这不能成为"新诗"彻底取代"旧体诗词"的理由，"新诗"作为中国诗歌大家族中最新诞生的文体，它也需要和既有的传统诗歌样式展开文体互动和竞争，而不能在彻底排斥"旧体诗词"的单一情境中孤立地生长。那种彻底排斥"旧体诗词"的艺术情境必然会娇惯"新诗"，纵容"新诗"，这大约也是中国新诗耆宿——九叶派诗人郑敏先生晚年大力反思中国新诗发展道路的缘由。

我以为，中国新诗需要"跨文体写作"，不仅需要横向移植西方的自由诗体，也需要纵向借鉴中国传统的旧体诗词样式，从而催生出"新体旧诗"或"旧体新诗"这样中西文体融合的宁馨儿。在漫长的中国诗歌史中，诗有乐府，词有乐府，曲也曾被称为乐府，而乐府之乐，大抵最初都来自燕乐，少数民族或者异邦的音乐，给中国诗歌不断地注入源头活水。来自西方的"新诗"同样如此，但它同样需要本土化和中国化，需要汲取中国传统旧体诗词的艺术滋养，如此它才能健康成长。当然，提倡中国诗歌的跨文体写作并不意味着反对"纯文体写作"，比如坚持传统形式的旧体诗词写作，或者坚持横向移植自由体的新诗写作，这样的纯文体诗歌写作与跨文体诗歌写作应该共存而不是敌对，二者"离则两伤、合则双美"，共同构建现代中国诗歌艺术家园。我们需要确立这样的诗歌文体史观，即"历时性发生、共时性存在"，让不同时代的诗体在同一片诗歌天宇下自由地成长、交互地演进。事实上，现代中国诗歌发展史也正好印证了这一点，"旧体诗词"并没有因为"新诗"的产生和发展而消亡，它只不过是被正统的新文学话语秩序排斥而已，而在民间的文学话语秩序中，"旧体诗词"一直在坚忍不拔地成长，孤独地延续着中国传统诗歌的命脉。况且百年来"旧体诗词"也有自己的诗评界，这是一个与"新诗"诗评界相对峙的文论话语圈，其中也曾活跃着像陈衍、汪辟疆、夏敬观、吴宓、吴梅、汪东、钱锺书、钱仲联、夏承焘、龙榆生、缪钺、詹安泰、唐圭璋、吴世昌、启功、朱庸斋、周汝昌、周策纵、叶嘉莹这样创作与评论俱佳的大家级人物。这说明"旧体诗词"并非新文学界长期以来所认定的"死文学"，它同样是被庞大的读者群和批评家所接受的"活文学"，而且在百年来的文学接受和传播过程中已然形成了自己的诗词经典，既有经典的旧体诗词作家，也有经典的旧体诗词作品。

所谓"现代中国诗词经典"，它应该是"现代中国诗歌经典"乃至"现代中国文学经典"一个不可或缺的组成部分。"现代中国诗歌经典"不仅包括"新诗"经典，也理应包含"旧体诗词"经典。此处所说的"现代中国文学"概念，借用的是钱基博先生的大著《现代中国文学史》的说法。钱老先生在"编首"中就指出："现代文学者，近代文学之所发酵也。近代文学者，又历古文学之所积渐也。明历古文学，始可与语近代；知近代文学，乃可与语现代。"① 所以钱著《现代中国文学史》上编讲"古文学"，下编才讲"新文学"，先讲文言文学，后讲白话文学，其根据即前面所说的"历时性发生、共时性存在"的原则，并不以后发的"新文学"否定先在的"古文学"或"旧文学"。这才是汉儒所谓"实事求是"的文学史书写形态。于是我们看到，钱老先生讲现代中国诗歌，先讲"旧体诗词"，后讲"新诗"；先讲樊增祥、易顺鼎等人的中晚唐诗派和陈三立、郑孝胥等人的宋诗派，后讲胡适、康白情、俞平伯、徐志摩等人的"新诗潮"，这遵循的同样是文学史书写中历时性与共时性相结合的原则。由此可以见出钱基博心目中的现代中国诗歌史是一部原生态的复调诗歌史，而不是我们所习见的被新文学意识形态所阉割的单调诗歌史。这对于我们治现代中国诗史的学人来说无疑是很好的启示。所以我们编选这套《现代中国诗词经典》就是秉承钱老先生的文学史或

---

① 钱基博:《现代中国文学史》，傅道彬点校，中国人民大学出版社，2004，第24页。

诗歌史理念，强调古代文学与现代文学之间的历史连续性而不是断裂性。当然，钱老先生所谓的现代中国文学其实就是他当年置身其间的民国文学，而我们所谓的现代中国文学则不仅包含我们今天习惯上所谓的民国文学或"现代文学"，而且包括"当代文学"或"新中国文学"，因为无论是1949年以前的"现代文学"还是1949年以后的"当代文学"，都属于1912年民国肇造以降的"现代中国文学"。我们坚持钱老先生的立场，他的《现代中国文学史》开端即讲民初文坛老宿王闿运，他把现代中国文学的开端定在民国改元之际，我们深以为然，因为现代中国文学不仅是单纯的西方现代性文学形态在中国的翻版或创化，也是古老的中国文学史传统在现代中国的延伸与创化。

经过一番粗略的释名，我们的问题主要就集中在这套诗词选本的核心观念——"经典性"上了。对经典性的理解可谓见仁见智，我以为文学经典大体不外乎具备这么几个特性。首先是典范性，其本质是文学审美规范性，要么是坚持固有的审美规范而写出好的文学作品，要么是突破既定审美规范而创造出新的审美规范，当然后一种更加值得钦敬，但也不宜视前者为老旧而一笔抹杀。其次是生产性，或曰建构性，任何文学经典都是被生产或建构出来的，不仅被作者所生产和建构，而且被读者所生产和建构，既包括大众读者，也包括专业读者，即批评家和文学史家之类的研究者，他们在文学阅读、鉴赏、批评、传播的整个接受美学过程中通过创造性的想象和分析，让文学文本的话语空间得以生产和再生产。再次是阐释性，它与生产性或者建构性紧密相连，因为读者或批评家对文学作品的生产和再生产本身就是一种文学阐释过程，但文学经典的阐释性还不止于此，它主要意味着文学作品要想成为经典文本所必需的可供读者或批评家进行文学阐释或艺术再生产的资质或实力，换句话说，文学经典文本必须具备深广的文学阐释话语空间。一方面，文学批评需要具备阐释能力；另一方面，文学文本也必须具备阐释能量。二者相辅相成，经典文本遂由此而得以生成或建构。最后是历时性。任何经典都必须接受时间的考验，空间不是问题，问题在于时间，时间也是历史的本体形式，历史中的人或物都必须接受时间的巡视和检阅，只有那些突破时间限制的文本才能成为经典，所以真正的经典是永恒的，它能够接受不同时代的读者或批评家的检验，可供他们无限地阐释和再生产。当然，经典也是相对的，没有绝对的经典，任何经典都会在传播与接受的过程中受到挑战，甚至是颠覆性的挑战。明乎此，我们在选编现代中国诗词经典的过程中也就不会过于拘谨，在大体坚持以上文学经典性原则的基础上，无论对于诗词作品，还是诗词作者（作者是另一种文本），我们都尽可能做到理解和宽容。

除了总体上的文学经典性原则之外，我们在选编过程中还力求坚持三重标准。第一，是文学性的标准。旧体诗词是中国传统的诗歌样式在现代中国的延伸和发展，但它首先必须是诗，必须具备诗性，具备审美性和可读性，否则就是徒具诗的形式而没有灵魂的躯壳而已。那样的伪诗，我们是一律不选的，即使它具备所谓高超的诗歌技巧，或者说在诗词格律上做到了高度的谨严和工稳。我们需要的不是假古董，也不是假大空，所谓的台阁体或馆阁体，抑或作为其变体而延续的"新台阁体"或"老干体"，还有随着商业化时代到来而出现的所谓"参赛体"，我们明确表示警惕而不选。我们需要选择的是百年来对现代中国诗词发展真正做出艺术贡献的诗人词客的好作品，无论是传统派还是创新派，无论是宗唐还是宗宋，无论是内容创新还是形式革新，只要是对现代中国诗词发展确有艺术贡献，都在我们的遴选范围之内。与一般的现代中国诗词选本不同的是，我们对待传统派和革新派的学术立场更为宽容，我们不会固守传统诗词形式至上立场而故意贬抑现代诗词革新派，所以在我们的诗词选本中能够看到更多的革新派的身影。最明显的标志是我们的选本中大批量地出现了新文学家的旧体诗词作品，这些诗词作品也许在格律上不那么严谨，但却彰显了中国新文学家对旧体诗词创作前景所付出的艺术努力。相对于学院派严守格律的学人诗词而言，新文学家的旧体诗词能更加自由地挥洒性灵、不拘格套，更能体现传统旧体诗词的现代性。当然，不少现代学人和书画家的旧体诗词也能很好地做到对传统诗词的创造性转换，比如沈祖棻和丁怀枫的诗词、齐白石和启元白的诗词、杨宪益和荒芜的"打油诗"等，都是著例。

　　第二，是文学史的标准。既然名之为"现代中国诗词经典"，所选诗人诗作、词人词作能否入史就是一个很重要的条件。当然，现在国内学界还没有产生公认的"现代中国旧体诗词史"著作，但这并不意味着没有旧体诗词的文学史或诗史标准，这种标准需要我们在研究和编选中尽量严格地寻找和坚持，它是一种能够接受时间考验的"潜规则"，潜在地决定着作家与文学史的内在关系。我们必须选择那些在百年旧体诗词发展史上产生过不同程度的历史影响的诗家词客的诗词作品，可以是名作也可以是名家的无名佳作，而所谓的名家也不是某个人的意志所规定的，而是在百年历史长河中被时间所淘洗而留下的优秀作手。"名家"有可能在生前即有大名，或者年少成名，或者大器晚成，也有可能在生前默默无闻，而在死后被再发现，从而光焰璀璨，这样的名家也许更让我们唏嘘和尊重。还有一些所谓名家，生前名头很响，但死后被人遗忘或唾弃，对这样的名家我们在选择时必须严格要求，既不能随时潮变幻而随意否定，也不能盲目崇拜，而必须坚持以作品的实力说话。所以，我们的选本虽然注重名家效应，但绝不盲目崇拜名家，而且在我们的心目中名家是被不断地建构和再生产出来的，所以有一些诗词作家虽然名声不大，或许仅仅在诗词圈内有些许名望或口碑，比如曾缄、洪漱崖、洪传经、郭珍仁、周素子等，但我们依旧将其与那些如雷贯耳的名家大师并置，这也是我们在编选中坚守文学史标准的体现。

　　除注重名家佳作之外，我们比较看重所选诗词作家对文学史或者诗词史做出的独特贡献。我们会从现代中国诗歌流派史的角度加以选择，比如晚清诗歌流派中不同的派别在进入民国以后的创作状况，我们在选本中力求多样化地呈现，这些逊清遗老也并非都是新文学家眼中食古不化的封建余孽，即使像陈三立这样的同光体巨擘，他在晚年依然释放出了不可忽视的光芒，他在日寇全面侵华之际的死亡方式确实展现了其夺目的古典人格力量，这与某些自诩现代性的新文学家在民族危难关头的失节行为形成了鲜明的反照。当然我们也不因人废诗，有些在特定历史阶段失节的诗词名家，我们依然在有所保留的情况下留史存照。从现代中国诗词流派史的角度看，进入民国后诞生的"学衡派"也许比前清遗老派更为重要，吴宓、胡先骕、陈寅恪、刘永济、邵祖平、陈匪石、李思纯等人的诗词创作自然也就在我们的重点遴选范围之内。还有以南京为中心的民国著名高校的诗词群体，如吴梅、黄侃、胡小石、陈中凡、汪东、沈祖棻、卢前、唐圭璋等人，他们的诗词创作无疑也是民国诗词的经典构成部分。而对于新文学家的旧体诗，我们特别看重那些对现代中国诗词艺术史做出独特贡献的诗词名家，比如鲁迅和他的追随者们（聂绀弩、胡风、萧军等），乃至追随者的追随者们，如阿垅、杨宪益、荒芜、黄苗子、邵燕祥等人，他们这一流脉的现代旧体诗独具一格，讽刺性与批判性明显加强，有的甚至带有强烈的现代打油诗色彩，具有强烈的社会战斗精神，为开拓旧体诗的新意境做出了杰出贡献。再比如胡适，有名的"胡适之体"不仅是指他的新体诗，也指他的旧体诗词，或曰旧体新诗，主要是他的"白话词"。胡适的这种白话词对于丰子恺、启功、许白凤、郭珍仁等人而言，无疑有着重要影响。总之，我们从现代中国诗词艺术史的角度看，鲁迅式和胡适式的艺术开新，与陈三立式的艺术坚守，同样不可忽视，这体现了我们编选过程中对现代与传统之间辩证理解的学术立场。

我们在选编中还十分注重现代中国不同历史阶段的诗词创作，比如民初的诗词创作、五四时期的诗词创作、抗战时期的诗词创作、社会主义革命和建设时期的诗词创作（尤其是这个时期的地下诗词创作），当然还有改革开放新时期的诗词创作。毫无疑问，只有抓住了这些关键历史时期的诗词创作，我们的选本才能力避浮泛和主观，从而直抵文学史或诗词史的历史现场。这些历史时期在现代中国历史进程中都具有举足轻重的地位，而且各个时期的文学创作都已经或正在进入文学史书写。这些历史时期的诗词创作大都反映了各自不同历史时期中国的社会现实和世态人心，在很大程度上也具备了"诗史"的品格。尤其是对于那些跨越不同历史时期的诗词作家而言，情形就更是如此。所以我们在选编中格外注重那些跨时代诗词作家的诗词作品，比如晚清同光体各派诗坛耆宿，赣派的陈三立、夏敬观，闽派的郑孝胥、陈宝琛、陈衍、李宣龚、何振岱，浙派的沈曾植，还有同属同光体的湖北诗人陈曾寿，这些晚清诗词名家在进入民国后依旧十分活跃，有些人甚至卒于新中国成立以后，所以还不能简单地将他们仅仅看作近代诗人或晚清诗人。还有晚清著名的诗歌社团——南社，包括柳亚子、陈去病、高燮、徐自华、林庚白、马君武等在内的诗人词客，他们在进入民国乃至新中国以后依旧不废吟咏，有的甚至迎来了新的诗词创作阶段，我们同样也不能简单地视之为近代诗人或晚清诗人而将其排斥于现代中国诗词史之外。不仅如此，为了折射现代中国诗词发展史的基本面貌，我们还十分注重诗词创作群体中艺术师承关系的反映，比如不同诗词作者的诗歌流派渊源或艺术谱系，我们尽量通过不同代际的诗词作者的编排加以反映，有时甚至直接选收同一诗歌家族中不同成员的诗词作品来加以反映，比如江西义宁陈氏家族（陈三立、陈师曾、陈隆恪、陈寅恪、陈方恪），杭州陈氏家族（陈蝶仙、陈定山、陈小翠），还有诗坛伉俪（沈祖棻与程千帆、周素子与陈朗）等。当然他们的诗词并非都风格相同，有时甚至截然相反，但这无疑也是展示我们选本的文学史意蕴的极佳方式。

第三，是文化史的标准。入选的诗词作家大抵都属于文化名人，他们的社会影响往往都越出了文学界，而在不同程度上参与到了现代中国文化建构的历史进程之中。可以说，每一个入选者都是一个"有故事的人"，他们生前或卒后都在持续发挥着社会文化影响力。他们大都属于现代中国文化史上的传奇人物，甚至是神话人物，他们与诗之间是互动关系，诗以人传或人以诗传，二者相得益彰。阅读一首诗其实也就是阅读一个人，阅读一个人也就是阅读一首诗，毫无疑问，这是现代中国文化史上一道别样亮丽的人文风景线。大体而言，我们选录的诗词作家的社会文化身份可以分为五种：一是晚清遗老，二是新文学家，三是现代学人，四是书画大师，五是军政要人。这些社会文化身份我们在诗人小传或词人小传中都做了重点说明，以显示我们在文化选择上的丰富性和多样化。需要格外说明的是，我们在军政要人的选择上力求做到与时俱进，既选了毛泽东、陈毅这样的共产党诗人领袖或元帅诗人，也选了于右任、罗卓英这样的国民党开国元勋或将军诗人，而且还选了邓拓、巩绍英、牟宜之、洪潄崖、洪传经等国共两党中工诗擅词但历尽人生坎坷的文化名流。同样，在新文学家中，我们既选了新潮的新文学家，也选了保守的新文学家，如张恨水和周瘦鹃。在现代学人中同样也照顾到了不同地域派别的学人群体，比如京派、海派、金陵派、岭南派、巴蜀派之类，都有所反映。在性别上，为了彰显现代中国女性诗词的风貌，我们还特意选择了一批不同代际的女性诗词名家的作品，以展现她们的艺术情采和文化风采，当然，也展现了她们在现代中国不同社会历史时期的坎坷遭际和精神个性。

在编选体例上还有几点需要加以说明：一是我们为每一位入选作者编写了小传，分为诗人小传和词人小传。但其中有部分作者是重叠的，我们在编选中力求减少这种重叠，这是为了让更多的优秀作者入选，以便更全面地反映现代中国旧体诗词的历史风貌，但这也带来了另外一个问题，即有些诗词俱佳的作者只能忍痛割爱了。当然，这些小传的编撰也吸纳了前辈学者的研究成果，因体例所限，未能一一注明，在此一并致谢。二是我们在作者编排上并未采用习见的姓氏笔画或音序排列，而是以作者的出生年月进行排序，同年的区分至月，同月的区分至日，月日不详的一律后排，遇到多位月日不详者，则依据其生前成名早晚排序。这些诗词作者的具体出生年月，都以比较权威的纸质出版物提供的资讯为准，如有不同版本，则严加甄别，择善而从。我们在排序时之所以如此拘泥于作者出生年月，主要是为了在选本中凸显时间感和历史感，体现现代中国诗词不同代际作者演变的历史脉络。三是我们选择的诗词作品的创作年份起自1912年民国建立，对于那些出生于晚清的诗词作者，其诗词作品只选择1912年及其以后创作的作品，而其写于民国之前的作品概不入选。一般而言，我们选择的晚清至民国的跨代作家，其卒年大多在1920年之后，个别作者由于在民初诗词界影响巨大，虽卒于1920年之前也酌情入选，如苏曼殊即如此。至于所选诗词作品的时间下限，则大抵止于20世纪80年代末至90年代初。之所以确定如此下限，是因为我们题名《现代中国诗词经典》，而近二十年来的中国当代文学还处于尚未经典化或正在经典化的过程中，所以这个时期的诗词作家及其作品的经典性还明显有待于历史观察。四是我们在诗词作者及其作品的选择空间范围上照顾到了"中华诗词"的完整性，在以中国内地诗词作者及其作品为主体的前提下，我们也适当地选入了中国香港、中国台湾，乃至于欧美海外华人圈的诗词名家及其作品，以期彰显中华诗词无远弗届的强大艺术生命力。

最后要交代一点，这套选本是在华中师范大学出版社中华诗词出版研究中心成立之际临时应邀编选出来的，所以我首先要感谢出版社诸位领导对我的信任，其次也要向有缘的读者方家表达我的歉意，因为时间仓促，错讹之处在所难免，敬祈不吝赐正，以待来日修订。我还要感谢我的四位研究生，他们是王振、黄晶、王博和王彪，感谢他们在紧张忙碌的编选过程中给予我的资料收录技术性支持！尽管他们跟随我从事研究的主业是现代中国的"新文学"，但他们对现代中国旧体诗词研究并不抵触，能秉持和初建一种较为宽容和多元的现代中国文学史观，这无论如何是一种学科观念上的进步或曰修正。如果借用我很喜欢的当代作家韩少功的一个术语，这就叫作"进步的回退"。

第三章　新旧之争与现代中国旧体诗词平议[＊]

自 1917 年"文学革命"和现代白话文运动以来，随着胡适等人的"新诗"实验，中国传统诗词便只能以"旧体诗词"的名义而存在。可以说，五四以后中国"旧体诗词"实际上是和"新诗"如影随形地共存着的，没有"新诗"就没有所谓"旧体诗词"，反之亦然。近百年来，"新诗"已然成为"中国现当代文学史"的主体，而"旧体诗词"却始终在主流文学史中付诸阙如。事实上，"现代中国旧体诗词史"已经构成了一个绵延不绝的诗歌史段落。历史表明："新诗"并没有"战胜"所谓的"旧体诗词"，"旧体诗词"不仅没有死亡，而且一直在坚韧地存活着，并且在新世纪的传统文化热潮中日渐引起社会和学术界的关注。在很大程度上，现代中国旧体诗词研究已经关系到现代中国文学研究乃至中国文学史研究的整体学术格局。随着现代中国旧体诗词研究的拓展和深化，现代中国文学与中国古代文学之间的学术断裂必将因此而得以修复，而且现代中国文学研究内部的新文学与旧文学的二元对立模式也必将得以消解，现代中国文学也将因此而迈上新的历史征程。

一

撇开"新诗"和"旧体诗词"的文体对立不谈，客观地看，民国时期的旧体诗词创作不仅数量上十分繁盛，而且质量上也取得了很大的思

＊　本章原刊《创作与评论》2014 年第 20 期，作者李遇春，题名《中国现当代旧体诗词平议》。《中华书画家》2019 年第 10 期重刊。

想和艺术成就。众多风姿卓异的旧体诗词名家名作的涌现，是中国现代诗歌史上不可忽视的文学存在，因此可以说，民国旧诗坛足以与民国新诗坛分庭抗礼。虽然民国旧体诗词在传播与接受上不如新诗那样广泛地深入民众，但作为中国古典诗歌传统的一种接续或绵延，它依旧在民国知识精英群体中拥有巨大的影响力，包括新派知识精英和旧派传统文人在内，大多数人其实并未真正地或绝对地排斥和否定旧体诗词，甚至许多人像闻一多那样选择了"勒马回缰作旧诗"。[①] 即使有些新文学家曾经发表过否定旧体诗词的言论，那些言论其实也并非他们内心的真实想法，而是折射了他们内心文化情感与历史理性的冲突，即他们在文化情感上依旧潜在地认同中华诗词传统，而在历史理性上因整体认同西方现代性而不得不明确地拒斥旧体诗词。

民国时期的旧体诗词创作大体上可以分为两个阶段：一个是从"五四"到"全面抗战"前夕（1919~1936年），另一个是"全面抗战"和"战后"时期（1937~1949年）。由于民国初年（1912~1916年）尚未有现代意义上的"旧体诗词"或"旧诗"与"新诗"二元对立一说，故而民初或五四前夕只能作为短暂的过渡时期置放在第一个阶段里。

在第一个阶段里，尽管"新诗"创作处于"异军突起"的强势话语状态，但"旧体诗词"创作其实并未衰歇，主要史证如下。①以严复、林纾、王国维、章太炎、刘师培、章士钊、黄侃、黄节、吴梅等为代表的一批知名学人进入民国后不仅继续创作旧体诗词，而且还创办了《国故》月刊、《甲寅》周刊等杂志为传统文化、文言文和旧体诗词辩护。这些民国保守主义文人的诗词创作与文化立场如今在新的历史语境中逐步得到再评价。②以吴宓等主编的《学衡》杂志为首，包括梅光迪、胡先骕、邵祖平、吴芳吉等在内的一批捍卫古典诗词传统的学人与"新诗"阵营展开了激烈而持久的学术论战。以往的现代文学史提及这段论争，

---

① 闻一多1925年自美归国前夕曾致函梁实秋，内附一组旧诗。其一《废旧诗六年矣。复理铅椠，纪以绝句》云："六载观摩傍九夷，吟成缺舌总猜疑。唐贤读破三千纸，勒马回缰作旧诗。"见《闻一多全集》第12卷，闻立雕、闻铭、王克私整理，湖北人民出版社，1993，第222页。

往往站在新文学立场上，一味地否定和贬抑"学衡派"文人，而近些年来，学界已出现越来越多的替他们辩护的声音。③晚清的"同光体"诗人群体进入民国后一直坚持旧体诗词创作，如赣派的陈三立、夏敬观，闽派的郑孝胥、陈宝琛、陈衍、李拔可、何振岱，浙派的沈曾植，还有鄂籍诗人陈曾寿等众多名家，他们的晚年诗词创作代表了晚清"同光体"诗派的民国余响。④以王闿运、陈锐、曾广钧、杨度等为代表的晚清"汉魏诗派"传统进入民国后依然不绝如缕。⑤以梁鼎芬、樊增祥、易顺鼎等为代表的晚清"中晚唐诗派"进入民国后依旧拥趸甚众，当然樊、易二人晚年华靡诗风流弊不浅。⑥以康有为、梁启超、夏曾佑、金松岑等为代表的晚清"诗界革命派"进入民国后，其晚年创作同样不容忽视。⑦以柳亚子、陈去病、高旭、高燮、苏曼殊、姚鹓雏、徐自华、林庚白等为代表的一批"南社"诗人词客入民国后继续在诗界发挥巨大影响力，尽管南社的解体或分化给此派诗人带来了不小困扰，但新文化和新文学运动也促使此派诗人在坚守传统的同时不断地求新求变。苏曼殊和林庚白的诗词水准极佳。⑧以陈独秀、胡适、鲁迅、沈尹默、郁达夫、周作人、闻一多、刘大白、刘半农、康白情、王统照、俞平伯、田汉、赖和等为代表的一大批新文学家在五四前后同样创作了大量的旧体诗词，而且达到了很高的思想和艺术水平。尤其是鲁迅和郁达夫的旧体诗词在这个时期堪称高峰。⑨以于右任、黄兴、廖仲恺、胡汉民、谭延闿、马君武、叶楚伧等为代表的国民党人在该时期创作了大量的旧体诗词，于右任和马君武堪称其中翘楚。⑩以李大钊、邓中夏、恽代英、瞿秋白、毛泽东、周恩来等为代表的共产党人在该时期也创作了大量的旧体诗词。而毛泽东在该时期创作的诗词是他旧体诗词创作的第一个高峰，也是中国现代旧体诗词创作的一个高峰。此外，该时期还有一些书画大家的诗词创作也值得重视，如吴昌硕、齐白石、陈师曾、谢玉岑等人的诗词。总之，从五四前夕到"全面抗战"前夕，民国旧体诗词成绩斐然，不容小觑。这些民国早期涌现的旧体诗词名家名作绝对不比中国新诗草创时期的"白话诗"逊色，时过境迁，如今再来平议这个时期的新旧诗坛，我以为除了徐志摩、闻一多、戴望舒、林徽因等少数早期新诗人的诗歌创造成就尚能传世之外，其实这一时期的旧诗成就是高于新诗的。

在第二个阶段里，即全面抗战时期和解放战争期间，民国旧体诗词创作在战乱环境中继承中国古典诗歌的现实主义传统，由此"抗战诗词"达到了新的高峰。这同样可以在多个方面的史实中得到证明。①抗战军兴，民族矛盾上升，中国新文学家们暂时打破了新旧文体壁垒，而在文学和文化上建立统一战线。许多新文学家公开写作甚至公开发表旧体诗词。如郭沫若、茅盾、叶圣陶、朱自清、老舍、胡风等新文学家纷纷把曾经在五四时期中断的旧体诗词写作接续上来。而郁达夫、田汉、俞平伯、张恨水等原本未曾中断旧体诗词创作的新文学家们，更是在这个民族主义情绪高扬的历史时期，把自己的旧体诗词创作推向了新的高度。②以南京、昆明、重庆、北平等城市的大学为中心的知名学人群体也创作了大量的关心民族命运的旧体诗词。知名学者诗人有章士钊、陈寅恪、吴宓、萧公权、顾随、胡小石、汪东、沈祖棻、陈匪石、陈中凡、乔大壮、曾缄、刘永济、马一浮、谢无量、王季思、缪钺、夏承焘、卢冀野、詹安泰、王力、吴世昌、丁怀枫、钱仲联、唐圭璋、钱锺书、冯沅君、唐玉虬、霍松林等，他们已经依据不同的地域而形成了不同风格的诗词创作群体，围绕他们而组建的旧体诗词社团也不在少数。这个时期的许多书画家如吴湖帆、钱名山、潘伯鹰、陈小翠、周鍊霞等也大都与各自所在的地域学者诗人群体相过从。③以延安为中心的解放区在抗战时期也迎来了一个抗战诗词写作高潮。如延安有著名的怀安诗社，江南新四军根据地有湖海艺文社等。毛泽东、朱德、董必武、陈毅、叶剑英、林伯渠、钱来苏、续范亭、董鲁安等共产党人在该时期都取得了较高的创作实绩。④国民党元老和民主党派人士在该时期也达到了较高的诗词创作水平，如柳亚子、居正、江庸、李根源、程潜、李济深、陈铭枢、黄炎培、马叙伦、张澜、沈钧儒、陈叔通、胡厥文等。⑤全面抗战时期的港台和海外华人的旧体诗词创作也取得了很大成就。如台湾的栎社和瀛社的诗人群体的创作，香港刘伯端等人的旧体诗词创作，吕碧城、蒋彝等人漂洋过海的海外旧体诗词创作，潘受等新加坡和马来西亚等国的华人旧体诗词创作等。总之，抗战诗词是民国旧体诗词的一座高峰。当然，抗战时期的新诗创作也取得了很高成就，以艾青、冯至、卞之琳、穆旦为代表的中国新诗人在抗战时期的诗艺日渐成熟，中国新诗在现实主义与现代主义写作上都已然开辟新局，这是早期新诗所不可比拟的。由此我们大体可以判断，抗战及战后时期的旧体诗词创作与同时期的新诗创作处于二水分流、不相伯仲、比翼颉颃的状态。如果要写抗战诗歌史，显然应该是新旧诗各占半边天的文学史格局。

二

新中国成立以来，当代旧体诗词创作虽然也有过曲折和艰难，但还是取得了快速的发展和较高的成就。大体而言，新中国成立以来的旧体诗词创作可以划分为两个时期：一个是社会主义革命和建设时期的旧体诗词创作（1949~1976年）；另一个是80年代以来的旧体诗词创作，即改革开放与社会主义现代化建设新时期的旧体诗词创作。中国社会政治历史语境的变迁，赋予了不同时期的旧体诗词创作不同的特点。

先看社会主义革命和建设时期的旧体诗词创作。研究中国当代文学的学者通常认为这个时期的中国文学属于泛政治化的文学，政治性大于艺术性，在思想性和审美性方面都不及改革开放以来的新时期文学的成就。但这个时期却是中国当代旧体诗词创作的一个高潮期，也是一个高峰期。理由有这样几点。①1957年《诗刊》创刊号发表毛泽东诗词十八首以及毛泽东致臧克家等人的信，掀起了当代旧体诗词创作的高潮。毛泽东诗词的广泛传播以及他对古典诗歌的重视，给当时的旧体诗词创作带来了良好的环境。虽然毛泽东在信中说过旧体诗词"束缚"人的话，但客观上还是带动了当时的旧体诗词创作，因为毛泽东同时期对"新诗"的批评更为严厉。②一大批政治人物在毛泽东的影响下开始大

规模地写作旧体诗词，其作品也得到了公开发表，如《光明日报》专门
创办了《东风》副刊发表旧体诗词。创作者有朱德、陈毅、叶剑英、萧
克、张爱萍等元帅和将军，他们的诗词后来结集为《将帅诗词选》。这
里面还有董必武、林伯渠、张澜、李济深、程潜、沈钧儒、黄炎培、陈
叔通、胡厥文、赵朴初等党内或民主党派的元老级人物，他们的诗词在
当时影响很大。③新中国成立后一大批新文学家也在新的文学环境下进
行旧体诗词创作，如郭沫若、茅盾、叶圣陶、俞平伯、周作人、田汉、
老舍、丰子恺、沈从文、聂绀弩、胡风、臧克家、何其芳、邓均吾、王
统照、饶孟侃、冯雪峰、施蛰存、萧军、罗烽、姚雪垠、石凌鹤、吴祖
光、张光年、于伶、辛笛、阿垅、罗洛、关露、邓拓、吴晗、廖沫沙、
吴奔星、张中行、马识途、公木、黄秋耘、张志民、陈大远、邵燕祥、
梁上泉、胡征等人。其中，一部分人以政治化的"新台阁体"诗词写作
为主，如郭沫若等；还有一部分人主要是"地下写作"或"潜在写作"，
如胡风、聂绀弩等人由于遭受政治监禁或流放而投入旧体诗词写作；更
多的人则经历了从"文革"前的"台阁诗词"向"文革"中的"受难诗
词"的创作转变，整体诗风也由明朗粗豪转向了沉郁顿挫，创作原则则
由伪浪漫主义转向了真正的现实主义。④一大批学者和书画家也在这个
时期创作了大量的旧体诗词。如章士钊、陈寅恪、吴宓、张伯驹、黄公
渚、夏承焘、曾缄、常任侠、钱锺书、冒效鲁、徐燕谋、沈祖棻、顾随、
黄咏雩、周谷城、翦伯赞、陈隆恪、陈方恪、刘永济、杜兰亭、马一浮、
王敬身、刘景晨、钱仲联、张珍怀、洪敦六、丁怀枫、陈小翠、徐翼存、
陈声聪、周錬霞、许白凤、霍松林、缪钺、王季思、杨树达、荒芜、吴
鹭山、唐圭璋、程千帆、寇梦碧、陈朗、吕贞白、刘逸生、陈迩冬、詹
安泰、苏渊雷、梅冷生、徐震堮、黄稚荃、王昆仑、沈轶刘、陈邦炎、
李汝伦、吴世昌、周退密、陈九思、周采泉、徐定戡、张牧石、莫仲予、
刘蘅、王沂暖、江婴、陈宗枢、王个簃、沈尹默、启功、黄宾虹、蔡若
虹、林散之、邓散木、刘海粟、潘天寿、吴茀之、吴白匋、谢稚柳、陆
维钊、朱庸斋、黄苗子、沈鹏、张采庵、周素子、孔凡章、吴玉如、刘
夜烽、苏步青、石声汉、陈从周、苏仲湘、舒芜、曹大铁、裘沛然、罗

密、林锴、洪漱崖、黄万里等。这些诗人词客主要集中在京津、苏沪、岭南、巴蜀、湖湘、浙闽等地区，这里面有国学大师，有古典文学研究大家，有书画名家，还有科学泰斗和中医圣手，他们绝大部分人都有单行本的旧体诗词集子印行，在现当代旧体诗坛享有美誉。他们中许多人的旧体诗词属于"地下写作"或"潜在写作"范畴，其思想和艺术价值不容低估。⑤ 1976年的天安门诗歌运动以旧体诗词为主，自发地掀起了一个当代民间旧体诗词创作运动，对当代中国社会政治变革和文学变革产生过重大影响。

　　不难看出，新中国成立后，前三十年的旧体诗词创作其实异彩纷呈，既有主流的红色政治诗词写作热潮，也有被压抑的地下诗词创作潜流，且后者的成就无疑高于前者。如果与同时期的新诗创作做比较，比如拿那个时期最优秀的新诗人郭小川、贺敬之、闻捷、李瑛等人的新诗成就与聂绀弩、胡风、陈寅恪、李汝伦等人该时期的旧体诗成就相比较，我们将不得不承认，这个时期的新诗在旧体诗词面前是相形见绌、黯然失色的，这一点将随着时间的推移而越来越清晰。即使是把那个年代著名的"地下"新诗人食指、芒克、唐湜等人拿来比较，无疑也还是聂绀弩、陈寅恪等旧体诗人成就为高。至于改革开放三十年的旧体诗词创作，从数量上来讲，比前一个时期有过之而无不及，但从质量上来看，则要逊色得多。改革开放新时期的旧体诗词创作只能说是一个高潮，不能算高峰。这一个时期随着经济的繁荣和社会的发展，尤其是政府的大力支持，各种诗词刊物和诗词团体如同雨后春笋般出现，遍及全国各省市，甚至地县乡镇。著名的地方性诗词社团有野草诗社、钱塘诗社、岳麓诗社、洞庭诗社、太白楼诗社、东坡赤壁诗社、广州诗社、江西诗社、春申诗社、嘤鸣诗社、银杏诗社、燕赵诗社、甘棠诗社等。全国性的诗词团体——中华诗词学会于1987年正式建立，随之各省市纷纷成立地方性的诗词学会。1994年中华诗词学会还正式创办了会刊《中华诗词》，《中华诗词》在海内外拥有庞大的读者群，产生了世界性影响。随后各省市诗词学会也陆续创办各自的会刊，这些会刊大都以省市命名，其中隐含了各级政府的助推力。

据说《中华诗词》的发行量已经远远高于以发表"新诗"为主的《诗刊》的发行量。在这些地方性诗词刊物中，广东的《当代诗词》、四川的《岷峨诗稿》、江苏的《江南诗词》、湖北的《东坡赤壁诗词》、北京的《野草诗辑》、上海的《上海诗词》、福建的《福建诗词》、湖南的《岳麓诗词》等创办得比较有特色，其他大多数刊物则几乎千人一面、千部一腔，沦落为"老干体""歌德派"诗词的专刊了。此外，全国性的诗词大赛已举办多次，如"李杜杯""炎黄杯""回归杯"等，由此催生了有当代特色的"参赛体"诗词，流弊不浅。与此同时，全国性的当代诗词研讨会相继举行，迄今已办了将近二十届。中华诗词新时期的这种繁荣局面的到来既与社会经济的发展相关，也与党和政府在政策上的大力扶持分不开。90年代以来，江泽民、习近平等不断公开倡导或者发表旧体诗词作品，此外以厉以宁等为代表的一批经济学家，还有钱昌照、孙轶青等一大批离退休的老革命、老干部都对新时期旧体诗词的繁荣给予了相当大的鼓励和支持。进入21世纪，随着网络写手时代的到来，网络诗词也十分繁荣。各种旧体诗词网站层从不穷。网络诗词写手中涌现出了一大批青年才俊，他们的民间写作姿态代表了新世纪中华诗词的发展方向。但其总体创作成就还有待观察，少数实力派诗词写手还在成长中，尚未进入成熟期。总之，旧体诗词在改革开放的大背景下获得了新的生机，它在社会影响力上完全可以和"新诗"分庭抗礼，各自拥有坚定的支持者。

但毋庸讳言，改革开放新时期旧体诗词创作还存在一些根本性的弱点，这是它表面上的繁荣所遮掩不住的尴尬。由于一大批旧体诗词作者都是横跨现当代的世纪老人，他们在进入改革开放新时期以后创作力必然衰退，精品不多，除了启功、杨宪益、李汝伦、刘征等少数人外，大多数人垂暮之年的诗词无法与此前的诗词相提并论。此外，改革开放新时期旧体诗词界存在一个庞大的老干部作者群，"老干体"的流行既推动了旧体诗词的传播与接受，也带来了很大的负面影响，甚至败坏了旧体诗词的声誉。而一批中青年诗词作者普遍缺乏深厚的国学修养和古典诗学底蕴，其诗词创作也存在思想性和艺术性不足的缺陷。这当然是时代的缺憾，不是在短时期内可以完全弥补的。但随着中华文化的复兴与重生，作为"国诗"的旧体诗词也必将迎来真正的复兴。目前，在如何评价改革开放新时期旧体诗词成就的问题上比较让人犯难。这主要是因为对改革开放新时期旧体诗词的研究还处于比较低的学术层次，大量的诗词评论不过是浮光掠影、彼此吹捧的诗词鉴赏而已，评论呈现零散化和碎片化的状态，尚未抵达真正意义上的学术境界。改革开放新时期旧体诗词评论在学术性上的匮乏，导致了改革开放新时期旧体诗词创作在一种盲目自信的状态下畸形发展甚至是恶性膨胀。由于缺乏专业诗词评论家的良性批评，大量粗制滥造的旧体诗词文本铺天盖地、势不可挡，其中隐含了复杂的经济利益诉求，严重伤害了中华诗词复兴的文学大业。在这种情况下，我们很难对改革开放新时期旧体诗词创作的整体评价表示乐观，因为与改革开放新时期中国新诗创作的整体成绩比较起来，改革开放新时期旧体诗词的面纱尚未被真正地揭开，还未得到真正意义上的学术评估。比如新诗界三十多年来已经推出了代表性诗人诗作，像北岛、舒婷、顾城、海子、翟永明、欧阳江河、西川、于坚、王家新等人的新诗已成为改革开放新时期中国文学史上不可或缺的艺术存在，而这段时期的旧体诗坛却未能推出足以与他们比肩的诗歌旗手或标志性人物。一些旧体诗坛大腕占据高位，而实际上创作平平，相反那些真正有实力的中青年诗词作者则遭到各种压制或屏蔽，他们只能散居民间或隐身于网络虚拟空间，苦苦等待未来文学史家的考古式发现。但这样的等待风险性极大，古往今来不知道有多少民间高手被历史无情地埋葬。侥幸如周啸天者，斩获 2014 年鲁迅文学奖之诗歌奖，而且这是鲁迅文学奖首次被授予旧体诗人，周啸天因此而名扬天下，从民间走向殿堂，但最终他的获奖却成了一曲滑稽戏，以他的名字命名的"啸天体"也遭到全国网民的吐槽。所以，当务之急还是需要呼唤专业性的旧体诗词评论家和学者的出现，只有古代文学和现当代文学的学术交融才能回应这种时代的召唤。倘若不能做到这一点，即不能做到旧体诗词评论的复兴，那么所谓中华诗词的复兴，就将沦为空谈。诗词创作的复兴与诗词评论的繁荣必须二位一体。

　　与此同时，大量的海外华人遍及欧美和东南亚地区。凡此种种，带来了当代旧体诗词创作的丰富性、多元性和复杂风貌。因此，台港澳地区和海外华文文学中的旧体诗词创作也不能忽视。台湾较好地保存了中华传统文化和古典文学传统，由此带来了当代台湾旧体诗词创作的繁荣。这主要表现为以下几点。①一批国民党元老或官员赴台后写了大量的旧体诗词，其中不乏于右任、周弃子、成惕轩这样的名家作手。②一批新文学家赴台后写作旧体诗词不辍，著名者如台静农、易君左、苏雪林、陈定山等。③一批学者诗人赴台后也坚持写作旧体诗词，著名者如董作宾、潘重规、罗家伦、方东美等。④以张大千、溥儒、陈含光为代表的赴台书画大师的旧体诗词创作堪称国粹。⑤一批台湾成长的学者和文人也写了大量的旧体诗词，如吴浊流、柏杨、高阳、汪中、琦君、张梦机等即是其中的翘楚。1981年时事出版社出版的《台湾爱国怀乡诗词选》就收录了许多台湾当代旧体诗词作品，好评如潮。当代香港旧体诗词创作亦十分繁荣，名家众多，作手如林。主要有：①以金庸、梁羽生为代表的新派武侠小说家的旧体诗词创作；②以饶宗颐、陈湛铨、苏文擢、罗忼烈、曾克耑、吴天任等为代表的一批学者诗人的诗词创作；③以高旅等为代表的一批现代报人的旧体诗词创作。相对而言，当代澳门旧体诗词创作较为逊色，优秀作手不多见。而在东南亚的华人圈，旧体诗词创作十分兴盛。如新加坡就产生了两位"国宝级"的大诗人，即潘受和张济川，其诗词集广为流播。在马来西亚，大马诗社名噪一时；在越南，华侨女诗人张纫诗的诗词尤其令人称道，其有"诗姑"之美誉。至于在当今欧美国家，华人对旧体诗词的喜爱溢于言表。他们成立了众多诗词社团，如影响广泛的美国四海诗社等。一大批旅居欧美的华人学者都酷爱旧体诗词，其中不乏名家，如萧公权、蒋彝、顾毓琇、周策纵、李祁、叶嘉莹、阚家蓂、张充和等。总之，在台港澳和海外华人圈，旧体诗词堪称"国诗"和"国粹"，是联系中华儿女的深层文化心理纽带。写作旧体诗词甚至成了许多海外华人日常生活的一部分，吟诗作赋、泼墨挥毫或者是他们学术生涯的必需品，或者是他们商海纵横中的一道文化风景。他们的诗词创作是对当代旧体诗坛的重要补充。

三

世纪之交,当代中国文坛出现了一股"旧体诗词热",学术界关于旧体诗词的论争不再仅仅停留在旧体诗词合法性论证这个外围层面上,而是深入到了旧体诗词如何入史的学理层面,不少学者开始深入研究中国现当代旧体诗词发展史中出现的学理性问题,这就如同他们研究中国新诗史一样。由此学界出现了一批具有较高学术含量的中国现当代旧体诗词研究论文,甚至还出现了多部以旧体诗词为研究对象的博士学位论文,这在以前是不可想象的。

追根溯源,近年来旧体诗词热潮的出现与世纪之交中国文化语境变迁有关。20世纪90年代以来,在全球化背景下,中国思想文化界发生了裂变。与80年代主要追求"西化"或现代化的"新启蒙主义"不同,90年代以来出现了回归本土、回归传统的"文化守成主义"思潮。这种思潮虽被反对者目为"新保守主义",但拥护者众多,甚至得到了一些80年代的激进主义者的响应。他们从世界范围内的后殖民主义文化思潮中汲取思想资源,反对西方中心主义文化霸权,主张在全球化语境中保持本民族的文化品格。这种回归传统的思潮在新世纪以来得到了进一步强化。孔子学院在西方国家的风行正说明了中国传统文化的固有价值。虽然当前的传统文化热和"国学热"也存在"虚热"和"浮躁"的倾向,但这种世界性的反思现代性的文化思潮却是势不可挡的。历史发展中从来不缺少戏剧性。20世纪初的反传统思潮,在百年后的21世纪初却被回归传统的思潮所取代。正所谓此一时彼一时,"风水轮流转"。所谓的"风水"即"具体的国情",20世纪初五四先驱的反传统自然有其历史合理性,其历史贡献也不容抹杀,但在21世纪前后,历史语境已然发生重大变化,中国的综合国力已经举世瞩目,在新的国际形势下,回归中华传统文化就成了必然的历史选择。近代以来的"文化自卑"情结开始逐步剥离,重视本民族的传统文化实际上是民族文化自信心增强的表现。当然，回归传统并不意味着盲目排外，西方文明依然是我们本土文化进行创造性转化的重要思想资源。在这个意义上，新世纪以来学术界重视旧体诗词研究就不是偶然的，而是历史发展中必然的文化选择。因为旧体诗词是"国诗"，是"国粹"，就像京剧（国剧）、中医（国医）和国画一样，理应得到今人的尊重和喜爱。况且现代中国旧体诗词发展中涌现出众多诗词名家名作，它们具有重要的文学和文化价值。深入研究现代中国旧体诗词发展史，将有助于我们对传统文化和古典文学的创造性转换的探究，这也是对当下全球化语境中民族化思潮的学术回应。

回顾现代中国旧体诗词研究的历史可以发现，早在 20 世纪 30 年代初，钱基博就在《现代中国文学史》中将民国旧体诗词纳入了文学史叙述。但继起者寥寥。90 年代以来，虽然现当代文学界关于旧体诗词能否入史的问题尚在争辩中，但古代文学界已经有两部史著公开出版，即吴海发的《二十世纪中国诗词史稿》（2004）和胡迎建的《民国旧体诗史稿》（2005）。与史著相比，有关现当代旧体诗词的论著则呈繁荣趋势，比较重要的专著有王林书等的《当代旧体诗论》（1993）、王小舒等的《中国现当代传统诗词研究》（1997）、施议对的《今词达变》（1997）、朱文华的《风骚余韵论——中国现代文学背景下的旧体诗》（1998）、刘士林的《20 世纪中国学人之诗研究》（2005）、刘梦芙的《二十世纪名家词述评》（2006）、李遇春的《中国当代旧体诗词论稿》（2010）、尹奇岭的《民国南京旧体诗人雅集与结社研究》（2011）、李剑亮的《民国词的多元解读》（2012）等。尤值一提的是由刘纳主编的"清末民初文人丛书"（1998）和孙中田主编的"中国近现代文学名家诗词系列解析丛书"（1999），各十册，评传与笺注相结合，对民国旧体诗词界不少名家名作展开深入的个案研究，这是现代文学界对民国旧体诗词研究做出的重要贡献。

除了研究专著之外，改革开放以来不少学者还在从事现代中国旧体诗词的资料整理与编纂工作，出现了不少旧体诗词选本和大型的资料汇编丛书。比较重要的旧体诗词选本有：叶元章和徐通翰编的《中国当代诗词选》（1986）及其续编《当代中国诗词精选》（1990），华钟彦等主编的《五四以来诗词选》（1987），于友发、吴三元编著的《新文学旧体诗选注》（1987），毛谷风选编的《当代八百家诗词选》（1990）和《二十世纪名家诗词钞》（1993），他与熊盛元合编的《海岳风华集》（1996）及其续编《海岳天风集》（2010），龚依群、林从龙、田培杰主编的《当代诗词点评》（1991），杨金亭编的《中国百家旧体诗选》（1991），毛大风和王斯琴编注的《现代千家诗》（1992）及其增订本《近百年诗钞》（1999），严迪昌编著的《近现代词纪事会评》（1995），施议对编的《当代词综》（2002），钱理群、袁本良注释的《二十世纪诗词注评》（2005），刘梦芙编选的《二十世纪中华词选》（2008），杨子才编的《民国五百家词钞》（2008）和《民国六百家诗钞》（2009），林岗等编注的《现代十家旧体诗精萃》（2011），李遇春编的《现代中国诗词经典》（2014）等。此外，改革开放新时期以来有关旧体诗词资料整理的大型丛书比较重要的有以下几种。①《二十世纪诗词文献汇编》，含《诗部》《词部》《文论部》，分别由巴蜀书社和黄山书社推出，已出版18册。②"二十世纪诗词名家别集丛书"，由黄山书社出版，含《翠楼吟草》等20余种。③"安徽近百年诗词名家丛书"，由黄山书社出版，含《还轩词》等8种。④岳麓书社近年推出的"湖湘文库"，含《王先谦诗文集》等近现代旧体文集20余种。⑤"福建文史丛书"，由福建人民出版社推出，含《何振岱集》等7种。⑥巴蜀书社90年代初推出的《吴芳吉集》《赵熙集》《清寂堂集》等现代旧体诗文集多种。⑦上海社会科学院出版社推出的"温州文献丛书"，含《黄群集》《杨青集》等多种现代旧体诗文集。⑧上海书店90年代影印出版的"民国丛书"中收有《退庵汇稿》《双照楼诗词集》等多种。⑨上海古籍出版社出版的大型"中国近代文学丛书"中的许多诗文集里都含有作者在民国时期的诗词作品。⑩中国人民大学出版社和社会科学文献出版社90年代曾集中推出"南社丛书"。这些旧体诗词研究资料的收集与编纂，必将不断地泽被学林，它们已经为推进新世纪中国现当代旧体诗词研究的深化营造了良好的学术条件。

　　以上说的是内地改革开放新时期以来的旧体诗词研究现状，其实台港澳地区乃至海外汉学界也有不少学者在从事中国现当代旧体诗词研究。比如日本学者木山英雄的专著《文学复古与文学革命——木山英雄中国现代文学思想论集》（北京大学出版社，2004）便有部分文章重点探讨现代中国旧体诗词创作，如他探讨鲁迅、周作人、聂绀弩、沈祖棻、启功的诗词专论，有很高的学术水平。又如旅加学者叶嘉莹对王国维、顾随、缪钺、石声汉等现当代知名学者的诗词创作也有比较精彩的专论文章。还有香港中文大学的黄坤尧先生，他不仅自己写作旧体诗词，而且多年来一直致力于香港旧体文学（主要是旧体诗词）的研究，他出版过专著《香港诗词论稿》，还整理出版过香港现当代诗词大家刘伯端的《沧海楼集》、陈步墀的《绣诗楼集》等，且在新世纪以来主持召开过两次香港旧体文学国际学术研讨会，都出版了会议论文集。黄先生的学术努力有目共睹，他是香港旧体诗词研究的大家。还有老一代学者兼诗人饶宗颐、罗忼烈等也致力于旧体诗词研究，成果丰硕。邹颖文的《香港古典诗文集经眼录》则是一部不可多得的学术佳作。至于台湾的旧体诗词研究就更加兴盛了，学术成果简直不胜枚举，像张梦机那样创作与研究并重的诗词名家不在少数，可惜其作品大多未能在大陆正式出版流传，唯有许俊雅的《栎社研究》被纳入陈思和与丁帆主编的"中国现代文学社团史"研究书系中出版，观点让人惊艳。此外，新加坡著名学者郑子瑜先生的《诗论与诗纪》（友谊出版公司，1983）也是研究近现代旧体诗的一部力作，其有关周氏兄弟和郁达夫旧体诗创作的文章眼光尤其独到，令人钦服。新加坡学者李庆年的《马来亚华人旧体诗演进史》（上海古籍出版社，1998）则是海外华人研究海外旧体诗词创作的一部力作。新加坡另一位学者诗人徐持庆对新加坡旧体诗词创作也有独到的研究，他对新加坡"国宝诗人"潘受的研究专著已由中国社会科学出版社出版。而在美国，周策纵和田晓菲等新老学者对中国现当代旧体诗词研究也比较重视，限于资料比较匮乏，兹不赘。

　　总的来看，改革开放新时期以来的现当代旧体诗词研究虽然取得了一定的成绩，但依然还有不少亟待深化和拓展的学术领地。首先，个案研究还很不够，目前的现代中国旧体诗词作家个案研究主要还是集中在鲁迅、郁达夫、毛泽东、聂绀弩、沈祖棻等少数名家身上，有关他们诗词的选本和注本不少，相关的研究论文和专著也在不断涌现，但问题是我们的个案研究视野还应该不断拓展，我们需要对现代中国旧体诗坛的不同诗人群体展开分门别类的系列个案研究，主要包括对现代中国的晚清遗民诗人群体、新文学家旧体诗人群体、学人旧体诗人群体、书画家旧体诗人群体、国共乃至民主党派军政旧体诗人群体五个大类的诗词名家个案展开系列的专题研究，可以同时对他们的诗词文本进行专门的笺注和解读。在这五个大类中，如果从性别研究的角度着眼，则现代中国女性旧体诗人群体可以单列出来展开深度探究，包括吕碧城、沈祖棻、丁怀枫、陈家庆、陈小翠、周鍊霞、李祁、叶嘉莹等在内的女性诗词家成就斐然，尤为值得学界关注。

其次，旧体诗词社团和流派研究还有待拓展甚至是拓荒。民国以还，旧体诗词社团十分繁荣，只不过没有进入主流新文学史学术视野而已。比如同光体诗人在民国继续活动，南社解体后出现了新南社和南社湘集，以《学衡》为中心的诗人群体异常活跃，此外著名者还有超社—逸社、冰社—须社、冶春后社、晚晴簃诗社、虞社、上巳诗社、梅社、潜社、如社、午社、沤社、之江诗社、山中诗社、椒花诗社、中兴诗社、西社、千龄诗社、展春园诗社、饮河诗社、怀安诗社、湖海艺文社、燕赵诗社、栎社、瀛社等，遍布全国各地，从国统区到沦陷区再到解放区，可谓旧体诗词社团蜂起，其诗词雅集，均在民国诗词坛坫卓有影响。这方面的专题研究目前基本处于拓荒阶段。而反观民国时期的新诗社团流派研究，则长期以来属于中国新诗研究乃至中国现代文学研究的焦点，学术成果丰硕。新中国成立以后，诸多旧体诗词社团解体，但北京的稊园诗社（含庚寅词社）、上海的乐天诗社和"茂南小沙龙"的诗词活动依旧值得关注，它们的存在给那个政治年代的红色文坛增添了几许民间传统文人气韵。实际上那个政治年代里的民间诗词酬唱活动还有不少，除京沪之外，江浙、湖湘、巴蜀、岭南、秦晋诸地都有活跃的旧体诗词民间小圈子，比如 1964 年，山西诗人罗元贞、宋剑秋等人与当时在南京的徐翼存女史之间展开过一场民间"诗战"，双方斗诗斗韵，风雅诙谐，颇得古人流风遗韵。关于这段诗坛掌故，马斗全在《三十五年前的一场诗战》里有过详细记述。①

　　再次，一些现当代旧体诗词杂志也值得展开专题探究，可惜这方面的成果依然少见。民国时期集中发表过旧体诗词的比较重要的文学杂志有《南社丛刻》《南社湘集》《民权素》《东方杂志》《庸言》《小说月报》《不忍》《甲寅》《学衡》《青鹤》《词学季刊》《民族诗坛》《国闻周报》等，新中国成立以后则有《诗刊》、《中华诗词》、《当代诗词》（李汝伦创办）、《野草诗辑》（萧军领衔）、《岷峨诗稿》等比较有声望的诗词刊物。像章士钊、吴宓、龙榆生、卢冀野、臧克家、萧军、李汝伦这样热心于现当代旧体诗词刊物创办的老诗人十分值得后人敬仰。

　　除了以上所说的具体研究问题之外，新时期以来的现代中国旧体诗词研究在宏观视野上也需要做出调整。首先是缺乏历史视野，目前的研究大都无法将现代中国旧体诗词研究纳入中国现当代文学的整体文学史研究框架中考察，而是孤立地探究旧体诗词的思想和艺术问题。这妨碍了旧体诗词研究走向文学史研究的学术境界。其次是缺乏现代视野。很明显，近年来旧体诗词的创作复兴和研究升温，是与传统文化热联系在一起的。大多数旧体诗词研究者都对中国的传统文化和古典文学充满了深厚感情，他们有较为深厚的旧学功底，但在不同程度上对现代文化和文学观念具有排拒心理。比如在胡迎建的《民国旧体诗史稿》中就存在这种缺憾。胡著高估了陈三立等保守派同光体诗人的思想艺术成就，而有意无意地贬低了诗界革命派和南社诗人群体的传统诗词现代化探求。至于有些研究者持有的浓厚的绝对化的复古主义立场，就更需要警惕。我赞同老诗人臧克家的观点："新诗旧诗我都

---

① 马斗全：《三十五年前的一场诗战》，《中华读书报》1999 年 7 月 7 日。

爱,我是一个两面派!"[1]用"两栖诗人"邵燕祥的说法,新诗和旧体诗词之间应实行并行发展的"双轨制"。[2]一方面,新诗要向传统诗词学习,要民族化;另一方面,旧体诗词也要向新诗学习,走现代化的道路。

---

[1] 臧克家:《新诗旧诗我都爱——新诗,照着毛主席指示的方向前进!》,载《臧克家全集》第9卷,时代文艺出版社,2002,第517页。

[2] 邵燕祥:《一样情思 两副笔墨——漫谈新诗和诗词并行发展的双轨制》,载《非神化》,花城出版社,1999,第83~88页。

第四章 学科权力与现代中国旧体诗词的文体命运*

一

在现代中国文学史上，"旧体诗词"或者说"旧诗"的概念，是与"新诗"的概念同步产生的，二者如影随形，又如孪生兄弟，谁也少不了谁。没有"新诗"也就没有所谓"旧诗"，没有"旧诗"当然也就无所谓"新诗"。今天写"旧诗"的人都不喜欢这个名号，仿佛一沾了"旧"字就不可观，这还是中国人心底那个拜"新"主义在作怪，其实"新"未必好，"旧"未必孬。《尚书》里说："人惟求旧，器惟求新。"可见新有新的好，旧有旧的好，新旧之间的优劣不可简单作结论，具体问题需要具体分析。

许多人主张用"中华诗词""国诗""汉诗""格律诗词""文言诗词"之类的概念来取代"旧诗"或"旧体诗词"的概念，但也遭到了许多人的反对，原因是这些概念都指代不明，在内涵和外延上都存在不确定性。比如"中华诗词""国诗""汉诗"概念就很难把"新诗"排除在外，而"格律诗词""文言诗词"概念不仅无法完全排除"新诗"，甚至也无法包含全部的"旧体诗词"，因为"旧体诗词"不仅有格律很严的"格律诗词"，即"近体诗"和"词曲"，也有大量的格律宽松的"古诗"

---

* 本章原刊《文艺争鸣》2014年第1期，作者李遇春，题名《学科权力与"旧体诗词"的命运——中国现当代旧体诗词研究札记》。《新华文摘》2014年第10期摘登。此处有改动。

或"古体诗"。至于"文言诗词"也只是"旧体诗词"的一部分或者最多是大部分而已，实际上还有非文言的古白话诗词的存在，否则胡适当年就不会那么执着地去写《白话文学史》，此书中很重要的篇幅就是"白话诗史"。凡此种种，说明"旧诗"或"旧体诗词"这个概念有其存在的最大合理性，无可替代。

但是这个概念的情绪外壳或者负面价值判断因素需要我们加以剥离。实际上，中国诗史上的"古体诗"和"近体诗"的概念是相对而言的，这就如同今天的"旧诗"与"新诗"的概念是相对而言的一样。唐宋元明清的人照样写"古诗"，写"歌行"，很多人写的"古诗""歌行"比所谓"近体诗"更好，清代的吴梅村和黄遵宪就是很好的例子。既然"近"不一定比"古"好，那么"新"也就不一定比"旧"好，这是一个很简单的道理。我们需要走出所谓拜"新"主义，更客观地、更理性地接受"旧诗"或"旧体诗词"的概念。"新诗"作为"中华诗词"大家族中新近才出现的"小兄弟"当然需要被呵护，但呵护并不等于溺爱，也不等于偏爱，它也需要在"旧诗"的帮助下成长，需要汲取"旧诗"的传统养分，争取长得像个中国人，而不是所谓的"假洋鬼子"。其实，中国百年新诗史上很多卓有成就的新诗人都接受过"旧诗"的滋养，新月派的徐志摩、闻一多自是不必说，革命诗人郭小川和贺敬之也同样深受"旧诗"的影响，甚至连海子和翟永明这样的新潮诗人也都纷纷从"旧诗"中寻觅创新的资源。当然，我也注意到，在新的世纪之交的"旧体诗词"界里，以蔡世平的"南园词"和曾少立的"李子词"为代表，"旧诗"同样也在吸收"新诗"的营养。我以为，这种"新""旧"对话、碰撞和交流是中国诗歌很好的一种发展态势，我们需要良性互动，而反对简单粗暴的对抗。

实际上，古老而常青的中国诗歌发展到20世纪，中华诗词的品种或者说诗体种类只能是做加法，而不能做减法，其实也做不了减法，因为"旧诗"的存在是不以少数人的意志为转移的历史事实，不容抹杀。正所谓"青山遮不住，毕竟东流去"，百年来中国新诗虽然如火如荼地发展着、变化着，但百年来"旧诗"并未消失，只不过是在现代中国激进主义文化和文学思潮的抑制下艰难地存在着并发展着。在"新诗"的表层激流下，百年来"旧诗"作为一个民族诗歌的深层潜流一直在顽强地延续着民族的诗歌命脉与文学传统。无论如何，"新诗"的诞生不能以"旧诗"的死亡为条件。如果真是那样的话，那么我们民族付出的文学代价就太沉重了。事实上，"新诗"的诞生与成长也离不开"旧诗"，这就如同"近体诗"的诞生与成长离不开"古诗"或"古体诗"一样。同理，词的诞生与成长离不开诗，曲的诞生与成长也离不开词。一种新的诗体的诞生与成长并不意味着既有的所谓"旧"的诗体必须消亡或者被打倒。既然唐宋以来中国诗坛能够诗、词、曲并存，能够"古体诗"与"近体诗"并存，那么我们也就无法拒绝在现代中国诗坛上"旧诗"或者"旧体诗词"能够而且必须与"新诗"并存。尽管中国诗歌发展需要不断的创新，但是"新"与"旧"之间不是一种简单粗暴的二元对立关系，而是在对立的同时存在统一、互补和融合的可能性。质言之，"新诗"与"旧诗"之间应该是一种"历时性出现，共时性存在"的关系。

但毋庸讳言，自1917年胡适发表《文学改良刍议》以来，尤其是他随后发表长文《谈新诗》以后，中国"新诗"正式站起来了，而"旧诗"也就此沉沦下去。所谓"沉沦"不是指创作上，而是指丧失了"主流诗坛"的合法身份。在五四新文学运动中，"新诗"的合法性是建立在"旧诗"的"非法性"基础之上的。虽然这在五四那个特殊的历史转折关头具有一定的历史合理性，但回眸百年，这毕竟是中国诗歌发展史上一个尴尬而惨痛的事实。我们有必要对五四新文学运动的文化激进主义策略进行历史的反省。实际上，这种反思五四的思潮早就开始了，从五四时期的"学衡派"中人，到近些年来的"新保守主义"者，都反对神化五四而主张反思五四，反思五四不是否定五四，而是为了在新的历史语境中更好地继承和扬弃五四。尽管五四新文学运动将"旧诗"打入另册，但在百年中国诗歌发展历程中，在"新诗"蓬勃发展的同时，"旧诗"其实从未缺席。百年旧体诗词甚至时常都处于比较繁荣的状态。只不过这种繁荣一直都被"新诗"的蓬勃发展所遮蔽罢了。这主要是因为旧体诗词始终未能被纳入主流文学话语圈中。

大多数时候，人们都将旧体诗词创作归结为新文学家们的业余爱好。其实，民国时期许多学者，尤其是传统文化底蕴比较深厚的学者，都在业余时间里进行旧体诗词创作。还有就是许多政治家或军旅将帅也热衷于旧体诗词创作。无论是共产党还是国民党，乃至各种民主党派，都不缺乏旧体诗词的优秀作手。至于画家、书法家、音乐家、佛教徒等写旧体诗词的就更多了。我们不能因为"旧诗"未能占有文坛主流而否认它的存在及存在价值。实际上，中国古典诗词对于大部分古人来讲一直都是作为"余事"而存在的。我们耳熟能详的一些著名诗人、词人，他们并不把古典诗词创作作为谋生手段。他们一般都有正式职业，只是业余从事诗词创作，这其实是一种常态，合理的常态。古代社会如此，现代社会未必就不应如此。

写诗是一件寂寞的事。真正意义上的文学创作大都是边缘化的，旧体诗词写作当然也不例外。文学也好，诗歌也好，它们只有在特定的历史语境中才会成为大众关注的中心或焦点，比如五四时期，比如抗战时期，比如"天安门诗歌运动"，这些历史转折关头需要文学、需要诗歌充当排头兵，所以诗歌或文学会充当马前卒，不是边缘而是中心。但那不是常态，而是非常态。一旦历史转折宣告完成，非常态就会回归常态。诗歌和文学就会回归边缘。在轰轰烈烈的五四新文学运动以后，旧体诗词创作就回到了边缘，要知道在五四以前恰恰是著名的近代旧体诗词社团"南社"执文坛牛耳，文坛诗界莫不敬仰追捧。五四以后，"新诗"成了文坛诗界之宠儿，"旧诗"仿若弃妇，但宠儿受宠并不是常态，弃妇见弃也不是常态，二者都是非常态，不是故意被拔高就是故意被贬低，这都是不健康的文学生态。回过头看，五四以降，旧体诗词成了作家、学者、艺术家或政治家的业余爱好也没什么不好。有时候业余意味着纯粹，意味着非功利，意味着理想的坚守。怕就怕很多人打着业余的旗号写诗，而背后其实有很功利的权力或物质诉求。所以，尽管有人认为旧体诗词创作被"边缘化"并且为这种"边缘化"而深表担忧，但我倒以为是杞人忧天，大可不必。其实旧体诗词创作并非被边缘化，相反，这恰是一种延续传统的常态表现。因为在中国古代，除了唐代流行诗赋取士，旧体诗词创作并非职业谋生手段，策论、八股文才是稻粱谋的工具或利器。所以，旧体诗词创作在 20 世纪虽然没有像呼风唤雨、凤凰涅槃的"新诗"那样，强烈冲击世人对文学的认知，但旧体诗词正是以这样一种"余事"的常态，静静地绵延着中国文学传统的命脉。

二

五四以来，旧体诗词一直在被压抑和被遮蔽中艰难地存在着、发展着。直到 20 世纪 80 年代，由于政府的大力扶持，其生存环境才勉强得到改善。一个标志性的事件就是中华诗词学会的成立，以及随后的会刊《中华诗词》的创办。据说现在《中华诗词》的发行量远远超过了以刊发新诗为主的《诗刊》。《中华诗词》以刊登旧体诗词为主，也刊发少量新诗。《中华诗词》与《诗刊》这两份刊物的此消彼长，多少也能说明改革开放新时期以来中国诗坛的话语生态正在悄然发生着历史嬗变。不过，在当前旧体诗词创作繁荣的背后，也隐藏着危机。即令《中华诗词》的发行量远远超过《诗刊》，也还是不能完全证明当代旧体诗词创作就达到了很高的水平。发行量主要是数量指标，而不是质量指标，只能作为质量评估的重要参考。

据说有人质疑《中华诗词》的发行量，如说订阅者主要是有闲有钱的离退休老人，包括老干部。因为中国目前已经进入人口老龄化社会，所以这样一个特殊的庞大读者群的存在并不能完全说明《中华诗词》的实际影响力。有人调侃说《中华诗词》虽然赢得了老年读者群，但《诗刊》赢得了青年读者群，而世界终归是属于青年人的。还有人说《中华诗词》除了刊登"老干体"，就是刊登"参赛体"，很多订阅者本身就属于数量庞大的参赛人群，很多人写旧体诗词就是冲着每年接二连三的诗词评奖大赛去写的。这样的一些指责有没有道理？虽然尖刻了一些，有些以偏概全，但其中暴露的问题需要我们积极应对。如何让旧体诗词赢得年轻读者确实是一个问题。如果我们的诗词刊物上刊登的大都是老年人的作品，要么说明确实生活中缺乏年轻的旧体诗词作者，要么说明我们的刊物编审在审稿中存在理念或趣味老化问题。据了解，民间包括网络上并不缺少优秀的中青年旧体诗词作者，问题是我们的诗词刊物缺少扶持年轻作者的胸怀。有些刊物编审的用稿观念过于陈腐，有些参赛组织的审美意识过于僵化，而这些组织和个人又恰恰掌握着当下旧体诗词传播与接受的话语权力或文学资本，这会给当下的旧体诗词创作带来极大的无形或有形的伤害。事实上，当下的旧体诗词创作现状确实难以让人乐观。年纪大的作者固守严苛的"近体"格律规范不能自拔，年纪轻的作者缺乏旧学功底盲目创新却流于轻滑；"老干体"在政治外衣下兜售廉价的歌颂或无聊的空虚，正所谓官僚气或纱帽气积习难改；"参赛体"在商业外衣下贩卖精致规范的格律而丧失了诗词的精髓，堆砌辞藻掉书袋拒人于千里之外，这种头巾气和酸腐气也同样令人憎恶。毫不夸张地说，他们不是在写格律诗而是在写格律，他们不是在写旧体诗词而是在写旧体。

总而言之，当前旧体诗词界大量的诗作只具备旧体诗词的外在形态，而缺乏内蕴精髓，因此内容严重虚化，而且商业化写作气味浓厚。政府虽然大力支持，并且在全国各地成立各级专门的诗词学会以及专门的诗词刊物，但也不能扭转这种颓势。甚至在很大程度上，正是那些诗词刊物和诗词学会的合力共谋严重地伤害了当前旧体诗词创作的精气神。我们在看到各级诗词学会组织及其诗词刊物的历史贡献的同时，也应该看到它们的另一面，不能随着时间的推移它们走到了自己的反面我们还不自知，还在惯性的轨道上滑行，那才是十分可悲的情形。我们希望全国各地诗词社团或诗词刊物向文学流派或诗派方向发展，不能都是一个模子铸造出来的，那样就变成了大规模的全国性的诗词机械复制机构，彻底丧失了艺术个性和文学审美特质。我们希望全国各地诗词社团和刊物能够"百家争鸣，百花齐放"，不能一花独放或搞一言堂。我们希望能真正彻底地恢复"旧诗"的元气和生机。

近年来，在中央文史研究馆袁行霈馆长的带领下，中华诗词研究院成立了。时任副院长的蔡世平先生是从新文学阵营转战"旧体词"营垒的当今词坛健将，故能新旧兼容，倡导新旧会通。中华诗词研究院的成立正好是对中华诗词学会的有力补充，可以弥补中华诗词学会及其会刊《中华诗词》的学术研究力量不足的弱点。中华诗词研究院应大力争取并整合高校学术科研力量来推进当前旧体诗词研究的深化，加强学术性是繁荣旧体诗词创作与研究的必由之路。旧体诗词创作与研究中一个关键的学术问题就是诗体问题。体不辨则言不顺、理不明。我曾给《北京文学》写过一篇文章，主要讲新诗的症结在于"不得体"。[①] 这主要是说，我们还没有形成独特的"新诗"的诗体。自由体是无体之体，无法体现诗歌区别于其他文体的独特性。如果从新旧诗的诗体对比角度来看，当代中华诗词的问题又在哪里呢？这就不是"不得体"的问题，而是一个"固体化"的问题。这主要表现为过于拘守某些中国传统诗词的固有形式，比如有一些严苛的平仄声韵格律形式。我不赞成当代旧体诗词一定要用什么平水韵之类，也不赞成为了个别的平仄规范而牺牲诗意和诗境，且不说古人在"近体诗"兴起之后也有破格、破律之类的情形，不一定非要遵循所谓"四声八病"之说，即使是现当代的许多诗词大家也有很多人是不服古典诗词格律严格管教的变通派。毛泽东的有些诗词如果严格按照古典诗韵格律来衡量是不合格的，有些用今天的普通话来念甚至都不怎么押韵，但如果用他家乡的湖南方言来念就押韵了。这也不是什么坏事，可以灵活变通，无伤大雅。据说苏东坡的有些诗词也有类似情形，有些不合声韵格律的地方如果用他老家的四川话念也就押韵了。所以，如果我们固守某些不近人情的格律形式而完全不变通，就会跌入"固体化"的格律陷阱。

如此看来，胡适当年倡导"诗体大解放"并不是没有来由的，"旧诗"发展到清末确实已经跌入了"固体化"陷阱。所以胡适才大胆倡导翻译体的"新诗"，把西方的自由体引介到中国来，鲁迅把这叫作"别求新声于异邦"，叫作"拿来主义"。但胡适的文学立场过于激进，他以为"新诗"的发展必须以"旧诗"的死亡为代价。有了"新诗"我们就

---

① 李遇春：《新诗的症结在哪里？》，《北京文学》2012 年第 11 期。

必须抛弃"旧诗"。其实诗不必强分新旧，也很难分新旧，"新诗"中也有些很旧的因素，"旧诗"里也有很多新的因素，这就叫作"旧体新诗"或"新体旧诗"。如何认识"新诗"和"旧诗"之间的关系，确实需要改变自王国维和胡适以来的"一代有一代之文学"或"一代有一代之诗体"①的观念，这种观念隐含着一种进化论的诗体演化的文学史观。其实这种文体进化论的文学史观并不完全是在近现代才从西方进化论那里引介进来的，明代的胡应麟、清代的焦循，他们都有这种文体史观。只不过它在明清时期并未受到充分的重视或者说未被特地放大罢了。借用当代学界一对比较流行的概念——历时和共时，我们可以把诗体或文体的演化史概括为十个字："历时性出现，共时性存在。"新旧之间并非你死我活的关系，而是可以结构性地共存。在这样一种文学史观之下，我们的文学史秩序应该是兼容并包的。钱基博先生在20世纪30年代写的《现代中国文学史》就是这样做的，上编写古文学，下编写新文学，古文学先写文，再写诗，再写词，最后写曲，新文学也是先写文，再写诗。这大体是依照各种文体的历时出现顺序而编排的，讲个先来后到，不会因为新来的就把旧有的给废掉。这种处理从文学史生态而言是合理的。至于哪一种文体取得的成就更高，那就依据具体论述的篇幅来做评价。有成就的文体理应占有更大的论述篇幅，也就是取得文学史优先话语权。对于某一个具体的文学历史时段而言，新诗的成就高就多讲述这个时期的新诗，旧诗的成就高就多叙述这个时期的旧诗，不以诗体新旧论英雄，而以诗歌创作质量论英雄。

必须意识到，当前旧体诗词创作在精神方面注意不够，我们的诗词作者需要在精神修养方面大胆借鉴现代性乃至后现代性的哲学、文化、文艺的有益滋养，不能盲目排外和复古，在这个时代里复制诗词假古董是没有前途的。这个方面我们要向"新诗"学习，"新诗"不仅在意象创新上，而且在意境提升上，由于吸纳了现代西方各种精神成果而显得

---

① 参见王国维《宋元戏曲考·序》，载《王国维文集》第一卷，中国文史出版社，1997，第307页；胡适《文学改良刍议》，《新青年》第2卷第5号，1917年1月1日；胡适《谈新诗——八年来一件大事》，《星期评论》1919年"双十节"纪念号。

卓尔不群，这是年轻的作者和读者喜欢"新诗"的重要原因，也是"新诗"能立足中国诗坛百年不倒的重要原因。百年中国新诗史就是追求中国新诗现代化与民族化的历史，或者说是追求中国新诗西化和中国化的历史，同时是追求新诗自由化与格律化的历史。现代化与民族化、自由化与格律化，既对立又可以统一。新中国成立前闻一多等人的新格律诗理论，新中国成立后何其芳、卞之琳和林庚等人的现代格律诗理论，还有郭小川后期致力的"新辞赋体"写作实践，都是中国新诗界谋求中西融合的艺术努力，都是值得当今旧体诗界重视的思想和艺术遗产。我们既要继承传统，也要努力创新。如果以新诗发展史作参照，我们就能发现旧诗中存在的一些问题，而不是株守旧体坛坫耕作一块小农自由地，如写写山水田园，写写退休赋闲，写写形势一片大好而不是小好，斤斤计较于寻章摘句，老死于"过度格律化"的形式桎梏之下，而且沾沾自喜，"小富即安"，那也就太没有出息了罢。

当前的旧体诗词创作中存在"过度格律化"现象。"过度格律化"不等于"格律化"，它其实已经走到了"格律化"的反面。这就如同我们说写诗不能写得太像诗了，太像诗很可能就不是诗了，因为已经走到了诗的反面，是"拟诗"而不是诗。诗需要格律化，但不能过度格律化，过犹不及。"近体诗"在杜甫手中正式成熟，但自杜子美以后，"近体诗"的格律化程度越来越高，越来越严苛，学步者也就越来越失去艺术生气了。实际上，过于拘泥格律形式之后，容易造成旧体诗词的"伪体化"。杜甫说"别裁伪体亲风雅，转益多师是汝师"，当今中国旧体诗词创作中"伪体化"现象已经很严重了。任何一种诗歌形式或者诗体，如果形成之后被很多人不怀好意地利用，比如出于各种功利化的目的来利用这样一种诗体进行写作之时，那么这种诗体作为一种艺术形式就已经异化成了"外形式"而不是"内形式"。用现代西方文论的话来讲，形式和内容是不可分的。形式是内容的形式，内容是形式的内容。真正的形式是有意味的形式，是精神的形式，是作者的精神结构的外化所形成的形式，即"内形式"。我们当前中华诗词创作存在"固体化""伪体化"的核心问题就是，我们很多时候把诗歌的格律形式扭曲成了"外形式"而非"内形式"。而"外形式"是僵死的形式，只有"内形式"才是灵活的形式。

我并不反对用古体诗或近体诗的格律形式来写诗，相反我是坚决主张现代人可以用传统文学形式进行再创作的。在中国现代文学史上，鲁迅和郁达夫的许多散文名篇中都穿插有他们自己写的旧体诗，那些旧体诗章在其散文中起到了散文本身所不能发挥的艺术作用。随着年岁增长，早年读过的那些散文我也许记得不是很清晰了，但其中间杂的那些旧体诗依旧让人难以忘记，比如《惯于长夜过春时》之类，这是不是也从侧面说明了我们民族的旧体诗词强大的艺术生命力呢？所以我反对那些"旧诗死亡"的论调，我认为作为诗体，"旧诗"完全可以和"新诗"同场竞技，在我们这个现代与传统交汇融合的时代里各领风骚，既竞争又合作，是净友也是朋友，没必要你死我活，老死不相往来。但我也反对今人把"旧体"当作僵化的作诗"模具"，或固化的作诗"模板"，仿佛工具在手，利器在手，从此就可以包打天下了。我们必须要学会变通，且善于变通，所谓"穷则变，变则通，通则久"。我们在利用中国传统诗词形式的时候应该有一种比较宽容的观念。在新文学的小说界里，许多新小说家利用传统的"章回体"进行创作，且不说张恨水和金庸那些言情或武侠小说家，也不说曾经轰动一时的"革命英雄传奇"如《烈火金刚》之类，即令是荣获诺贝尔文学奖的莫言，他的长篇小说代表作《生死疲劳》就是借用的"章回体"写的。所以"旧体"不是"固体"，它也有流动性，在真正的艺术高手那里，"旧体"甚至可以是流动性极强的"液体"。当代作家韩少功倡导"创旧"[1]，能不能"创旧"呢？"创旧"就是把新旧二元对立给拆解，就是我们用现代意识激活传统文体形式，其中自然也包括诗体形式。如何"创旧"是一道难题，我在同样来自湖南的蔡世平先生的《南园词》

---

[1] 韩少功：《文学传统的现代再生》，载《熟悉的陌生人·韩少功作品系列》，上海文艺出版社，2012，第328页。

里面看到了这种形式方面"创旧"的努力和成绩。[①]还有"李子词"的"李子体"，也是当下"创旧"的模范。[②]

三

谈到现代中国旧体诗词研究，目前其尚未完全进入主流文学史视野之内。即使有限地进入，也并没有被真正地整合其中，尚未从根本上改变既定的文学史秩序。如果说旧体诗词创作呈现"边缘化"趋势，那么这个判断并非所有人都能认可。然而，说旧体诗词研究处于"边缘化"状态，这确实是没有疑问的。目前，这种研究状态有所改变。之所以会出现研究边缘化的状态，从内因上讲，主要还是研究者普遍对当前旧体诗词创作不甚满意，形式化、商业化、概念化的写作导致当代旧体诗词的深度研究乏善可陈。不过，任何一种文学创作，在没有经典化之前都是泥沙俱下的。研究者还是需要慧眼来关注其中一些优秀的创作。研究者有义务发现当代旧体诗词创作当中的优秀诗人诗作，将其引入文学史。

当前学界主要有两类学者对旧体诗词研究比较关注。第一类是古典文学学者研究旧体诗词。究其研究特点，主要是将中国现当代旧体诗词当作古典诗词的余脉或余绪展开研究。第二类是从事现当代文学研究的学者涉足或呼吁旧体诗词研究，不过这类研究尚处于起步阶段。总体来看，现当代文学学界对20世纪旧体诗词的研究还是比较有限的，更多的是古代文学研究者在介入，他们认为20世纪旧体诗词研究是古代文学研究的一个延伸性的组成部分。但实际上，20世纪旧体诗词研究毫无疑问应该是现当代文学研究的一个重要的组成部分，所以我一般不用"近现代旧体诗词研究"这个提法，因为"旧诗"或"旧体诗词"这

---

① 蔡世平：《南园词》，中国青年出版社，2012；王兆鹏主编《南园词评论》，中国青年出版社，2015。

② 〔美〕田晓菲：《隐约一坡青果讲方言：现代汉诗的另类历史》，宋子江、张晓红译，《南方文坛》2009年第6期。

个概念真正地出现是在五四新文学运动之中，五四之前的中国诗界是没有真正的新体与旧体之分的，晚清的"诗界革命"所说的"新体诗"与五四以来所说的"新体诗"或"新诗"不完全是一回事。同理，六朝的"永明体"也曾经被叫作"新体诗"，唐人全面确立的"近体诗"也曾被叫作"今体诗"，但那些"新体诗"或"今体诗"的概念与五四后兴起的"新体诗"或"新诗"概念正好是背道而驰的。所以五四后的中国现当代诗歌应该由"新体诗"（新诗）与"旧体诗词"（旧诗）共同组成，既然"旧体"这个概念诞生在五四新文学运动之中，那么旧体诗词研究自然也就属于中国现当代文学的研究范畴，因此我把旧体诗词研究统称为"中国现当代旧体诗词研究"或曰"现代中国旧体诗词研究"，而不是"近现代旧体诗词研究"。

这样说并不意味着主张画地为牢或者占山为王，那是学术上的江湖气息或小农意识的表现。实际上，对于"旧体诗词"这一片有待大力开拓的学术领地，古代文学和现当代文学研究者之间确实存在争议，我们不妨套用一句政治外交语化解："搁置争议，共同开发。"不同学术背景的学者充分发挥自己的学科优势，在现代与古典交叉融合的学术平台上共同推进"中国现当代旧体诗词研究"。学术乃天下之公器，并不存在垄断性或独占性的学术领空，不同学术背景的学者需要的是精诚协作而不是文人相轻、彼此拆台。一般来说，古代文学研究者在研究旧体诗词的过程中，并没有将其纳入中国现当代文学史的历史秩序中，这也是他们与现当代文学研究者研究旧体诗词时最为明显的不同之处。在目前大学中文系学科体制下，一些古代文学研究者受学科背景所限，往往容易忽视现当代旧体诗词与新文学思潮之间的关系，他们更多地看到了中国现当代旧体诗词对中国古典诗词传统的延续与传承。这样就容易割裂中国现当代旧体诗词创作与整个中国现当代文学史之间的联系，容易在旧体诗词研究中出现"非历史化"弊病，只见树木不见森林。

现当代文学研究者在关注旧体诗词的过程中带有更强烈的文学史诉求，他们的出发点和目的地都是将旧体诗词整合进中国现当代文学史秩序中。也许其在古典文学底蕴和传统诗词格律方面有所欠缺，但现当代文学研究者的这种"大文学史"研究视域是一般的古代文学研究者在研究旧体诗词时所不具备的。现代中国旧体诗词创作随着时代的演进，创作内容和艺术风格也在不断地呈现新的变化，或者在形式上创旧，或者在精神上纳新。可以说，大部分的旧体诗词作者都在暗中与"新诗"较劲，与新诗人较劲，暗中比拼实力和潜力。因此，如果失去了新文学和新诗的历史参照系，我们的旧体诗词研究必然会缺乏历史感，无法很好地与新文学史整合起来，顺利地实现中国现当代文学史内部的新旧对话与新旧对接，而是处于一种比较孤立、比较偏执的狭隘研究状态，或者堕入另一种二元对立的绝对化思维陷阱之中，只不过不再是以"新诗"的名义反对"旧诗"，而是以"旧诗"的名义反对"新诗"了。这种孤立的或偏激的旧体诗词研究模式仅止于"旧体诗词研究"，而不是我所说的"现代中国旧体诗词研究"。

目前，在现代中国旧体诗词研究领域中，比较重要的话题有两个：一个是现代中国旧体诗词创作的艺术转型问题，另一个是中国新文学家旧体诗词创作的传承与创新问题。现代中国旧体诗词创作的艺术转型问题是一个很大、很复杂的课题，大而言之，它涉及中国近代诗词向现代旧体诗词转换的艺术问题，也涉及中国现代旧体诗词向中国当代旧体诗词转换的艺术问题；小而言之，它涉及"抗战"前后现代旧体诗词创作的艺术转变问题，还涉及"文革"前后当代旧体诗词创作的艺术转变问题，以及市场经济与网络时代背景下中国当代旧体诗词的艺术形态转变问题。这些艺术转型问题都在不同程度上牵涉我们对现代中国旧体诗词创作历史的宏观把握和深度理解。中国新文学家的旧体诗词创作问题是更能发挥现当代文学学术背景优势的研究课题。对于学术背景是中国现当代文学的人而言，他们长期以来以新文学为研究的中心甚至是唯一的研究对象。这当然是一柄双刃剑，虽然限制了我们的学术视野进入新旧文学会通之中，但毕竟也为我们日后研究现代中国旧体诗词打下了坚实的现当代文学史基础，这也是古典文学学者研究现代中国旧体诗词所不具备的学科优势。中国新文学家的旧体诗词研究理应成为我们从事现代中国旧体诗词研究的学术支点，甚至是研究新旧融合的整个中国现当代文学的学术支点。如同阿基米德所说的那个神奇的支点一样，我们虽然无力撬动地球，但却可以通过新文学家的旧体诗词研究这个学术支点撬动整个中国现当代文学史大厦，最终目标是改写中国现当代文学的文学史进程或重构中国现当代文学的历史叙述框架。

研究中国新文学家的旧体诗词创作，不仅能推动现代中国旧体诗词研究走向深化，而且还能够推进现代中国新文学研究走向深化。一旦我们拓展了中国现当代文学史的研究范围，旧体诗词同小说、散文、新诗一样被纳入中国现当代文学史的研究范畴，我们将会发现，原来有不少新文学家的新诗创作或小说创作成就实际上是比不上他的旧体诗词的。比如说，鲁迅的旧体诗是其文学创作中不可或缺也是不可多得的部分。然而，当我们在文学史中提及鲁迅的文学创作成就时，多半关注的是他的小说和散文（包括杂文）创作。虽然有许多关于鲁迅旧体诗的研究专著出现，但还是无法改变现代文学史对鲁迅叙述的刻板印象。实际上，以文化激进主义者著称的鲁迅不仅旧学功底深湛，而且无论其小说还是散文创作中都蕴含了中国古典文学的优秀传统资源。此类现象在田汉、郁达夫等人的身上也体现得比较明显。田汉虽然以创造社的新诗人著称，也以南国社的话剧作家名闻天下，但田汉的旧体诗词创作水平显然在他的新诗创作水平之上，而且他的旧剧新编水平也完全不亚于他的话剧创作水平。总之田汉是一个具有深厚的古典诗学修养和古典戏剧修养的现代民族文学大家，他的创作既是民族的也是世界的，既是传统的也是现代的。至于郁达夫，他的旧体诗在民国新文学家中"风华绝代"，著名画家兼旧体诗人刘海粟曾说郁达夫的文学创作成就排序其实应该是旧体诗词第一，散文第二，小说第三，评论第四，而郁达夫的老朋友郭沫若也说过大意相同的话，可见君子所见略同。[①] 凡此种种，皆说明将旧体诗词创作从新文学史研究中"驱逐"是有待商榷的。因为如果把旧体诗词纳入新文学史研究视野中，将对许多现当代新文学作家研究形成有力的补充。

---

① 参见詹亚园《绪言》，载《郁达夫诗词笺注》，上海古籍出版社，2006，第1页。

四

目前中国内地的高教科研体制阻碍了现代中国旧体诗词进入研究视野。我们的汉语言文学专业一级学科下有几个二级学科，主要是古代文学学科和现当代文学学科，还有文艺学等。古代文学研究又分得很细，比如搞先秦的，搞唐宋的，搞明清的，或者是搞诗的，搞词的，搞戏曲的，不断地细分甚至是微分，这样就不可避免地造成了学科知识的条块分割，长期下去就养成了当代学人的"小农意识"和"江湖习气"，各自占山为王或井水不犯河水，有个根据地就行，有块自留地也不错。现当代文学总共也就一百多年的时间，又细分为现代文学研究、当代文学研究，或者现代诗歌研究、现代小说研究之类，不断地自我狭隘化，把自己关进了现代学术牢笼。文艺学也是分为西方文论和中国古代文论之类的，彼此对立，很难对话。大家都满足于自己的一亩三分地，按照既定的教科书授课混日子，不愿意打破任何学科界限和学术壁垒，学术惰性积重难返，完全忘记了"文史哲不分家"的大学术传统。在这种学科分类体制下，"旧体诗词"就成了文学大家族里的"黑户口"，"旧体诗词研究"也就成了长期无人问津的灰色地带或黑色地带。搞古代文学的学者一般不屑于研究现当代旧体诗词，搞现当代文学的学者一般对旧体诗词及其研究充满了敌视或者漠视，这样就让一个原本属于现代与古代交叉地带的学术领地长期沦陷了。好在现在很多人已意识到这种扭曲的学术微分体制需要改变，纷纷反思所属的学科权力制度，这就为"旧体诗词"及其研究走向"合法化"打下了很好的基础。从这个意义上说，"旧体诗词"及其研究已经成了当前中国汉语言文学专业学科改革的一个突破口。这恐怕是很多人始料未及的，但这就是事实，我们必须正视而不是转过身去。

中华诗词研究院建立的初衷之一就是提升当前中华诗词研究的学术力量，在全国范围内培养专业化的旧体诗词批评家和研究队伍，以便提高中华诗词研究的整体学术含量。这是十分值得赞赏的。当下中华诗词研究队伍里面需要整合两股学术力量，一部分是来自古典文学研究界的学者，还要调动现当代文学研究界的学者。在现当代文学界的老一辈学人里，北大的钱理群先生，还有后来调入中山大学的黄修己先生，以前在中国社科院的刘纳先生、东北的孙中田先生，他们都曾倡导旧体诗词研究，但他们长期受新中国成立后学科壁垒的限制，虽然也想改变既定的文学史观、思维方式和文学史叙述框架，但心有余而力不足。在这样一个背景之下，我们应该发动一些中青年学者加入其中。据我所知，现在每年都有一些硕士和博士在作旧体诗词方面的学位论文，不仅仅是古代文学界里做明清文学研究的青年学者将研究延伸到了民国诗词、近现代诗词，现当代文学界里面也已经有一些旧体诗词方面的硕士、博士学位论文了，这些我们都可以轻易地在学术网络上检索到。所以，中华诗词研究院应该把这些年轻的有朝气的学术力量整合起来。目前来看，我们的旧体诗词研究作者队伍还不够强大，一些旧体诗词焦点问题的学术讨论还无法深入开展起来，这说明我们确实需要优秀的旧体诗词学院派批评家和优秀的旧体诗词研究学人，我们需要这方面的专业批评家和专业学人涌现。最好是出现这方面的专业研究群体。只有具备专业素养的批评家群体出现之后，我们才能发现好的旧体诗词作家和作品，才能将中国现当代旧体诗词研究推向经典化的学术进程。中国需要一部大文学史观的现代文学史，这种大文学史里面应该有旧体诗词的一席之地。只有建立一个新旧兼容的大文学史框架，才能在新旧兼容的学术视野中将旧体诗词研究与评论成果纳入经典化的学术秩序。

在中国现当代文学界，长期以来都流行一种观点，就是旧体诗词不能或不适宜表达现代人的现代性生存体验。其实，旧体既能表达传统性的生存体验，也能表达现代性的生存体验，甚至还能表达后现代性的生存体验，这就如同旧瓶能装旧酒，也能装新酒，只不过旧瓶装的新酒会产生不同于新瓶所装的新酒的味道，但也算是别有一番滋味在心头。我们既要允许新瓶装新酒，也要允许旧瓶装新酒，不妨将两种酒的滋味都好好尝一尝，必要时还可以换一换口味。读腻了新诗之后不妨再来读一下旧诗，写惯了新诗之后不妨再写写旧诗，诗体的转换对诗人是一个挑战，但这是应该鼓励的一种挑战。"会当凌绝顶"，真正的大诗人还得多会几种诗体，多练习几套看家本领才行。实际上，毫无疑问，用旧体诗词来表达现代人的现代性或后现代性的生命体验在难度上更大，因为旧体诗词提供给诗人施展腾挪的空间普遍上比新诗提供的空间要小得多，自由体的新诗由于少了形式格律的限制，虽然在表达现代人的现代性或后现代性的生命体验上有表达自由、无拘无束的长处，但其短处也经常为人们所诟病，诸如不够含蓄、不够凝练、过于直白、缺乏余味等。而有些优秀的旧体诗当中的意象的捕捉、东西方典故的撷取，还有现代表现手法和意象组合方式等，都呈现出吸收新诗精华的趋势。可见旧体诗词同样是能够传达现当代人的多种思想、情感与意志的。诗写得好不好取决于诗人在写作中是否选择了合适的诗体。

　　况且，国内学界对现代性的质疑也由来已久，对于有些文学类型或文体样式，我们很难简单地做出现代性或传统性的结论。钱理群等人合著的《中国现代文学三十年》有个著名的序言，大意是说中国现代文学必须用现代汉语来传达现代中国人的精神和心理状态。问题在于，现代人能否只表达现代性的思想情感状态？其实现代人的思想状态并不一定都是现代性的思想情感状态。现代人也可以表达传统性或古典性的思想情感状态。"今人不见古时月，今月曾经照古人。"古人与今人其实有许多相通的思想情感。我们无法找到一个纯粹的、没有丝毫传统气息的现代人。很多思想情感形态很难判断是现代的还是传统的，更经常的是兼而有之，关键在于从何种立场或视角来看问题。所以我们发现，《中国现代文学三十年》经过修订，就把范伯群先生他们一直研究的现代通俗文学形态写进了现代文学史，比如张恨水等人的言情小说、王度庐等人的武侠小说，都被写进了现代文学史。后来南京大学董健和丁帆等主编的《中国当代文学史新稿》也把金庸等人的武侠小说写进去了。现当代的传统形式通俗小说在很多人看来是反现代的，至少不是纯粹现代性的，但经过学者们一番新型论证，也就阐明了这些传统性很强的小说形态或文学思潮具备了现代性，于是其就可以进入现当代主流文学史了。既然传统意味浓厚的武侠小说和鸳鸯蝴蝶派文学能够进入现当代文学史，那么旧体诗词为什么不能进入现当代文学史之中？章回体也是旧体，现代章回体小说也属于旧体文学，但旧体小说能被接纳，为何旧体诗词就不能被接纳呢？很明显，这里有思维定式和思维误区在作祟。一些现当代文学研究者对旧体诗词成见太深，要他们在短期内转变认识确实很困难，这很可能是因为新诗革命曾经是五四新文学运动的急先锋和排头兵，所以打倒旧体诗词对于五四新文学运动而言具有特别重要的意义，甚至成了五四新文学运动的精神图腾和象征符码，一旦承认旧体诗词的文学史合法性，似乎就意味着五四新文学运动乃至新文化运动失去了合法性。但这实在不是理性的判断，而是带有强烈的主观情绪性。今人当然可以重评五四，可以反思五四，反思五四的文化乃至文学激进主义，但反思并不意味着彻底否定五四的历史贡献，不意味着否定五四新文学运动的成就。反思历史是为了在一个新的历史语境中继续开创新的历史。当代中国文学，无论是小说、诗歌，还是散文、戏剧，其未来的发展都离不开自己的文化和文学传统，都必须在新与旧的对话与融合中重构各自的文体新气象，这是未来的召唤，也是传统的力量。

研究旧体诗词并不意味着背叛中国现代文学的精神传统。五四精英和文学先驱陈独秀、胡适、鲁迅、周作人、朱自清、俞平伯、叶圣陶、郭沫若、郁达夫等人，无不在五四以后还坚持写旧体诗词，甚至用文言著述，他们在反传统的时候一直在坚持维系传统命脉。我们有了钢笔不意味着就要抛弃毛笔，可以电脑打字不意味着就要完全放弃用手写字，我们不能搞历史虚无主义和现代断裂主义，我们要平心静气地面对历史。与其去争论什么旧体诗词创作与研究的合法性与非法性问题，还不如扎实地开展一个个旧体诗词作家个案研究。任何理论都要立足于现象，我们需要用扎实的个案研究推出真正优秀的诗词作家作品，只要这些作家作品真正具备经典的特质，那就一定能通过文学经典化机制的检验。按照中国现代文学经典化的机制和模式，我们必须遴选出中国现代旧体诗词界的"鲁郭茅巴老曹"，我们必须遴选出中国当代旧体诗词界的"朦胧诗五人选"，不能太多，不能完全照搬中国传统的"诗坛（词坛）点将录"模式，一整就整出一百零八个来，那样就太多了、泛滥了。我们必须用专业的眼光、学术的眼光、历史的眼光、审美的眼光，通过文学史经典化机制来推出现代中国旧体诗词领域中真正有代表性的诗词作家和作品，乃至有代表性的诗词社团和诗词流派，只有"擒贼先擒王"，抓住旧体诗词创作的标志性人物和社团，才能完成书写现代中国旧体诗词发展史的文学史使命。如果我们推举的那些诗词作者提不到台面上来，人家就会鄙视我们，就会怀疑我们的专业素养，所以我们要有文学史的史心和史识。

　　回顾百年中国诗歌发展历程，我们必须承认，"新诗"有成绩但成绩还不能完全令人信服。我们的"新诗"不能只是满足于成为一个在中国的外国诗歌流派。当年胡风就曾认为中国现代文学是世界文学在中国新拓的一个支流。[①]这个观点在很多现代作家那里是得到普遍认可的。中国"新诗"也差不多快成为西方诗歌在中国新拓的一个支流了。如今自由体新诗呈现出惯性写作的泛滥趋势，所谓"梨花体""羊羔体""口水体""废话体"之类，全面折射了新诗的诗体危机。"自由体"不到百年似乎也沦为"外形式"了，仿佛只要会分行，一篇散文也可以随意切割、任意组合为所谓的新诗。如此看来，"自由体"也不是中国诗坛的救世主。历史证明，中国诗歌可以有多样化的发展路径。向外横向发展的西化"自由体"是一条路径，那么向内纵向回退的"新古体"也应该是一条路径。我们不能一讲"旧体"就是"近体"或"格律体"，实际上"古体"对于今人而言更加重要，"古体"不仅是"近体"或"格律体"的源头，而且应该成为"新诗"或"自由诗"的源头之一，所以当下的中国旧体诗坛需要重振"古体"雄风，以此与"自由体"新诗相颉颃，共同开创中国诗歌的美好新愿景。

---

① 胡风：《论民族形式问题》，载《胡风全集》第2卷，湖北人民出版社，1999，第714页。

第五章　媒介传播与现代中国旧体诗词的文体命运[*]

近些年来，关于现代中国旧体诗词研究的话题，学界已有不少的著述，所取得的成果也不胜枚举。[①]但这些著述要么是从文学史的角度，把民国以降的旧体诗词创作现象从遮蔽的历史地表中挖掘出来；要么以内部研究的方式研究不同诗人群体的旧体诗词创作，比如新文学家或现代学人的旧体诗词创作之类。然而众多研究却鲜有从现代传播视角透视现代中国旧体诗词创作现象的。笔者试图以现代中国的传播媒介与旧体诗词文体的关系为中心，主要以民国以降的文学期刊为视角，考查旧体诗词在百年中国不同时期的文体命运。

一

自英国传教士马礼逊和米怜于 1815 年在马六甲创办第一份近代中文报刊《察世俗每月统记传》(*Chinese Monthly Magazine*) 以来[②]，中国各种官报、民报、外报开始层出不穷。这些报纸杂志大都留有版面刊载旧体诗词，如《字林沪报》的副刊《玉琯镌新》(1886)、梁启超创办

---

[*]　本章原刊《文艺争鸣》2015 年第 4 期，署名李遇春、戴勇，题名《民国以降旧体诗词媒介传播与旧体诗词文体的命运》。

[①]　如吴海发《二十世纪中国诗词史稿》，中国文史出版社，2004；胡迎建《民国旧体诗史稿》，江西人民出版社，2005；刘梦芙《近百年名家旧体诗词及其流变研究》，学苑出版社，2013。

[②]　张天星：《报刊与晚清文学现代化的发生》，凤凰出版社，2011，"导言"第 1 页。

的《清议报》（1898）上的"诗文辞随录"、《新民丛报》（1902）上的"诗界潮音集"、邓实和黄节等人创办的《国粹学报》（1905）上的"诗录""诗余"栏目等。由于那时新文化运动还未爆发，无论是主流官办报刊还是私人报刊，使用的语言还是文言文以及古白话，旧体诗词在那个时期报刊媒体上的兴旺繁盛也就不足为怪了。

旧体诗词在民国早期的传播以 1917 年新文学运动为界明显分为两个时期，即 1912~1916 年和 1917~1927 年。1912~1916 年的旧体诗词创作与传播赓续了晚清旧体诗词创作繁盛的趋势。此时期旧体诗词创作与传播的一个重要途径是文人之间的结社雅集。据曹辛华《民国词社考论》初步统计，"从清末到民国末年出现的各种类型的诗词社团多达 130 个，其中清末结者 20 个，民国之初至 1919 年'五四'之间结者34 个"。① 在这 34 个旧体诗词社团中有三个重要的社团，分别是成立于 1909 年的南社、1912 年的超社及 1915 年的春音词社。南社无疑又在这三个社团中地位最为突出。这个具有鲜明革命色彩的近代社团，有近千名成员，其主要代表人物是高旭、陈去病和柳亚子。南社自创立之日起就频频聚会雅集，有人统计，"自 1909 年 11 月 13 日第一次雅集起，正式以南社总社名义举行的雅集共有 22 次，其中包含正式的 18 次雅集及4 次临时的雅集，参加人数大部分维持在 20 到 30 人之间。除了第五、八、九次雅集及第四次雅集之后没有出版《南社丛刻》外，几乎在每次雅集之后就有丛刻的出版，每集出刊时间的差距，也多在四个月以内"。② 《南社丛刻》是南社集会雅集的产物，从 1909 年南社第一次雅集开始，《南社丛刻》即随开随刊印，至 1923 年，《南社丛刻》共出版了 22 集③，其主要栏目是"文选"、"诗选"和"词选"。具体而言，《南社丛刻》共收录"文 1430 篇、诗 12620 首、词 2850 首，作者人数分别是：207、

---

① 转引自周银婷《民国报刊与词学传播》，硕士学位论文，华东师范大学，2010，第 38 页。
② 林香伶：《从〈南社丛刻〉浅谈南社的几个问题——以文类分布为核心》，《南京理工大学学报》（社会科学版）2003 年第 1 期。
③ 《南社丛刻》本有 23 和 24 集未刊稿，此处指的是南社期间刊印的 22 集作品。

318、146"。^①从以上的统计数字不难看出旧体诗词创作在《南社丛刻》中突出的地位，所以毫不夸张地说《南社丛刻》是南社同人旧体诗词创作的结晶，他们以旧体诗词创作形式，表现了强烈的革命民主意识。需要说明的是，1923年南社解体，同年9月新南社成立，1924年5月底新南社的刊物《新南社社刊》刊印出版，《新南社社刊》比起《南社丛刻》而言，无论是编辑语言还是栏目设置都大相径庭。因为《新南社社刊》全部用白话写作和编辑，其栏目一改《南社丛刻》文、诗、词的编辑体例，既有对国外政治经济的介绍，又有对中国文学的探讨，既有白话小说、白话诗歌，又有翻译作品，可谓琳琅满目、五花八门，这时的《新南社社刊》就变成了"一本标准的新文化杂志"了。^②

除了结社雅集外，期刊显然是旧体诗词传播的最为重要的媒介平台。下面我们以《中国近代期刊篇目汇录》和《中国现代文学期刊目录汇编》为蓝本，以期刊创刊年份计数来描绘1912~1922年刊载旧体诗词的期刊的大致风貌。详见表1。

表1　1912~1922年刊载旧体诗词期刊创刊数目及比例统计（年份为创刊时间）

单位：份

年份	1912	1913	1914	1915	1916	1917	1918	1919	1920	1921	1922
刊载旧体诗词期刊数目	17	27	20	17	7	10	4	0	0	0	1
全年创刊期刊数目	36	50	36	30	23	32	31	6	1	3	6
百分比（%）	47	54	56	57	30	31	13	0	0	0	17

资料来源：参见尹奇岭《民国南京旧体诗人雅集与结社研究》，中国社会科学出版社，2011，第55~70页；端传妹《媒介生态与现代文学的发生——〈小说月报〉（1910—1931）》，博士学位论文，南京师范大学，2012，第26页。

从表1中我们可以看出，1912~1922年刊载旧体诗词的期刊总数是103份，而每年创刊的刊载旧体诗词的期刊数量总体上呈现逐年下

---

① 林香伶：《从〈南社丛刻〉浅谈南社的几个问题——以文类分布为核心》，《南京理工大学学报》（社会科学版）2003年第1期。
② 栾梅健：《民间的文人雅集——南社研究》，中国出版集团东方出版中心，2006，第211页。

降的趋势。具体而言，1912~1917 年刊载旧体诗词的期刊有 98 份，而 1918~1922 年刊载旧体诗词的期刊仅有 5 份，1917 年及之前刊载旧体诗词的期刊数量大大超过了后 5 年的总量。另外，以 1912 年为例，该年全国创刊的期刊为 36 份，而刊载旧体诗词的就有 17 份，占全年创刊期刊数量的 47%，几乎有一半期刊刊载了旧体诗词。1913~1915 年，刊载旧体诗词的期刊数量占全年创刊期刊数量的比例呈持续走高的态势，但到了 1917 年之后，刊载旧体诗词的期刊数量所占全年创刊期刊数量的比例急剧下降，特别是五四时期，几乎没有期刊刊载旧体诗词。旧体诗词的命运，也与其载体期刊一样，至 1917 年逐渐被遮蔽，呈现出持续走低的态势。

如前所叙，从传播媒介的数量上看，旧体诗词在 1912~1917 年曾出现过一片繁盛的景象。但到了 1917 新文学运动之后，无论是刊载旧体诗词期刊的数量，还是期刊的编辑体例都发生了重大变化，此种变化主要表现在以下几方面。

其一，刊载旧体诗词期刊的编辑语言发生了变化。在新文学运动发生以前，期刊一般用文言文行文，而之后，期刊逐渐开始改用白话文编辑。"许多比较严肃和正经的报纸（俗称'大报'）、杂志，即使编辑者一时未必认同新文学运动，但为顺应时代文化潮流，纷纷改用白话，一般也就不再发表旧体诗了。"[1] 如《国民》杂志，此刊物持续时间是 1919 年 2 月至 1921 年 5 月，月刊，共出版了八期，《国民》杂志上辟有"艺林"栏目，下分设"诗录""诗余""词余"子栏目专门刊载旧体诗词。第一卷的《国民》月刊全部采用文言文编排。但到了 1919 年 11 月，杂志第二卷第一期开始改用白话文编辑，专门开设"新文艺"和"新诗"栏目，不再刊载旧体诗词。

其二，刊载旧体诗词的期刊在栏目上进行重大调整。在以《南社丛刻》《庸言》《学衡》为代表的旧文学色彩浓厚的期刊上，有专门的栏目刊载旧体诗词。这些栏目主要有"文苑""诗文类""文艺""艺林""杂

---

[1] 朱文华：《风骚余韵论——中国现代文学背景下的旧体诗》，复旦大学出版社，1998，第 45 页。

俎""杂纂""文库""艺文""词章类""诗词选""学艺部""韵语""杂具""艺苑"等。其中"文苑"刊载旧体诗词频率最高，通常情况下在"文苑"栏目下还会设置子栏目——"诗录"和"词录"，如此排版极大便利了读者的阅读，加大了旧体诗词的传播力度。至新文化运动爆发之后，这些旧文学色彩浓厚的杂志逐渐开始摈弃旧体诗词。如"北京的《晨报》第七版，本是典型的旧式副刊，旧体诗占很大篇幅，但自 1919 年 2 月 7 日起即实行改革，主要发表鼓吹新思潮的白话散文和新诗等。又如上海的《民国日报》，也是从 1919 年 6 月 16 日起，取消黄色副刊（曾大量发表旧体诗），而代之以登载新文学作品（包括新诗）的进步文学副刊。在这种情况下，许多旧体诗只能阵地转移，而在某些娱乐消闲为主的软性报刊（俗称'小报'）暂时栖身"。① 《小说月报》亦是如此，该刊创刊于 1910 年 7 月，终刊于 1932 年。《小说月报》编辑风格以 1921 年沈雁冰的改版整顿为界分为两个时期。前期即 1910~1921 年，《小说月报》具有明显的旧文学痕迹，此时期的《小说月报》一直设有"文苑"栏目刊载古诗文，其中旧体诗词所占比例最大。后来又增设"丛录"栏目以收录更多的旧体诗词。每期"文苑"栏目至少发表 2 首以上旧体诗词，多者有 20 多首，如第三卷第 11 号，发表了 24 首，历经十载其发表的旧体诗词总量是十分可观的。后期即 1921 年沈雁冰改版《小说月报》之后，原先的"文苑"栏目改为"诗歌及戏剧"，改革后的诗歌栏目刊载的全部是新诗及译诗，而代表作者大都是新文学作家如朱自清、王统照、汪静之等。这样本是刊载旧体诗词的又一重要平台《小说月报》也把旧体诗词拒之门外，旧体诗词的发表空间再度萎缩。

旧体诗词杂志在新文化运动之后受到严重压制，与此形成鲜明对比的是大量新诗杂志纷纷崛起，这也极度压缩了旧体诗词发表的空间。这些杂志主要有《新青年》《新潮》《晨报》《时事新报·学灯》《民国日报·觉悟》《星期评论》《少年中国》等。在以《新青年》为代表的新文学杂志推动下，新诗作品层出不穷，无论是数量上还是质量上，新诗

---

① 朱文华：《风骚余韵论——中国现代文学背景下的旧体诗》，复旦大学出版社，1998，第 45 页。

大有全面压倒旧体诗之势，再加上五四破旧立新的狂飙运动，带有鲜明旧文学色彩的旧体诗词遭遇了空前的危机，旧体诗词的发表与传播举步维艰。五四时期旧体诗词遭遇的这种尴尬一方面源自旧体诗词发表空间的窄化，另一方面是旧体诗词创作队伍的萎缩。以胡适为例，这位曾以《文学改良刍议》爆得大名的新文学运动领袖，在这之前其实写了不少旧体诗词。胡适写旧体诗词的时间主要集中在 1907~1916 年[①]，即他在上海中国公学求学和赴美读书时期。胡适在上海求学时写的旧体诗作大都发表在《竞业旬报》和《吴淞月刊》上，有的未曾公开发表，在其《藏晖室日记》上有所记载。胡适在美国留学期间所作旧体诗词一部分公开发表在《留美学生年报》上，未发表的在《胡适留学日记》中有详细记载。1920 年 3 月，胡适出版了自己的第一部诗集《尝试集》，在附录中胡适收录了自己在美国读书期间所作旧体诗若干，结集名为《去国集》。《去国集》的取名一方面是因为所作诗歌是在异国他乡而为，另一方面也有告别旧文学的味道。在《去国集》中有首词（《沁园春·誓诗》）可视为胡适从《去国集》到《尝试集》的过渡，在该词中胡适有这样的词句：“文章革命何疑！且准备掣旗作健儿。要前空千古，下开百世，收他臭腐，还我神奇。为大中华，造新文学，此业吾曹欲让谁？诗材料，有簇新世界，供我驱使。”[②]胡适用誓诗的口吻表达其文学革命的决心和必胜的信心。《去国集》所收录的旧体诗词也就相应地成了胡适新诗革命的一面镜子。这也正是在以后的《尝试集》再版中胡适始终并未删掉《去国集》的重要缘由。在创作完成《沁园春·誓诗》之后，胡适进入了白话诗实验阶段，而《新青年》则成为胡适新诗实验的重要平台，据统计，胡适在《新青年》上公开发表新诗 35 首，除此之外，胡适还在《新青年》上发表了 6 首白话词，胡适的白话词也可视为其文学改良的一个实验，即用通俗易懂的白话语言改良传统词作。1919 年 3 月 15 日胡适在《新青年》上发表新诗《关不住了》，自此之后，他才开始真正

---

① 胡明编注《胡适诗存》，人民文学出版社，1989，第 2 页。
② 胡适：《尝试集》，安徽教育出版社，2006，第 161 页。

进入新诗创作的"新纪元"①，胡适新诗诗人的身份遂由此确定。

胡适的转型及其对新诗的提倡在当时产生的影响是不可估量的，众多新文学作家纷纷开始实验白话诗，批判旧体诗词。最为典型的例子是叶圣陶。1921年11月，学衡派策划出版了《南高日刊诗学研究号》，在其版面上专门刊载旧体诗词以对抗新诗。叶圣陶指责"他们是骸骨之迷恋"，并解释道："一、用死文字，二、格律严重的拘束，就是使旧诗降为骸骨的重要原因。要用它来批评或者表现现代的人生，是绝对不行的。"②叶圣陶在五四时期对旧体诗词的态度很能代表当时新文学作家的心声，至于到了抗战时期叶圣陶转型创作了大量的旧体诗词，则是后话了。

二

文学革命激进的文化策略，使得以旧体诗词为代表的传统文学几乎遭遇灭顶之灾。1917年之后，新诗逐渐全面取代旧体诗，新诗迅速占领全国各大知名报纸杂志，与此同时，为旧体诗词提供版面的杂志急剧减少。这种状态一方面显示出文学革命的实绩，另一方面也凸显出新文学作家急功近利的思想姿态。到了1925年之后，随着文学革命浪潮慢慢褪去，胡适"作诗如作文"的创作理念越来越受到人们的质疑，五四时期风行的白话诗因为缺乏诗味备受人们诟病，由是，一些新文学作家开始反思中国诗歌的创作走向，有的甚至公然表态要重新创作旧体诗词。其中最具代表性的是闻一多。1925年4月，闻一多致信梁实秋，写下了这样的著名诗句，"六载观摩傍九夷，吟成缺舌总猜疑。唐贤读破三千纸，勒马回缰作旧诗"。③闻一多公然表示要勒马回缰作旧体，而其他新文学作家如郁达夫、田汉、俞平伯等其实并未停止旧体诗词的写

① 胡适：《尝试集》，安徽教育出版社，2006，"再版自序"第28页。
② 叶至善等编《叶圣陶集》第九卷，江苏教育出版社，1990，第84~85页。
③ 闻一多：《废旧诗六年矣。复理铅椠，纪以绝句》，《致梁实秋》，载《闻一多全集》第12卷，湖北人民出版社，1993，第222页。

作。再加上学衡派、甲寅派、南社诸将孜孜不倦的创作，到抗日战争时期，旧体诗词重新回到人们的视野，新诗旧诗之争也慢慢趋于缓和，尽管在抗战中也有过关于"民族形式"的争论，但毕竟新诗和旧诗业已共同服务于民族救亡大业。

在 20 世纪三四十年代，旧体诗词传播的主要途径依然是诗词社团活动及报纸杂志。五四时期旧体诗词传播的中心是沪京两地，三四十年代旧体诗词传播的中心则由北京逐渐向南京过渡，除了南京之外，苏北抗日根据地成为旧体诗词传播的又一重要地域。

1. 三四十年代的旧体诗词社团

雅集结社依然是三四十年代旧体诗词传播的重要途径，下面以结社年份分地域列举几个代表性的社团：上海的沤社（1930）、声社（1935）、午社（1939）；南京的蓼辛词社（1931）、梅社（1932）；延安的怀安诗社（1941）；苏北根据地的湖海艺文社（1942）；晋察冀抗日根据地的燕赵诗社（1943）等。[①]

以上可见，三四十年代旧体诗词社团主要集中在南京、上海一带，沪地有沤社、声社、午社；南京有蓼辛词社和梅社。上海的沤社、声社、午社是当时著名的词社，这三个词社的成员有着密切的联系，有的同时参与两个词社，如夏敬观既是沤社的核心成员，又参与了声社。而夏敬观、黄孝纾、冒广生、龙榆生、陈方恪、王蕴章等著名词学家形成的词学圈对词学的复兴功不可没。除了上海、南京之外，在苏北和延安解放区等也兴起了旧体诗词结社热，前面所提的怀安诗社、湖海艺文社、燕赵诗社集结了大批革命工作者，他们创作了大量的旧体诗词，配合当时的抗日斗争，影响巨大，如陈毅的《湖海艺文社开征引》、朱德的《出太行》等。

2. 三四十年代的旧体诗词杂志

三四十年代刊载旧体诗词的主要杂志有：《青鹤》（1932 年 11 月 ~ 1937 年 7 月）、《词学季刊》（1933 年 4 月 ~1936 年 9 月）、《文艺春秋》

① 参见马大勇《近百年词社考论》，《文艺争鸣》2012 年第 5 期。

（1933 年 7 月 ~1935 年 12 月）、《诗经》（1935 年 2 月 ~1936 年 4 月）、《民族诗坛》（1938 年 5 月 ~1945 年 12 月）、《雅言》（1940 年 ~1944 年）、《同声月刊》（1940 年 12 月 ~1944 年 7 月）等。其中最值得关注的是《民族诗坛》《词学季刊》《同声月刊》。

《民族诗坛》创刊于 1938 年 5 月，终刊于 1945 年 12 月，共出版五卷 29 册，第一卷 5 辑在武汉出版，1938 年 10 月后，迁到重庆出版。这是一本专门刊载诗歌的刊物，栏目有："诗录"、"词录"、"曲录"和"新体诗录"。以创刊号所刊载的 123 首诗歌来看，旧体诗 67 首，词 31首，曲 22 首，新体诗 3 首。旧体诗词曲共 120 首，占刊载诗歌总数的97% 以上，而新体诗不到 3%。所以从该杂志所刊载旧体诗词所占的整体比例来看，《民族诗坛》呈现出的旧文学色彩非常明显。据统计，《民族诗坛》共发表诗歌 6000 余首[1]，如果按照以上比例估算的话，《民族诗坛》发表旧体诗词的总量超过 5800 首。《民族诗坛》的核心人物是于右任、卢前、易君左、王陆一和张庚由。该刊的宗旨是"以韵体文字发扬民族精神，激起抗战之情绪"。所以表现对日本侵略者愤慨的情绪成为该刊所载诗歌的主要内容。《民族诗坛》的核心人物于右任、易君左、王陆一、张庚由均在国民党阵营中任职，所以"《民族诗坛》不仅仅是发表旧体诗的阵地，它同时也扮演了被国民党文化政策所重视的党的情报宣传期刊的角色"。[2]

《词学季刊》和《同声月刊》杂志是三四十年代上海、南京两地最为重要的专门刊载词学相关内容的杂志。《词学季刊》由叶恭绰出资，龙榆生主编，1933 年 4 月创刊于上海，终刊于 1936 年 9 月，该刊第一卷由上海民智书局出版发行，第二卷改由上海开明书店发行。在短短三年中，《词学季刊》刊载了邵瑞彭、陈匪石、龙榆生、张尔田等人的词作至少有 270 首。[3]

---

[1] 吴海发：《二十世纪中国诗词史稿》，中国文史出版社，2004，第 302 页。
[2] 〔日〕岩佐昌暲：《记抗战时期的旧体诗词杂志〈民族诗坛〉》，刘静译，《重庆师范大学学报》2006 年第 6 期。
[3] 参见周银婷《民国报刊与词学传播》附录一《民国主要词人与刊登作品一览表》，硕士学位论文，华东师范大学，2010。

《同声月刊》1940年12月创刊于南京，1944年终刊。由同声社社长龙榆生编校。《同声月刊》以刊载词学相关论文为主，词作稍带点缀刊登。《同声月刊》和《词学季刊》在龙榆生的主持下，在30年代末40年代初，为词学的振兴与传播贡献非凡。

除了杂志外，大量的报纸开始辟有专栏刊载旧体诗。据统计，在抗日战争期间，"上海《文汇报》、《救亡日报》、《新华日报》、《新民报》、《新蜀报》、香港《大风》杂志等许多报纸开了禁，发表旧体诗"。[1] 而作为中国共产党的喉舌的机关报纸《新华日报》也开始大量刊载旧体诗词，《新华日报》自创刊到终刊（1938年1月~1947年2月）"总共发表了300余首旧体诗，依其内容分类大致有：祝寿诗（为进步文化人如郭沫若等贺生辰等）；纪念报纸创刊×周年诗（作者多为政治上倾向中共的著名知识分子）；就'皖南事变'作政治表态的作品；《屈原》唱和栏（咏评郭沫若历史剧《屈原》；其他"。[2] 总之，抗战时期旧体诗词占据了各大报刊的重要版面，一改五四时期其作为补白的尴尬地位，在救亡图存的抗战洪流中发挥了重要作用。

3. 三四十年代旧体诗词出版情状

三四十年代出版的旧体诗词集主要有：唐玉虬的《国声集》《入蜀稿》；俞平伯的《古槐书屋词》（1936）；邵祖平的《培风楼诗》（1943）等。其中邵祖平的《培风楼诗》还荣获了教育部一等奖[3]，唐玉虬的《国声集》《入蜀稿》则在1942年获全国高等教育学术奖文学类三等奖。[4] 邵祖平、唐玉虬旧体诗词集的获奖，足以证明备受新诗挤压的旧体诗词开始以"合法"的身份进入公众视野。而由于抗战的需要，新诗与旧体诗不再彼此对立、水火不相容，其冲突渐渐趋于缓和。新旧诗体共同收录在各种诗选内也屡见不鲜。如"1938年1月，教育短波出版社出版了《抗战诗选》，内收冯玉祥、何香凝、叶圣陶、王统照、马君

---

① 吴海发：《二十世纪中国诗词史稿》，中国文史出版社，2004，第17页。
② 朱文华：《风骚余韵论——中国现代文学背景下的旧体诗》，复旦大学出版社，1998，第84页。
③ 邵祖平：《培风楼诗》，浙江大学出版社，2000，第1页。
④ 刘梦芙：《近百年名家旧体诗词及其流变研究》，学苑出版社，2013，第12页。

武、艾芜等人新旧体诗共 56 首，标志着新旧诗人为共同的宣传抗战而走到相互宽容的道路上来"。①

就新文学作家而言，诸如闻一多"勒马回缰作旧诗"的诗人不在少数。以叶圣陶为例，这位曾经十分激烈地批判旧体诗词的作家，在该时期却写了不少旧体诗作，其作品大都收录在《箧存集》内，在这部诗集中，"第一辑仅收其抗战前的旧诗 2 首，新诗 13 首，第二辑收抗战时旧诗有 60 多首，新诗 1 首"。②叶圣陶的转型可见一斑。从以叶圣陶为代表的新文学作家身上，我们可以感受到由于政治环境的巨变，旧体诗词在 20 世纪三四十年代呈现出短暂复兴的态势。

三

旧体诗词在新中国成立初期的传播与当时的文艺政策紧密相连，而政治权力则规约了旧体诗词创作与发表的整体走向。在此背景下，1949~1956 年，新中国的旧体诗词发表与传播的空间开始萎缩。具体表现有二。其一，刊载旧体诗词的主要传播媒介杂志大量减少。这些刊物在强大的政治权力话语规约下要么停刊要么改登新诗。以上海的《亦报》为例，50 年代初，周作人时常在此发表旧体诗，尤其是在 1950 年 2 月 23 日至 5 月 6 日，《亦报》连载了他的《儿童杂事诗》（72 首，七绝），不过 1952 年该刊即停刊，旧体诗词失去了少有的传播媒介与平台。其二，由于旧体诗词发表空间的萎缩，在 1949~1956 年，旧体诗词逐渐淡出媒介，不过旧体诗词创作却以潜在写作的方式存在。许多旧体诗词作者保存了自己的诗作伺机发表。如"王昆仑《题榆林斌丞楼》发表于《光明日报》1956 年 10 月 16 日，而据报纸的'编者按'说，'作者将其在 1951 年旧作投寄本报刊登'"。③

---

① 胡迎建：《论抗战时期旧体诗歌的复兴》，《抗日战争研究》2001 年第 1 期。
② 胡迎建：《论抗战时期旧体诗歌的复兴》，《抗日战争研究》2001 年第 1 期。
③ 朱文华：《风骚余韵论——中国现代文学背景下的旧体诗》，复旦大学出版社，1998，第 110 页。

1956 年随着"双百方针"的提出，旧体诗词重新回到了人们的视野。众多学者开展了大规模的关于传统诗词的讨论，如在 1956~1960 年展开的关于李煜、李清照、李白、杜甫、王维等诗人词人作品的探讨。人们开始重新思考以传统诗词为代表的所谓旧文艺的发展走向。1956 年 8 月 5 日，《光明日报》刊载了朱偰的《略论继承诗词歌赋的传统问题》，朱文指出，"最近几年来，最被冷落的，是我国民族文学形式中的诗词歌赋，谈到我国的旧诗，几乎大家默不作声，更不敢轻易尝试，因此文坛上的诗词歌赋绝迹了。我国文艺中这几朵古老的花，久已失去了培养，也就不能开花结果。……在'百花齐放，百家争鸣'的文艺政策之下，我们还是应该让这种民族形式的诗词歌赋继续发展下去，决不可摒诸文坛之外，使有数千年优秀传统的民族形式的诗词歌赋，从此成为绝响"。朱偰的担忧在当时产生了巨大反响，《光明日报》《解放日报》《新华日报》随即就此展开了大讨论。[1]

经过几番关于中国传统文艺尤其是诗词歌赋命运的探讨后，旧体诗词的命运在 1956 年获得了巨大转机。这种转机首先表现在臧克家当年负责编录的诗歌选上，在该诗选的序言里他提道："这个选集里，选入了一部分旧诗词，新旧诗合成一集，该是一个创举吧？去年，关于新旧诗关系的问题，有过许多争论，而毛主席的那几句话，应该是一个公允的结论。"[2]旧体诗词经过公共媒介的传播再次与新诗颉颃互进、共存共荣。

旧体诗词在"双百方针"之后获得的第二个转机是当时革命领袖的助推。突出表现是毛泽东旧体诗词的发表及毛泽东关于旧体诗词的言论。

第一，毛泽东旧体诗词的发表。1957 年 1 月 25 日《诗刊》创刊号上首次公开发表了毛泽东诗词十八首。鉴于毛泽东的特殊政治身份，其旧体诗词在《诗刊》首次发表后，《诗刊》的销量陡增。据臧克家描述，

---

[1]　参见李仲凡《古典诗艺在当代的新声——新文学作家建国后旧体诗写作研究》，博士学位论文，兰州大学，2009，第 15 页。

[2]　臧克家：《在 1956 年诗歌战线上——序 1956 年"诗选"》，《诗刊》1957 年第 3 期。

"刊物出版后，因为刊载毛主席诗词十八首，大街上排队买《诗刊》，这才又加份数，补足了五万"。[①]在此后的20年中，"《诗刊》又陆续发表了毛泽东诗词5批共21首"。[②]毛泽东诗词在《诗刊》的刊载传播，不仅为《诗刊》赢得了巨大的声誉，而且为当时旧体诗词创作提供了范例，不少旧体诗词创作者模仿毛泽东诗词的用韵创作诗歌。除了《诗刊》这个主要传播媒介之外，刊载毛泽东诗词的报刊还有《人民日报》等媒介，如《人民日报》在1958年10月3日发表了毛泽东旧体诗词新作《送瘟神》二首。在毛泽东诗词公开发表后，各大出版社相继出版毛主席诗词。如1957年中国青年出版社出版的由臧克家讲解、周振甫注释的《毛主席诗词十八首讲解》，1961年人民美术出版社出版的《毛主席诗词二十一首》，1963年人民文学出版社出版的《毛主席诗词》等。在众多版本的《毛主席诗词》中，1967年由人民文学出版社出版的《毛主席诗词》无论是装帧设计还是版式大小都与众不同。此版是平装设计，外包装类似红宝书样式，带有鲜明的政治意味，而此时公开的旧体诗词创作逐渐终结，只有少数红色诗词才能公开发表。不过，总的说来，毛泽东诗词在党报及诗歌专门刊物上的公开发表，为1956~1966年的旧体诗词发展带来了短暂的繁荣。

第二，毛泽东关于旧体诗的言论对五六十年代旧体诗词创作与发表的影响。1957年《诗刊》创刊号上除了发表毛泽东诗词十八首之外，还刊载了毛泽东《关于诗的一封信》。毛泽东在信中说道："诗当然应以新诗为主体，旧诗可以写一些，但是不宜在青年中提倡。"[③]从毛泽东对新旧诗的态度上来看，其对旧体诗词还是有所保留的，不过他毕竟肯定了旧体诗词的合法地位。除了公开发表关于旧体诗词的言论外，毛泽东还直接影响了当时旧体诗词传播媒介的进展。在1957年以前，公开刊载旧体诗词的杂志寥寥无几，但毛泽东诗词在《诗刊》公开发表之

① 臧克家:《〈诗刊〉诞生三件事》,《诗刊》1982年第4期。
② 李仲凡:《古典诗艺在当代的新声——新文学作家建国后旧体诗写作研究》,博士学位论文，兰州大学，2009，第22页。
③ 毛泽东:《致臧克家等》,载《毛泽东文艺论集》,中央文献出版社，2002，第308页。

后，"《人民日报》、《光明日报》、《文艺报》、《文汇报》、《人民文学》、《诗刊》等中央和省市报刊上纷纷发表旧体诗词作品，成为一种引人瞩目的文学景观"。[①] 在众多刊载旧体诗词的报纸杂志中，毛泽东对《光明日报》的《东风》副刊兴趣最为浓厚，据《〈东风〉旧体诗词选》编后记中所言，毛泽东"以一个热心的读者和诗人的身份"关注该杂志，毛泽东读《东风》杂志"既仔细，又认真"。[②] 当他遇到比较好的诗作时，常常做出批注，甚至转发其他单位，如《东风》副刊在 1961 年12 月 28 日刊载了吴研因的《赏菊》和钱昌照的《芦台农场》《藁城农村》，毛泽东批注："这几首诗好，印发各同志。"[③] 下面以《东风》副刊在 1958~1976 年发表或选录旧体诗词数目作一统计。详见表 2。

表2 1958~1976 年《东风》副刊发表或选录旧体诗词数目考查 *

单位：首

年份	1958	1959	1960	1961	1962	1963	1964	1965	1966	1967~1976
数目	15	75	47	163	177	65	23	3	1	0

　* 此数据由光明日报社文艺部编的《〈东风〉旧体诗词选》遴选而成，《东风》副刊刊载的旧体诗词数量远不止这些，不过该书的抽样还是能反映出旧体诗词在当年发表的概貌。

《东风》是《光明日报》的副刊，该刊创刊于 1958 年 1 月 1 日，作为《光明日报》的副刊，《东风》的政治身份是十分明显的，《东风》刊载内容可以视为当时文艺政策的反映。自《东风》创刊以来，旧体诗词成为其重要内容和特色，《东风》旧体诗词作者群涵盖了新中国众多文化名流、政治精英、学术大鳄，代表者有郭沫若、谢觉哉、夏承焘、冯友兰、陈毅、叶圣陶、田汉等。如果以 1958~1976 年为区间，我们可以从表 2 中看出 1958 年后旧体诗词传播的大致走向。如表 2 所示，在1958 年到 1976 年，《东风》刊载的旧体诗词数量呈现两头少中间多的分布态势。其中，1958 年是 15 首，发表旧体诗词数量最多的是 1961

---

① 李遇春：《中国当代旧体诗词论稿》，华中师范大学出版社，2010，"前言"第 15~16 页。
② 光明日报社文艺部编《〈东风〉旧体诗词选》，光明日报出版社，1985，"编后记"第418 页。
③ 《毛泽东年谱（一九四九——一九七六）》第五卷，中央文献出版社，2013，第 64 页。

年和 1962 年，分别是 163 首和 177 首，1962 年之后逐渐减少，至 1966 年仅录选 1 首。作品选入《〈东风〉旧体诗词选》较多的作者是郭沫若、邓拓、王昆仑和谢觉哉。其中郭沫若在 1958~1965 年发表 92 首，邓拓在 1959~1963 年发表 62 首，王昆仑在 1959~1962 年发表 29 首，谢觉哉在 1960~1962 年发表 28 首。由于郭沫若、邓拓、王昆仑、谢觉哉都是当时党内高级干部，所以这个作者群也充分体现了《东风》浓郁的政治色彩。

值得一提的是，旧体诗词还曾以新民歌的变体形态在 1958 年"大跃进"期间及其后大量出现。诗人徐迟在新民歌运动第二年编选的《一九五八年诗选》的序言里如是说，"到处成了诗海。中国成了诗的国家。工农兵自己写的诗大放光芒。出现了无数诗歌的厂矿车间；到处是万诗乡和百万首诗的地区；许多兵营成了万首诗的兵营。几乎每一个县，从县委书记到群众，全都动手写诗；全都举办民歌展览会。到处赛诗，以致全省通过无线电广播来赛诗。各地出版的油印和铅印的诗集、诗选和诗歌刊物，不可计数。诗写在街头上，刻在石碑上，贴在车间、工地和高炉上。诗传单在全国飞舞"。① 徐迟的描述真实地再现了新民歌运动的胜景，由于资料保存的限制，现在很难准确统计当年的新民歌的数量。不过我们可以从 1959 年红旗出版社出版的由郭沫若、周扬编选的《红旗歌谣》窥出当年新民歌的样态。这本被誉为社会主义新时代的"新国风""新诗三百"的新民歌集，在诗歌形式上具有浓厚的旧体诗词身影。在 300 首新民歌中，粗略计算就有 19 首五言诗、103 首七言诗，几乎占整个《红旗歌谣》新民歌数量的一半。尽管按严格的平仄标准来说，这些新民歌并未达标，大部分诗歌甚至还有打油之嫌，但以古典与民歌嫁接方式所形成的新民歌从本质上是具有旧体诗词的身形的。所以，新民歌在 1958 年的勃兴壮大，也显现出中国传统文学尤其是旧体诗词得到了社会的全面认同。

1966 年"文革"开始，旧体诗词传播的媒介骤然萎缩，"全国除了

---

① 徐迟：《一九五八年诗选》，《诗刊》1959 年第 4 期。

《解放军文艺》外，所有文学期刊都勒令停刊。《人民日报》、《解放军报》、《红旗》和《光明日报》上发表的旧体诗词少之又少。只能偶尔见到毛泽东、郭沫若、赵朴初、冯友兰等少数人的旧体诗词作品"。[1] 无数旧体诗词作者只能以潜在写作的方式用旧体诗记录当时的心境，以旧体诗形态出现的"牛棚诗"数量很多，只不过这些"牛棚诗"在多年之后才公开发表。

　　旧体诗词在改革开放新时期前的最后一次亮相是"天安门诗歌运动"。1976 年清明节，百万人民群众先后自动聚集在天安门广场，深切缅怀周总理等革命先烈，声讨"四人帮"的罪行。当时，人民英雄纪念碑周围摆满了各式各样的横幅、挽联和花圈，而写在这些横幅、挽联、花圈上的诗词不计其数。在此之后，记录天安门诗歌运动的各种诗集层出不穷，其版本也从最初的油印到铅印，发行也是从内部流通到最后的公开发表。最早记录天安门诗歌的铅印版诗集，是"童怀周"1977 年 1 月编辑编录而成的。此版本被命名为《革命诗抄》，共收录诗词 252 首，具体而言，自由诗 25 首、四言诗 5 首、五言诗 28 首、六言诗 2 首、七言诗 109 首、词 83 首。从这个统计数字上看，《革命诗抄》中旧体诗词共有 227 首，占收录诗词总数的九成。1977 年 12 月，北京第二外国语学院汉语教研室、中共福州市委宣传部资料室和福建师范大学历史资料室共同翻印了由"童怀周"编录的《革命诗抄》，此版的《革命诗抄》亦是内部发行，共收录天安门诗词 617 首，其中自由诗 62 首，旧体诗词共 555 首，旧体诗词所占收录诗词总数的比例同样达到了九成。1978 年以后，关于记录天安门诗歌运动的诗集陆续公开出版。如 1978 年 12 月，人民文学出版社出版了《天安门诗抄》，值得一提的是，该书的扉页背面题有"本书承华主席题签"的字样。1979 年，中国青年出版社公开出版了由七机部五〇二研究所和中国科学院自动化所《革命诗抄》编辑组合编的《革命诗抄》，此版诗抄在尾页上明确刊出了发行量 25 万册。《天安门诗抄》通过公共传播媒介的

---

① 李遇春：《中国当代旧体诗词论稿》，华中师范大学出版社，2010，第 16 页。

传播，正式进入百姓的视野。

四

1976年1月《诗刊》复刊，复刊号刊载了毛泽东的两首旧作词，分别是《水调歌头·重上井冈山》和《念奴娇·鸟儿答问》。毛泽东诗词在复刊后的《诗刊》上公开发表，其意义不亚于当初其诗作在《诗刊》创刊号的刊印，这昭示着旧体诗词再次以"合法"的身份出现在国家权威媒体上，旧体诗词的发表与刊印自此进入了一个全新的时代。

进入改革开放新时期，旧体诗词的刊印与传播以90年代末互联网的兴起为界，大体可以分为两个阶段，即改革开放伊始至90年代以前和90年代至今。前一个阶段旧体诗词逐渐从"文革"中解放出来，呈现复苏态势，后一阶段旧体诗词大有复兴之势。90年代以前的旧体诗词传播媒介与新时期以前的媒介方式大体相同，它们都是以纸媒传播为主，这些纸媒包括报纸、杂志、书籍等。90年代以来，随着互联网在中国的兴起，文学传播媒介形态与以前相比发生了巨大的改变，除了传统的纸媒之外，网络媒介异军突起。这些网络媒介包括电子书、博客、QQ空间、微信、微博等。以电子传媒为主体的现代传播方式，极大地加快了旧体诗词传播的速度及容量。其具体表现是各种网络诗社大量成立。21世纪以来，网络诗词经过十多年的发展迅速勃兴壮大，一度成为当代诗坛的一大胜景，而关于重新评价旧体诗词地位和价值的讨论此起彼伏，旧体诗词随着网络的普及迎来了新纪元。

1. 改革开放伊始至90年代以前的旧体诗词传播媒介概览

（1）改革开放伊始至90年代以前旧体诗词杂志概览

党的十一届三中全会以来，随着党中央政策的调整，文学界迎来了平稳而宽松的政治环境。许多旧体诗词杂志相继创刊，它们为旧体诗词发展提供了广阔的舞台。下面以创刊年份为序对80年代至90年代的旧体诗词杂志做一粗略统计:《诗词集刊》（1981）、《当代诗词》（1981）、《江南诗词》（1984）、《东坡赤壁诗词》（1985）、《长白山诗词》（1985）、

《江西诗词》（1986）、《上海诗词》（1988）等。

　　以上旧体诗词杂志，其主管主办单位与杂志所在地诗词学会有着密切的联系。如《当代诗词》的主办单位是广东诗词学会；《江西诗词》的主办单位是江西诗词学会。各省市诗词学会的成立，直接促进了旧体诗词杂志的诞生。80年代以来，全国各省、市、地的诗词学会如雨后春笋般出现，以江苏省为例，"截至1991年，该省各县市一级的诗词学会组织就有20多个"。[①] 各省市诗词学会与其所办旧体诗词杂志为80年代以来的旧体诗词传播贡献颇大。

　　在80年代创刊的旧体诗词杂志中，由广州师范学院所创办的《诗词集刊》率风气之先，成为第一个专门刊载旧体诗词的杂志。不过就杂志的发行量及刊载诗词的影响力上看，《诗词集刊》却不敌比它晚7个月出版的《当代诗词》。可以这么说，在以上所排列的旧体诗词杂志中影响力最大的无疑还是《当代诗词》。在《当代诗词》创刊号的"编后致意"中有这么一段话："自本刊发出征稿启事和征稿信后，诗稿来自四方八面；不足两个月内，已达三千多首，等于孔夫子'删诗'前的数目。四个月内，则已逾万。质量，上中下三品。作者，辈分老中青，职业，三教九流，并非都是风雅圈中人士。这一情况，实为编者始料所不及也。"[②] 两个月不到，就收到诗稿三千多首，足以见出这本杂志受欢迎的程度及人们对旧体诗词创作的热忱。《当代诗词》第一集的发行就取得了佳绩，达到36060册，这个数量在当时的诗歌杂志中无疑也是首屈一指的。

　　除了有专门刊载旧体诗词的杂志，80年代一些文艺副刊或以刊载新诗闻名的杂志也留有版面刊载旧体诗词。"文艺刊物如兰州的《飞天》、岳阳的《洞庭湖》、西宁的《雪莲》、黄石的《散花》等，都曾有固定版面，刊登诗词作品。"[③] 这些杂志有时还会结集出版诗选，其销路颇广。如"1982年编印的《洞庭诗选》，初版一万八千册，不久就销售一

---

① 唐济：《我对当代诗词运动的初步评价》，《江汉论坛》1992年第10期。
② 《当代诗词》第一集，花城出版社，1981，第96页。
③ 叶元章、徐通翰编《中国当代诗词选》，江苏文艺出版社，1986，"前言"第2页。

空，足以说明读者欢迎之程度"。^①创刊于 80 年代，以刊载新诗闻名的新诗杂志主要有《诗刊》、《诗林》和《诗潮》。这三种杂志在新诗出版界的影响力无疑是巨大的，甚至可以说是权威级别的，尤其是《诗刊》。《诗刊》与旧体诗词的命运可谓息息相关，如前所提毛泽东旧体诗词曾在《诗刊》的创刊号及复刊号上刊载，其对旧体诗词的传播与创作起到了关键性的作用。《诗刊》在改革开放新时期复刊以来，辟有"旧体诗"栏目。至 2006 年开始重新设置"诗词版"以刊载旧体诗词。同样，创刊于 1982 年的《诗林》杂志，开设"古诗新韵"栏目；创刊于 1985 年的《诗潮》杂志，辟有"古韵新声"栏目。这些栏目为广大旧体诗词爱好者提供了发表的平台，其对新时期旧体诗词的传播起到了巨大作用。

以上所分析的是旧体诗词传播的主要杂志，其实 80 年代还涌现了不少以研究旧体诗词为主的学术刊物。主要有《词学》《中华词学》《中国韵文学刊》等。下面主要介绍《词学》杂志。创刊于 1981 年的《词学》是当时唯一一本专门研究词学的学术刊物，因为 20 世纪 30 年代龙榆生曾在上海创办《词学季刊》，所以在第一辑的《词学》编辑后记中有这么一段话，"我们不自量力地创刊《词学》，怀有为词学研究重整旗鼓的心愿，妄想以这个刊物来开风气之先，借以此'鼓天下之动'"。^②《词学》主要是以研究词学为己任，不过也设立了"词苑"栏目以发表名家词作。如在第一辑中就有夏承焘、俞平伯、钱仲联、周汝昌、周笃文等人的词作共 40 首。《词学》从创刊伊始，就被定位为严肃的学术刊物，《词学》第一辑的"编辑体例"如是说，"不提倡作词，故不对外征求词作。但词学研究及爱好者不免见猎心喜，拟古习作。如承惠寄，亦当甄录，以供观摩，或者亦有助于文心韵律之商榷。但酬应唱和，无病呻吟之作，本刊未敢登用"。^③《词学》杂志对来稿要求之高显而易见，由于《词学》杂志秉承的严肃学术态度，在当时难免有曲高和寡之嫌，普通的词作爱好者难免产生其高不可攀之感，所

---

① 叶元章、徐通翰编《中国当代诗词选》，江苏文艺出版社，1986，"前言"第 2 页。
② 参见《词学》第一辑，华东师范大学出版社，1981，第 310 页。
③ 参见《词学》第一辑，华东师范大学出版社，1981，第 313 页。

以《词学》的影响力极其有限。这种尴尬我们可以从《词学》的发行量见出端倪，《词学》第一辑（1981）的发行量为15000册，第二辑（1983）增加到了20000册，第四辑（1986）锐减到3200册，第八辑（1990）3000册，此后的发行量一直在1500册到3000册之间。《词学》发行量逐渐走低，也从一个侧面印证了其定位的高端及词学普及的艰难。《词学》发行量的走低，使其编辑部编辑大为丧气，他们在第八辑的"编辑后记"里做出了如下说明："本刊第一辑印15000册（1981），第七辑仅印2000册（1989）。并非本刊的读者锐减，而是由于今年低趣味的通俗出版物大量冲击文化市场，使新华书店对纯正学术出版物的发行、推广能力受到影响。全国有2200个县，如果每县都能分配本刊三册（这是肯定可以出售的），本刊也可以印6000册。盐城周梦庄先生来信说：'盐城一地，至少可以销售五十册。'但是本刊第六、七辑，盐城朋友都买不到。编者收到不少读者来函，讯问《词学》已出版几辑？多数读者只买到第四辑。这一情况，使编辑同人丧气。但本刊还是要编下去，出版社也愿意全力支持。"①《词学》编辑部的解释，也仅仅说明在当时是有不少读者关心这本杂志的，但更多的读者去阅读通俗读物了，《词学》的学术定位，注定其只能是曲高和寡了。

（2）改革开放伊始至90年代以前旧体诗词出版概况

首先看个人旧体诗词出版情况。"文革"结束后，一大批在动乱中遭受磨难的诗人纷纷出版自己在"文革"期间创作的旧体诗作。最为著名的是聂绀弩的《散宜生诗》、吴祖光的《枕下诗》及李锐的《龙胆紫集》。聂绀弩的《散宜生诗》由人民文学出版社于1982年在内地首次出版，之前香港野草出版社曾出版《三草》。聂绀弩《散宜生诗》中的两百余首旧体诗词，绝大部分作于1960~1964年，这些诗作记录了诗人在北大荒八五〇农场中的劳动生活情形，饱含浓郁的生活气息和戏谑色彩。《散宜生诗》初版刊印发行15000册，1985年7月人民文学出版社又发行了增订版的《散宜生诗》，此版在原先诗作的基础上还增加了注

---

① 参见《词学》第八辑，华东师范大学出版社，1990，第252页。

释，发行量为 7000 册，广受欢迎。吴祖光的《枕下诗》大部分诗作也是写于"文革"期间，按照诗人的说法，当时写诗"只能是一种秘密活动，是见不得人的"，"写完只能藏在枕头底下"。①《枕下诗》真实地记录了吴祖光在那个特殊年代的精神历程和情感积淀。李锐的《龙胆紫集》由湖南人民出版社于 1981 年出版发行，该诗集中关于《狱中吟》部分的旧体诗词尤其引人注目，《狱中吟》共有 47 首，是诗人 1967 年 11 月至 1975 年 5 月间在京郊监狱所作，四十多首诗作集中表现了诗人"文革"时的苦难遭遇及乐观精神，影响深远。除了《散宜生诗》、《枕下诗》和《龙胆紫集》之外，在 80 年代出版的比较有代表性的旧体诗词集还有夏承焘的《夏承焘词集》和《天风阁诗集》②、霍松林的《唐音阁吟稿》③、李汝伦的《紫玉箫集》④、张大千的《张大千诗文集编年》⑤、叶楚伧的《叶楚伧诗文集》⑥等。值得一提的是，叶楚伧曾担任国民党中宣部部长，他的旧体诗词集在"'文革'期间或前夕，是根本不可能（在大陆）付梓的"。⑦

其次看旧体诗词选本情况。随着旧体诗词创作队伍的扩大，加上以《当代诗词》为代表的旧体诗词杂志的努力，在 80 年代，旧体诗词作品越来越多，旧体诗词大有复苏之势，而此时旧体诗词选本陆续刊印出版，极大促进了旧体诗词在当代的传播。这些旧体诗词选本主要有：1987 年出版的由华钟彦主编的《五四以来诗词选》⑧；1988 年出版的由张作斌等编选的《中华现代诗词千首》⑨；1986 年出版的由叶元章等编的《中国

---

① 吴祖光：《枕下诗》，山西人民出版社，1981，第 4 页。
② 夏承焘：《夏承焘词集》，湖南人民出版社，1981；《天风阁诗集》，浙江人民出版社，1982。
③ 霍松林：《唐音阁吟稿》，陕西人民出版社，1989。
④ 李汝伦：《紫玉箫集》，广东人民出版社，1988。
⑤ 曹大铁、包立民编《张大千诗文集编年》，荣宝斋，1990。
⑥ 叶元编《叶楚伧诗文集》，上海三联书店，1988。
⑦ 朱文华：《风骚余韵论——中国现代文学背景下的旧体诗》，复旦大学出版社，1998，第 147 页。
⑧ 华钟彦主编《五四以来诗词选》，河南大学出版社，1987。
⑨ 张作斌、向明编选《中华现代诗词千首》，新华出版社，1988。

当代诗词选》①；1990出版的由毛谷风选编的《当代八百家诗词选》②等。下面主要介绍两本旧体诗词选本的收录情况。

由叶元章、徐通翰编的《中国当代诗词选》是改革开放来最早编录当代旧体诗词的选本，该选本收录了四百多位诗词作家的近两千首诗词作品，为广大读者提供了可供研读的范本。而毛谷风选编的《当代八百家诗词选》收录了823位当代诗词作者的2005篇作品，诚如编者在"后记"中所说，当初编选此书时在国内外广泛征稿，"数月间，稿件、诗集纷至沓来。自1988年6月初始收来稿，至1989年11月初编定送审……总得一千五百余家，诗词不下三万首之多"。③从此记录中可以看出当时诗人们投稿的踊跃，与此同时亦可见到80年代旧体诗词创作的盛况。毛谷风版《当代八百家诗词选》的一个特点是收录作者广泛，其收录的作者不仅有内地诗人，还有港澳台地区诗人，作者甚至遍及新加坡、马来西亚、菲律宾、加拿大、日本、澳大利亚各国。这个版本可以较全面地看出80年代旧体诗词创作与出版的概貌。

2. 90年代以来旧体诗词传播媒介概览

（1）传统纸媒传播媒介

首先看90年代旧体诗词杂志概况。自1981年《诗词集刊》和《当代诗词》出版刊印以来，80年代的旧体诗词杂志为旧体诗词传播提供了广阔的舞台。进入90年代以后，这些杂志依然在刊印出版，与此同时，还有其他旧体诗词杂志在相继创刊，如《甘肃诗词》（1994）、《中华诗词》（1994）等。在这些杂志中，最为著名和重要的当属《中华诗词》。《中华诗词》于1994年创刊，隶属中国作家协会，从杂志的主管单位级别上，《中华诗词》杂志无疑也是最高的，在创刊伊始，"该杂志的发行量为几千份，现在，它发行五大洲，每期印数25000份左右，成为全国发行量最大的诗歌刊物"。④《中华诗词》杂志从创刊伊始就确定

---

① 叶元章、徐通翰编《中国当代诗词选》，江苏文艺出版社，1986。

② 毛谷风选编《当代八百家诗词选》，浙江大学出版社，1990。

③ 毛谷风选编《当代八百家诗词选》，浙江大学出版社，1990，第611页。

④ 郑伯农：《关于格律诗的回顾与前瞻》，《中华诗词》2005年第12期。

了其在旧体诗词传播领域的主导地位。

其次看个体旧体诗词出版情状。90 年代以来，随着电脑排版技术的兴起，出版图书的周期缩小，再加上激光打印技术，成本和时间比起以前的刻印、石印、排印要便宜和迅捷，个人出版图书不再是很奢侈的事情，诗人可以不再考虑诗集的销路，出版诗集成为极私人化的事情。在此背景下，90 年代以来出版的旧体诗词集子数不胜数。比如学者潘光旦的《铁螺山房诗草》[①]、僧人明旸法师的《明旸诗选》[②]、刘征的《古韵新声——刘征诗词选》[③]、熊鉴的《路边吟草》[④]、林从龙的《林从龙诗文集》[⑤] 等都属于比较有代表性的集子。此外，北京图书馆出版社曾经在 21 世纪之初集中推出"当代名家诗词集"丛书，第一辑含有赵朴初的《无尽意斋诗词选》、钱仲联的《梦苕庵诗词》、饶宗颐的《固庵诗词选》、刘征的《风花怒影集》、沈鹏的《三馀诗词选》、杨金亭的《虎坊居诗草》、周笃文的《影珠书屋吟稿》等。

再看旧体诗词选本情况。相较于 80 年代旧体诗词选本，90 年代的选本在编排体例上显得更加细致。如毛谷风选编的《当代诗词举要》[⑥]，按作者出生年份分八卷排列，共收录 300 多位作家近 1700 首旧体诗词作品。八卷分别收录 1900 年前出生的 52 位诗人 305 首诗词，1900 年至 1909 年出生的 77 位诗人 371 首，1910 年至 1919 年出生的 71 位诗人 312 首，20 世纪 20 年代出生的 70 位诗人 278 首，30 年代出生的 37 位诗人 133 首，40 年代出生的 45 位诗人 143 首，50 年代出生的 18 位诗人 61 首，60 年代后出生的 16 位诗人 56 首。从这个统计中可以看出，在《当代诗词举要》中，作品被收录最多的是出生在 20 世纪前二十年的作家，当然这个编选结果也体现出当代旧体诗词创作成就的基本事实，那就是以新文学起家的那批作家所取得的成就最高。值得一提的

---

① 潘光旦:《铁螺山房诗草》，群言出版社，1992。
② 明旸法师:《明旸诗选》，学林出版社，1992。
③ 刘征:《古韵新声——刘征诗词选》，人民教育出版社，1992。
④ 熊鉴:《路边吟草》，中华文化出版社，1992。
⑤ 林从龙:《林从龙诗文集》，中州古籍出版社，1993。
⑥ 毛谷风选编《当代诗词举要》，中国文联出版社，2004。

是，在这个选本中，60 年代后出生的诗人有：罗渊、林梦、郑雪峰、尚佐文、黄飙、张超、王群红、柳屏、盘品磊、释戒贤、张青云、钱之江、张树刚、王震宇、徐晋如、刘雄。这些作家将成为当代旧体诗词创作的主力军。

（2）网络传播媒介

旧体诗词在网络上的广泛传播发轫于 21 世纪初，其传播途径主要有网络论坛、聊天室、博客、QQ 空间、微信等。网络传播比传统纸媒传播更方便快捷，网络诗词一经创作就可以立即在网上发表交流，除此以外，网络诗词还可以随时储存，极大方便了诗歌创作者，因而 21 世纪以来出现的网络诗词数量难以估量。按照苏无名的说法，"如今的网络诗坛，已经拥有数以百万计的爱好者，数以十万计的创作者，数以万计的论坛、个人网站和各种聊天室。每天的诗词发帖量，平均有数百首之多。从如今网络诗坛的创作数量而言，超过了以往数千年诗词的总和"。[1] 网络诗词在 21 世纪的崛起，毫无疑问，得益于这些网络平台。

首先看旧体诗词网站。目前，刊载旧体诗词的交流平台，其数目由于网站本身的不稳定性而难以统计。其官方代表网站无疑是中华诗词网，该网网站资料显示，其注册会员有 171196 名，发帖总数 22274372 个[2]，绝大部分帖子是关于旧体诗词作品讨论及作品原创交流的。中华诗词网还链接了其他省（区、市）的旧体诗词网站，数目达 23 个之多，这些省（区、市）旧体诗词网站的主题帖及跟帖量也很惊人，绝大部分省（区、市）旧体诗词网站的主题帖超过了 1 万个，而跟帖量超过 50 万个的有"关东诗阵"和"燕赵风骨"。[3]

以中华诗词网为代表的官方性质的旧体诗词网站是目前网络旧体诗词传播媒介的主体，而各大高校的 BBS 中文论坛上刊有大量原创旧体诗词内容的交流版块，其主要代表有清华大学的静安诗词社、浙江大学

---

① 苏无名：《沉寂与喧嚣：网络诗词的七年》，2008 年 6 月 9 日，http://book.sina.com.cn/compose/2008-06-09/1214238099.shtml。

② 此数据统计的截止时间为 2014 年 10 月 1 日。以下数据统计时间与此相同。

③ http://bbs.zhsc.net/forum.php。

的飘墨诗词社及北京大学的北大中文论坛等。以北大中文论坛为例,该网站原创区栏目按文章体裁设有"现代诗歌原创"、"旧体诗词原创"、"小说原创"和"散文原创"版块。对照"现代诗歌原创"和"旧体诗词原创"版块的主题帖和跟帖量,"现代诗歌原创"是24204个主题帖、64174个跟帖,而"旧体诗词原创"有31178个主题帖、151772个跟帖,旧体诗词的主题帖比现代诗歌的多近7000个,跟帖量是现代诗歌的2.4倍。从该数据可以看出广大网友对旧体诗词的创作热情,旧体诗词对网友具有更大的吸引力。①

除了官方及高校的旧体诗词网站之外,目前网络上还活跃着不少民间性质的旧体诗词网站,如古风、菊斋、光明顶等,另外还有些知名的门户网站如新浪、天涯、网易、榕树下也开辟了专门的旧体诗词讨论版块。以菊斋网为例②,菊斋设有菊斋古典社区版块,该网站发帖数显示,文化论坛区发帖量共有778702个,其中关于诗词曲联的帖子有584713个,占总帖数的75%,而现代诗歌帖子只有21700个,占总帖数的不到3%,菊斋的旧体诗词色彩可见一斑。此外,菊斋网还设有诗词工具版块,包括平水韵部、词韵简编、钦定词谱等,这些内容对于初学旧体诗词的创作者来说无疑是极有帮助的,类似菊斋网性质的旧体诗词网站不仅为创作者提供了发表的空间,还为创作者提供了交流学习的平台。

此外还有其他网络传播媒介。各大论坛无疑是旧体诗词网上传播的主要媒介,除此之外,QQ空间、微信、博客在旧体诗词传播中也发挥着重要作用。比起旧体诗词的专门网站,QQ空间、微信、博客的交流群体的旧体诗词讨论显得不够集中和专业,但更加私密和自由,在人数上是难以统计的。目前,比较受关注的博客是网名为北京李子的博客等。

综上,以改革开放新时期为界,改革开放新时期以前的旧体诗词传播与当时的政治环境、文学思潮有着紧密的关联,如新诗思潮极大制约了旧体诗的创作与发表;抗日战争的政治环境又促进了旧体诗词的短暂

---

① http://www.pkucn.com/forum.php.

② http://www.juzhai.com/.

勃兴，50~70 年代的"旧文艺改造"和"文化大革命"则遮蔽了旧体诗词的创作。反观改革开放新时期以后的旧体诗词创作与传播，影响它的因素已不单单是文学思潮、政治权力，传播媒介形式的改变对它的影响极大。改革开放新时期之前的旧体诗词传播以传统纸媒为主，改革开放新时期以后旧体诗词传播则综合了传统纸媒和网络资源媒介，呈现更加丰富多元的特点。在传统纸媒背景下，尤其是报纸杂志平台上，旧体诗词的发表要经过严格的审查和筛选，旧体诗词作品的质量相对而言可以得到保障。但是，到了改革开放新时期之后的网络时代，一方面由于创作者水平的限制，另一方面是网络诗词发表的难度降低，但凡是五言八句之类的作品，都能在网络空间上刊载，出现了大量质量低下的旧体诗词作品，旧体诗词在网络时代迎来新的机遇与挑战。

第六章 现代中国女性旧体诗词的
历史浮沉与演变趋势 *

　　虽然吕碧城、张默君、何香凝等人在秋瑾遇难（1907）时便多有诗作问世 [1]，但我们还是遵照常例，将现代中国女性旧体诗词创作的上限定在 1912 年，即民国改元之年。因为民国的建立毕竟意味着现代中国的开端，中华民族绵延了两千多年的封建帝制终被推翻，虽然此后也曾有过称帝复辟的历史闹剧，但并未能从根本上改变现代中国的历史走向。如钱基博先生著的《现代中国文学史》即以民国肇造为现代中国文学史的开端。此处要探讨的是现代中国近百年来女性旧体诗词的历史命运问题，我们试图将现代中国女性旧体诗词创作历程大体划分为四个时期：一是转折期（1912~1936 年），二是中兴期（1937~1949 年），三是分流期（1949~1976 年），四是复兴期（1977 年以来）。接下来，笔者拟就这四个时期对现代中国女性旧体诗词创作的流变迁衍进程加以绍述。

一

　　古代女性诗词创作是数千年中国诗坛的一朵奇葩。汉有卓文君决绝司马相如而作《白头吟》，蔡琰归国后思子哀吟《胡笳十八拍》；唐有鱼玄机与友人酬唱《冬夜寄温飞卿》；宋有堪称"婉约词界宗主" [2] 的女

　　＊　本章原刊《天津社会科学》2017 年第 1 期，署名李遇春、朱一帆。
　　①　郭延礼：《20 世纪初中国女性文学四大作家群体考论》，《文史哲》2009 年第 4 期。
　　②　邓红梅：《女性词史》，山东教育出版社，2000，第 79 页。

词人李清照作《声声慢（寻寻觅觅）》，"凄婉得五代人神髓"①的朱淑真
作《断肠词》；清"蕉园五子"之一徐灿叹内忧外患而吟《满江红·将
至京寄素庵》，另有"天赋之才"②吴藻感悟时间之力而作《行香子》。虽
然这些女性诗词名家名作风格别致，但却始终以"第二性"的边缘化身
份隐藏在男性诗作背后，被男性诗人所消遣。正如谭正璧在《中国女性
文学史》中指出的那样，面对踯躅于文艺花园的古代女诗人的诗作，男
性只是把它们当作闲逸生活的消遣，以此增加自己玩狎女性的情绪。③
而且，随着五四新文化运动斥旧式文言写作为"桐城谬种"④，女性诗词
更加边缘化，就连梁启超也不禁感叹其"真社会之虱矣"⑤。但是，五四
新文化运动同时又倡导对"人"的热情呼唤、对女权主义的激烈声辩，
这使得边缘化的女性诗作中的闺阁意识被现代女性意识所替代。以封建
宗族制度为基础、以宗法血缘关系为纽带建立起来的男权中心制社会，
使得"女性文化环境和女性发展狭窄而封闭"⑥。就卓文君、鱼玄机、李
清照等前述古代女诗人的创作而言，她们的诗词审美视野大多拘束在
"闺阁化"⑦的生存场景中，而无法突破这狭隘的生活场景。"闺阁意识"
也因此成为她们诗词创作的应有之义。而五四新文化运动站在重估一切
价值的基础上，对以"娜拉出走"为代表的现代女性生存模式的成功建
构，使女性得以突破传统闺阁之局囿，"开眼看世界"。封建"闺阁意
识"也自然被"现代女性意识"所置换。因此，有鉴于传统女性诗词在
1912 年之后遭遇空前的文坛合法性危机，以及传统女性诗词的"闺阁
意识"被现代女性旧体诗词的"现代女性意识"逐渐置换这两桩事实，
我们将 1912~1936 年称为现代女性旧体诗词的"转折期"。

---

① 陈廷焯编选《词则》卷 4《大雅集》，上海古籍出版社，1984，第 183 页。
② 唐圭璋编《词话丛编》第 5 册，中华书局，1986，第 4188 页。
③ 谭正璧：《中国女性文学史》，百花文艺出版社，2001，第 16 页。
④ 钱玄同：《文学革命之反响》，《新青年》第 4 卷第 3 号，1918 年 3 月 15 日。
⑤ 梁启超：《饮冰室诗话》，舒芜校点，人民文学出版社，1959，第 59 页。
⑥ 吴越民：《女性形象塑造的跨文化研究——基于中美部分主流报纸的对比分析》，中西书局，2011，第 37 页。
⑦ 何玲华：《新教育·新女性：北京女高师研究（1919—1924）》，中国社会科学出版社，2007，第 299 页。

那么，在着重论述转折期现代女性意识在女性旧体诗词中的表现之前，首先有必要对"现代女性意识"这一概念进行界定。虽然目前学界对其内涵仍存在诸多争议，但可以肯定的是，"现代女性意识"在文学书写的意义上，大体可以分为两个层面："一是以女性的眼光洞悉自我，确定自身本质、生命意义及其在社会上的地位；二是从女性的角度出发审视外部世界，并对其加以富于女性生命特色的理解和把握。"①以此观之，1912~1936 年女性旧体诗词中现代女性意识的表现，便可以被归纳为以下三个方面：一是现代家国意识，二是平等、自由的女性友谊，三是审美性地观照大自然。鉴于这一转折期的现代女性旧体诗词创作多以女性结社的方式出现，下面主要以南社女性诗人群、梅社、寿香社为依托，分别论述其旧体诗词中现代女性意识萌发的表现。

南社女性诗人群。据柳亚子《南社纪略》统计，南社有女社员 61人。在这批女作家中有翻译家、小说家等，但主要是诗人和词人，因此她们可被称为南社女性诗人群。②成就较大的有吕碧城、徐自华和徐蕴华姐妹、张默君、陈家庆、何香凝等人，她们均受到秋瑾壮烈殉国革命理想的影响。这里之所以提到秋瑾，是因为她的离家出走，开启了女性重返社会公共生活领域的大门。秋瑾的这一"出走"行为，打破了闺阁的隐匿存在，冲破了封建宗法制社会对女性人身的禁锢。更深层次而言，她的"出走"，是"将'男女之别'的人伦秩序转换成了'我'与自身的关系"③，并在审视女性主体性的过程中，思考现代女性的生存方式。如秋瑾曾在诗词中发出"休言女子非英物，夜夜龙泉壁上鸣"（《鹧鸪天·祖国沉沦感不禁》）的呼喊，以表明她走出闺阁、介入现代社会生活并建功立业的愿望。而作为受秋瑾影响颇深的南社女性诗人群④，她

---

① 乔以钢：《论中国女性文学的思想内涵》，载王红旗主编《21 世纪中国女性文学批评理论与实践文选集成（2001—2012）》，现代出版社，2014，第 15 页。
② 郭延礼：《20 世纪初中国女性文学四大作家群体考论》，《文史哲》2009 年第 4 期。
③ 张念：《性别政治与国家：论中国妇女解放》，商务印书馆，2014，第 94 页。
④ 这里不仅是指南社的成立与秋瑾有关，更是指在秋瑾英勇就义后，悼念秋瑾、继承其革命意志是南社女性诗人重要的书写主题。详情参见郭延礼《20 世纪初中国女性文学四大作家群体考论》，《文史哲》2009 年第 4 期。

们对秋瑾介入社会生活这一现代女性意识的诠释，便是在各自的旧体诗词中对现代民族家国观念进行讴歌。

吕碧城是南社女性诗人群的主将。不论是"筚路艰辛须求己，莫待五丁挥断"（《金缕曲·纽约港自由神铜像》），还是"龙蛇起陆遍中原，舻舳横空穷四海。瑞雪由来祓不祥，排云我欲呼真宰"（《蔻山赏雪歌》），都取材赡博，且独具现代视野，爱国情感与忧患意识浓烈，"尤于苍凉雄迈之处，读之使人起舞焉"。[①] 被柳亚子称为"玉台两妙"[②]的徐自华、徐蕴华两姊妹，她们悼念鉴湖女侠秋瑾的词句，如"亡国恨，终当雪。奴隶性，行看灭"（徐自华《满江红·感怀，用岳鄂王韵，作于秋瑾就义后》），"残山剩水悲家国，最伤心，秋风秋雨，西泠埋骨。风雪山阴劳往返，今日只留残碣。叹一载，空喷热血"（徐蕴华《金缕曲·题〈忏慧词〉》）等，无不流露出两姊妹希求杀敌报国的现代家国情怀。至于张默君，她在听闻袁世凯与日本签订丧权辱国的《中日协定》后，愤而作《自题〈倚马看剑图〉》，斥责"国耻未湔前古辱"，扬言"誓理苍生不平局"，并抒发其"与君敌忾赋同仇"的报国情怀。陈家庆也是南社女性诗人群的一员，她的"百年身世常为客，千里烽烟未解兵"（《金风》）、"最怜极目非吾土，便有情怀莫浪吟"（《戊辰感事》）、"骨重神寒"[③]，显现出希望家国统一的现代气息。至于有着壮怀豪情的何香凝，她的《无题》《挽廖仲恺》《有感》《往法国途中》《冬夜洗衣》等诗作，也都闪耀着杀敌报国、杀身成仁的革命热情。

梅社。梅社成立于1932年，社员全部是国立中央大学爱好古典诗词的女学生，她们的词学启蒙得益于吴梅，1934年社员毕业时解散。[④] 梅社重要的作家有沈祖棻、尉素秋、曾昭燏、杭淑娟、徐品玉、龙沅、游寿等。相较于南社女性诗人群对现代民族家国观念的突出性展现，梅社女诗人们主要侧重于通过雅集酬唱展现女性友谊，彰显现代女性意识。

①　孤云：《评吕碧城女士〈信芳集〉》，载吕碧城著，李保民笺注《吕碧城词笺注·附录三》，上海古籍出版社，2001，第553页。
②　林东海、宋红选注《南社诗选》，人民文学出版社，2011，第457页。
③　徐英、陈家庆著，刘梦芙编校《澄碧草堂集》，黄山书社，2012，"前言"第50页。
④　尹奇岭：《梅社考》，《新文学评论》2012年第4期。

需要指出的是，这里的女性友谊，不同于"莫与外来女人行"（贺瑞麟《女儿经》）、"三姑六婆，勿令入门"（史典《愿体集》）等古代女性友谊，后者以剥夺女性交往为指归、以封建等级思想为内核，而前者是指"以同性结盟的姿态反叛封建礼教对女性角色的限定"①，以平等、自由、民族国家等现代质素为核心进行交往的女性友谊。

据尉素秋后来回忆，梅社女诗人都各自有一个笔名，且均为词牌名，如"霜花腴"曾昭燏、"点绛唇"沈祖棻、"菩萨蛮"徐品玉、"声声慢"杭淑娟、"钗头凤"龙沅等。②虽然这些笔名仍然延续了"点将录"这种传统文学批评样式，但是相比"点将录""推举诗派领袖，罗列诗派成员，甄别诗人品第"③的属性，这些在全体社友"民主讨论""共同选定"④基础上"推举"出来的笔名，还是体现了平等、民主的现代女性友谊。至于她们酬唱雅集的内容，自然同样充满了平等、自由的现代质素。如沈祖棻作于1934年的《忆旧游·记梅花结社》中便有这样的表述："记梅花结社，红叶题词，商略清游。"词中"商略"一词可谓否定了上千年横亘在女性之间的封建等级意识，抚平了封建等级文化造成的女性彼此灵魂间的鸿沟。同样彰显现代女性友谊的词作还有沈祖棻的《瑞鹤仙·萧条寒食节》。在弥漫着"把盏笑邀明月"的结社氛围里，"离别"不期而至，由今思古，想及昔日叱咤诗坛的"京华吟侣"今都"风流尽歇"，不禁"泪洒春波"。显然，如果仅将其解读为沈祖棻感叹"寄蜉蝣于天地，渺沧海之一粟"（苏轼《赤壁赋》），未免一叶障目。沈祖棻在作这首词时，正逢九一八事变后东北三省沦陷，全民族陷于水深火热的救亡情绪中，"有斜阳处有春愁"（《浣溪沙·芳草年年记胜游》）的沈祖棻，更深层次想要表达的是希望梅社女同胞都不再"消磨豪气"，要奋起抗击。这一沾染着民族国家观念的现代女性意识，摆脱了蕉园诗社等古代女性诗社在审美价值取向、题材选取等方面的局限性，显示

---

① 李玲：《中国现代文学的性别意识》，人民文学出版社，2002，第185页。
② 尉素秋：《词林旧侣》，《中国国学》（台湾）1984年第11期。
③ 张亚权：《"点将录"：一种富于民族特色的文学批评形式》，《南京大学学报》（哲学人文科学社会科学版）2006年第3期。
④ 尹奇岭：《梅社考》，《新文学评论》2012年第4期。

出了耀眼的现代光芒。与此有异曲同工之意的还有尉素秋的词句"社日。……为问江南客,乌衣巷,近来消息。怕杏梁,漠漠芳尘,难寻旧迹"(《曲游春·咏燕》)等。

寿香社。20世纪30年代中期又有寿香社出现,有女社员刘蘅、何曦(何振岱之女)、薛念娟、王德愔、叶可羲、施秉庄、王真、张苏铮等八人,她们有"福州八才女"之目,均是南华老人何振岱的女弟子,刊《寿香社诗钞》《寿香社词钞》两集问世。[1] 现代女性意识于寿香社社员诗词间的表现,主要体现在社员多以审美原则观照大自然。

古代女性诗人词客常以自然景物入诗。如李清照的千古名句"莫道不消魂,帘卷西风,人比黄花瘦"[《醉花阴(薄雾浓云愁永昼)》],词人以自然物"黄花"比喻人的憔悴。还有女词人朱淑真,她在《谒金门·春半》中吟唱"春已半,触目此情无限。十二栏干闲倚遍,愁来天不管。好是风和日暖,输与莺莺燕燕。满院落花帘不卷,断肠芳草远"。"春""莺莺燕燕""芳草"等自然景物,贴切地描绘了少妇悲悲凄凄的怀人心情。但显而易见,上述诸多自然景物只是作为"伦理道德、人生景况的象征比喻"[2]出现在中国古代女性诗词中。也就是说,古代女诗人对自然的审美,大多是"工具化的审美",是把自然这一审美对象当作了"途径、手段、符号、对应物,把它们当作抒发、比喻、暗示、象征人的内心世界和人格特征的工具"。[3]而经过五四新文化运动洗礼之后的寿香社社员们,她们对自然景物的观照,则是从现代人的视角出发,审美性地、非功利性地观照大自然。如何曦将"海棠花"作为审美主体的《花时少出,对瓶供作》,其中"何以谓良辰,欢与景相遇",可谓道出了审美性地观照自然时诗人内心的愉悦之情。诚如何曦自言:"自觉胸次宽旷""融洽其适矣"。[4]至于刘蘅的《曙色》,女诗人在诗中不仅将自然物作为审美主体看待,并将其作为自己的闺中密友,与其嬉戏玩闹。

---

① 查紫阳:《民国词社知见考略》,《长春工业大学学报》(社会科学版)2014年第6期。
② 李玲:《论"五四"女性文学的自然观》,载钱仲联、范伯群主编《中国雅俗文学》第1辑,江苏教育出版社,1998,第378页。
③ 邓新华、章辉主编《西方20世纪文学批评教程》,武汉大学出版社,2014,第293页。
④ 何曦:《晴赏楼诗词日记稿》,浙江文艺出版社,2006,第80页。

且看"白露浮光尚著花,翠烟泻影月西斜。微红楼外猜难准,不是初阳是薄霞",短短四句,刘蘅便将一个调皮、玩儿心不减的友人"薄霞"的形象勾勒出来。读之令人哑然失笑,同时让人敬佩刘蘅审视自然、超越自然的现代审美情怀。

二

1937年7月7日的卢沟桥事变,标志着抗日战争的全面爆发。经过多年浴血奋战,中华民族取得了伟大的历史性胜利。这之后是解放战争,战火燃烧到1949年新中国的成立。多年的烽火硝烟,使中国处于一个异常动荡的重要历史转折时期。但是,严酷的战争环境并没有阻碍女性旧体诗词的发展,反而激起了它的强大生命力。因为,抗战初期"文协"对"文章下乡、文章入伍"的号召,使得女性作家把目光转向传统中国文学,开始审视其的"现场性"意义。如冯沅君,她通过有意识地审视古代女性诗词成就,提出女性作家"不应放弃旧有的文学地盘"[①]这一论断。这之后,以胡风为代表,向林冰、葛一虹等的关于"文艺的民族形式"的讨论,则进一步促使女性作家开始从传统文艺中汲取艺术资源,并对以旧体诗词为代表的传统文学进行创造性地价值转换。如抗战期间的沈祖棻便有意识地"假闺房儿女之言,通之于《离骚》、变《雅》之意"[②],"以男女之情来写对于祖国和人民的爱"。[③]可以说,抗日战争的全面爆发,化解了"转折期"高悬于女性旧体诗词头上的"达摩克利斯之剑",为女性旧体诗词的繁荣提供了一个机会,也使得女性旧体诗词得以重新登上历史的舞台。至于全面抗战时期女性旧体诗词的演变趋势,她们的写作,一方面充分展开了自己的国家想象,着力开拓与发掘了现代爱国题材的深度与广度,使得诗作呈现出异常鲜明的史家

---

① 冯沅君:《妇女与文学》,载冯沅君著,袁世硕、张可礼主编《陆侃如冯沅君合集》卷15《冯沅君创作译文集》,安徽教育出版社,2011,第314页。
② 沈祖棻:《唐宋词赏析·诵诗偶记》,河北教育出版社,2000,第323页。
③ 吴志达:《沈祖棻评传》,《武汉大学学报》(哲学社会科学版)1985年第4期。

之诗或史家之词特征，进一步拓展了女性旧体诗写作中的宏大叙事。另一方面，相比"转折期"现代女性意识的初步萌发，她们进一步拓宽了女性的自审视域，对母女关系、女性身体等的进一步审视，显示了女性作为言说主体对自身主体位置的不懈追寻与建构。就这一时期女性旧体诗词重登文坛舞台、拓展并深化了创作空间这两桩事实而言，我们将1937~1949 年称为现代女性旧体诗词的"中兴期"。

首先，来看女性旧体诗词创作对宏大叙事的进一步拓展。有学者曾指出，20 年代所开创的女性解放话语，到全面抗战时期，因女性对民族国家主体的片面追求，而迷失于民族解放的集体话语表达之中。[①] 事实上，女性以及女性写作从来都需要"两个世界"[②]，女作家不仅要揭示和描绘妇女所面对的内部世界，更要描写女性与男性共同面对的外部大世界。因此，全面抗战爆发后，何香凝、汤国梨、沈祖棻、冼玉清等女诗人——深入民族生活的内部，以个人飘零的战乱经历反映民众生活的疾苦、揭露阻碍抗战黑暗面——的诗作，就是对"转折期"以现代家国意识为表征的女性意识的高扬。而且，这些具有鲜明史家之诗与史家之词特征的作品，拓展了女性旧体诗词创作中的宏大叙事，破除了女性性别解放与民族国家建构之间的内在紧张关系，深化了女性旧体诗词的创作空间。

汤国梨善于从个人飘零出发，书写时代乱象。"断垣"（《念奴娇·好秋空过》）、"离离禾黍"（《幕栖台晓雾》）、"乱离人"（《避难湖州，晤吴兴旧友，重过沈氏东园》）等战乱意象在其诗词中可随处撷取；《安危二首》《寇逼湖城避地妙喜》《临江仙·雨亦无妨晴亦好》等诸多摹战时生活之艰、民不聊生的诗词亦随处可见。沈祖棻作于这期间的八首《鹧鸪天》，均采用"巫山云雨皆有托"——以男女之情喻时政的手法，细致刻画了"国大会议"、青年党和民社党与国民党的合作、学生示威游行、

---

① 孟悦、戴锦华：《浮出历史地表——现代妇女文学研究》，河南人民出版社，1989，第32~37 页。

② 张抗抗：《我们需要两个世界》，载李小江等《女性？主义——文化冲突与身份认同》，江苏人民出版社，2000，第 185 页。

特务横行、通货膨胀、国势危难等历史大事件，展现了一幅史诗式的抗战长卷。女词人也借这组词委曲绵密地表露了自己的爱国情怀。冼玉清在 1942 年至 1945 年所写的《流离百咏》，陈寅恪称其"为最佳之史料。他日有编'建炎以来系年要录'者，必有所资可无疑也"。①冯沅君在此期间写就了《四余诗稿》《四余词稿》《四余续稿》三部共计 305 首的旧体诗词②，宣泄内心对战乱飘零的万般感慨。单从《滇越道上》《夜宿白石》《过百鸡岭》《渝州谒夏庐师》这些诗题上，便可体味到冯氏对现代人在现代战争侵扰下流离失所生活惨景的心痛。

其次，来看"中兴期"女性旧体诗词创作对母女关系的审视。如果说"转折期"女性旧体诗词创作对女性之间的友谊、对大自然的观照，主要侧重于审视女性与外部世界的关系的话，那么"中兴期"对母女关系的审视，偏重于用女性眼光看待女性内部世界，是对女性世界深度意识的探求。母女性别的同一性，使得女性主体在审视她人（母亲）的同时也审视着自身（女儿）。正如一些学者指出的那样："女儿对女性处境的认识，是通过对母亲生存境遇的观照而产生的。"③囿于战乱背景下女性与母亲间的关系多流离甚或生死别离，因此，"中兴期"女性诗作中对母女关系的观照，多从"离别"的角度展现她们对母亲的感恩之情，下面笔者也主要从这一角度展现现代女性意识在女性旧体诗作中的表现。

在全面抗战进行到第七年时，冯沅君从大哥冯友兰处得知母亲病重，她夜不能寐，起身而作"卅载辞乡里，慈亲已耄耋。茕茕北堂上，谁与共饥渴"（《不寐闻雁，长谣述哀》）述说她对生养自己的母亲的愧疚与眷念。但是，奈何"子欲养，而亲不待"，是年除夕，冯沅君便"得兄书，知母行葬矣"，想来"往事如昨，幽明永隔"，遂作下《岁除篇》④。如果说诗中"缩母口中食，充儿囊中钱""学废母心伤，学进母

---

① 转引自冼玉清撰，陈永正编订《碧琅玕馆诗钞》，广东人民出版社，2008，"前言"第 2 页。
② 杨华丽：《漂泊体验与冯沅君抗战时期的文学书写》，载李健平、张中良主编《抗战文化研究》第 8 辑，广西师范大学出版社，2014，第 161 页。
③ 李玲：《中国现代文学的性别意识》，人民文学出版社，2002，第 147 页。
④ 冯沅君：《岁除篇·序》，载冯沅君著译，袁世硕、严蓉仙编《冯沅君创作译文集》，山东人民出版社，1983，第 282 页。

心喜"，是冯沅君以拳拳女儿心书写母爱亲情，那么"天路云幂幂，墓门柏森林，泪湿泉下土，识儿此夜心"，则是冯沅君以"悲恫"之语，诠释她作为女儿对母亲的爱，由此还原了女性作为女儿的特征，建构了现代女性的生命体验。同样在战乱流离之际，经历丧母之痛的还有叶嘉莹。她在母亲入院治疗时"欲随往"，但"母力阻之，不料竟成此毕生恨事"。[①] 她唯有长歌当哭，表达自己的哀思，《哭母诗八首》便是她丧母时的内心写照。不论是回忆母亲在世时点滴的"旧物思言笑"，还是感叹自己"本是明珠掌上身"，而今却"憔悴委泥尘"的凄楚，叶嘉莹在八首诗中执着不倦地讴歌着对母亲的至爱深情，表达着自己对母亲已逝不可追的遗憾。战时命如草芥、饿殍遍野，丁宁的母亲也在一个凄凉的秋后离开人世。母亡81天后，丁宁作《朝沐》诗两首，祭奠逝去的母亲，怀念她对自己无微不至的关爱。而张默君也在战乱流离年间吟咏"忍泪辞亲破晓暾""泉塘别母儿时犹忆问津来"（《故乡六忆》），以表达对母亲的爱。

最后，来看"中兴期"女性旧体诗词对女性身体的审视。在几千年的男权文化中，"女性身体"一直作为一种权力话语被男性把控，符号化、象征化、工具化等都是男性强加在"她"身上的权力质素。而被规训的女性身体，也在这套权力话语系统的不断言说中，同男性一道贬抑自身价值，陷入价值虚妄的困境。如南唐后主李煜因迷恋"三寸金莲"，特为宫嫔窅娘造金莲花台，唐镐见此情形，咏下"莲中花更好，云里月长新"。以"男性的眼光来学习、看待自己的性的存在"[②] 的其他宫嫔，为有"凌波微步，罗袜生尘"之态，争相效仿，以致女性身体的独立意义与价值，在模仿中消失殆尽。但是，随着女性自主意识的不断强化，女性开始戳穿女性身体政治话语的假面，自主确认并陈述自己的身体。具体就"中兴期"的女性旧体诗词创作而言，女性一方面通过对女性身

---

① 叶嘉莹：《哭母诗八首·序》，载叶嘉莹著《迦陵诗词稿》（增订版），中华书局，2008，第11页。
② 〔美〕波利·扬-艾森卓：《性别与欲望：不受诅咒的潘多拉》，杨广学译，中国社会科学出版社，2003，第112页。

体美的展示，表明她们鲜明的现代女性独立意识；另一方面也借对女性身体疾病的书写，表达其生存焦虑。

一是对女性身体美的展示。20 世纪 30 年代的上海兴烫发，"盛剪齐眉，轻鬟帖耳"（周炼霞《踏莎行·盛鬓齐眉》）之态，风姿绰约，顾盼生怜。周炼霞也追赶潮流，挚友陈小翠赞其"发，无日不曲，甚美也"，但是面对周炼霞的盛情邀约，陈小翠却言"烫发如定庵病梅，矫揉造作，失其自然"。[1] 单就两位女诗人对各自头发（女性身体的一部分）真挚地进行讨论这一行为而言，她们对女性身体主体性的承认与尊重，就表露无遗。而且，事后两人更是分别就这一趣事相互唱和。不论是周炼霞打趣陈小翠的"怜她纤薄似秋云，嫌她波皱如春水"（《踏莎行·盛鬓齐眉》），还是陈小翠赞周炼霞的"虬发鸳帔新装束。越显人如玉"，以及陈自我调侃的"背时村女怕梳头。那及南唐周后擅风流"（《虞美人·戏答周炼霞》），都透露出现代女性对生命体验的描述，以及对自我身躯不无欣赏的展示。可以说，"中兴期"女诗人在诗词中对女性身体美的展示，丰富了女性旧体诗词的现代审美内涵，开启了女性旧体诗词的一个崭新审美世界。

二是对身体疾病的书写。疾病书写是女性表达个人立场的重要方式，通过对身体病痛的书写，女性思考个体生命存在的意义，并形成与男性对女性疾病符号化书写不同的女性书写特征。颠沛流离、兵荒马乱的年月，意味着一些身体孱弱的女性要遭受更多的身体苦痛。冼玉清在抗战之初，先后两次接受甲状腺手术治疗，病愈后写成《更生记》述其病痛及割治之险。冯沅君在北平接受阑尾炎手术治疗时，吟诗《平寓被劫》，叹"兼旬卧病意尤哀"，展现战时女性残酷的生存环境。至于沈祖棻，虽"久病之躯不任步履"[2]，但她仍辗转于重庆、四川等地。其《浣溪沙（十首）》书写此间的身体疲累与个人生存焦虑。所谓爱美之心女

---

[1] 陈小翠：《虞美人·戏答周炼霞·序》，载刘聪著辑《无灯无月两心知：周炼霞其人与其诗》，北京出版社，2012，第 171~172 页。

[2] 沈祖棻：《霜叶飞·晚云收雨·序》，载沈祖棻著，程千帆笺《涉江诗词集》，河北教育出版社，2000，第 14 页。

性尤甚，但在流离战乱下，当沈祖棻自审因"药盏经年"的折磨，身体早已"骨同销""轻寒恻恻上帘腰"时，她书写的已不单单是"愁渐惯"的个人浅层精神苦痛，而是战火纷飞中人民的苦痛，即所谓"断肠更不为年华""故国青山频入梦"的国殇之痛。其他如徐蕴华的"十朝九病应怜我"（《十月十五夜病中见月又忆无尘六叠前韵》）、"医俗有方求翠竹""病深思饮故乡泉"（《病中杂忆七、八、九、十叠韵》）等句，亦是透过身体病痛，展现了抗战时期女性对自身生存境遇的思考。

三

1949 年新中国成立后，由于特殊的国内外环境，尤其是特定的"社会主义"历史语境，中国内地、香港、台湾以及海外华人女性旧体诗词创作在题材、风格、审美尺度、作家心理等方面都显现出迥异的特征。因此，为完整、清晰地展现 1949~1976 年这一阶段女性旧体诗词创作的整体风貌，笔者以文学史家通行的划分方式，将这一时期的女性旧体诗词创作划分为 1949 年后居于中国内地的女性旧体诗词创作（或曰社会主义革命与建设时期的女性旧体诗词创作）以及 1949 年后旅居境外的女性旧体诗词创作两大类别，并将其称为现代中国女性旧体诗词的"分流期"，分别展开论述。

中国内地的女性旧体诗词创作。1950 年，《文艺报》开辟了"新诗歌的一些问题"的笔谈专栏。萧三、田间、冯至、马凡陀、邹荻帆等诗人，各自行文发表了自己的见解。其中萧三就认为"我们应该看重中国诗的传统"[1]，田间则接着抛出了"我们应该如何继承过去数千年诗歌好的传统"[2]的问题，至于马凡陀，他干脆提出"新诗歌应该学习旧诗歌

---

[1] 萧三等：《新诗歌的一些问题》，载谢冕总主编、刘福春本卷主编《中国新诗总系》卷10《史料卷》，人民文学出版社，2009，第 305 页。

[2] 田间：《写给自己的战友》，载谢冕总主编、刘福春本卷主编《中国新诗总系》卷10《史料卷》，人民文学出版社，2009，第 307 页。

简洁、精炼、高度集中"①这一论断。这意味着，在当代诗的路向的选择上，当代诗歌界已经把回归传统、向古典诗歌学习，作为今后努力的方向。1957 年 1 月，《诗刊》创刊。经毛泽东同意，《诗刊》创刊号发表了他的 18 首旧体诗词。这一事件，终使得旧体诗词"在当代文学史上存在与发展的合法性不证自明"②。女性旧体诗词在当代文学中的合法性地位的确立，自然也被涵盖其中。那么，就这一时期的女性旧体诗词演变趋势而言，它对现代民族国家（社会主义新生活）的持续热情讴歌，自不待言。另外，新中国成立后"时代不同了，男女都一样""妇女能顶半边天"的政治话语氛围，使得一部分女性旧体诗词出现对"花木兰式"女英雄的审美书写。这是社会主义革命与建设时期部分旧体诗词女性作者对女性性别文化的淡化，现代女性意识在不同程度上被遮蔽。但是，在女性旧体诗词的审美内蕴层次上，追求男女平等、偏重阳刚气质的女英雄，客观上还是丰富了"以柔为美"的现代女性意识审美内涵，拓宽了现代女性旧体诗词的审美视域，促进了女性旧体诗词的发展。

一是女性旧体诗词对社会主义新生活的持续热情讴歌。1951 年，中国人民志愿军抗美援朝时，何香凝有诗"前者牺牲后者师，人民慰问送寒衣。感君勇敢驱残美，留得忠名万古垂"（《寄赠抗美援朝将士》）送别"最可爱的人"。1955 年苏联展览会在广州开幕时，冼玉清热情高歌"大厦何奂轮，屹然南国新"，赞如火如荼的社会主义现代化建设，并吟"国旗互辉映，盟邦一家亲"（《广州苏联展览会开幕歌》)，赞美中苏友谊坚不可摧。1957 年国庆节前后，恰逢苏联人造卫星升天，周炼霞用"处处红旗歌革命。灯海人潮，十月同欢庆""玉宇晶球谁占领，第一开荒，左券操奇胜"[《鱼水同欢（处处红旗歌革命)》]的词句盛赞。1958 年百万大军抗旱时，宋亦英有"喝令龙王送水，能叫赤帝投

---

① 马凡陀:《诗歌与传统的关系》,载谢冕总主编、刘福春本卷主编《中国新诗总系》卷 10《史料卷》,人民文学出版社,2009,第 309 页。
② 李仲凡:《〈诗刊〉发表毛泽东诗词的文学史影响》,《陕西理工学院学报》(社会科学版) 2011 年第 4 期。

降"（《西江月·百万大军抗旱》）的词句鼓舞士气。1960 年徐蕴华出席上海市人民委员会召开的联欢会时，热情讴歌"党国关怀感大恩"（《满堂春色——庚子正月初八出席上海市人民委员会召开的联欢会》）。其他还有茅于美赞叹北京西郊夜雪美景的"繁灯华屋街树，大道直通天"（《水调歌头·周末进城去》），书写社会主义新人新生活的"千里江山容远眺，水电乡村，顿改当年貌。行见百花争艳巧，枝头好鸟啼清晓"（《蝶恋花·昨夜狂风如虎啸》）；冯沅君歌唱跋山水库的"万星联缀，指点施工地"（《点绛唇·月色微茫》）、"信美长江，不尽英雄气。长堤起，水从人意，稻熟鱼堪脍"（《点绛唇·封豕长蛇》）等。

　　二是对"花木兰式"女英雄的审美书写。花木兰的传说，讲述了女英雄花木兰为免去年迈老父兵役之苦，"女扮男装"奔赴战场，报效祖国的故事。文学阐释的流动性赋予了木兰不同历史时期不同的思想内蕴。如唐代白居易解读木兰，主要书写其"紫房日照胭脂拆，素艳风吹腻粉开。怪得独饶脂粉态，木兰曾作女郎来"（《戏题木兰花》），这是以男性眼光观照女性的妖娆。宋代刘克庄，则侧重评价木兰"代父征戍，终洁身归来"[1]的忠贞，为"男女之大防"的程朱理学做阐释。面对这一叙事母题，在"中华儿女多奇志，不爱红装爱武装"（毛泽东《七绝·为女民兵题照》）、"时代不同了，男女都一样"的政治话语下，社会主义革命与建设时期女性旧体诗词中的"花木兰式"女英雄，则被赋予了追求男女平等、偏重阳刚气的女性审美形象。何香凝在参观顺德丝厂的时候，作《记参观顺德丝厂》，全诗没有一处以富于女性色彩的词去形容那些劳作的少女，相反却使用"女英雄"与"长龙"形容，阳刚气息弥漫全篇。与此异曲同工的还有她的《题太平天国九女英雄》。她在诗中盛赞参加太平天国起义的女性为"鄂中巾帼九英雄"，并言其"推翻帝制古今崇"的英勇事迹，足以使后世争相效仿。整首诗以建功立业的男性标准衡量女性，并由此咏赞，真可谓塑造了一群"准男性"的女战士形象。又如沈祖棻在游珞珈山赏桃花时，用"不将人面比花妍，初试工

---

① （宋）刘克庄：《后村诗话》，王秀梅点校，中华书局，1983，第 86 页。

装色泽鲜"(《丙午春，珞珈山寓庐碧桃盛开，辄与丽儿留影其下。因忆昔尝于白门明孝陵梅花下摄影一帧，乱中失去，今三十年矣。感赋小诗二首》)弱化女性的性别特质，并用"铸成铁柱拄新天"，着意凸显女性在工作中和男性一样骁勇。表面上看，这些女性笔下的"花木兰式"女英雄旨在颠覆古代封建社会性别歧视的社会体制，拂去重压在女性身上的男权枷锁，具有现代意义上的女性意识。但从根本意义上来说，对"花木兰式"女英雄的书写，是社会主义革命与建设时期书写旧体诗词的女性对自己作为一个独立的性别群体的忽视，因为女性在接受所谓"男女都一样""男同志能做到的事情，女同志同样也能做到"之类政治宣传话语时，并不意味着她们在推动男女平等的进程，而是意味着她们淡化了自身的女性性别特质，意味着她们在完成对女性的精神性别的解放和消除肉体奴役时，将"女性"变为一种子虚乌有[1]。但是，从女性旧体诗词的审美内蕴这一角度上而言，上述诗词对"花木兰式"女英雄的书写，丰富了现代女性旧体诗词的审美内涵。因为，在历时性地审视中国文学、审视女性文学时，我们会发现"中国文学的主潮，可以说是完全向着婉约方面的发展"，"女性底文学，实在是婉约文学的核心"[2]。而社会主义革命与建设时期女性旧体诗词对于"花木兰式"女英雄的书写，拓宽了先前以婉约为主的女性形象审美内蕴，强化了以阳刚为女性性别内质的审美内涵，延展了现代女性自我认知的审美纬度。

旅居境外的女性旧体诗词创作。出于诸种原因，张默君、尉素秋、张充和、阚家蓂、李祁、叶嘉莹等女诗人在 1949 年前后"流散"境外。虽然就地理区位而言，她们和祖国似无关联，但是她们拥有的对祖国、对中华民族的特殊记忆和文化履历，却是她们不愿割舍的情感维系纽带。而全球化语境下多重民族、文化、身份的交织，也展现了境外女性旧体诗词创作的丰富性、多元性和复杂风貌。因此，台港澳和海外华人圈的

---

① 戴锦华:《涉渡之舟——新时期中国女性写作与女性文化》，北京大学出版社，2010，第5页。

② 胡云翼:《中国妇女与文学》，转引自谭正璧《中国女性文学史》，百花文艺出版社，2001，第14~15页。

女性旧体诗词，是联系中华儿女的深层文化心理纽带。[①]上述女诗人20世纪50~70年代的纷繁复杂的诗词创作是对中国国内社会主义革命与建设时期女性旧体诗坛的重要补充。而在"独在异乡为异客"的情感基调下，眷恋祖国的赤子之心是他们这一阶段旧体诗词创作的内在精魂。但是，囿于初到异域，民族差异与文化身份认同等诸种复杂因素，使她们前期诗作中的思乡外壳下实质包裹着女性主体身份认同与精神建构的焦虑。而随着对异域文化的接纳与认同，她们后期诗作中的思乡情结则更多是以她们对中华民族乃至全人类历史记忆的审美观照为内在意蕴。因此总的来说，这一时期的境外女性旧体诗词创作，增加了现代中国女性旧体诗词创作的思想厚度，拓宽了女性旧体诗词在当代的审美境界。

1949年3月，在民国教育部"成绩合格"的批准下，阚家蓂自费赴美至色（斯）拉古斯大学地理系读书。置身陌生环境的不适感，使得阚家蓂"诗思杳然"，而"某次迁居后，工友将纸盒内之拙作散文及诗词二十余首作垃圾焚毁"，使其"不再作诗词"[②]。可以说，陌生的异域文化、恶劣的生存环境，造成阚家蓂对自身身份认同的焦虑，而试图"回归母体的潜意识"[③]，促使其不断吟咏失落的精神家园。如"无端又梦旧江山——细雨桃花萦碧水，绿暗红鲜"（《浪淘沙·香江旅次》）、"村姑喂谷遥相问，岂是侬家上海人"[《香江即事四首（之二）》]等。又如叶嘉莹在50年代初入台湾时作《转蓬》，以"转蓬辞故土，离乱断乡根"言说自己无根可依的漂泊身份，以"覆盆天莫问，落井世谁援"语丈夫因思想问题被捕入狱后，自己无家可归、希望全无的艰难处境。身份游离的孤独、漂泊，以至于自身生存困境的焦虑，都是叶嘉莹所要承受与负担的。但是，与祖国大陆的血脉相连，促使其"在历尽这不幸的时候，更加怀念自己的故乡"[④]。同样受时局和疾病的牵绊，1949年赴台的尉素

---

① 李遇春：《中国现当代旧体诗词平议》，《创作与评论》2014年第20期。

② 阚家蓂：《我的自传》，载合肥市政协文史资料委员会编《海外合肥名人》，合肥文史资料编辑部，1996，第83页。

③ 林丹娅：《华文世界的言说：女性身份与形象》，《北京大学学报》（哲学社会科学版）2006年第2期。

④ 叶嘉莹：《迦陵杂文集》，北京大学出版社，2008，第484页。

秋，更多地透过对故乡一株老杏的书写，抒发自己的生存焦虑与思乡情怀。她不仅作《杏泉之歌》《忆杏泉》等篇章以记故乡事，而且还吟叹"天涯倦旅。又泪坠炎荒，梦萦中土。昔日园林，杏泉今在否？"[《齐天乐（一江南北烽烟满）》] 抒发浓郁的怀乡情。至于 1949 年受台湾大学校长傅斯年盛邀赴台执教，但因时局之困未能归家的李祁，其流浪、漂泊之心应尤甚。[①] 凭栏眺望时，她想到的是"故乡一样残年"（《高阳台·蓬海翻澜》）；在洛杉矶小憩时，她脑海中浮现的也是旧时潇湘"水石明如玉"（《应充利作·小憩洛杉矶》）；更不用提此间她写下的《忆西湖杂咏十一首》《眼病中遣闷二十首》等诸多诗篇，可谓"惆怅十年心上事""此情不断如流水"[《蝶恋花（岁暮神飞天水际）》] 的思乡之情的切实写照。

如果说追忆失落的精神家园是境外女性早期诗词作品书写的应有之义，那么后期对中华民族乃至全人类历史记忆的审美观照，则是她们在接纳异域文化、确认主体身份后对女性旧体诗词审美境界的极大拓展。如阚家蓂，她在《我的自传》里曾这样表露心迹："再三考虑，终于在1967 年，来美近 20 年之后，落籍番邦。……直至今日，我午夜梦回之际，还是反复思索，自歉自疚……我自己还认为是中国人，我们是'永恒的中国'的中国人。"[②] 经历过母国文化与异域文化的撕裂这一精神体验后，阚家蓂最终选择认同中国文化，维持与中国文化的连续性。当然，这是一种更高层次上的文化、精神、身份的"回归"。在此情感基调的支配下，阚家蓂"天涯咫尺难相见，地老情荒往事悠"（《永生姊之羊城，终未能一晤》）的诗语呈现中华民族历史变迁中个人的沉浮。又如叶嘉莹，1966 年之后她辗转任教于美国密歇根州立大学、哈佛大学、加拿大不列颠哥伦比亚大学，纷繁的执教生涯与人生历练，使其能够尊重并接纳异国文化，但同时更加坚定自己"中国人"的身份认同。如她自己

---

① 李祁赴台后，曾于 1950 年设法返港，在港与以前的浙大同事及学生通信，奈何他们回信时均告之其与浙江大学所定 1949 年暑假返校之约早已无效。见施议对《书〈海潮诗魂〉后》，载李祁著《海潮诗魂——李祁诗词全集》，中国民间文艺出版社，1989，第 91 页。

② 阚家蓂:《我的自传》，载合肥市政协文史资料委员会编《海外合肥名人》，合肥文史资料编辑部，1996，第 85 页。

所言:"每当我在海外,讲到杜甫的《秋兴》时,我都不由得热泪盈眶,因为我不知道我何年何月才能够回到我自己的祖国。"①也正是基于此种生存经历与文化背景,叶嘉莹能以中西比较的客观眼光,审视中华传统文化乃至于全人类的历史记忆,从而剥离了长期附着于女性诗学审美上的伦理道德与政治教化等外在意识形态。如果说"繁华容易逐春空,古今东西本自同"[《欧游纪事八律,作于途中火车上(其二)》]书写了叶嘉莹对中西方文化理解的豁达,那么"一霎劫灾人世改,徒令千载客唏嘘"[《欧游纪事八律,作于途中火车上(其七)》]则表明她对人类文明崩塌的惋惜以及对人类悲惨遭遇的悲悯与同情。与之相似的还有张默君。她既有对中国历史的审视,如"二千三百年,骚人怀不忘"(《屈子二千三百年祭,同于右老作》),又有对世界历史的反思性书写,如"战血犹红,一场春梦了惺忪。谁与江山添泪点,点点哀鸿"(《浪淘沙·欧战后过梵萨依宫》)。

四

"文革"结束后,国家百废待兴、百业待举。面对此种情形,中国共产党十一届三中全会提出要将全党的工作重心转移到社会主义现代化建设上来的指导方针。至此,中国社会步入了改革开放新时期。具体就文艺界而言,多项禁令被取消,创作环境大为宽松,压抑多年的女性旧体诗词创作开始复兴。《中华诗词年鉴》及其他统计资料记载,新时期从事旧体诗词创作的女性不下千人。各种女性诗词团体如雨后春笋般蓬勃而出:如石竹花女子诗社、杏花诗社、陕西女子诗社、散花楼女子诗社等。《长白山诗词》《诗词月刊》等刊物专门开辟女性诗词栏目。各种网络女诗(词)人异常活跃,如中华诗词论坛的坛主(包德珍)、旧体新诗的版主(白露)。②整体而言,这一时期的女性旧体诗词创作,因

---

① 叶嘉莹:《迦陵杂文集》,北京大学出版社,2008,第482页。
② 张建林:《新女性与旧体诗》,中国文学网·原创天地·杂文原创,http://www.literature.org.cn/Article.aspx?id=48009。

代际与国籍的差别，可以分为以下四类。一是复出女诗人，主要有陈乃文、黄润苏、张珍怀、茅于美等。她们的文学积累比较深厚，创作经验比较丰富，因此她们这一阶段的创作不大受文学、社会的思潮所干扰，她们以书写于"文革"中的残酷个人体验以及与之相联系的历史记忆为主。二是中青年女诗人。有三四十年代生人的中年女诗人刘庆云、侯孝琼、林岫、蔡淑萍等，她们或师从名家或自学成才，在80年代风采尽显；有五六十年代生人的青年女诗人苏些雩、段晓华、景蜀慧、周燕婷等，她们初露峥嵘于90年代。改革开放的持续深化与当代文坛思潮的不断衍变，促使这些中青年女诗人，不再满足于"文革"叙事，而是更多地站在女性主义的视角，书写女性于现代都市生活中的生存困境。三是海外归来的女诗人，主要有张充和、叶嘉莹、阚家蓂等。她们初归来时，主要侧重于书写中国的现代化建设，之后频繁奔波的经历，也培养出她们日渐淡泊的情绪，使她们此阶段重建与日常生活的关联，从长期吟咏怀乡情的崇高美学追求回到对日常生活的诗意探寻。四是网络女诗人，主要有发初覆眉、孟依依、添雪斋等。她们或扭曲变形古典意象，或引入新诗意象，真挚活泼地表现现代人生。概而论之，不论是复出女诗人对女性心理创伤的展示，还是中青年女诗人对现代都市生活中女性心理的书写，抑或是海外归来女诗人对女性旧体诗词审美内蕴的拓展，甚或是网络女诗人对旧诗的现代化改造，她们始终都是站在女性主义的视角，或向内审视自身或向外拓展审美境界，繁荣着新时期的女性旧体诗词创作。在这个意义上而言，我们将1977年以来的女性旧体诗词创作称为"复兴期"。

一是复出女诗人的创作。她们中的大多数的创作经历，如陈乃文所言："岁月不居，忽忽五十年，遭丙午之厄……如天之幸，四凶就逮，神州再造，日月重光，结习未除，又稍理雕虫之故技……徒以敝帚自珍，不忍尽弃……付之梓人。"[1] 因此，笔者将这些在民国时期已开始诗词创作，但是新中国成立后由于诸种原因中断，在1977年后继续创作的女

---

① 陈乃文：《自序》，载《陈乃文诗文集》，张晖整理，上海社会科学院出版社，2013，第46页。

诗人称作"复出"女诗人。她们中的大多数都是"文革"的亲历者，因此这一阶段她们的诗词以书写对"文革"中刻骨铭心的个体经验，以及与这种个体经验相联系的历史记忆为主。如茅于美回忆"文革"期间下放江西"五七"干校时的"家人散尽余童稚，零落外家寄汝身。故屋迢迢忽梦忆，荒原漠漠且耕耘"（《瑞鹧鸪·江西锦江病中寄示安泰》）。又如陈乃文哀悼女钢琴家顾圣婴的"一曲难忘不忍听，劳劳分手短长亭。如何绝塞生还日，空屋无人草满庭。母子三人同毕命，尘寰惨烈古今无。中华失却连城璧，岂独椿庭痛切肤"（《悼女钢琴家顾圣婴并奉慰高地先生》）。如果说茅于美的词是试图通过"文革"中个人遭遇的展现，以揭开民族的伤疤，让我们有正视过去的勇气，那么陈乃文的诗则有意识地将脆弱的个人命运放置于强大的历史意志中，以顾圣婴个人的悲惨遭遇映衬整个民族心灵的创痛，在审视个人人生际遇的同时思考整个民族的历史走向，为全诗增添了一种理性思辨的倾向。至于张珍怀，她或寻向中华民族的历史记忆最深处，穿越千年与老子神交，吟咏"美恶亦相若，恩怨不相论"（《水调歌头·病中读〈老子〉》），以"往者不可谏，来者犹可追"的悲悯情怀包容逝去岁月，激励后来人；或闲庭信步于落雨的公园水榭，浅吟"卅载莫愁湖上梦，梦逐云飞"（《浪淘沙·公园水榭坐雨》），在物我合一的氤氲朦胧语境中缓缓道出"得之坦然、失之淡然、争其必然、顺其自然"的人生真谛。可以说，张珍怀是完全跳脱了"文革"的具体历史语境，并以超脱的理念观照人生，从这个意义上而言，张珍怀回忆"文革"的词把现代中国女性旧体诗词的审美内蕴提升到了一个新的精神境界。

二是中青年女诗人的创作。如果说改革开放初期，"复出"女诗人们尚且沉浸在对"文革"叙事的书写中不能自拔，在展现伤痕、反思历史的道路上不能回头，那么随着改革开放的深入，以及"80 年代的整个文化心理上，对激进文化的反拨"①，女性旧体诗词是对社会主义革命与建设时期"妇女能顶半边天"的政治话语的反拨，这个时期的中青年

---

① 洪子诚：《中国当代文学史》，北京大学出版社，2007，第 307 页。

女诗人在创作旧体诗词时，不再满足于声泪俱下式的悲怆描摹，而是更多地以独立的女性眼光书写现代都市的女性生存困境，传递女性的当代生命体验。

改革开放以来，中国社会的生活模式发生了翻天覆地的变化，职业女性已成为女性生存体验中不可回避的角色定位与身份认同。面对此种情形，侯孝琼便有《鹧鸪天·感怀》吟诵职业女性生存的艰辛与不易。现代女教师"绛帐生涯不计年"带来的除了"成阴桃李岂三千"的短暂感慨之外，余下的全部是"而今教授初称副，已放浓霜入鬓边"的岁月已逝之凄楚与教师职业之酸辛。而且，面对"风风雨雨绽衣宽"的生存窘境，女教师却也只能黯然神伤，"苜蓿栏杆倚暮烟"。可以说，侯孝琼在这首词中明确表达了教师这一职业评职称的艰辛与职业生涯的困窘。当我们将目光投向女性执着千年的两性爱情领域时，会发现女性在失掉了职业身份后，又失掉了爱情，失落了两性关系。周燕婷在海角天涯感于有人把成串的相思豆向游人兜售，作词《临江仙·红豆青丝联作串》。整首词里不见"红豆生南国，春来发几枝。愿君多采撷，此物最相思"（王维《红豆》）的那种对于男女相思之情的讴歌，却只见商人借红豆商业化地"向人低唱卖相思"。如果说在现代都市社会，代表男女坚贞不渝的爱情的"红豆"这一隐喻符号都在金钱的裹挟下失落掉的话，那么"郎心深似海""青丝犹未改，红豆已成灰"的爱情的最终失落，便是可以想见的事情。失落于两性爱情关系的女性，最终只能寄望于"若得天光裁一片，连山，寄与知音梦里看"（蔡淑萍《夜宿农家小店》），女词人期望能在虚无缥缈的梦中，与自己想象中建构的"知音"一起互诉衷肠。面对此断壁颓垣，女性在脱落掉自己所有的外部身份后，留给自己内心精神世界的，只剩下黑夜与孤独，所谓"迷茫立长夜，怅无言是我"（苏些雩《忆少年·陨星》）。这"黑夜意识"正是一种来自女性内心的个人挣扎，以及对"女性价值"的形而上的极端的抗争与坚守。① 在这个意义上，新时期中青年女诗人的旧体诗词创作，正是深入现代都市生

---

① 翟永明：《完成之后又怎样》，北京大学出版社，2014，第11页。

活肌理，以女性的视角，展现女性内心的创伤，书写女性的精神世界，传递女性的独特生命体验。

三是境外归来女诗人的创作。1949 年后囿于诸种原因，阚家蓂、张充和、叶嘉莹等女诗人流散境外。眷恋祖国的赤子之心，是她们近三十年漂泊生涯里旧体诗词创作的内在精魂。改革开放后，她们突破重重障碍又返回故地，中国如火如荼的现代化建设，使得她们初期的归来之作以抒发爱国情绪为主。如吟咏"重洋两岸讴歌起，文化交流代代香"（阚家蓂《杭州大学暑期汉语班结业纪念》）、"四海于兹皆姊弟，河山重造乐天民"（阚家蓂《七九年元旦，华协匹兹堡分会庆祝中美建交，宴集鸿运楼》）这类文化交流的盛举，或者歌颂"工厂如林皆自建""沪杭线上车行速"（叶嘉莹《祖国行长歌》）种种热火朝天的祖国建设，这些都彰显了境外归来女诗人对中华民族的另一重爱国情感，延续了她们之前对故园情结的讴歌，而且通过这种反复叙写，她们断裂三十年的故园情结也被缝合。但是之后频繁奔波的经历，却也培养出她们日渐淡泊的情绪、"随意到天涯"的人生态度，因此，追求平静、淡然的诗性日常生活，成为她们此阶段的主要诗学诉求。

如叶嘉莹，"五年三度赋还乡"［《绝句三首（其一）》］的她，早在 1974 年时便返国探亲，激动之情难以言表的她吟长诗《祖国行长歌》赞叹祖国的繁荣昌盛；1977 年春，叶嘉莹携丈夫及女儿再次回归故里，这次她足迹遍及祖国大江南北，《大庆油田行》《旅游开封纪事一首》《纪游绝句十一首》反映了她彼时兴奋之情；1979 年春，叶嘉莹第三次回到生养自己的祖国，此时她仍按捺不住内心的喜悦，吟咏"依旧归来喜欲狂"［《绝句三首（其一）》］。但是就是这样一个每每身处他乡想到不能归国便叹息"余生何地惜余阴"［《向晚二首（其二）》］的女性，在频繁地"离人今日又天涯"（《咏荷花》）的奔波中，在一个月色清佳的夜晚，还是发出了"已惯阴晴圆缺事"（《浣溪沙·无限清晖景最妍》）的感叹。这并不意味着她对祖国母亲爱的减少，只是说在反复书写崇高、壮丽的美学追求中，她开始试着回到现实常态生活，试图建构一种以日常诗性为本体的书写样态。如果说以戏谑口吻写出的

"能使肺心病，更令空气污。如何万灵长，甘作纸烟奴。立地能成佛，回车即坦途。与君歌此曲，故我变新吾"（《戒烟歌》）尚属叶嘉莹对日常生活场景的浅层次、微观描摹，那么偶住台湾山中养沉疴的"几日疏风兼细雨，四围山色入烟萝"[《七绝三首（其一）》]、"尝遍浮生真意味"[《七绝三首（其二）》]则是她完全跳脱出了对日常经验的简单陈述，而升华至对日常诗性的吟咏。又如张充和，她八个月大时被叔祖母收养，十六岁才回到父亲身边，张充和抗战期间先后逃难至成都、昆明等地的经历，使得她过早习惯了离别的滋味，1949年后她跟随傅汉思移民美国，与祖国大陆的分离，在她看来"只是这一连串经验的延续"①罢了。但是从她1978年回复二姐的诗句"不须百战悬沙碛，自有笙歌扶梦归"②中还是能够看出她对别离多年的祖国的忠诚与热爱。只是相比叶嘉莹、阚家蓂等境外归来女诗人对祖国感情的热烈吟诵，囿于人生经历，张充和过早地便以淡泊的情绪、"随意到天涯"的人生态度，回归日常的诗性生活，她的《小园》诗系列（共九首）就是她对诗性日常生活的书写与描摹。这里不仅有"坐枝松鼠点头忙。松球满地任君取，但惜清阴一霎凉"的自得其乐的潇洒，以及她骨子里对日常诗性的珍视，还有散发着融融和乐氛围的"邻翁来赏隔篱瓜"，更有"乳涕咿呀傍笛喧，秋千树下学游园"的暖暖咿呀学语的日常场景，散发着浓郁诗性的日常生活之灵光，余韵悠长。可以说，境外归来女诗人对日常诗性的追求，继续拓展着现代中国女性旧体诗词的审美视域，丰富着新时期的女性旧体诗词创作。

　　四是网络女诗人的创作。世纪之交出现的数字化媒介的冲击，使得文学开始步入存在方式与表意体制的技术转型。③这不仅意味着作家身份网民化、创作方式交互化、文本载体数字化、流通方式网络化，更意味着作家文学价值理念的变异，也就是说他们更注重写作现场感

---

① 孙康宜：《〈小园〉之八》，载张充和书，孙康宜编注《古色今香：张充和题字选集》，广西师范大学出版社，2010，第39页。
② 张允和：《四妹张充和的昆曲活动》，转引自张允和著，庞旸编《我与昆曲》，百花文艺出版社，2014，第123页。
③ 欧阳友权：《数字媒介与中国文学的转型》，《中国社会科学》2007年第1期。

受，如痞子蔡所言，他上网写小说就像"不穿鞋的奔跑"，就要一个"爽"字。[1] 就从事旧体诗词创作的网络女诗人而言，其文学价值理念的变异，则是在以旧体诗词表达当下人生态度时，能更随性、更畅快淋漓。意象作为古典诗词的肌体血脉和主要载体，其所指性日渐僵化，自然首先成为她们更随性创作的障碍，那么激活古典诗词中的意象，使其更适应现代写作状态的表达，更活泼地呈现现代生活之鲜活，便成为题中之义。

如孟依依，她在《随儿（我的玩具熊）》这首诗中，将"玩具熊"意象的"象"（玩具熊）与"意"（君子人格）错置，即以"玩具熊"粗鄙的"象"喻君子，以君子高洁的"意"喻"玩具熊"，从而解构并激活了传统的君子人格形象。在戏谑与庄重的交互游移之间，现代都市生活中女性精神和灵魂的孤独被全方位地展现，整首诗的审美张力也得到极大增强。与此异曲同工的还有她的《临屏咏熊猫》，通过将"美人"之"象"预设为大熊猫，女诗人在书写熊猫的娇嗔、孱弱之姿时，实则就已激活了古典"美人"意象，并赋予其全新的现代审美内涵。如果说孟依依主要通过变形古诗意象吟咏现代生活，那么发初覆眉与添雪斋两位女诗人则是以新旧意象并置的方式，激活古诗意象，书写现代感受。先来看发初覆眉的《减兰·我（其一）》。在新旧意象的碰撞博弈下，即在"幽兰""清眸"等古诗意象，与"波心""天河""睡莲"等现代意象的并置中，浮泛起模糊记忆的古诗意象也浸染上了自由、独立的现代意蕴，而"我"这一核心意象在现代生活中的自由性也显露无遗。又如她的《虞美人·与云衣》。整首词以"雨巷诗人"戴望舒的"掌纹"、"丁香"和"油伞"意象起，而在独具现代感的背景下，结尾处的"青裙""杏花"等古诗意象，也由此摆脱了"青裙缟袂"（辛弃疾《鹧鸪天·春入平原荠菜花》）、"沾衣欲湿杏花雨"（志南《绝句·古木阴中系短篷》）的古典意蕴，彰显了浓郁的现代气息。再来看添雪斋的《浣溪沙·紫夜》。如果说上片的"魅影""流砂"是以现代词汇结构的现代意

---

[1]　欧阳友权：《网络文学：挑战传统与更新观念》，《湘潭大学学报》（社会科学版）2001年第1期。

象入词，直接而坦诚，那么下片的"睡莲花"意象的现代感则含蓄蕴藉，这是女诗人借用徐志摩"水莲花"的现代意象与现代场景的结果。我们可以在新旧意象并置的语境中再来感悟这首词：夜里，一低头间，似实而虚、似虚而实的幽灵般的莲花映入眼帘。至于她的《浣溪沙·白夜》中的"无言月色在冰川""旋转玻璃门一扇，放开禁锢梦千年，天空网结夜之缘"之句，以及《浣溪沙·蓝夜》中的"圣殿残钟断续深""晚风骑士铁衣黔"之语，也是采用相同的新旧意象并置的方式，书写她对黑夜的瞬时体悟，表达她特立独行的个体现代感受。

回顾百年中国女性旧体诗词发展史，尽管近现代中国历史的走向始终左右着"她"自身的发展，如1937年抗战全面爆发造就了女性旧体诗词对民族危难的表现，但是文学的主体性与女性诗人对现代女性意识的执着表现，始终使得现代中国女性旧体诗词在随历史浮沉的过程中鲜明地彰显着自身的内在演变趋势与规律，即"她"对现代女性意识的持续探索与书写。可以说，从民国初期的女诗人吕碧城，到抗战时期的沈祖棻、丁宁，再至改革开放新时期的叶嘉莹，经过百年的发展，女性旧体诗词群体已然形成了一个紧密衔接的创作梯队，她们凭借创作实绩，牢牢占据了中国诗坛的一席之地。百年现代中国女性旧体诗词史，不仅使得被遮蔽的、潜隐百年的现代女性精神走向得以浮出历史地表，更是弥补与缝合了各断裂历史阶段女性意识的精神史实。在这个意义上，"她"的存在，早已打破了旧体诗词不能入史的粗暴论断，"她"在文学史上的合法性地位，不言自明。当然，和其他正在"发生"的文学体裁一样，现代女性旧体诗词在创作中也存在一些不足，如囿于女性之性别特质，诗词中多以悲悲戚戚之审美风格为主要表现，但是，总的来说，现代女性旧体诗词的创作经验和教训值得当代诗坛认真汲取并反思，值得当代诗坛持续关注并研讨。

第七章 现代中国画家旧体诗词的
历史浮沉与演变趋势 *

　　旧体诗词在现代中国文学史上的地位问题，已然成为新世纪中国学术热点之一。赞赏者有之，反对者亦有之，无论是哪一派的观点都有力地促进了现代中国旧体诗词研究的展开和深化。大体而言，现代中国旧体诗词大致可分为五大创作群体：晚清遗民诗人群体，以陈三立、郑孝胥等为代表；现代学者诗人群体，以陈寅恪、吴宓等为代表；新文学家诗人群体，以鲁迅、郁达夫等为代表；书画家诗人群体，以齐白石、赵朴初等为代表；党政军界诗人群体，以于右任、毛泽东等为代表。而在以社会身份相区别的现代中国五大旧体诗人群体中，相对而言，学术界对现代中国书画家群体的诗词创作尚未做全面而深入的探讨。此处，笔者尝试在前人研究的基础上，对现代中国画家近百年旧体诗词创作历程做出初步的整体描述，我们力图揭示在四个不同的历史时期内，现代中国画家的诗词创作所呈现出的不同的思想和艺术取向。

一

　　众所周知，中国绘画在从传统走向现代的过程中发生了重大转变。

　　* 本章原刊《江西师范大学学报》（哲学社会科学版）2017 年第 3 期，《高等学校文科学术文摘》2017 年第 5 期摘录，署名李遇春、叶澜涛。

晚清民国鼎革之际，由于政权变动和经济环境的变化，晚清画坛在向民国画坛过渡的时期里，如其他领域一样，也呈现出传统与现代的激烈交锋与深度融合的态势。虽然有的偏重于坚守传统的民族画风，有的偏重于探索现代画法，但无不在深层次上受到彼此的影响，从而体现出传统与现代的对话趋势。1912 年民国建立至 1937 年抗战全面爆发前夕是现代中国创建后的现代文化奠基时期，以五四新文化运动为历史关捩，现代中国的文学艺术运动受到西方现代文艺思潮的深刻影响，现代中国绘画也不例外。吴昌硕是这一时期最具有历史节点意义的画家之一，以他为代表的一批近现代中国画家开始了从传统向现代的中国绘画艺术转型。这批画家既是水墨丹青的艺术圣手，也是擅长诗词吟咏的文学高手，故而在他们的笔下出现了诗画俱工的佳境。不难想见，在这批置身于传统向现代转型背景下的民国画家的旧体诗词创作中，同样会不同程度地折射变革时代的艺术之光。一般而言，我们习惯于将民国初期的画坛划分为传统派和革新派，这两类画家的旧体诗词创作在现代转型过程中呈现出不同程度的新旧杂糅色彩。

（一）传统派画家的旧体诗词创作

民国传统画坛主要有三类绘画诗人群体：旧式职业画家诗人、旧式官僚身份的画家诗人和旧式文人身份的画家诗人。所谓旧式职业画家诗人，指的是在文艺观念和美学趣味上偏重于传统风格的职业画家诗人。这类诗人无论是题画诗还是纪游诗，大都与其职业画家身份和绘画活动相关，代表诗人有吴昌硕、齐白石、黄宾虹等。吴昌硕始终认同自己的诗人身份，沈曾植也认为他的书画与诗词创作相得益彰，"翁书画奇气发于诗，篆刻朴古自金文，其结构之华离杳渺抑未尝无资于诗者也"。[1]晚年吴昌硕画名鼎盛时，常应友朋之邀题画赋诗。在诸多题画诗中，吴昌硕偏爱梅石。[2]他曾在题画诗《〈品砚图〉为石友》中自称"大聋平生癖金石，虽处两地精神通"。又有诗《红梅、水仙、石头，吾谓之三

---

[1] 沈曾植：《〈缶庐集〉序》，载《吴昌硕诗集》，漓江出版社，2012，第 244 页。

[2] 夏中义：《〈缶庐别存〉与梅石写意的人文性——兼论吴昌硕的"道艺"气象暨价值自圆》，《文艺研究》2013 年第 12 期。

友，静中相对，无势利心，无机械心，形迹两忘，超然尘垢之外。世有此嘉客，焉得不揖之上坐。和碧调丹，以写其真，歌雅什以赠之》云："梅花彩霞光，水仙苍玉色。东风开南轩，坐以赏元日。谁谓石头顽，胜景非其匹。大块春蓬蓬，容我一官虱。"诗人以梅石为友，慕其高洁，尾句不惮于自我嘲弄，颇见洒脱个性。1925 年诗人八十二岁生辰时，还曾作《生日画梅》，其一云："撑云拿壑笔寥寥，一树寒香万劫跳。尔意飞腾吾躄蹙，得朋同寿且今朝。"晚年吴昌硕在题画诗中所表现出来的这种对梅石的偏爱，说明他即使身处现代商业氛围浓厚的沪上画坛中也仍旧注重保持高洁的品性和高蹈的趣味，所以他的题画诗中的梅石等意象不仅仅是他内心坚守的古典文化人格的艺术投影，也是他展示自己现代人格独立意识的艺术载体。

　　齐白石青年时期一直注重积累诗艺和画技，1910 年结束"五出五归"远游生活后，齐白石再次山居，专攻诗画。[①] 乡野幽居期间他整理自己的诗稿并结集为《借山吟馆诗草》。樊增祥评价其诗时说，"凡此等诗，看似寻常，皆从刿心钵肝而出"[②]，实为知己之言。1917 年迁居北京后，齐白石在画法上迎来了"衰年变法"，诗艺也进步明显。他定居北京后的诗作以题画诗和怀乡诗为主，他的题画诗和怀乡诗皆野趣盎然，从中不难看出他对乡村生活的热爱和眷恋。如《画蝉》借秋蝉寄托思乡之情，诗云："好饮潇湘水一瓢，因何年老喜游遨。借山不是全萧索，犹有残蝉咽乱蕉。"而《家书谓小圃必荒，吾闻之，恨不出家》更是祖露出身居异乡的齐白石对家乡的想念，诗云："年来小圃芋凋零，每到秋来草更深。我欲出家从佛去，不妨人笑第三乘。"这种故乡情结浓烈得几乎无法排解，故而诗人希望以出家来压抑内心的乡思之情。梅墨生评价齐白石的这类诗作"以情以趣，乃生乃活，不落俗套，有感而发"。[③]确实，齐白石的题画诗和怀乡诗大都率性而为，既流露了狂放不羁的古

---

①　马明宸：《借山煮画——齐白石的人生与艺术》，广西美术出版社，2013，第45页。

②　樊增祥：《借山吟馆诗草·题词》，载严昌编《齐白石诗文集》，湖南人民出版社，2010，第3页。

③　梅墨生：《独到星塘认是家——齐白石老人诗漫议》，《中国书法》2014年第13期，第126页。

典情怀，也充溢着卓然独立的现代意识。

黄宾虹的绘画以山水为主，游历之余多诗作。潘飞声认为黄宾虹的纪游诗实为心声，"胸次奇气，一发于诗"①。黄氏纪游诗中以桂林和蜀地为题者尤多，《七星岩》描写的是桂林山水的幽奇，诗云："回阑飞蝠风冲竹，绝涧垂虹石漱苔。萧纬杳暝凭秉燎，夜山行尽曙光来。"而《峨眉山》则赞叹蜀地的险绝，"浮青万叠山，一折累千级。悬梯绝壁飞，云房天咫尺"。这类纪游诗明显有绘画思维，堪称以文字作画。除了大量的纪游诗外，黄宾虹的题画诗亦颇有特色。与吴昌硕、齐白石在题画诗中着意述怀、思乡不同，黄宾虹的题画诗更多地表达了他的各种绘画观念和画学思想。如他在《题画嘉陵山水》中阐明了师法造化的重要性，诗云："秋寒瑟瑟窗牖入，唐人缣楮无真迹。我从何处得粉本？雨淋墙头月移壁。"他还在《题蜀游山水》中对自己的画艺革新做出了形象化的说明，正所谓"沿皴作点三千点，点到山头气韵来。七十客中知此事，嘉陵东下不虚回"。黄氏作画醉心于以点作皴，风格黑亮厚重，这得益于蜀中山水的启示。是故，无论是纪游诗还是题画诗，都体现出黄宾虹"对自然亲证"的艺术理想。②毫无疑问，这既是黄宾虹对中国古典绘画传统的创造性转化，也是他对中国诗画同源传统的创新性发展。

第二类传统力量的代表是具有旧式官僚身份的画家诗人。这类官员大都受过传统的诗书画教育，诗书画是其仕途经济之外怡心养性的生活辅助手段。进入民国后，出现了不少旧式官僚画家诗人，代表性的有徐世昌、夏敬观、钱名山、陈曾寿等人。其中，徐世昌和夏敬观属于开明派的旧式官僚。早年徐世昌任职清廷，1918年起任职民国大总统。从政时期的徐世昌即爱好诗词书画，著有《水竹村人诗集》《归云楼题画诗》等。下野后的徐世昌虽醉心书画不问政务，然而在《海西草堂集》中仍然流露出他为官处事的精明与世故，如《处世》中写道："胜负观棋局，行藏托酒杯。柴门深巷底，无事不须开。"徐世昌因此被人戏称

---

① 潘飞声:《宾虹诗草·序》，载黄宾红《宾虹诗草》，程自信点校，黄山书社，2013，第1页。
② 梅墨生:《大家不世出——黄宾虹论》，西泠印社出版社，2012，第110页。

为"中庸"总统。①但徐世昌毕竟一生大节不亏，他的另一绰号"文治总统"也并非浪得虚名，其诗词书画均有较高造诣。从《题画〈富春山图〉》中可以看出徐世昌晚年悠闲的诗画生活，诗云："蛰居海滨不出户，日批图籍资游眺。心之所之神为往，寂处能穷天下妙。"与徐氏相较，夏敬观为官更为本分。夏敬观属于同光体诗人，但与其他同光体诗人普遍推崇黄山谷不同，夏氏独推梅尧臣。他学梅尧臣，其诗有梅诗"以文为诗"的犷硬而无平淡之意趣。②夏敬观诗少圆滑气，多寒涩气。《服除述哀，时方去康桥居，徙家静村》是他晚年定居上海回忆平生之作，诗中感叹自己官运不济、命运多舛，"仕宦遭易世，禄养诚区区。所获等干鲊，岂是甘旨需。买园三亩强，筑堂颜晚娱"。夏氏题画诗也在平淡中隐含寒涩之味，与徐世昌的故作清闲截然不同，如"退隐端须值太平，湖山始得事渔耕。披图羡煞田居趣，异世徒深惘惘情"（《题王石谷所绘龚蘅圃田居图》）。

钱名山与陈曾寿都属于清末民初的遗老型官僚画家诗人。青年时期钱名山曾在清廷任刑部主事，1909 年因服丁忧辞官退居常州。即使退居故里，钱名山仍心系朝廷社稷。从《豆渣行》《农妇》《烟禁急》等诗中均可看出他关心民众疾苦、忧心清廷时局的官宦本色。辞官后，钱名山在家乡创办寄园书院收徒授课，培养了谢玉岑、谢稚柳、钱小山等诗书画俱佳的优秀人才。1932 年寄园停办，钱名山恋恋不舍。他借《荒园》一诗表达对国家和民族命运的关切之情，寄语沉痛。诗云："荒园独自掩蒿莱，坐看神州化劫灰。梦境太真疑死近，名山有约待春来。"1935 年，随着抗战时局不断恶化，钱名山在诗词中忍不住开始呐喊，"尘海漫漫兵火下，恰被杜陵收拾。可听得、篇终霹雳"（《金缕曲·题乙亥年郑岳〈超山古梅图〉》）。钱名山晚年虽以诗书画课徒度日，但他始终心系时局和百姓，故被郑逸梅誉为"民族诗人"。③

---

① 郭剑林、王爱云：《翰林总统徐世昌》，吉林文史出版社，1995，第164页。
② 贺国强、魏中林：《字字痛刻骨，一洗艳与冶——论同光体诗人夏敬观》，《韶关学院学报》2006年第5期。
③ 郑逸梅：《民族诗人钱名山》，载《钱名山诗词选》，华夏翰林出版社，2010，第136页。

晚清遗民陈曾寿对清廷忠心耿耿，因而其诗词中始终充斥着"忠愤之情"①。早在清廷任职期间，他在《甲辰岁日本观油画〈庚子之役〉，感近事作》中即忧心于清廷危如累卵的时局。辛亥革命的胜利对陈曾寿打击巨大，他深感自己有负皇恩，心中羞愧难当。《辛亥八月十一日生日感赋》云："徒负生平友与师，心惭地下倘能知。积愁自笑蜉蝣世，逐序空吟草木诗。"陈曾寿推崇晚唐诗人韩偓，曾为韩偓绘画像，有所谓"冬郎情结"②。他推崇韩偓绝非单纯诗艺的崇尚而是伤心人别有怀抱。正如《秋夜对瓶荷一枝，雨声淙淙，偶题冬郎小像二首（其一）》中所云："为爱冬郎绝妙词，平生不薄晚唐诗。"晚唐诗风衰飒，喜作秋声，象征着大唐帝国的没落与黄昏。陈曾寿对韩偓及晚唐诗风的追慕，其实隐含着他内心浓重的晚清遗民情结，他为清王朝的崩溃而黯然神伤。在《秋夜对瓶荷一枝，雨声淙淙，偶题冬郎小像二首（其二）》中，陈曾寿甚至以安史之乱后的一代贤相陆贽自比，而将末代皇帝溥仪视作明末清初企图复国的朱三太子，"可怜陆九同文笔，却与朱三共岁年"，这就明显是在为自己内心深处的晚清遗民情结招魂了。与钱名山那种遗老型画家诗人相比，陈曾寿的忠君思想明显落伍，不及前者的民族忧患意识来得博大和深广。也正唯其如此，陈曾寿的题画诗与钱名山的题画诗相比，就缺少了后者的现代民族国家认同意识。

第三类传统力量的代表是具有旧式文人身份的画家诗人。这类文人型画家原本将入仕作为人生追求，寻求齐家治国的儒家人格理想的实现，但由于现代中国社会体制的转型，他们寻找到了新的生存方式，以书画教育为生，不废吟咏。这类代表诗人主要有陈师曾、姚茫父等。陈师曾出身书香世家，其父陈三立是晚清著名同光体诗人，其弟陈隆恪、陈寅恪、陈方恪、陈登恪均能诗。1917年，蔡元培成立北京大学画法研究会，聘陈师曾为导师。与其父诗宗宋不同，陈师曾的诗没有宋诗派

---

① 钱仲联：《苍虬阁诗集·序言》，载《苍虬阁诗集》，张寅彭、王培军校点，上海古籍出版社，2012，第2页。
② 石任之：《冬郎情结岂香奁——论近代诗人陈曾寿的遗民心态》，《文学与文化》2014年第2期。

那种清苍幽峭或生涩奥衍的艺术取向，反而诗风恬淡，多为日常生活之记录，颇有陶孟韦柳的诗歌神韵。故而民国诗评家大都认为陈师曾的诗"诗风冲和萧澹，清刚劲上"[1]。陈师曾赴京任教后诗风更趋醇厚。北京诗人画友荟萃，与文艺界的交往沟通成了陈师曾诗词书写的重要内容。《北京大学画法研究会同人崇效寺赏牡丹》是陈师曾任北京画法研究会导师后与同人游玩时所作，诗云："还将春服赏春情，迤逦回车又出城。前日同定之到此。列坐朋簪期夙诺，频年踪迹笑浮生。"诗中的那份潇洒旷达中明显隐含了浮生的怅惘。除了与画法研究会同人交流外，陈师曾与姚茫父私交甚笃。他曾多次为姚茫父画作题诗，如《姚重光四十生日，为画山水便面》云："四十沉浮我似君，不如意事日相闻。何如此老山中住，步出柴门闲看云。"而姚茫父在陈师曾生前身后也曾多次为其著作撰序，如为陈师曾《中国文人画之研究》作序，陈师曾逝后，又为《陈师曾遗画集》作序《朽画赋》，还为其《染仓室印集》作序，可见双方情谊深笃。[2]

（二）革新派画家的旧体诗词创作

进入民国后，现代中国画坛开始出现许多变化，这些变化主要体现为留学欧美的西洋绘画人才的归国、现代女性画家群体的出现以及具有现代革命倾向的画家的涌现。这些具有不同文化背景和文艺倾向的画家大都雅好诗词创作，而且他们大都不受中国传统文化和国画传统的制约，所以无论是致力于中国绘画的技艺革新还是潜心于旧体诗词的新旧交融，他们的文艺旨趣基本上不谋而合。这就使得民国时期的画家诗坛呈现出新的艺术面貌。不同于传统派画家诗人普遍的文化守成立场，民国的革新派画家诗人大都受到西方现代文化和文艺思潮的深刻影响，他们在整体上拥有现代意识，包括世界视野、民主精神、个性观念、革命情怀、女性意识、叛逆姿态等。虽然民国的传统派画家诗人大都在不同程度上受到了西方现代意识的熏染，但毋庸讳言，他们在根本上还是"中

---

① 刘经富：《深知身在情长在——陈衡恪的悼亡诗（代序）》，载刘经富辑注《陈衡恪诗文集》，江西人民出版社，2009，第10页。

② 详见邓见宽编《姚茫父画论》，贵州人民出版社，1996，第29~37页。

体西用"论者，他们依旧偏好或固守着中国儒道释传统文化体系而不移，尚不能平等地对待中西文化和文艺的双向交流与融合，这就在一定程度上限制了传统派画家诗人的诗歌艺术成就。当然，对于民国革新派画家诗人而言，由于他们的诗词创作更多地体现现代功利主义的艺术诉求，无论是政治意识还是商业意识的介入，都在不同程度上影响了他们的诗词审美意蕴和艺术境界的升华。

第一类是具有西洋画背景的画家诗人。他们在民国初年留学海外，学成回国后致力于推广西方绘画理念和教法，著名者如徐悲鸿、刘海粟、方君璧等。徐悲鸿1918年得益于蔡元培争取到的留欧机会，浸习欧画多年后回国。他早期的诗词多为题画诗，且多为油画而作，这是以前的传统题画诗所没有的题材。20年代徐悲鸿创作了不少题油画诗词，《题〈人体习作〉》《题〈男人体〉》是很好的例证。在这些题油画诗作中，我们可以感受到徐悲鸿在异国他乡求学时的艰辛和坚韧，如《题画诗》中写道："雪中送炭诚高举，班荆倾说见侠肠。怪道神明来吾念，笔尖造处起光芒。"又如《题〈男人体〉》云："后天困厄坚吾愿，贪病技荒力不从。仗汝毛锥颖锐利，千年来视此哀鸿。"同为中国现代美术奠基者的刘海粟，他的题诗都题在国画上，但从中我们也不难体会到现代西洋个性观念和思维方式的影响。如《题〈梅〉》云："爱梅说园林，我则爱山壑。世间剪折多，愿伴白云宿。"诗人将园林中梅与山壑中梅做对比，既写出了社会环境对个性的压抑，也写出了超越世俗的个性风采。《题〈墨梅图〉》云："山中老梅树，一岁一开华。开落无人管，惟宜处士家。"诗人着眼于苍劲的老梅，表达了对现代社会中坚守个性者的赞美。方君璧是民国最早赴欧学习油画技法的女画家。她旅欧求学时期作有多首纪游诗词，如《菩萨蛮·九月法国比夏莲山歌白湖》中写道："青山缺处飞泉泻，跳波紫石回崖下。两岸绿荫深，愁猿相对吟。莫嗟留不住，且任奔流去。玉镜坠尘间，照人肝胆寒。"异域风光的书写与游人心境的抒发，诗与画的艺术交融，可谓相得益彰。《朝上瑞士殷佛罗雪山路中》是方君璧游历瑞士时所作的，诗云："寒溪宿雾梦初惊，叠叠冰绡岩上生。万谷无声山尚懒，一峰含日已晶莹。"无论是构图还是设色，都无与伦比，非画家诗人不能为。回国后，方君璧客居香港，《病中》描述了她当时的凄苦生活，诗云："松色阴阴云色暝，卧看日脚度窗棂。疏蝉似慰人枯寂，漫送清声入画屏。"

第二类是现代女性画家诗人。民国时期的女性画坛除了涌现出方君璧这类留学西洋的女画家外，还有一个重要变化就是具有现代意识的女性绘画团体的出现。1934 年在上海成立的中国女子书画会是中国历史上第一个由女性自行发起组织的女性艺术家团体。[①] 这个现代女子绘画团体的出现得益于海派商业文化和女性解放运动，其呈现出中西绘画交流与互补的艺术融合倾向。这个团体集聚了当时沪上画坛多位诗画兼擅的女性画家诗人，如陈小翠、周炼霞等。陈小翠诗文讲求"色香味"[②]。由于早年婚姻不幸，其诗词具有明显的闺怨气息，这在她的题画诗中同样有所流露，如《题士猷画花卉》云："画工随意见天机，日暖南园蝴蝶飞。一样春风分厚薄，杜鹃开瘦牡丹肥。"又如《题仕女画》："绮怀诗思两氤氲，一寸长眉篆古鬐。尽日芸窗寻画稿，不知身是画中人。"由于身世和经历上的差别，同为中国女子书画会成员的周炼霞，其诗词风格与陈小翠颇为不同。周炼霞出生于江西书香门第，良好的诗画教育加之灵动俏皮的性格使得周炼霞年少即在沪上画坛享有美誉，人称"炼师娘"[③]。"炼师娘"诗词题材广泛，其中咏物诗最有特色，其咏物贴切生动、文雅自然。如《咏盘香》："相思毕竟易成灰，百结柔肠九曲回。纵使奇香能彻骨，等闲蜂蝶莫飞来。"周炼霞与陈小翠为画坛挚友，周多次为陈画作题词，《满江红·题小翠终南夜猎手卷》即为其一。词中写道："十尺生绡，描摹出，龙眠家学。分明处，浓钩淡染，墨痕新渥。不是诗魂吟月冷，错疑仙梦教云托。背西风，磷火闪星星，秋坟脚。"从这些女性画家诗人的吟唱中，我们感受到的不仅是现代中国女性的人生悲苦，还有挥之不去的传统哀愁。

---

① 包铭新：《海上闺秀》，东华大学出版社，2006，第 43 页。

② 郑逸梅：《艺林散叶》，中华书局，1982，第 76 页。

③ 刘聪著辑《周炼霞传略》，载《无灯无月两心知：周炼霞其人与其诗》，北京出版社，2012，第 8 页。

第三类是革命派画家诗人。中国近代以来所遭受的民族苦难使得许多忧心民族国家命运的画家诗人焦虑不已。如徐悲鸿、何香凝等都关心社会时局、同情民众疾苦，表现出强烈的革命意识和政治情怀。徐悲鸿回国后看到国内满目疮痍的社会现实，创作了大量感时忧世的诗词。如1919年的《词两首》表达了对清朝灭亡后军阀林立、国运衰微的忧虑之情。其二写道："今日白手空拳，排难御侮是吾事，振臂束襟同奋起，可以凿山开道捍狮虎。"1927年蒋介石叛变革命，大肆捕杀共产党员。面对此危急情形，徐悲鸿拍案而起，他在《革命诗词四章·一》中写道："豪侠不兴贼不死，神奸窃柄无时已。胡虏亡灭汉奸乘，盗贼中原纷纷起。"在愤怒与斥责声中画家诗人的铮铮铁骨体现得淋漓尽致。何香凝既是民主革命家，又是革命女画家。[①] 她早年随丈夫廖仲恺追随孙中山参加民主革命。廖仲恺被刺身亡后，何香凝反对国民党屠杀共产党员的政策，愤而辞去国民党内一切职务，离乡去国。但她在出国途中仍忧心国内的民生疾苦，《出国途中感怀》云："三民主义今非昔，污吏贪官民怨极。帝国侵凌祸怎消？频年借债如山积。金钱变作炮弹灰，到处肥田生荆棘。可怜十室九家空，民穷财尽饥寒迫。"何香凝的题画诗多咏赞梅菊等高洁之物，她在诗中常以梅菊自喻，体现出革命家本色。如《题画·梅花》（1929）云："先开早具冲天志，后放犹存傲雪心。独向天涯寻画本，不知人世几升沉。"又如《题画·梅花》（1935）云："一树梅花伴水仙，北风强烈态依然。冰霜雪压心犹壮，战胜寒冬骨更坚。"

二

中国在20世纪20年代末至30年代初经历了短暂的社会和平和经济发展时期。从这一时期的美术期刊和美术展览活动来看，中国现代绘画向着一条可预见的现代化道路前进。不仅美术展览活动逐渐代替了文

---

① 周兴樑：《何香凝的绘画艺术与革命生涯》，《文史哲》2004年第2期。

人雅集式的传统艺术交流方式，而且这一时期的美术期刊在美术观念和美术思想的传播上也起到了现代美术启蒙的作用。[①] 由此，民国画家诗人群体经过二十多年的分化和整合，逐渐趋于稳定和谐的艺术对话与潜对话中。追溯起来，民国画家诗人在五四后旧体诗词创作整体弱化的背景下依然取得了丰硕的成果，与画家诗人的雅集活动和社团活动分不开，后者起到了维系画家诗人的情感和艺术交流的作用。此外，现代印刷业的发展也使得传统以自刻自印为主的诗集传播方式发生了根本的改变，杂志成为现代旧体诗词传播新的重要平台。[②] 整体而言，画家诗词在 20 年代经历了短暂的文化阵痛后，向着积极稳健的方向前行。然而，一切的可能因为中日战争的爆发而改变，十四年的抗战改变了艺术家日常生活的轨迹。"国家不幸诗家幸"，浩大的民族悲剧和社会动荡使得抗战文学成为民国文学史的界碑，而抗战诗词则是抗战文学的重要组成部分。随着抗战进程的不断变化，由 1931 年的抗战序幕的拉开，到 1937 年抗战的全面爆发，及至 1944 年后转入战略反攻，民国画家的抗战诗词也呈现出复杂的艺术面貌。至于抗战胜利后解放战争时期的画家旧体诗词创作，基本也是在战乱背景下展开，囿于篇幅此处从略。初步来看，抗战时期的画家诗词大致可分为三类：沦陷困居类、逃难迁徙类和愤激抵抗类。

（一）沦陷困居类

民国画家大多聚居于京津、江浙、闽粤一带，因此，画家的抗战诗词创作也以这些地区为主。对战争的描述较早见于寄寓北平的画家齐白石的诗词中。1931 年 9 月 18 日，日寇在沈阳制造了九一八事变，平津一带告急。齐白石在门人纪友梅的安排下，迁居东交民巷。[③]《十一月望后避乱迁居于东交民巷》二首记录了当时日寇侵袭下北平的慌乱情形。其一云："湘乱求安作北游，稳携笔砚过芦沟。也尝草莽吞声味，不独

[①] 刘瑞宽：《中国美术的现代化：美术期刊与美展活动的分析（1911—1937）》，三联书店，2008，第 348 页。

[②] 李遇春、戴勇：《民国以降旧体诗词媒介传播与旧体诗词文体的命运》，《文艺争鸣》2015 第 4 期。

[③] 胡西林：《画里画外》，《收藏·拍卖》2012 年第 8 期。

家山有此愁。"其二云："不教一物累阿吾，嗜好终难尽扫除。一担移家人见笑，藤箱角破露残书。"前一首描述了当时因战乱来袭不得已迁居的无奈，后一首则描绘了慌乱中迁居的狼狈和酸寒。1932年初，日本关东军继续在上海挑衅，淞沪会战爆发，抗战形势进一步危急。齐白石再一次移居东交民巷。《壬申冬复迁东交民巷二绝句》是第二次迁居的记录。其一云："南还有梦愁泥雨，北客何心再徙迁。骨外埋忧无净土，身能成佛隔西天。"其二云："偷活偷安老自怜，雕虫误我负龙泉。太平时日思重见，虚卜灵龟二十年。"作为年过七旬的老人，齐白石在屡次迁居中颇感身世飘零。日寇的侵袭给一代画人带来了巨大的生存伤痛，"偷安""自怜"等词语中流露出的辛苦让人恻隐动容。

随着日军的不断南侵，江浙一带逐渐沦陷。许多生活在江浙一带的画家如余绍宋、王个簃、周炼霞、陈小翠等在诗词中纷纷描绘日军侵袭下的悲苦生活。余绍宋自1927年南归杭州后潜心书画著述。抗战全面爆发后，他避隐龙游乡野。《寒柯堂诗》是他担任浙江通志馆馆长时亲历日军侵袭的记录，被称为"越园之野史"[1]。1937年伊始，余绍宋迁居龙游时，曾作《避寇》以示愤怒，诗云："避寇数播迁，何时得息偃？讹言日以兴，真伪畴能辨？掩耳既不甘，倾听徒辗转。反冀消息沉，自欺聊自遣。交谈无异言，都为计逃免。遁迹到荒山，不任足重茧。豺虎与萑苻，凶残谁与鬻？"因龙游县城仍不够安全，余绍宋复迁至沐尘。《避居董村七日，复迁至沐尘，示董锡麟、巫瑞琛三首》其二写道："终老岂我许，谣诼又纷纭。计惟有深入，仓皇来沐尘。"其三云："十日两播迁，虽劳不知苦。囊橐纵无余，差喜得安处。"如此颠沛流离、迁居乡野的生活充满了艰辛与苦涩，诗人难免会思念杭州的平静生活，作诗云："久要不忘知君意，历劫犹存转自伤。杭郡燕都事何限，一回展视一回肠。"（《阮毅成以予为其先人荀伯先生所作书画见示，皆二十年前作于故都及杭州者，近始托人辗转自危城中取归。追念前尘，率书一律

---

① 余重耀：《〈寒柯堂诗〉贺刻序》，载龙游县政协文史资料研究委员会、龙游县余绍宋研究学会理事会编《余绍宋》，团结出版社，1989，第220页。

为赠》）陈叔通曾赞余绍宋诗云："境真情真，所谓掇皮皆真也。"[①]余绍宋诗词记录的是杭州沦陷后的民生窘境，王个簃诗词则描绘了南京沦陷后的惨痛经历。战火从北向南不断蔓延，王个簃时时关注战况，从他的《关河》《卢沟桥》《日兵犯平津感赋》《日军犯上海》等诗作中可以看出诗人因战争危机步步逼近产生的悲苦心境。1937年12月日军攻占南京，日寇已逼近家门，王个簃内心充满焦虑，他在《金陵沦陷》中写道："缘何兀兀挫心雄，又陷新都续故宫。绝塞烽桢天中酒，一江潮咽鬓如蓬。蝶寒无力依霜菊，雁落余音谱爨桐。我欲躬耕率妻子，只愁畎亩尽成东。"1938年5月，徐州又沦陷，此时的诗人已是满腹悲慨，他在《徐州沦陷慨然有作》中写道："沉冤只此郡，豺虎跃通衢。血腥炙日秽，禾稼随人枯。国能拼一掷，城宁惨三屠。"

对于上海的战事描写较为充分的是周炼霞和陈小翠。与男画家慷慨悲凉的诗风相比，女画家的诗词描绘了抗战困苦环境下人们坚韧顽强的生活。1937年日军占领上海后不久实行的大米配给制导致全市米荒，市民需要半夜身披棉被排队买米，故有"轧米"之说。周炼霞在《轧米》二首中描绘了轧米之艰难，其一云："重愁压损作诗肩，陋巷安贫又一年。相约前街平籴去，米囊还倩枕衣兼。"为了赚取稿费，她不停地给上海各报刊撰文写稿，对此她相当无奈。其二云："梦里曾留云鬓香，缕金丝绣紫鸳鸯。从知煮字饥难疗，不作诗囊作米囊。"除了《轧米》外，周炼霞在抗战中最为人称道的词是1944年发表于《海报》的《庆清平·寒夜》，词曰："几度声低语软。道是寒轻夜犹浅。早些归去早些眠，梦里和君相见。　叮咛后约毋忘。星眸滟滟生光。但使两心相照，无灯无月何妨。"其中，"但使两心相照，无灯无月何妨"两句颇能表达沦陷区恋人乃至亲人间相濡以沫的达观，颇得众家赞赏。[②]同样困居上海的陈小翠似乎更为不幸。与周炼霞坚韧而率性的抗战诗词相比，陈小

---

① 陈叔通：《友朋来牍》，载余绍宋《寒柯堂诗》，龙游县政协文史委员会点校重印，2002，第9页。

② 郑逸梅在《艺林散叶》中称"但使两心相照，无灯无月何妨"颇得冒鹤亭认可，陈巨来在《安持人物琐忆》中也盛赞此句。详见刘聪著辑《无灯无月两心知：周炼霞其人与其诗》，北京出版社，2012，第226页。

翠的抗战诗词则记录了她独居沪上的苦楚与孤寂。[①] 日军刚刚攻占杭州时，她即诀别父亲独自返回上海。《返沪·一》云："世乱行旅危，白骨盈道旁。恐被苍鹰见，掬泥涂车窗。慈父飘白发，倚闾久相望。各有诀别语，再拜不忍详。生当重相见，死当终不忘。"质朴的言语之中难掩悲戚。战乱时在沪上谋生颇为不易，陈小翠在《画南瓜助赈占题》中调侃自己的窘状，"田家惟剩竹篱笆，络纬啼残满架花。画与农村充一饱，莫将身世比匏瓜"。1937年底，淞沪会战失败，上海沦陷。陈小翠失去了最后的避居之所，她不禁哀叹道："独向芜城吊夕阳，扬尘东海恸沧桑。已看危局成骑虎，岂有邻翁证攘羊。避弹哀鸿都入地，牵丝傀儡又登场。心雄力弱终何用，拔剑哀歌望大荒。"[《戊寅感怀（其四）》] 与其早年闺阁诗词风格迥异。

上海的战火很快蔓延至南方。抗战爆发后广州势如累卵，女画家冼玉清的《悲秋八首》描写了日军侵袭下兵荒马乱的广州城。《闻警至避难所》描写的是广州市民躲避空袭警报的慌乱，诗云："冲宵哀角警高寒，奔命仓皇不忍看。举目天涯同患难，屈身地窖愧偷安。一旬八夜长开眼，半日三惊惯废餐。痛定辄思擐甲士，几人肝脑阵中残。"《市区日夜轰炸》则记录了广州城被日军疯狂轰炸的惨烈，诗云："决胜尚闻疆场事，凶残如此古今无。春雷下地连昏昼，秋隼摩空震发肤。历历楼台供一掷，蚩蚩氓庶实何辜。请看血染红棉市，寡妇孤儿哭满途。"日军在广州日夜空袭，导致死伤无数、饿殍遍野，整个城市一片死寂。当时的广州城"云霞销尽金银气，烽燧应怜草木愁"（《广州空袭后市况萧条感赋》）。《悲秋八首》的创作标志着冼玉清慷慨悲壮的抗战诗词的发轫，她的《流离百咏》更是史诗般地记录了她艰辛的逃难生活。

（二）逃难迁徙类

抗战的全面爆发使得普通民众生活动荡无法安居，纷纷向四川、云南、贵州、广西等西部地区逃难。这一时期逃难的画家诗人很多，以张宗祥、丰子恺、陈树人、冼玉清等人为代表。抗战伊始，张宗祥携家

---

① 刘梦芙：《二十世纪传统文学的玉树琪花——陈小翠作品综论》，载陈小翠《翠楼吟草》，刘梦芙编校，黄山书社，2010，第27~28页。

人从汉口一直撤退到广西、四川一带。他在诗集《铁如意馆诗钞》中自述，"抗战时期，1938 年 8 月从汉口撤退到桂林，年底离开时所作成集的《游桂草》；1939 年元旦撤退到重庆，至 1946 年 5 月离开时所作后成集的《入川草》，抗战胜利后东归所作的《还都草》，1947 年成集"。①这几部诗集较为完整地记录了他抗战逃亡的经历，《游桂草》开篇即是《八月三日夜渡江登粤汉车》，记叙自己携家人的逃难之旅。诗人逃难途中所见人命如草芥，"行路艰难不可论，翱翔云表亦遭冤。人才乱世轻秋草，妇孺同时戴覆盆。填海应为精卫石，沉江莫返屈平魂。沼吴薪胆分明在，处处中原有血痕"（《闻中航机遭敌机袭击沉海，徐新六、胡笔江辈殉焉》）。避难重庆也并非安全之策，疯狂的轰炸使张宗祥一家再次面临死亡的威胁。他在《五月四日敌机轰炸渝市，五日早赴华严六首》小序中写道，"五月四日晚敌机炸渝市，予在城外望城中火光冲天，返寓无路，徘徊街市五六小时，始达九尺坎晤妻女，明晨即至华严，纪事六首"。②从小序中不难想象当时情形之紧急。遭受轰炸后的重庆如同人间地狱，六首其二云："一路凄凉甚，哀鸿满地栖。时时惊倦眼，处处觅荆妻。"浙籍逃难的画家诗人还有丰子恺，抗战的苦难经历激发了他创作诗词的愿望。③在 1938 年的漫画《豺虎入中原》中，丰子恺描绘了一家十几口大包小袋的逃难画面，实际上就是诗人当时逃难的写照。在漫画中诗人题写道："豺虎入中原，万人皆失所。但得除民害，不惜流离苦。"

　　抗战全面爆发时，画家陈树人在武汉担任国民政府侨务委员长。1938 年，在经历了日军对武汉的疯狂轰炸后，他随国民政府机关从武汉迁往重庆。他将自己遭受轰炸和迁徙避难的经历记录在《战尘集》中。《战尘集》"把抗战时代中的人们心中所感受的旋律，很微妙的记录下来了"，"代表中华民族千万人心中哀与乐、沉痛与兴奋的心声"。④诗集前

---

① 张宗祥：《铁如意馆诗钞 附冷僧自编年谱》，上海古籍出版社，2015，第 3 页。
② 张宗祥：《铁如意馆诗钞 附冷僧自编年谱》，上海古籍出版社，2015，第 99 页。
③ 丰华瞻：《丰子恺与诗词》，载丰华瞻、殷琦编《丰子恺研究资料》，宁夏人民出版社，1988，第 149 页。
④ 陈曙风：《战尘集·序》，载《陈树人诗集》，中国文化艺术出版社，2008，第 308 页。

半部分记录了他在武汉经历轰炸的情形，"风云惨淡会乘时，千古骚人无此奇。十队飞龙头上吼，小壕低坐静吟诗"（《避难防空壕作》）。不断的空袭使得武汉伤亡惨重，积尸断肢触目皆是。"残肢断胫积山丘，焦土何曾寸草留。黄裔岂应忘片刻，此为万世不消仇"（《倭寇机炮肆虐全国所闻所见惨绝人寰赋此志痛》）。次年，陈树人迁往重庆，开始了后方抗战生活。由于重庆的陪都地位，此时重庆也并不太平，隔三岔五的轰炸声不绝于耳。仅从诗题《五月三四两日寇机袭渝，死伤近万。海外部侨务委员会近旁落诸巨弹，皆不炸。烈火四围，延烧亦未殃及，有相慰者赋此示之》《五月廿五之夕，寇机又袭渝市。余避难青年会防空洞附近，落弹三四百颗。密迩者仅隔一二丈，轰风炸火硝烟一起突入洞内，景象极凄厉。口占纪之》《六月九晚，寇机五次袭渝。余所居旅社寝室户口落一巨石，室内则整然无恙也》等就可以判断，诗人几乎每隔半个月就遭受一次大空袭。频繁的轰炸让陈树人深切感受到弱国子民的屈辱与辛酸，他在《五月三四两日寇机袭渝，死伤近万。海外部侨务委员会近旁落诸巨弹，皆不炸。烈火四围，延烧亦未殃及，有相慰者赋此示之》中沉痛地写道："千肢万体尽烦冤，惭愧微躯得苟存。此景铭心兼刻骨，毋忘代代告儿孙。"

冼玉清在经历了日军对广州的疯狂轰炸后，从澳门绕道湖南南部到达粤北一带避居，《流离百咏》记录了这一曲折的逃难经历。《流离百咏》是抗战组诗，包括《归国途中杂诗十首》《曲江诗草》《湘南诗草》《坪石诗草》《连州诗草》《黄坑诗草》《仁化诗草》等。陈寅恪先生对《流离百咏》赞赏有加，认为"大作不独文字优美，且为最佳之史料，他日有编'建炎以来系年要录'者，必有所资可无疑也"。[1] 冒广生也说《流离百咏》"使人读之，如亲历其境，而觉此中有人呼之欲出焉"。[2] 冼玉清在逃难途中遭遇过各种凶险，她曾丢失行囊，有诗为证："刺破青衫

---

[1] 陈寅恪:《碧琅玕馆诗钞·前言》，载冼玉清撰，陈永正编订《碧琅玕馆诗钞》，广东人民出版社，2008，第2页。

[2] 冒广生:《"流离百咏"序言》，载冼玉清撰，陈永正编订《碧琅玕馆诗钞》，广东人民出版社，2008，第42页。

踏破鞋，孤灯远笛总伤怀。更堪客里黄金尽，目断来鸿信息乖"（《廉江道中，行李尽失，留滞盘龙作》）；更多的则是忍受难民之艰辛，如"破桌渍油尘浣袂，断垣飘雨鼠跳床。倚装无寐偷弹泪，前路凄惶况远乡"（《宿宾阳旅店》）。翻读组诗还可以发现，即使在逃难途中，冼玉清仍然心系战况。1944年第四次会战失利，长沙沦陷，蒋介石下令撤退。冼玉清听闻此消息悲痛交集，作《闻长沙奉令撤退感赋》以述怀，诗中写道："岳家军撼原非易，自坏长城可奈何。漆室沉忧非一日，问天无语泣山河。"从中可以明显感受到冼玉清炽热的爱国之心。

（三）愤激抵抗类

日寇的侵袭激起了全国人民的怒火，也激发了画家诗人群体的激烈反抗。许多画家面对国家危难愿身披战甲亲赴战场，如潘天寿在《顾有》中就表示，"顾有头颅在，敢忘国步危。八公皆草木，何处不旌旗。人事原知愧，天心自可期。嘈腾倚长剑，起视夜何其"。更多的画家则是拿起画笔和诗笔为前线的将士鼓劲。1937年10月日军入侵上海，谢晋元带领八百将士誓死抵抗，王个簃为此深受鼓舞，他在《谢晋元团长师八百人死守闸北》中写道："志士敢当匈焰逼，残魂收拾挺孤军。苟全有路终非计，走险寻仇不论勋。粮绝矢穷身是胆，声嘶力竭手拿云。北风卷地连兵气，一枕难平万绪纷。"随着民众抗战热情的不断高涨，主动参军的群众越来越多。高剑父就曾送友人戎装参军，《廿八年六月霆仁弟从军湘潭，倚装待发，赋此赠行》云："衡岳独标三楚秀，君山犹剩九峰青。只今送汝孤帆去，薜荔回风怅渺冥。"言辞间充满了对友人的赞誉和离别的惆怅。陈树人作诗鼓励前方战士奋勇杀敌，期待和平能够早日到来。《元旦用杜工部收京诗意寄祝前方将士》云："收京大任仗英豪，露布功成百战高。城上贼壕看铲尽，归来定及荐樱桃。"既然有战争，必然有死伤。画家们虽身不能亲赴战场，但心里念之系之。1938年，国民党空军少尉张若翼与敌激战，不幸身亡，叶恭绰作《挽空军张效桓若翼殉国》表达对英雄壮烈殉国的敬意与伤悲，诗云："飞将龙城去不还，空留碧血镇人寰。拿云苦念风期烈，逐日谁知志事艰。"徐悲鸿也曾为抗日阵亡的战士作《招魂两章》，其一云："恭奠香花沥酒陈，丕显万古国殇辰。显河耿耿凄清后，魂兮归来荡寇氛。"其二云："想到双星聚会时，兆民数载泣流离。同仇把握亡胡岁，预肃精灵陟降期。"言辞沉痛但不坠抗敌胜利之志。

不仅男性画家诗人有愤激抵抗之作，女性画家诗人也不示弱。1938年台儿庄大捷。李圣和闻此消息喜出望外，作《喜闻台儿庄之捷》志庆，其一云："振臂高呼气不衰，先声已令贼锋摧。将军霆击从天降，战士云屯动地来。"其二云："决胜力谋持久计，救时想见出群才。会看饮马长城窟，直捣黄龙奏凯回。"与抗战初期落寞冷寂的诗风相比，陈小翠后期的抗战诗风显得刚猛顽强。她在《精忠石》中寄希望于岳飞再世力挽颓势，诗云："少保祠堂云气高，秋风石马夜萧萧。此心已化精忠石，雨打风吹不动摇。"她还对抵抗日寇、被日军杀害的吴佩孚心怀敬仰，《吴子玉将军铜像歌》即为其颂歌，诗云："劝和使者惊相语，奇士可杀不可劫。直笔春秋信有真，舍生取义何其烈。"1945年收复上海前夕，陈小翠激动万分，作《午夜闻炸弹声，知国军来沪喜占》云："九载围城事可哀，断无消息到天涯。轻雷一破胸头闷，知道声从故国来。"由此可以感受到陈小翠在经历长期压抑困苦生活后的喜悦。及至日军宣布无条件投降，上海正式迎来解放，全国上下一片欢腾，陈小翠又作《乙酉八月十一日我国全面胜利喜书》云："爆竹声中噩梦回，十年初见笑颜开。狂风暴雨重重去，霁月风光冉冉来。"正是久旱逢甘霖式的情绪宣泄。

三

新中国的成立结束了战乱频仍、民不聊生的社会状态，对于饱受战争之苦的民国画家诗人们来说，他们内心的喜悦不言而喻。许多民国画家生于晚清、历经民国再进入新中国，时势的更易和政权的更迭给他们的人生际遇和创作环境不断带来新的复杂的变化。这对于他们而言，既是人生与创作的机遇，也是思想与艺术的挑战。作为置身于革命文学话语秩序中的民国画家诗人，他们中的许多人来自不同于解放区的国统区或沦陷区文艺界，故而普遍面临如何适应新的革命文艺话语规范的问题。如何在集体与个体、"大我"与"小我"、合唱与独吟之间做出新的思想与艺术选择，关系到新中国成立后人民文艺的根本方向，所以，包括画家诗人在内的一切文艺工作者都必须进行人生的调整与艺术的调试。与此同时，我们也不能忽视新中国成立后由于海峡两岸未能实现政治统一，一部分渡台乃至流散海外的画家诗人也写出了与新中国画家诗人不一样的诗词作品，这在一定程度上是对大陆画家诗词创作的有益补充。

（一）"颂诗"语境的形成及其类型

面对新中国的成立，无论持怎样立场的画家诗人都乐于见到和平稳定的社会环境。偏于保守的画家诗人如吴湖帆都发自内心地赞颂新的时代，可见当时画家诗人整体的兴奋状态。吴湖帆在1953年词集《佞宋词痕》印行时，曾委托叶恭绰送给毛主席一套。不久礼尚往来，主席托人送来了他的诗词手稿影印本。对此吴湖帆激动万分，他用《沁园春·雪》原韵和诗。比毛泽东年长且在诗书画界德高望重的黄宾虹专门写诗祝贺毛主席生日，《题南岳山水图寿毛润之先生主席》云："禹迹镌南岳，星辉拱北辰。降灵天应瑞，周甲日维新。图画开文运，舟车萃德邻。还看勒金石，共祝八千春。"[1]不只是吴湖帆、黄宾虹这类专业的画坛耆宿，我们还看到以前只专注于绘画或学术的文人画家也开始关心时事，歌颂新时代下的民主政治。在新中国成立前长期从事古籍整理和研究工作的老画家张宗祥看到社会主义落实了人民民主政权、各行各业的群众真正参政议政时非常受鼓舞。他在《清平乐·浙江第二届人民代表第三次会议献词》中为各行各业人民鼓劲，词曰："同心苦干，战胜涝兼旱。牧畜森林都要管，副业力求完善。会场聚集群英，挥发农业真情。中共红旗领导，大家奋进前行。"从黄宾虹、吴湖帆、张宗祥等人的诗词中，我们不难看到新中国成立后绝大部分画家诗人都自觉认同新政权，一心一意为建设社会主义新生活鼓与呼。实际上，新中国成立初

---

[1] 黄宾虹：《宾虹诗草》，黄山诗社，2013，第163页。

期各种不同身份的旧体诗人与这一时期的新诗诗人如郭小川、贺敬之一样，都用诗歌文本参与到了"现代民族国家想象"的叙事进程中。本尼迪克特·安德森就认为，"民族"本质上是一种现代想象形式——它源于人类意识在步入现代性过程当中的一次深刻变化，其中印刷语言奠定了民族意识的基础。①

众所周知，新中国成立后，很快掀起了社会主义经济建设的高潮。这一时期发生在工业、农业、科技、军事等领域的变化，引起了画家诗人的极大关注。他们自觉地把毛主席的《在延安文艺座谈会上的讲话》作为创作指南，努力贯彻文艺的"工农兵方向"，大力歌颂和反映社会主义各行业生活的新面貌，形成了画家诗词的颂诗浪潮。首先，这表现为生产类的画家颂诗。丰子恺和冼玉清的诗词是其中的代表。丰子恺的农业生产类诗词情绪高昂、乐观向上。如《战鼓敲得响》云："战鼓敲得响，利箭在弦上。跃进再跃进，前途无限量。"《桂子飘香割稻忙》云："桂子飘香割稻忙，满城丁壮竞下乡。儿童也解供收获，争学成人运稻粱。"《大搞农业》云："大搞农业，五谷丰稔。经济发展，基础稳定。欢腾雀跃，庆祝国庆。"这些欢欣鼓舞的歌颂诗词与他抗战时期悲戚忧愤的逃难诗词形成了鲜明对比。与丰子恺相似，冼玉清在抗战期间写作的《流离百咏》与其新中国成立后创作的反映社会主义农业生产的诗词判然有别。她担任广东省政协委员期间，接受上级安排赴汕头、梅县地区考察，这对于以前蜗居书斋、以学术研究为己任的冼玉清而言是新鲜而有挑战性的工作。她对此十分重视，创作了两组以社会主义农业生产为题材的诗作，分别是《视察春耕八首》和《潮梅视察十二首》。《首途视察》云："春荒夏旱岂寻常，襆被驱驰到水乡。民食由来关大计，水源先觅问坡塘。"看得出她发自内心地关心社会主义农业建设。当她看到原来农业生产是如此辛劳时，内心充满了感恩和激动，《农民日夜抢插》写道："黑夜拔秧朝抢插，长宵割麦日扒田。废眠失食农忙候，粒米都由血汗捐。"从中不难看出，以前专注绘画或

---

① 〔美〕本尼迪克特·安德森：《想象的共同体：民族主义的起源与散布》，吴叡人译，上海人民出版社，2005，第43页。

研究的画家诗人在参加农业生产的过程中，情感已经发生微妙的变化，思想经历了的洗礼。画家诗人对于新中国的认同感正是通过这种方式浸润到内心之中的。

其次，这表现为节庆类的画家颂诗，包括各类节日或生辰的贺诗祝词。例如丰子恺的《题〈国庆九周年纪念〉》《题〈国庆十周年盛典〉》《光明都市：庆祝上海解放十周年》，张宗祥的《一九六〇年元旦》《浣溪沙·一九六三年元旦作寄文史诸公》，冼玉清的《广州苏联展览会开幕歌》《看缅甸文化代表团演艺》《看捷克斯洛伐克展览会》等。这类节庆诗词对"时间"有着特殊的感受。在《光明都市：庆祝上海解放十周年》中，丰子恺这样描述上海解放后的变化："红旗照耀处，木石尽生光。上海十年前，本是黑暗乡。自从插红旗，好比大天亮。万恶全肃清，众善日宣扬。投机无遗类，剥削自灭亡。流氓皆敛迹，娼妓出火坑。游民有归宿，乞丐无去向。货币常稳定，物价永不涨。"在这首诗中，我们时时看到新旧时代的对比，旧社会的贫穷和丑恶到了新社会一下子全都消失殆尽。新中国十年的经济建设，在丰子恺看来无疑是巨大的胜利，"十年建设，云蒸霞蔚。国泰民安，河山带砺。鹤飞唳天，以征祥瑞。一鹤千年，十鹤万岁"（《题〈国庆十周年盛典〉》）。实际上，这时期的画家诗人大都像丰子恺一样，发自内心地拥护和热爱新中国。丰一吟这样描述新中国成立后的父亲丰子恺，"爸爸的手一直没有停过，他画呀，写呀……努力在作品中抒发他那拥护共产党、热爱新中国的心怀。'努力改造自己，将心交与人民'，他曾撰写了好几副这样的对联广送亲友。爸爸就听党的话，努力改造世界观，一心一意跟着党走"。[①]显然，新旧社会的强烈对比让画家诗人们意识到了"解放"的重大意义，他们之所以如此在意节庆，在意节庆所代表的"时间"意义，其实隐含着一次次地强调"解放"这一具有政治仪式含义的时间节点的意义。时间"是靠话语本身来组织意义的，因为时间本身不可能作为自己的完整的本质。

---

① 丰一吟：《回忆我的父亲丰子恺》，载丰华瞻、殷琦编《丰子恺研究资料》，宁夏人民出版社，1988，第130页。

它是在某种条件下才变成'时间'的"。① 在这些画家诗词的反复颂扬中，新的"时间"被建构和反复确认，新中国的意义在"时间"的书写中被确定和认同。

（二）"私语"语境的形成及其类型

毋庸讳言，新中国成立后的部分政治运动，给当代中国知识分子和作家带来了不同程度的人生和精神困扰，这就使得部分画家诗人与主流文学秩序或政治话语规范之间保持一定的距离。他们在私下的诗词创作中不再与主流的颂诗潮流保持一致，而是从集体的合唱蜕变为个体的独吟。即使如潘天寿这样背景清白、政治正确的画家诗人都在"文革"中遭到诬陷和批斗，他难免会有辩白牢骚之语，《己酉严冬被解故乡批斗归途率成·三》云："莫此笼絷狭，心如天地宽。是非在罗织，自古有沉冤。"虽然在当时的主流话语秩序中，这类私语型的画家诗词声音微弱，而且表达曲折，但依然还是有迹可循。比如吴藕汀的《药窗诗话》作于"文革"期间，其诗词隐喻性强，看似谈古论俗，但诗句间总蕴含着满腹的牢骚与埋怨。如《妲己》云："祸国殃民出有苏，女娲一怒遣淫姝。人心蛊惑弥天罪，历久相传九尾狐。"《琼花》云："妖花一树诱隋炀，兵阻龙舟起瓦岗。纵是野谈非正史，何时玉蕊补唐昌。"吴藕汀之所以心有怨念，是因为他在漫长的政治运动中孤苦一人，他当时的内心寂寥和伤感非言语所能描述。他曾作词曰："暗壁藏乌鼠，残书蠹白鱼。夜深无寐月儿孤。却忆花阴，描出捕蝉图。埋骨红薇树，丧身绿蝶裙。楼头青草几番枯。对此愁宵，思念小狸奴。"② 这是达观者难为的苦中作乐。

要而言之，这时期画家诗词的私语写作可分为两类：一类是转入地下，以自娱的方式吟唱；一类是流散域外，在台港乃至海外继续书画诗词创作。就第一种类型而言，除了潘天寿、吴藕汀、潘伯鹰、周炼霞等人的地下诗词之外，张伯驹在这一时期的诗词也值得一提。实际上，当年的私语型诗词写作不仅仅表现为对社会时政的干预，还表现为对社会

---

① 李杨:《抗争宿命之路——社会主义现实主义（1942—1976）研究》，时代文艺出版社，1993，第 14 页。

② 张建智:《陋室天地有乾坤——怀念吴藕汀》，《博览群书》2011 年第 2 期。

时政的疏离，此时的画家诗人几乎沉醉于生命个体的生活趣味或审美世界中，表现出不同于主流合唱的独吟倾向。张伯驹就是这方面的代表。在新中国成立后，他的词多为纪游之作，收入《春游词》《秦游词》《雾中词》等词集中，这些词作体现了张伯驹遭遇政治劫难后的从容与达观，他以近乎笑傲山林的姿态独立于时势之外。1957年，张伯驹被错划为"右派"，1961年他被调往吉林省博物馆工作。《春游词》主要记叙的是他在吉林长春生活的场景，《六州歌头·长白山》《鹧鸪天·壬寅冬初，独立吉林松花江上看雪》《临江仙·咏迎春花》等皆为吉林游记之作。《六州歌头·长白山》盛赞长白山的壮丽，词曰："昆仑一脉，迤逦走游龙。承天柱，连地首，势凌空，耸重重。直接兴安岭……有灵池水，森林海，千年药，万年松。喧飞瀑，喷寒雾，挂长虹。鼓雷风。南北流膏泽，分鸭绿，汇伊通。开镜泊，蓄丰满，合浑同。屹立穷边绝域，从未受，汉禅秦封。看白头含笑，今见主人翁，数典归宗。"全词近乎自然风光的白描，深得画人三昧，唯有"屹立穷边绝域，从未受，汉禅秦封"句，隐约可见诗人内在的个性与风骨。1970年，吉林省革委会政治部对张伯驹问题做了"敌我矛盾，按人民内部矛盾处理"的结论，并将其遣往吉林省舒兰县（今舒兰市）朝阳公社劳动改造。随后，他从吉林省博物馆退职。6月暂住西安女儿家时，张伯驹游兴不减，重游西安诸地，游记词作收入《秦游词》。从《浣溪沙·华清池》《鹧鸪天·登骊山》《鹧鸪天·过曲江》等词作的字面上很难直接看到政治对张伯驹个人的影响。《鹧鸪天·过曲江》中，诗人对个人波折不系于怀，游性正酣。词曰："三月正当上巳天，芳春锦绣过长安。鬓香发气迎风散，面粉唇脂照水妍。　联翠袖，整花钿，前呼后拥下云軿。近前便得嗔无碍，犹许寻常百姓看。"此词写上巳节美女如云、游人如织的场景，词尾两句尤能显示出诗人的风趣与豁达。

　　就第二种类型而言，新中国成立前后，有一批画家诗人因为各种原因离开大陆赴台港或定居海外，他们即使身处他乡异域，仍旧坚持用绘画和诗词的方式传播或发扬中国传统文化精神。著名的例子有"渡海三家"张大千、溥心畬和黄君璧。张大千素来专注于画名，对政治实际上并不是很关心，他新中国成立前的诗词很少涉及政治。1937~1949年中国正处于激战之时，但张大千四处游历，《峨嵋纪游》《西康游屐》等组诗记录下他当时游览祖国西南的足迹。唯有抗战胜利之日，他作《抗战胜利日作墨荷》以志庆，诗曰："失喜收京杜老狂，笑嗤胡虏漫披猖。眼前不忍池头水，看洗红装解佩裳。"张大千自注云："不忍池在东京，为赏荷最胜处也。爰记。"此诗构思精巧，在抗战胜利日想到了去日本不忍池赏荷的胜景，意在言外，别有一番胜利者的豁达。新中国成立后张大千曾短暂旅居印度，1955年又在巴西圣保罗筹建八德园。他四处游历，不仅创作了大量画作，而且创作了大量的纪游诗和题画诗。纪游诗如《赋瑞士雪山》《宫岛岩神社》《壬寅九日大屋山登高》《巴西不瀬》等记录了他的游览经历。题画诗则数量更多，如《题七十自画像》《题秋芙蓉》等。张大千一生漂泊，他众多的纪游诗和题画诗体现了他的独特性灵和个人旨趣。而作为晚清旧王孙，素享画名的溥心畬在新中国成立前夕携家人渡台，登船前他登高怀远自是伤感无限，《九月登定海县奎光阁》云："石壁崔嵬撼怒涛，清秋临眺俯城壕。海门云白孤帆远，沙岸天青片月高。战垒飞霜惊草木，回风卷雾拂旌旄。长江夜宇櫑枪气，北斗光寒动佩刀。"渡海后的溥心畬一直过得不如意，离开了故土，对于这位旧王孙而言，似乎又多了一层惆怅。在《南游集》中随处可见他的离散之痛和怀旧之悲。他似乎时时能从台湾的景物中联想到故乡。如《寻生菌并序》中写生菌的笴寻云："世衰不见燕昭王，谁向金台扫尘土。"《战后游法隆寺》写孤独的暮景云："远游独有乘桴客，劫后登临望落霞。"可见其心中的郁结之深。

与所谓"渡海三家"相比，像饶宗颐和蒋彝这样的画家诗人与内地的维系更加紧密。他们虽然置身境外，但始终将自己的艺术和学术事业与国家紧密联系在一起，为中国文化的传承和传播贡献了毕生的精力。1949年，饶宗颐决定留居香港，这实则出自学术考虑。除了学术研究外，书画诗词亦是其所长，他是"标准的文人画家"[1]。饶宗颐与

---

① 李铸晋、万青力：《中国现代绘画史——当代之部》，文汇出版社，2004，第166页。

其他画家诗人的不同之处在于，他的诗词创作与其学术研究联系紧密，如《佛国集》就是他1963年考察东南亚诸国所纪诗作。1966年，饶宗颐在法国研究敦煌写卷时，与法国汉学泰斗戴密微教授相往来，其间所作结集为《白山集》。饶宗颐诗词兼具画人与学人风范，不仅渗透着绘画思维和作画技法，而且散发着浓郁的古典文人韵致。饶氏作诗还着意求新，大量西词入诗亦是其特色，如《冒雨游伽利（Karli）佛洞，汪德迈背余涉水数重，笑谓同登彼岸。诗以纪之》云："身在西邻即彼岸，悟处东风初解冻。可有言泉天半落，顿觉慧日云间涌。"又如《康海里（Kanheri）古窟二首》其一："望中寻尺尽松楸，似刃群山不露峰。有洞无僧伤眇漠，空村回首白云封。"这种中外杂糅、兼具绘画美与学人气的诗词尽显饶宗颐的艺术本色。与饶宗颐长期居港不同，画家蒋彝毕生在欧美从事中国文化的传播和推介工作，他惯于用"中国之眼"，采取诗配画的形式表现异域风貌。[1] 虽然蒋彝一直在海外漂泊求生，但在他的画作与诗作中始终可以看到中国的影子。在《巴黎画记》中他用画家的诗意满怀深情地回忆了家乡的美景，"柳丝飞嫩黄，竹叶有情绿。好伴笑轻盈，双鸠戏水浴"（《乡思二绝·一》），从诗句中不难读出蒋彝对家乡的怀念与深情。

四

旧体诗词在改革开放新时期的复苏是以"天安门诗歌运动"为契机的。以纪念周恩来总理逝世，控诉"四人帮"为内容的天安门运动最终演变成一场群众自发组织的大规模的诗歌运动，这些新旧诗歌被结集为《天安门诗抄》[2]。该诗集的诞生意味着"文革"以来长期的文化禁锢被解除，诗歌发展方向出现了新的调整。具体到旧体诗词方面，旧体诗的诗体地位重新得到认同，一批以前放弃诗词创作的画家重新提笔讴歌新生

---

[1] 王一川:《"中国之眼"及其他——蒋彝与全球化语境中的跨文化对话》,《当代文坛》2012年第3期。
[2] 童怀周编《天安门诗抄》,人民文学出版社,1978。

活。与此同时，更多的画家诗人加入诗词写作。新时期以来的画家诗人群体大致可分为两类：一类是作为"归来者"的画家诗人，他们大都在民国年间至"文革"以前一直从事诗词创作，后在"文革"期间中断写作或转入地下创作，继而在改革开放新时期回归主流诗画坛坫；另一类是作为"新生代"的画家诗人，他们大多在青年时期接受新式教育，后来又普遍接受革命文化的洗礼，进入新时期以后，或因书画创作的需要，或因传统文化的感召，开始较为系统地学习诗词创作。这两类诗人是新时期画家诗人的主要群体。

（一）作为"归来者"的画家诗人

与晚清民国背景的老辈画家诗人相比，从"文革"中归来的画家诗人群体普遍在诗词创作上锐意求新，他们不仅在题材选择和主题开掘上追求时代性和反思性，而且在格律形式上对于韵律平仄的要求较为宽松，并在语言表达上有大量的新词、新概念入诗。当然，由于新时期诗词创作的话语环境较为宽松，各种现代主义乃至后现代主义思潮在国内广为传播，这就无形地激发了画家诗人创作个性的多样化，戏谑性或油滑性在这一时期的画家诗词中有所体现。对于那些经历过"文革"的画家诗人来说，对历史的回忆、反思和讽喻是无法回避的课题，而且他们由历史延伸到对新时期改革开放社会现实生活的观照，大大提升了传统画家诗词的艺术表现力和思想容量。启功、黄苗子、蔡若虹、王伯敏等人是新时期画家诗人中"归来者"的主要代表。启功的诗词在前期以质朴清新为主，后期则偏于油滑揶揄。"文革"结束后，启功的诗词数量大增。他在诗词中继续调侃自己的疾病，风格谐趣幽默，显示出诗人豁达开朗的性格。如《南乡子·颈架》云："大鉴有真身。漆布层层作领巾。夜半有人刀一斫，无痕。一个头颅二十缯。我眩发来频。颈架支撑坚铁筋。多少偷儿不屑顾，嫌昏。六祖居然隔一尘。"又如《友人索书并索画，催迫火急，赋此答之》云："来书意千重，事事如放债。邮票尚索还，俨然高利贷。左臂行将枯，左目近复坏。左颧又跌伤，真成极右派。鄙况不多谈，已至阴阳界。西望八宝山，路短车尤快。拙画久抛荒，拙书弥疥癞。如果有轮回，执笔他生再。"除了调侃自己的疾病外，他还和生活中的种种现象开玩笑，如描写焦急等待公共汽车的乘客，《鹧鸪天八首·乘公共交通车》其一云："乘客纷纷一字排。巴头探脑费猜疑。东西南北车多少，不靠咱们这站台。坐不上，我活该。愿知究竟几时来。有人说得真精确，零点之前总会开。"启功诗词中的"油滑性"，除了体现其豁达的人生态度外，也是他的诗歌主张的实践。他说："我这个人喜欢'开哄'，因此诗中常有些'杂以嘲戏'的成分，正像我自嘲的那样'油入诗中打作腔'，我以能表现自己的这个特点为能事，使人一看就知道这是启功的诗，而不怕别人讥我的诗是'打油诗'。"[1]

改革开放新时期以来，提出"解放"旧体诗词的画家诗人除了启功还有黄苗子。1976年，"四人帮"被粉碎，黄苗子以诗词讽刺"四人帮"的专横霸道。《江神子·题〈四蟹图〉》云："郭索江湖四霸天，爪儿尖、肚儿奸，道是横行曾有十来年。一旦秋风鱼市上，麻袋裹、草绳拴。釜中哪及泪连涟，众人慊，老头怜，乌醋生姜同你去腥膻。胜似春光秋菊茂，浮大白，展欢颜。"词中看似在描写烹煮螃蟹的过程，但明眼人知道是讽刺之作。另一首《题它山漫画册子》也属于"借题发挥"之作，诗云："义乳假发唐宫装，妖声怪气称老娘。老娘自是首长首，草头王与狗头狗，文痞文元吹鼓手，牛鬼蛇神有尽有。"此诗将以江青为首的"四人帮"丑态一一描绘，极尽讽刺之能事。黄苗子的诗歌观念与启功相近，他也主张以轻松幽默的态度对待诗词。他认为"诗无雅俗"，"这些'雅'是把'俗'经过无数次淘汰后才保存下来的，是文人雅士独占了文字领域千百年后留下来的'雅'"。[2]应该说，长期的漫画创作影响了黄苗子的诗歌观。他的漫画常常以讽刺各种丑陋现象为主题，这种幽默调侃的绘画风格影响了他的诗歌创作。舒芜就认为黄苗子的打油诗是受了漫画的影响，"苗子年轻时就是画漫画的，他的打油，特别在题漫画诸首中多所施展，漫画与油诗，本来相得益彰"。[3]除了创作打油风格

---

① 启功:《学艺回顾》，载《启功论艺》，上海书画出版社，2010，第240页。
② 黄苗子:《雅俗无别》，载《学艺微言》，三联书店，2011，第31页。
③ 舒芜:《牛油集·序》，载黄苗子《牛油集》，花城出版社，1989，第5页。

的讽刺性诗作外，还有很多归来的画家诗人习惯于创作风格平实的诗词作品，蔡若虹就是很有代表性的一位。他曾在六七十年代创作了大量反映社会主义建设和生产内容的诗词，如《拔草》《割秋》《挖河》等。新时期以来，他的诗词以回忆题材为主。《满江红·怀念茅盾同志》回忆的是抗战时期与茅盾的会面，作者感叹道："兴亡事，谁作主。文艺业，非商贾。耻降幡偷竖，不鸣金鼓。"《看关山月画展》则借画展之机赞颂关山月的高洁人格，"一十三年，梅开两度，'倒楣'换了'横眉'。岁寒本性，蜂蝶不为媒。耻向猴冠卖俏，自赏芳菲。昏黄夜，暗香疏影，长任冷风吹"。这类词作在回忆中反思，在反思中回忆，虽非嬉笑怒骂，但同样富有力度。

在归来的画家诗人群中，还有一类是王伯敏这样的学者型画家诗人。王伯敏长期从事绘画理论研究，他的诗歌题材多与绘画有关，论画诗是其诗歌的主要部分。王伯敏从 60 年代就开始创作论画诗，如《于故宫读"神龙"本〈兰亭序〉》《题古版刻画》《记长沙帛画兼呈郭沫老》等。改革开放新时期以来，王伯敏的论画诗不再简单地对某一画作或绘画现象进行评论，而是更多地专注于画学的宏观把握和画理的探究，这说明王伯敏画学理论在不断深化。他借助论画诗如《半唐斋论画二十首》等讨论绘画的基本原理。在《半唐斋论画二十首》中他系统地阐释了许多画学的基本原理。如其一："咫尺千山舞，依稀万木荣。长河无点墨，似见笔纵横。"讨论的是远与近、虚与实之间的关系。其二："麝墨浓如漆，狼毫力似针。无妨怜白水，渴笔长精神。"讨论的是色彩与笔法的关系。《论理法》云："法尽理无尽，理尽法又生。画法原无限，至关天地情。"阐明的是画理与画法之间互动相生的关系。除了讨论画理的论画诗外，王伯敏大量的题画诗也体现了他的画学思想。如《题画册页》其一："兴来泼墨破三疆，咫尺山川雾里藏。画到妙时无完局，犹如断句可成章。"这种体悟堪称直抵艺术三昧。《论书画用印寄赖少其先生》云："天成画趣近长康，妙有书姿似二王。若也个中无一印，教人穷议不成章。"这同样是知音之言。总之，王伯敏的论画诗既有画理的阐释，也有画艺的讨论，充分显示出书画学人的本色。

（二）作为"新生代"的画家诗人

改革开放新时期以来，随着书画创作环境不断改善，更多画家在新的艺术环境下安心从事绘画和诗词创作，因此这一时期的"新生代"画家诗词的总体特征是书画生活的职业化与日常化书写。在这些画家诗人的笔下，我们很少看到对历史的反思和追问，这也是"新生代"画家诗人在创作上与"归来者"画家诗人的明显不同之处。许多"新生代"画家诗人醉心于自然风光的描绘，醉心于花鸟虫鱼的玩赏，醉心于历史文物的品鉴，显示出他们闲适自洽的当代文人生活气息。由于这类画家诗人在审美上偏向于传统和保守，所以他们的旧体诗词创作没有出现如新诗界的新生代诗人倡导的那种"反诗化"诗潮，也没有出现如"归来者"诗歌那样的反思性诗潮，在思想性和艺术性上存在较为明显的缺憾。这批"新生代"画家诗人普遍没有接受严格的古典诗文训练，而且大都较晚接触古典诗词，有些甚至是在成年后出于书画创作的需要，通过自学的方式不断完善诗词知识，因而他们的书画诗词写作的基础并不牢固，尤其是在把握旧体诗词的格律和音韵方面还有一定的欠缺。不仅如此，由于普遍缺乏诗意提炼的能力，不少"新生代"画家诗词流于形式，"老干体"诗风同样波及书画诗坛。许多非职业的画家诗人也加入这一时尚群体中，他们在政界、商界、文教界的主业之外从事诗书画创作，在带来新时期书画诗词繁荣的同时，也难免泥沙俱下，滥竽充数者不在少数，这就在整体上制约了新时期"新生代"画家诗词艺术质量的提升。总体而言，这一时期的"新生代"画家诗人数量庞大，黄纯尧、鲁慕迅、范曾等画家诗人较有代表性。

黄纯尧的诗词以题画诗为主，早期以黄山画为主要题诗载体。1985年退休返回四川后，黄纯尧专注于三峡题材的诗词创作。实际上，他在70年代就开始创作与三峡有关的诗词，《船入巫峡》是画家离乡三十余年后首次返川时所作，诗云："华鬓回乡兴倍浓，巴山蜀水喜重逢。巫山召我入巫峡，神女出迎望霞峰。"可见诗人当时热切回乡的喜悦心情。1985年后，他的三峡诗词数量明显增加，三峡几乎成为他唯一的诗歌题材。《鬼门关》《西陵峡》《峡江新貌》《滴翠峡》《梦巫山》《峡江雾残》等均是他赞美三峡秀美风景的佳作。他刻画通过险峻的鬼门关后的感受：“自古闻名蜀道难，三峡险绝鬼门关。一从横筑葛洲坝，上下安舟换笑颜。”他还赞叹西陵峡的旧貌换新颜：“两岸猿声李白诗，而今改写通途词。梯田桔树高楼起，来去汽车尽日驰。”黄纯尧的三峡诗词不仅描绘风景，也反映三峡人民精神上的变化，如《峡江新貌》云：“山连江水水连山，僻地偏乡蜀道难。不信贫穷天注定，人民奋发换新天。”从歌颂三峡的系列诗词中，我们时时感觉到黄纯尧对故乡山水发自内心的热爱。与黄纯尧不同，鲁慕迅的诗词不仅长于咏物，而且善于描写将江南水乡的景致。他的咏物诗多为生活常见之物，诗题如《玉兰》《石榴》《水仙》《樱桃》等。与吴昌硕或陈曾寿等人的咏物诗不同，鲁慕迅的咏物诗并没有刻意的文化寄托，而是纯粹为物所喜，爱其姿态，类似于静物写生诗。如《兰》：“翠带飘萧舞袖长，山风阵阵散幽香。荒崖绝壑人难到，烟露深藏九畹凉。”又如《水仙》：“一缕幽香触鼻来，凌波仙子到清斋。纤尘不染亭亭玉，白朵青瓷供石台。”他写景的诗词也是因为感受到自然之美有感而发，如《忆江南·雨窗》云：“潇潇雨，凉透绿纱窗。竹外细流声续断，远村鸡唱入微茫，听雨读骚庄。”《三台令·水乡居》云：“门对荷塘数顷，漫天叶气花香。风露青苍一片，雨过云水都凉。”鲁慕迅的诗词之所以显得祥和宁静，一方面与他倡导的“真诚”的艺术观念有关[①]，另一方面也与其宁静祥和的生活状态密不可分。

在改革开放新时期成长起来的“新生代”画家诗人群体中，范曾在美学观念和实践上都是颇为引人注目的一位。他在《毋忘众芳之所在——论二十世纪美的误区和古典主义的复归》中明确提出要倡导古典主义美学的复兴，他解释说：“回归古典一词，它旷逸的一面，是与古人邂逅，异代知己，有朋自远方来不亦乐乎；它峻烈的一面，则是不会以食古人剩菜残羹为己任，对一切古已有之的东西，我们将同样抱着薙其繁芜、掇其精要的精神。”[②]范曾高举古典主义的美学大旗，将庄子的

---

① 陈池瑜：《趣雅品高——鲁慕迅新文人画之境界》，《美术观察》1996 年第 8 期。
② 范曾：《毋忘众芳之所在——论二十世纪美的误区和古典主义的复归》，载寒碧编录《范曾诗文选集》，浙江古籍出版社，2008，第 12 页。

逍遥精神注入绘画和诗词中。《庄子显灵记》《庄子赋九弄》《减字木兰花·庄子赞》等都是他以庄子为题的诗词。他在《减字木兰花·庄子赞》中盛赞庄子的逍遥精神，词曰："端崖何处？子自逍遥天外矞。鼓缶长歌，造物归留似走梭。大椿言寿，梦里人生巡宇宙。齐一彭殇，万类沉浮共八荒。"无论绘画还是诗词，范曾都强调贯通古今，他尤其强调从道家美学而不是从儒家诗教中寻找为当世所用的传统艺术资源，这使得他的诗词创作视野开阔，大都具备雄奇奔放的"气势美"[1]。不仅庄子系列诗赋以气势见长，范曾的题画诗同样具有此艺术气度。他在《题兆三兄中国名胜百图百句五十韵》中用诗意的笔调赞颂祖国山水名胜之美："大海之西珠峰东，一片棠叶飞鸿蒙。千秋浮云舒复卷，万古江山造化工。欣君椽笔倚天地，百胜图景意葱茏。挟仙遨游丹霞外，诗思纵横弥碧空。"而他在《题徐悲鸿奔马图》中赞赏的也是徐悲鸿笔下奔马的雄壮气势："风容飒爽羡徐公，鬃尾千丝白玉骢。落日大旗征伐后，流霞戎帐浩歌中。将军伟绩留勋表，骏骥霜蹄立昊穹。莫漫哀鸣思战斗，回归莽野亦英雄。"这首诗奔放沉雄，其气势美与范曾所倡导的道家古典主义密不可分。当然，和改革开放新时期众多的"新生代"旧体诗人一样，由于受到时潮和世俗的影响，范曾诗词也不免有空疏之流弊。

进入 21 世纪以来，随着网络旧体诗坛的崛起，不少网络画家旧体诗人涌现出来，"老树画画"和"大曾涂鸦"就是其中最有影响力的两位。"老树画画"是刘树勇的网名，他长期在高校从事美术教学和评论，近年来也在网络上发表诗画作品，可谓风行一时。他的诗配画作品数量巨大，无论画风还是诗风，都以清雅素淡为主，但绵里藏针，颇有针砭力度，隐约透出一种民国风味，暗合民众的民国怀旧心理。老树的题画诗语言质朴幽默，其中隐含着画家诗人对社会现实生活的深刻理解和达观态度。如《丙申初春落雪》云："世间也就这样，心中无悲无喜。小酒喝上二两，坐看大雪纷飞。"又如《丙申秋近》："不想与人为伍，江湖实在太乱。游走云水之间，有茶有鸟相伴。"另如无题题画诗云："世

---

[1] 宁宗一：《文学家范曾》，载寒碧编录《范曾诗文选集》，浙江古籍出版社，2008，第483 页。

间多少相遇，就是喝酒吃饭。能有什么正事，基本就是扯淡。"这种诗有明显的打油风味，在不经意间写出了民众的无奈心态。老树的绘画色调清新淡雅，诗歌简明通达，常常借助对古朴乡村生活的描写来表达对宁静安详的传统生活形态的向往，这对于如今日渐繁忙紧张的都市人群来说无疑具有很大的吸引力。"大曾涂鸦"是曾初良的网名，其人本为公务中人，近年来借助网络发布诗画作品，影响力与日俱增，与"老树画画"堪称双璧。大曾诗画在质朴和诙谐上与老树诗画有相通之处，其题画诗都有打油诗的味道，但不同的是，老树淡雅挺秀而大曾浓重苍劲，大曾身在南方却有北人的狂放，老树身在北方却有南方人的清丽。如大曾的《每逢佳节喝酒累。作〈聚饮图〉并题》云："跨过酒海爬肉山，每天重演三四餐。累了身体伤了胃，不如早点去上班。"这与老树的清丽截然不同。又如《题〈笑比哭好〉》："偶尔笑笑人家，也被人家笑笑。人生不过如此，何必斤斤计较。"这倒是与老树诗画息息相通。总之，21世纪的画家旧体诗坛，因为有了网络画家诗人的崛起而重现艺术生机。正是在这些民间诗歌江湖空间中，我们看到了中华诗词传统创造性转化或创新性发展的希望。

第八章　五四时期中国诗歌的新旧之争[*]

五四文学革命以白话文学取代文言文学正统地位，不啻一声惊雷平地起，由此，有关诗歌、小说、散文、戏剧的新旧之争，构成了五四文学发生史上绕不开的话题。而在各种文体的新旧之争中，"诗歌长期陷入新旧对立的争议漩涡中承受了最多的压力"[①]。然而，新旧之争并非只存在于新诗与旧诗之间，旧诗内部以及新诗内部也有着新旧之别。中古时期刘勰在《文心雕龙》中就提出过"通变"之说，揭示了中国文学发展过程中传承（"因"）与创新（"革"）的辩证规律。五四时期潘力山也曾断言"新旧""本非绝对"，而是"因旧立新，因新立旧"[②]。因此，唯有从辩证视角来看待新旧之争的多面性与复杂性，才能愈益趋近于还原五四时期（1915~1925 年）中国诗歌沿革与裂变的文学史现场。

一

五四时期的旧诗群体，如胡先骕所言"半系晚清遗老，半系后起之秀"[③]。其中既包括从晚清进入民国的同光体（宋诗派）、汉魏六朝诗派、中晚唐诗派、诗界革命派诗人，也包括与五四新诗人几乎同辈的南社及

---

[*]　本章原刊《东南学术》2020 年第 4 期，署名李遇春、鲁微，题名《众声喧哗与异质同构——五四时期中国诗歌的新旧之争》。《新华文摘》2020 年第 19 期摘登。

[①]　李遇春：《中国文学传统的复兴》，商务印书馆，2016，第 33 页。

[②]　潘力山：《论新旧》，《新青年》第 7 卷第 1 号，1919 年 12 月 1 日。

[③]　胡先骕：《四十年来北京之旧诗人》，载张大为、胡德熙、胡德焜合编《胡先骕文存》（上卷），江西高校出版社，1995，第 470 页。

学衡派诗人。大体而言，同光体、汉魏六朝诗派和中晚唐诗派以复古为主导，只是诗学途径不一；而诗界革命派、南社以及由新式学人组成的学衡派则在思想和艺术追求上与时俱进，代表了革新一派。这些不同派别的新旧之争，一是表现在保守与革新的诗歌立场的分歧上，二是表现在传统诗学的唐宋之争上。

首先，来看旧诗群体内部的保守与革新之争，或曰复古与改良之争。胡先骕所谓的晚清遗老指的是曾活跃于光宣诗坛的同光体（宋诗派）、汉魏六朝诗派和中晚唐诗派诗人，这几派诗人主要是从古典诗学中汲取独特营养，试图建立各自诗学体系，各有擅场。同光体作为其时诗坛正宗，承接了道咸以降宋诗运动的传统，"不专宗盛唐"[1]而以宋诗为主导是他们共同的诗学价值取向。"陈三立为首的赣派诗，厚重崛健，合诗人之诗与学人之诗为一体，乃同光体之正宗；郑孝胥为首的闽派诗，清刚峭秀，与正宗相辅而行；沈曾植为首的浙派诗，深奥渊懿，为学人之诗，影响较小。"[2]以易顺鼎、樊增祥为代表的中晚唐诗派诗法杜陵、元白、温李等，其诗歌大多文辞雕琢，才思飞扬。如易顺鼎之《癸丑诗存》华丽婉转，讲究用典和对仗，颇有中晚唐遗风。而以王闿运为首，杨度、谭延闿、曾广钧、程颂万等相呼应的汉魏六朝诗派则"致力于汉魏八代至深"[3]，讲究"摹拟"，取汉魏六朝诗篇之神理，力求古雅。总体来看，上述三派对中国古典诗歌资源呈现出各取所长的姿态，因而在成就上也是各有千秋。它们对古典诗学有着深刻的眷恋，但缺乏西方诗学滋养，因而偏于保守。

相较而言，诗界革命派、南社和学衡派对上述保守派诗人囿于复古所造成的诗坛颓靡多有批判。如诗界革命派理论巨擘梁启超就说，诗坛"被千余年来鹦鹉名士占尽矣"[4]，其言即指保守派诗人诗作无一不出于古人，毫无新意。不过诗界革命派虽然对诗坛现状不满，但他们与保守

---

① 陈衍：《石遗室诗话》，郑朝宗、石文英校点，人民文学出版社，2004，第4页。
② 胡迎建：《同光体诗派研究》，学苑出版社，2013，第27页。
③ 汪辟疆：《光宣诗坛点将录》，载程千帆原校，张寅彭主编《民国诗话丛编》（五），王培军等校点，上海书店出版社，2002，第320页。
④ 梁启超：《夏威夷游记》，载《梁启超全集》第4卷，北京出版社，1999，第1219页。

派仍然多有往来，如梁启超在民初创办的《庸言》杂志，就曾连载过同光体代表人物陈衍的《石遗室诗话》，后来还招汉魏六朝派和中晚唐诗派的易顺鼎、杨度等人在北京万牲园宴集修禊。至于南社，高燮曾直言"诗界榛芜不可论，里哇嘈杂听殊喧"①（《简邓秋枚》），他指责的正是保守派诗人在拟古道路上各自为营所造成的诗坛混乱与衰颓。而南社巨子柳亚子对同光体诗人则更是鄙薄至极，直接指摘他们"貌饰清流，中怀贪鄙，吐言成章，少苍凉遒上之音，私以艰深自文浅陋，遂提倡所谓江西诗派者"。②在柳亚子看来，同光体诗人属亡国士大夫之流，其诗生涩坚硬，与民国气运相违，毫无可取之处。学衡派诗人因大多有留学背景，他们对保守派的批判更为严厉，并将白话新诗产生的原因归结于旧诗的堕落。吴芳吉悲观地认为"中国旧诗界已无诗之可言"③，当今诗人"或步前人滥习，颠倒无伦；或俯视一切，而不自反；或沉酣于雕虫之技，恬不知耻"④。常乃惪在《论新诗》中也对同光体、汉魏六朝诗派等进行批判："近来诗派盛西江，咀嚼空螯钝牙齿。不然古艳张六朝，剽窃生文吓新鬼。"⑤吴宓也认为当下诗歌"堆砌粉饰，渲渍晦涩，不堪卒读"。⑥就连复古倾向浓厚的胡先骕也坦言："郑子尹、陈伯严、郑太夷虽能各开一派，然不能自异于宋人，日后之发展不可知。在今日观之，中国诗之技术，恐百尺竿头，断难再进一步也。"⑦

由此可见，革新派健将们都认识到旧诗走到晚清遗老诗人那里已是穷途末路。正是出于对古典诗词发展的危机体认以及时代变革的需要，革新派诗人主张将"新质"与"旧文"相结合，力图给旧体诗词注入生

① 张建林主编《高燮诗词选注》，上海远东出版社，2013，第8页。
② 柳亚子：《林述庵先生遗诗》，《民声日报》，1912年2月27日。
③ 吴芳吉：《提倡诗的自然文学》，载《吴芳吉全集》（上），傅宏星编校，华东师范大学出版社，2014，第301页。
④ 吴芳吉：《答某生》，载《吴芳吉全集》（中），傅宏星编校，华东师范大学出版社，2014，第553页。
⑤ 常乃惪：《常乃惪将军歌与论新诗》，载吴宓著，吴学昭整理《吴宓诗话》，商务印书馆，2005，第240页。
⑥ 吴宓：《余生随笔》，载吴宓著，吴学昭整理《吴宓诗话》，商务印书馆，2005，第33页。
⑦ 胡先骕：《评〈尝试集〉》，载张大为、胡德熙、胡德焜合编《胡先骕文存》（上卷），江西高校出版社，1995，第58页。

命力。梁启超承接晚清诗界革命"以旧风格含新意境"①的理想,并在白话新诗的影响下进行拓展丰富。他试图解决此前新名词、新语句与旧风格之间无法调适的问题,结合时代与个人生命经历,将"意境、气象、魄力"注入旧格律中,从而达到像金和与黄遵宪那样试图将新意境与旧风格完美融合的"大解放"。南社则企图通过诗歌来传播其民主革命思想,即"欲凭文字播风潮"②,将新理想融于旧格调之中。柳亚子提出的"形式宜旧、理想宜新"可视为梁启超"以旧风格含新意境"的另一种表达。学衡派也试图在"新"与"旧"之间取得一种平衡,他们改良的限度大小略有差异。胡先骕相对来说比较保守,他认为:"故欲创造新文学,必浸淫于古籍尽得其精华,而遗其糟粕。"③他将同光体"以学问为诗"的观念进行丰富,主张将政治、经济、历史、艺术、哲学、科学等现代知识融入诗词中,以反映社会时代的变化。吴宓和吴芳吉则与梁启超更为接近,前者提出"以新材料入旧格律",即保存平仄音韵等诗体格式,输入"今时今地之闻见事物思想感情"。④后者理想中的新诗则是"民国诗",即在借鉴西洋文学的同时,"依然中国之人,中国之语,中国之习惯,而处处合乎新时代者"。⑤其代表作《婉容词》文白相杂,融中西文学传统于一炉,自成"白屋体"。

其次,旧诗群体内部的新旧之争还体现在传统诗学的唐宋之争上。在保守派诗人之间,同光体与中晚唐诗派和汉魏六朝诗派在诗学趣味上有唐宋之别。同光体诗人高举"不专宗盛唐"的旗帜,实则隐含了对自宋末以来以盛唐为宗的诗潮的不满。陈衍在《石遗室诗话》中云:"咸、同以降,古体诗不转韵,近体诗不尚声貌之雄浑耳。其弊也,蓄

---

① 梁启超:《饮冰室诗话》,舒芜校点,人民文学出版社,1959,第51页。
② 柳亚子:《岁暮述怀》,转引自杨天石、王学庄编著《南社史长编》,中国人民大学,1995,第6页。
③ 胡先骕:《中国文学改良论》,载张大为、胡德熙、胡德焜合编《胡先骕文存》(上卷),江西高校出版社,1995,第3页。
④ 吴宓:《论今日文学创造之正法(节录)》,载吴宓著,吴学昭整理《吴宓诗话》,商务印书馆,2005,第97页。
⑤ 吴芳吉:《〈白屋吴生诗稿〉自序》,《吴芳吉全集》(上),傅宏星编校,华东师范大学出版社,2014,第484页。

积贫薄，翻覆只此数意数言，或作色张之，非其人而为是言，非其时而为是言，与貌为汉、魏、六朝、盛唐者何以异也！"[1]可见他对专学唐和专宗汉魏六朝都是不满的。在此背景之下他提出"三元说"："盖余谓诗莫胜于三元：上元开元，中元元和，下元元祐也。"[2]这一理论强调诗学途径的继承与创变，其最终目的便是确立学诗的途径由唐及宋，提高宋诗的价值与地位，由此纠正此前宗唐抑宋的诗歌倾向。沈曾植在陈衍"三元说"的基础上进一步提出"三关说"，即打通"元祐、元和、元嘉"三关，将学诗范围由宋至唐，甚至上溯到魏晋六朝。这种立足宋诗而又超越宋诗的诗学主张得到大批诗人追捧，渐成诗坛主流。正如关爱和所言，同光体"在'不墨守盛唐'的诗学旗帜下，继承宋诗派学人之诗与诗人之诗合一的传统，力图在大乱相寻、变风变雅的时代，以弃取变化，力破余地的努力，为旧体诗歌的存在、发展开疆辟域"。[3]无论是"三元说"还是"三关说"，虽然酝酿于晚清时期，但真正问世还是在民初以降至五四新文化运动时期，共同参与并见证了五四时期中国诗歌的新旧之争。

　　汉魏六朝诗派与中晚唐诗派看似取径不一，实则殊途同归，它们不宗盛唐，但对中晚唐诗风有着内在的一致认同，且在反宋诗派上有着一致立场。晚清中晚唐诗派鼻祖张之洞论诗主"清真雅正"，尤恶江西诗派，谓"江西魔派不堪吟，北宋清奇是雅音"（《过芜湖吊袁沤簃》），因此主张以宋意入唐格。易顺鼎、樊增祥延续其师张之洞的诗学理念，标举中晚唐诗歌，师法温李、放翁、梅村等人，其诗体现出绮艳之色。樊增祥有云："能教绮丽复飞腾，上口依稀学杜陵。"[4]（《题寿萱诗集》）可见其由温李而跨杜甫的诗学追求。易顺鼎则在《读樊山〈后数斗血歌〉作后歌》中云："诸君此时犹复斤斤分唐与分宋，真唐真宋复何用？真所谓痴人前说不得梦！嗟我作诗未下笔以前胸中本有无数古人之精魂，

①　陈衍：《石遗室诗话》，郑朝宗、石文英校点，人民文学出版社，2004，第226页。
②　陈衍：《石遗室诗话》，郑朝宗、石文英校点，人民文学出版社，2004，第7页。
③　关爱和：《同光体诗人的诗学观与创作实践》，《文艺研究》2008年第1期。
④　樊增祥：《樊樊山诗集》，涂晓马、陈宇俊校点，上海古籍出版社，2004，第1377页。

及其下笔时无数古人早为我所吞。"① 易顺鼎标举中晚唐诗歌，以才情绮丽取胜，才气奔放。由清入民后，易、樊纵情于歌楼妓馆，与当时走红的戏曲名伶梅兰芳、贾璧云、刘喜奎、王克琴、鲜灵芝等人来往密切，其诗也多为"京师我见梅兰芳，娇嫩真如好女郎"②（《梅郎曲》）一类捧角诗，名士才子气十足，为世所诟病。至于汉魏六朝诗派，以王闿运为首领，陈锐、杨度、谭延闿、曾广钧、程颂万、释敬安等呼应之，大多数由清入民后依旧纵横旧体文场。王闿运认为中国"诗法备于魏、晋，宋、齐但扩充之，陈、隋则开新派矣"③，其价值远高于唐诗，因此"致力于汉魏八代至深"④，力求古雅。这种拟古立场使王闿运饱受争议，其诗被人訾议为"此等死句，殊难索解"。⑤ 虽然陈衍说"湘绮五言古沉酣于汉、魏、六朝者至深，杂之古人集中直莫能辨"⑥，但陈子展认为"王闿运极端地模仿古人，几乎没有'我'在，几乎跳出他所生活的时代的空气以外"。⑦ 至于杨度等人均属王门弟子，其诗作多延续王闿运的复古理念。但曾广钧、程颂万、陈锐后来转向中晚唐诗派，如汪辟疆谓曾广钧《环天室诗》"多沉博绝丽之作"，"致力玉溪"，"所造尤邃"。⑧1917年张勋复辟时，曾广钧有《纥干山歌》一诗记之，颇显其沉丽之风，可见其由汉魏六朝而至中晚唐的诗艺追求。

革新派中的南社和学衡内部也存在唐宋分歧。早在南社成立初期，作为领导人物的柳亚子便对同光体时有贬斥，视同光体诗歌为亡国之

---

① （清）易顺鼎：《读樊山〈后数斗血歌〉作后歌》，《易顺鼎诗文集》（二），陈松青校点，湖南人民出版社，2010，第1122页。
② （清）易顺鼎：《琴志楼诗集》，王飚校点，上海古籍出版社，2012，第1214页。
③ （清）王闿运：《湘绮楼说诗》卷六，载马积高主编《湘绮楼诗文集》（五），岳麓书社，2008，第248~249页。
④ 汪辟疆：《光宣诗坛点将录》，载程千帆原校，张寅彭主编《民国诗话丛编》（五），王培军等校点，上海书店出版社，2002，第320页。
⑤ 姚大荣：《惜道味斋说诗》，载王侃等《校辑近代诗话九种》，王培军、庄际虹校辑，上海古籍出版社，2013，第92页。
⑥ 陈衍：《近代诗钞述评》，载钱仲联编校《陈衍诗论合集》，福建人民出版社，1999，第886页。
⑦ 陈子展：《中国近代文学之变迁 最近三十年中国文学史》，上海古籍出版社，2013，第40页。
⑧ 汪辟疆：《光宣诗坛点将录》，载程千帆原校，张寅彭主编《民国诗话丛编》（五），王培军等校点，上海书店出版社，2002，第349页。

音，因此提倡唐风。而姚鹓雏则在《论诗绝句二十首》中对同光体诗人大加称赞，如评郑孝胥云"海内宫商有正声，瓣香谁为拜诗盟"①，评陈三立云"早年风概越公儿，晚岁津梁老导师"。②及至五四，南社内部成员逐渐站队加入宗唐或宗宋阵营，论争遂扩大至白热化阶段。吴虞、高旭、傅尃纷纷声援柳亚子，认为"诗移于宋，殆气运使然，莫之能强"③，而同光体"托宋派以自救，犹言古文者之必假借桐城以装点门面"。④而胡怀琛、诸宗元、朱玺（鸳雏）、闻野鹤、王无为等则站在宗宋一派立场上，谓："三立、苏戡能为有清季世鸣，有清季世，更无人足与为鸣矣！"⑤在他们看来，诗歌本抒写性灵，不应以时代、身世而论，而柳亚子以人论诗、以政治论诗的标准太过狭隘，闻野鹤更是讽刺其对宋诗派的批评是"执螳蜋以嘲龟龙之诮矣"⑥。后来，柳亚子以南社主任名义先后将朱玺与成舍我驱逐出社，由此导致南社日渐衰落与解体。总体来看，这场论争的焦点在于以不同的评价标准而引发的对同光体宋诗派的争论，且焦点由诗学争论本身转移到诗人的政治取向和道德人格之上，最后演变成双方的攻讦和谩骂。《柳亚子年谱》记载，这场唐宋之争导致柳亚子态度日渐消极，此后不愿再参加社务，再加上社员的分化，南社逐渐衰落，至1923年逐步停顿并解体为新南社与旧南社。

学衡派在改良旧体诗词的同时同样继承了古典诗学传统。但在师法对象上，其内部成员之间也存在唐宋之别。作为沈曾植弟子，胡先骕主要继承的是同光体的诗学资源，与陈三立、沈曾植均来往密切。在《四十年来北京之旧诗人》一文中，胡先骕对同光体诗人的评价明显高于对其他诗人的评价，谓"清末最淹贯之儒宗乃吾师沈乙庵曾植"⑦，"清末执诗坛牛耳者二人，领袖江西派者为陈散原（三立），为闽诗宗主者

① 姚鹓雏：《姚鹓雏文集》（诗词卷），上海古籍出版社，2009，第253页。
② 姚鹓雏：《姚鹓雏文集》（诗词卷），上海古籍出版社，2009，第254页。
③ 傅尃：《说诗一席话》，《长沙日报》1916年8月8日。
④ 吴虞：《与柳亚子书》，《民国日报》1917年4月28日。
⑤ 王无为：《平不平》，《中国新报》1917年8月9日。
⑥ 闻野鹤：《恫簃诗话》，《民国日报》1917年6月24日。
⑦ 胡先骕：《四十年来北京之旧诗人》，载张大为、胡德熙、胡德焜合编《胡先骕文存》（上卷），江西高校出版社，1995，第480页。

则为郑太夷（孝胥）[①]，谈及王闿运则说其"好为大言，不切实际""颇招非议，玩世不恭""专摹拟汉魏六朝及唐人"[②]，论及樊增祥则谓其"以隽才自负，效中晚唐体"[③]。由此可见胡先骕宗宋抑唐之诗学倾向。邵祖平是陈三立弟子，同样持宗宋立场。他盛赞陈三立"志节文章，并负重望于当世"，其诗"严净精刻，学法黄陈，而稍参东野"[④]；对温、李的评价则是"造语自温媚动人，然其弊多流于浮伪"[⑤]。而吴宓在诗学趣味上宗唐，所谓"杜陵忠爱谁能似，千古争传诗史名"，"谁接宣城步盛唐，毫端剑气裹珠光。"[⑥]（《论诗绝句》）他曾谈及与胡先骕在唐宋诗取向上的分歧："胡先骕君为《学衡》社友，与予同道同志，而论诗恒不合。步曾主宋诗，身隶江西派。而予则尚唐诗，去取另有标准，异乎步曾。步曾尝强劝予学为宋诗。"[⑦]在吴宓看来，宋诗雕琢刻饰，搜奇书，用僻典，脱离现实而又生涩，不能谓之诗。这种诗学趣味的分歧进而转变成《学衡》杂志话语权的争夺。吴宓对胡先骕把持"文苑"一栏而专载江西诗派诗人尤不满，称"胡惟事偏袒，且斤斤于江西人之诗，于宓多所责怨"[⑧]，遂愤而另辟"诗录二"一栏，由此形成"诗录一"与"诗录二"两种诗学取向"久久对立、并峙"之局面[⑨]。

诗界革命派则代表了革新派内部超越唐宋之争的第三种声音。他们将诗词改良的途径投向了更为广阔的域外，即康有为所谓"新世瑰奇异

---

① 胡先骕：《四十年来北京之旧诗人》，载张大为、胡德熙、胡德焜合编《胡先骕文存》（上卷），江西高校出版社，1995，第481页。

② 胡先骕：《四十年来北京之旧诗人》，载张大为、胡德熙、胡德焜合编《胡先骕文存》（上卷），江西高校出版社，1995，第477页。

③ 胡先骕：《四十年来北京之旧诗人》，载张大为、胡德熙、胡德焜合编《胡先骕文存》（上卷），江西高校出版社，1995，第477页。

④ 邵祖平：《无尽藏斋诗话》，载王侃等《校辑近代诗话九种》，王培军、庄际虹校辑，上海古籍出版社，2013，第214~215页。

⑤ 邵祖平：《无尽藏斋诗话》，载王侃等《校辑近代诗话九种》，王培军、庄际虹校辑，上海古籍出版社，2013，第201页。

⑥ 吴宓著，吴学昭整理《吴宓诗集》，商务印书馆，2004，第49页。

⑦ 吴宓著，吴学昭整理《吴宓诗话》，商务印书馆，2005，第204页。

⑧ 吴宓：《吴宓日记》（第3册），三联书店，1998，第60页。

⑨ 吴宓：《吴宓自编年谱》，三联书店，1995，第234页。

境生，更搜欧亚造新声"，"意境几于无李杜，目中何处着元明"①（《与菽园论诗兼寄任公、孺博、曼宣》）。金天羽自谓"我诗有汉、魏，有李、杜、韩、苏，有张、王小乐府，有长吉，有杨铁厓，有元、白，有皮、陆，有遗山、青丘，而皆遗貌取神，不袭形似"。②梁启超则感叹："自《三百篇》而汉魏而唐而宋，涂径则既尽开，国土则既尽辟，生千岁后而欲自树壁垒于古人范围以外，譬犹居今世而思求荒原于五大部洲中，以别建国族，夫安可得？诗果有尽乎？"③诗界革命派强调不名一格、不专一体，力图在古典诗歌的基础上别创诗境。这是他们在晚清时期的共同诗学旨趣，也是他们在入民以后，包括在五四新文化运动时期继续坚持的中西融通立场。一方面坚持打破唐宋壁垒，融汇古今；另一方面坚持域外取向，借助外力改良旧诗体。

由此可见，传统诗学的唐宋之争在五四时期仍有回响，不同阵营之间论争的特点和影响不一。同光体、汉魏六朝诗派、中晚唐诗派的分歧，是在时代风气、地缘背景以及诗学趣味影响下形成的，其内在动机都出于对古典诗歌"影响的焦虑"，旨在"自成一派"。论争的结果是宗宋的同光体虽成主流，但呈现出唐宋融合之势。南社内部的唐宋之争因发生在袁世凯称帝之后，带有强烈的政治意味。其诗学之争最后偏离到诗人人格争议，甚至演变成互相攻击谩骂的意气之争，最终导致南社的衰落和解体。及至学衡派，唐宋分歧"大抵是由于个人偏见、亲友师承以及《学衡》杂志内部'诗录'栏目话语权争夺的问题"。④加之学衡派集中于与白话新派诗人的论战，其内部的唐宋之争相对而言就被遮蔽了。

二

自胡适、陈独秀等人揭橥文学革命大旗以后，五四新文学家对保守

---

① 康有为：《康有为集》，郑力民编，广东人民出版社，2018，第322页。
② 金天羽：《天放楼诗文集》，周录祥校点，上海古籍出版社，2007，第1413页。
③ 梁启超：《〈秋蟪吟馆诗钞〉序》，《梁启超全集》（第5册），北京出版社，1999，第2820页。
④ 王彪：《学衡派旧体诗词综论》，博士学位论文，华中师范大学，2018。

的旧文坛正统势力主动发起挑战，由此引发了对旧体诗歌（诗词）、旧体小说（文言小说或章回体小说）、旧体散文（古文和骈文）、旧体戏剧（京剧及地方戏曲）的全面批判。相对于小说、散文和戏剧领域的新旧之争而言，诗歌领域的新旧之争，程度最为激烈，持续时间也最长，甚至至今都是百年中国文学的待解难题。旧体诗词作为中国古典文学谱系中的冠冕，已然成为新文学（新诗）必须强力攻击的最后堡垒。由此导致了五四时期新诗与旧诗之间"水火不相容"的激烈斗争。最终，以胡适为代表的新诗阵营在与旧诗阵营的传统派和革新派的全面论争中取得了胜利，新诗获得了合法地位并占据文坛主流，而旧体诗词从此被主流文学界放逐。

五四时期的旧诗坛，传统派旧诗人几乎占了一半，同光体、汉魏六朝诗派和中晚唐诗派的门人遍布各地，影响极大。因此，新诗阵营的首要矛头便是对准这一批诗人。这主要表现在两个层面：一是攻击其旧诗的空洞虚假，二是诋毁其人格和遗老作风。胡适在美国留学时就经常批判当时的旧诗："晚近惟黄公度可称健者。余人如陈三立、郑孝胥，皆言之无物者也。"[1] 他在《文学改良刍议》《五十年来中国之文学》等文中多次讽刺陈三立等"第一流诗人"模拟古人，"不过为文学界添几件赝鼎耳"。[2] 他甚至干脆宣称："与其作一个作'真诗'、走'大道'，学这个，学那个的陈伯严、郑苏戡，不如作一个实地'试验'，'旁逸斜出'，'舍大道而弗由'的胡适。"[3] 果然，胡适登高一呼，新文学阵营纷纷响应。刘半农认为旧诗专讲声调格律，已成为"假诗世界"，而"近来易顺鼎、樊增祥等人，拼命使着烂污笔墨，替刘喜奎、梅兰芳、王克琴等做斯文奴隶，尤属丧却人格"。[4] 钱玄同也批判这些诗人"什么正经事也不做，只是捧捧戏子，逛逛窑子，上上馆子，做做诗钟，打打灯谜，如

---

① 胡适：《胡适留学日记》（下），安徽教育出版社，2006，第213页。
② 胡适：《寄陈独秀》，载《胡适全集》第1卷，郑大华整理，安徽教育出版社，2003，第2~3页。
③ 胡适：《逼上梁山——文学革命的开始》，《胡适全集》第18卷，沈寂整理，安徽教育出版社，2003，第123~124页。
④ 刘半农：《诗与小说精神上之革新》，《新青年》第3卷第5号，1917年。

此昏天黑地以终余年"。①而俞平伯则指斥此时的旧体诗:"诗里边说的,无非是些皇帝武人优伶妓女这类人物,除了这些,他们便觉得没有诗趣了。"②就连旧体诗词造诣颇深的郁达夫也在私下说过:"近人樊樊山、陈伯严诸人诗则大抵为画虎不成之狗矣。"③冯瘦菊则指明新诗产生的原因之一便是旧诗已堕入末流:"旧体诗到了满清的末年和民国的初年,是腐败到极点了。当时那一般自命为大诗豪老名士骚坛健将的,简直没一个不是挂招牌卖假药的光棍。"④可见传统诗人在五四时期已到了被新诗阵营群体喊打的地步。

不过,这些被批判的旧体诗人几乎没有出来公开回应的,也极少对新诗公开发表看法,但后来者仍旧可以找到一些蛛丝马迹。比如郑孝胥在1924年8月19日日记中写道:"湘潭罗正纬送所著论文一册,其文以礼治结束,却用白话文体。"⑤一个"却"字表露其对白话文不以为然的态度。还有易顺鼎之子易君左,他在五四时期即从事白话诗写作,却遭到父亲及其朋友的责备。⑥但是,传统旧体诗人这种"沉默的对抗"却显示出惊人的韧性的力量。及至30年代,朱右白在谈到当时诗坛的新旧力量时依旧说:"论到目前的诗界,就有两个势力或方向,横着在我们的面前。他们恒居于绝端相反、永远不可调和的地位:一个是注重师法、壁垒深固的江西诗派,一个是专言解放、不讲求作法的白话诗派。前派势力虽未足与后派等量齐观,然在旧诗界维持了领袖的地位垂五十年;陈三立、郑孝胥、陈衍三家皆所谓江西派的诗人,他们门生故旧遍天下,天下之士大夫有不归于杨则归于墨之概。"⑦

旧体诗人中最先公开出来应战的是林纾,不过针对的主要是白话

---

① 钱玄同:《告遗老》,载《钱玄同文集》第2卷,中国人民大学出版社,1999,第100~101页。
② 俞平伯:《社会上对于新诗的各种心理观》,载《俞平伯全集》第3卷,花山文艺出版社,1997,第505页。
③ 郁达夫:《郁达夫文集》第9卷,花城出版社,1981,第313页。
④ 冯瘦菊编著《新诗和新诗人》,上海大东书局,1929,第83页。
⑤ 郑孝胥:《郑孝胥日记》,中华书局,1993,第95页。
⑥ 吴相湘:《易君左与现代新体诗》,载《民国人物列传》(上),东方出版社,2015,第162页。
⑦ 朱右白:《中国诗的新途径》,载叶树勋选编《朱右白文存》,江苏人民出版社,2016。

文运动。他以卫道者身份撰写了一系列文章，宣称白话必须以古文为根底，"无古文安有白话"①，以维护文言的正统地位。其实林纾比较复杂，他翻译小说时用文言，但却用旧体写过很多白话诗，他的旧体诗既有文言也有白话，可谓白话旧体诗中人。真正对新诗直接提出批评的是章太炎，且集中在诗体这一重要问题上。1922年他在江苏讲学时主张"有韵为诗，无韵为文"②的观点，他认为白话诗并非来自西洋，而是自古有之，并且以唐代史思明的打油诗《樱桃诗》为例来讽刺白话诗的鄙俗。曹聚仁质疑其观点有偏激之处："聚仁以为诗与文之分以有韵无韵为准，恐非平允之论。"③次年，章太炎在《答曹聚仁论白话诗》中重申"无韵非诗"的观点，并且表达了对白话新诗的不满："日本佛教徒之奉真宗者，食肉娶妻而自称和尚。犹今知为新诗者，废音律规则而自称为诗。"④刘半农和茅盾均对章太炎的"唯韵论"表示过反对，认为这是一种极端的形式主义。梁启超虽不反对白话诗，但是对新青年们极端排斥文言的"唯白话论"深表担忧，同时对白话诗实践过程中的技术问题以及达到的诗意效果持怀疑态度。他说："就技术方面论，却很要费一番比较研究。我不敢说白话诗永远不能应用于最精良的技术，但恐怕要等到国语经几番改良蜕变以后。"⑤

新诗群体与南社的论争，可以追溯到胡适在美国与梅光迪、任叔永等人关于白话诗的论辩，而当时国内南社内部正如火如荼地开展唐宋之争。胡适在美国提出"文学革命"和"诗国革命"的主张，遭到梅光迪、任叔永等人的反对，在你来我往的笔战中，彼此的意见始终不能统一。当时梅光迪、任叔永、胡先骕、杨杏佛等人都为南社社员，因此胡适便常以南社诗歌为反面例子进行批判。1916年2月2日胡适致信任叔

① 林纾：《论古文白话之相消长》，载赵家璧主编《中国新文学大系·文学论争集》，上海良友出版公司，1935，第81页。
② 章太炎讲演《国学概论》，曹聚仁记录，巴蜀书社，1987，第83页。
③ 曹聚仁：《讨论白话诗》，载章太炎《国学概论》，巴蜀书社，1987，第123页。
④ 章太炎：《答曹聚仁论白话诗》，《华国月刊》第1卷第4期，1923年12月15日。
⑤ 梁启超：《〈晚清两大家诗钞〉题辞》，载《梁启超全集》第17卷，北京出版社，1999，第4929页。

永云："适以为，今日欲救旧文学之敝，须先从涤除'文胜'之敝入手。今日之诗（南社之诗即其一例）徒有铿锵之韵，貌似之辞耳。其中实无物可言。"①6月下旬，胡适收到杨杏佛的一首白话诗《寄胡明复》，认为该诗"胜南社所刻之名士诗多多矣"。②他还在《答梅觐庄》一诗的结尾说："诸君莫笑白话诗，胜似南社一百集。"③可见胡适几乎将南社的文学贬得一文不值。

值得注意的是，梅光迪等人虽为南社成员，但对南社诗歌的看法与胡适基本一致。任叔永就曾致信胡适，认为"南社一流人，淫滥委琐，亦去文学千里而遥"。④他还致信柳亚子，以"仆本不文""对祖国文字之时绝稀"⑤为由婉拒其邀稿。而其时同样致力于文学革新的梅光迪也坦言南社诗人作诗"开口燕子、流莺、曲槛、东风等毫无意义，徒成一种文字上之俗套（Literary Convention）而已，故不可不摒去之（以上为破坏的）"。⑥其实，梅、任与胡适之间的真正分歧在于诗歌的语言，即白话能否作诗这一问题上。胡适的文学改良之法是力主以白话作诗、作文、作戏曲、作小说，梅光迪等人虽也能认同以白话作小说、作戏曲，甚至作文，但坚决反对以白话作诗。1916年7月24日，任叔永和梅光迪均致信胡适表达对白话入诗的反对，任叔永认为白话有其用处，可以作小说、演讲，"然不能用之于诗"；梅光迪则说："文章体裁不同，小说、词曲固可用白话，诗文则不可。"⑦他与胡适一样认为文学需要革新，但他不赞同胡适激进的"革命"态度，更反对以白话代替文言。

真正对胡适批判南社产生极大不满的人是柳亚子。1916年8月胡

---

① 胡适：《致任鸿隽》，载《胡适全集》第23卷，安徽教育出版社，2003，第94页。

② 胡适：《胡适留学日记》（下），安徽教育出版社，2006，第244页。

③ 胡适：《胡适留学日记》（下），安徽教育出版社，2006，第260~261页。

④ 任叔永：《致胡适》，转引自杨天石、王学庄编著《南社史长编》，中国人民大学，1995，第425页。

⑤ 任叔永：《与柳亚子书》，转引自林香伶《南社文学综论》，（台北）里仁书局，2009，第559页。

⑥ 梅光迪：《梅光迪致胡适》，载中华梅氏文化研究会编《梅光迪文存》，华中师范大学出版社，2011，第545页。

⑦ 梅光迪：《致胡适四十六通》，载中华梅氏文化研究会编《梅光迪文存》，华中师范大学出版社，2013，第542页。

适致信陈独秀，对《青年杂志》（后改为《新青年》）登载谢无量旧体诗并推举其为"希世之音"颇不以为然。在这封信中，胡适阐述了自己文学革命的"八事"主张，并再次批判南社文学的腐败："如南社诸人，夸尔无实，滥而不精，几无足称者。"①此信后来公开发表在同年10月1日的《新青年》第2卷第2号上，显然是对南社的公开宣战。柳亚子看到胡适不仅对南社大加批判，更将陈三立、郑孝胥等同光体诗人置于南社诗人之上，相当愤愤不平，于是反击道："胡适自命新人，其谓南社不及郑、陈，则犹是资格论人之积习。南社虽程度不齐，岂竟无一人能摩陈、郑之垒而夺其整弧者耶？又彼倡文学革命，文学革命非不可倡，而彼之所言，殊不了了，所作白话诗，直是笑话。"②可见柳亚子对新诗的批判，首先是因胡适对南社和同光体的"区别对待"而引起的，彼时柳亚子在南社正对同光体大加讨伐，见胡适将同光体置于南社之上，自然心生怨气。1936年柳亚子致信曹聚仁，谈及此事依然耿耿于怀："我以为南社文学，在反清反袁上是不无微劳的。不过它不能领导文学界前进的潮流，致为'五四'以后的《新青年》所唾弃，这也是事实。然而，像胡适之论南社，以'淫滥'二字一笔抹杀，反而推崇海藏之流，我自然也不大心服。"③此外，对于白话诗，柳亚子的看法和梅光迪类似，即坚决反对白话入诗。他在给杨杏佛的信中申明，文学革命须有一个限度："予谓文学革命，所革当在理想，不在形式。形式宜旧，理想宜新，两言尽之矣。又诗文本同源异流，白话文便于说理论事，殆不可少；第亦宜简洁，毋伤支离。若白话诗，则断断不能通。"④成舍我、吴虞也相继声援柳亚子，称白话诗只能算是"打油诗"。

1917年南社内部的唐宋之争达到高潮，此后便跌入衰落期，柳亚子已无暇再顾及与新诗人的论战。倒是1920年胡适的《尝试集》出版后，南社成员胡怀琛发表《〈尝试集〉批评》《〈尝试集〉正谬》等文章，

---

① 胡适：《寄陈独秀》，载《胡适全集》第1卷，郑大华整理，安徽教育出版社，2003，第2页。
② 柳亚子：《与杨杏佛论文学书》，《民国日报》1917年4月27日。
③ 柳亚子：《致曹聚仁》，载曹聚仁《天一阁人物谭》，三联书店，2007，第145页。
④ 柳亚子：《与杨杏佛论文学书》，《民国日报》1917年4月27日。

由此引发了一场新旧诗人关于《尝试集》优劣的争论。胡怀琛强调他的焦点不在文言与白话，也不在新体和旧体，而在"诗好不好的问题"[①]。他以改诗的方式指出《尝试集》在押韵和音节上的问题，并认为胡适的诗缺乏诗意和诗美，不是"好诗"。胡怀琛的批评从诗体要素出发，其与胡适的根本分歧在于诗歌评价标准不同。他以"新派"姿态来对胡适的新诗发起挑战，试图以"新派诗说"创造出不同于胡适等人白话诗的另一种"新诗"。其《大江集》便是这一诗学观念的实践，但大体仍不出旧体诗范围。其时，与胡适、徐志摩交好的南社老社员汪精卫同样对新诗的音节表示质疑，他说自己"狠知道新诗的好处"，但因为"不曾感悟到新诗应有的新音节"[②]，所以只写作旧诗。

总体观之，"南社诸人多治旧体诗，对于新体诗意见尚未一致"。[③]梅光迪、胡先骕等人坚决反对新诗，为后来学衡派的诞生埋下伏笔。汪精卫主张新旧两体可以并行。柳亚子作为南社的中心人物，则经历了由反对白话新诗到组织新南社、为新诗辩护的转变。而和柳亚子关系密切的林庚白到了 30 年代依然反对白话新诗，认为其不过是剽窃欧美的"洋试帖"[④]。胡怀琛则"另辟蹊径"，以"新派诗"与胡适等人的白话新诗相抗衡，试图在新旧交织的文坛中争夺"新诗"的发明权。[⑤] 而实际上，晚清诗界革命派就已经在以"新诗""新体诗""新派诗""新学诗"等口号标榜其创作的诗歌了，可见最初的"新诗"发明权属于晚清诗界革命派，而后来的五四新诗最初是以"白话诗"问世的，但由于白话与文言的差异还不足以区别新体与旧体，五四新诗遂逐渐在新文学运动中以"新诗"的名义定格。胡怀琛以"新派诗"名义抢夺"新诗"冠名权不可能成功，因其"新派诗"与晚清诗界革命派一脉相承。

① 胡怀琛编辑《〈尝试集〉批评与讨论》，上海泰东图书局，1923，第 1 页。
② 徐志摩：《西湖记》，载《徐志摩全集》第 5 卷，天津人民出版社，2005，第 283 页。
③ 曼昭、胡朴安：《南社诗话两种》，杨玉峰、牛仰山校点，中国人民大学出版社，1997，第 74 页。
④ 林庚白：《孑楼诗词话》，载张寅彭主编《民国诗话丛编》（六），张寅彭等校点，上海书店出版社，2002，第 128 页。
⑤ 姜涛：《"为胡适改诗"与新诗发生的内在张力——胡怀琛对〈尝试集〉的批评研究》，《北京师范大学学报》（哲学社会科学版）2003 年第 6 期。

与南社或同光体、汉魏六朝诗派、中晚唐诗派、诗界革命派等旧诗群体不同，学衡派就是为了反拨新文化和新文学运动而诞生的，二者之间的论争也最为激烈。从时空来看，在 1922 年学衡派正式诞生之前，学衡派主要成员梅光迪、吴宓、汪懋祖、汤用彤、陈寅恪等就在美国以哈佛大学为中心形成了一个反拨新文化与新文学运动的新保守主义团体，以《留美学生季报》为阵地发表对新文化与新文学的"异见"。后来，胡先骕、梅光迪、吴宓等人均到南京高师—东南大学任教，学衡派主要成员终于合流，开始实践之前在美国"拟对胡适作一全盘之大战"[①]的计划。1922 年《学衡》创刊，学衡派作为一个新保守主义流派正式登上历史舞台。《学衡》旨在"昌明国粹、熔化新知"，主张在传承与创造中国现代文化的过程中融汇古今、中西会通。他们并不反对西学，但反对白话新文学和新诗。他们基本延续"诗界革命"之轨迹，大力倡导革新传统旧体诗词，其中，尤以对白话新诗的反对最为激烈。大体而言，学衡派主要从语言、诗体和文化取向三个层面对新诗发起反攻。

首先，在语言层面，学衡派诗人反对白话入诗，坚持文言为诗歌语言的正宗。吴宓开始对白话文运动相当反感，在日记中多有谩骂之语。其日记还记载有陈寅恪私下与他谈及白话文学"倒行逆施，贻毒召乱，益用惊心"[②]。稍后吴宓认为小说、戏剧有用白话的可能，但其他文体都必须采用文言，否则便是斩断了文学的"源流和根株"[③]。胡先骕在《学衡》创刊之前就在《东方杂志》上发表《中国文学改良论》，对胡适、陈独秀等人的文学革命提出批评，认为新派以白话推倒文言简直是"鲁莽灭裂之举"[④]，并以刘半农、沈尹默的诗歌为例，说明白话诗在传情达意上远不如古典诗歌。罗家伦则驳斥道："我以为白话文是最能有想象，感情，体性以表现和批评人生的，最能传布最好的思想而无阻碍的。"[⑤]

---

① 吴宓:《吴宓自编年谱》，吴学昭整理，三联书店，1995，第 177 页。

② 吴宓:《吴宓日记》（第 2 册），吴学昭整理，三联书店，1998，第 129 页。

③ 吴宓:《论今日文学创作之正法》，《学衡》第 15 期，1923 年。

④ 胡先骕:《中国文学改良论》，载张大为、胡德熙、胡德焜合编《胡先骕文存》（上卷），江西高校出版社，1995，第 1 页。

⑤ 罗家伦:《驳胡先骕君的〈中国文学改良论〉》，《新潮》第 1 卷第 5 期，1919 年 5 月。

后来，胡先骕不得不有所妥协，认为"白话之能表现美感与情韵，固可用之作诗"，"然文言尤为重要也"①。这意味着他最终还是偏向于文言作诗，至于白话诗，不过是有条件的认可。

其次，在诗体上，自由体与格律体之争是双方无法调和的矛盾。吴宓在日记中云："尝与友人谈，谓今日诗文，均非新理想、新事物不能成立；而格律辞藻，则宜取之旧。"②胡先骕在《评〈尝试集〉》中则从句法、用韵、对仗等多个方面论证格律体为诗歌最佳之体裁。他认为中国古典诗歌的诗体经过漫长的发展已达完备，而新诗不讲押韵和对仗，反而有失自然和谐之美感。他说："中国诗以五言古诗为高格诗最佳之体裁，而七言古、五七言律绝与词曲为其辅。如是则中国诗之体裁既已繁殊，无论何种题目何种情况皆有合宜之体裁，以为发表思想之工具。不至如法国诗之为亚历山大体所限，尤无庸创造一种无纪律之新体诗以代之也。"③邵祖平也指出新诗自由体的弊端："句之长短，既难一定，韵之有无，亦不一致，可诵者既不多见，而狡者率割旧诗词头，砌入篇幅，友人戏呼之为'百衲诗'。"④

最后，语言和诗体分歧的背后，是中西文化传统取向的背道而驰。事实上，学衡派并不排斥学习西方文化，但是他们对新文化运动模拟西方尤为不满。吴宓在日记中就对西方的启蒙运动多有批判，而中国"今日步趋欧美，其恶俗缺点，吸取尤速"⑤。因此，学衡派主张以儒家孔孟之道为根本，辅之以西方的新人文主义，最终达到发扬国粹的目的。诗歌亦是如此，吴宓认为"中国今日之新体白话诗，实暗效美国之自由诗"⑥，并不值得推崇，要真正做到诗歌改良还须返古开新。胡先骕同样

---

① 胡先骕：《评〈尝试集〉》，载张大为、胡德熙、胡德焜合编《胡先骕文存》（上卷），江西高校出版社，1995，第42~43页。

② 吴宓：《吴宓日记》（第1册），吴学昭整理，三联书店，1998，第407页。

③ 胡先骕：《评〈尝试集〉》，载张大为、胡德熙、胡德焜合编《胡先骕文存》（上卷），江西高校出版社，1995，第33页。

④ 邵祖平：《无尽藏斋诗话》，载王侃等《校辑近代诗话九种》，王培军、庄际虹校辑，上海古籍出版社，2013，第182页。

⑤ 吴宓：《吴宓日记》（第2册），吴学昭整理，三联书店，1998，第27页。

⑥ 吴宓：《论新文化运动》，《学衡》第4期，1922年4月。

指出模仿西方正是导致文学堕落的元凶，在他看来，要创造真正的新文学，"必浸淫于古籍尽得其精华，而遗其糟粕"。[①] 吴芳吉则说："我对于现在的白话诗，以为他受的西洋的影响，可说他在诗史上添了一个西洋体。"[②] 但他认为这种西洋体同样生出许多无病呻吟之作，并不能真正解决诗歌发展中的问题。因而他的设想是："余之于诗，欲以中国文章优美之工具，传述中国文化固有之精神。"[③]

面对学衡派的"反动"，新文学家阵营中，周作人、鲁迅、胡适、茅盾等人纷纷进行反击。与学衡派的洋洋洒洒和正襟危坐相比，新文学家们并未将他们的攻讦放在眼里，大多以嘲讽油滑的态度对其观点进行反驳。如周作人认为胡先骕对新诗的评价"聋盲吾国人"[④]，胡适在打油诗中讽刺《学衡》是"一本《学骂》"[⑤]，鲁迅更是讽刺学衡派的主张自相矛盾，"'衡'了一顿，仅仅'衡'出了自己的铢两来，于新文化无伤，于国粹也差得远"。[⑥] 胡适干脆一锤定音："文学革命已过了讨论的时期，反对党已破产了。"[⑦] 沈卫威指出，学衡派失败的原因在于"他们自身缺乏创造性"和"固执地使用文言"。[⑧] 但实际上，学衡派与新诗人之间的争论存在时间与空间上的错位。当文学革命兴起之时，学衡派成员大多在海外，虽有反对之声，但难以对国内的革命之势形成威胁。到1922年学衡派的力量终于在国内集结时，文学革命之火已成燎原之势，成为无法阻挡的历史必然。

---

① 胡先骕：《中国文学改良论》，载张大为、胡德熙、胡德焜合编《胡先骕文存》（上卷），江西高校出版社，1995，第5页。
② 吴芳吉：《提倡诗的自然文学》，载《吴芳吉全集》（上），傅宏星编校，华东师范大学出版社，2014，第306页。
③ 吴芳吉：《〈白屋吴生诗稿〉自序》，载《吴芳吉全集》（上），傅宏星编校，华东师范大学出版社，2014，第485页。
④ 周作人：《评〈尝试集〉匡谬》，《晨报副刊》，1922年2月4日。
⑤ 胡适：《日记（一九二二）》，载《胡适全集》第29卷，曹伯言整理，安徽教育出版社，2003，第509页。
⑥ 鲁迅：《估〈学衡〉》，载《鲁迅全集》第2卷（编年版），人民文学出版社，2014，第272~273页。
⑦ 胡适：《五十年来中国之文学》，载《胡适全集》第2卷，郑大华整理，安徽教育出版社，2003，第342页。
⑧ 沈卫威：《"学衡派"文化理念的坚守与转变》，《文艺研究》2015年第9期。

综上所述，旧诗群体从大体沉默到被迫反击，再到主动进攻，讨论的焦点也逐渐从语言到诗体，再到文化取向，由此，新旧两大诗歌群体之间的论争愈加白热化，呈现出百家争鸣之势。这也成了后人回望五四时不能回避也不能简化的一道独特的历史风景线。

三

曹聚仁曾言："新文学集团的九个重要领袖，彼此之间并不十分和谐，诚所谓'文人相轻，自古而然'也。"[1]此言非虚，但这种"不和谐"不仅仅指人际关系，折射的更是政治、文化及文学观念的差异。就诗歌而言，新诗人在一致"破旧"的同时，对于如何"立新"路径不一。胡适、俞平伯、康白情等早期白话诗人倡导以白话替代文言、打破一切作诗束缚的诗体大解放，以"工具革命"来实现"启蒙"的历史使命；郭沫若的《女神》以狂飙突进的精神和大胆的想象，赋予了新诗"自由的灵魂"，"让自由体新诗飞升到一个新的境界"[2]；冰心的"小诗"则以短小精简的体式和哲理化倾向轰动一时，代表了新诗发展的一个新取向。但是，一方面他们代表着新诗的累累硕果而备受赞誉，另一方面，以闻一多、梁实秋、成仿吾为代表的另一种"新青年"则对其进行了批评。围绕着这些新诗集而产生的争论，体现的是新诗建设中"新"之含义的不断深化以及新诗建设在"新"与"旧"两种观念之间的游移与调适。大体而言，新诗群体内部的新旧之争主要表现在三个方面：一是散文体（自由体）与新格律体的分歧，二是新诗人对中西传统的态度差异，三是新诗人自身的新旧二重属性。

首先，在诗歌文体上，散文体（自由体）与新格律体构成了另一种新旧之别。从"文的形式"入手，以"白话"为工具，寻求"诗体大解放"，承担启蒙的历史使命，这是胡适、周作人、俞平伯、康白情等早

---

① 曹聚仁：《徐志摩笔下的郭沫若》，载《天一阁人物谭》，三联书店，2007，第128页。

② 於可训：《新诗史论 白话诗论稿》，载《於可训文集》第2卷，长江文艺出版社，2018，第112页。

期白话诗人诗歌创作与批评的"金科玉律"。胡适认为要实现"诗体大解放"必须彻底摆脱格律的束缚，打破旧诗词固定整齐的句式，不限制字数和行数，这样才能容纳"丰富的材料"、"精密的观察"、"高深的理想"和"复杂的感情"[①]，真正实现表达的自由。因此他提出："打破五言七言的诗体，并且推翻词调曲谱的种种束缚；不拘格律，不拘平仄，不拘长短；有什么题目，做什么诗，诗该怎么做，就怎样做。"[②]这种"作诗如作文"的主张得到早期白话诗人的一致认同。周作人在《古诗今译》中提出："口语作诗，不能用五七言，也不必定要押韵；止要照呼吸的长短作句便好。"[③]此即他心中的"自由诗"。他又在《小河》序中写道："有人问我诗是什么体，连自己也回答不出。法国波特来尔（Baudelaire）提倡起来的散文诗，略略相像，不过他是用散文格式，现在却一行一行的分写了。"[④]文学研究会诗人群在胡、周观念的基础上继续拓展诗歌散文化的道路。郑振铎从西方诗人对诗的定义出发，打破传统"无韵非诗"观念，认为诗歌的要素在于情绪、想象、思想和形式，"而且散文诗的成绩也足以说明散文绝非不能为表现诗的情绪与想象的工具。——也许表现地比韵文还活泼，还完全呢！"[⑤]这就更加明确了新诗散文化的道路。

但是，这一散文化的诗歌主张所导致的诗歌节奏、诗意的缺乏以及诗歌文体的混乱也备受质疑。创造社的成仿吾认为胡适、康白情、俞平伯、周作人等人的早期白话诗"大抵是一些浅薄无聊的文字"，"是一些鄙陋的噜音"，并且"没有丝毫的想象力"。[⑥]如说胡适的《尝试集》只是"文字的游戏"，"没有一首是诗"[⑦]，康白情的《草儿》随意分行，没

---

① 胡适:《谈新诗——八年来的一件大事》,载《胡适全集》第1卷,郑大华整理,安徽教育出版社,2003,第160页。
② 胡适:《谈新诗——八年来的一件大事》,载《胡适全集》第1卷,郑大华整理,安徽教育出版社,2003,第164页。
③ 周作人:《古诗今译》,《新青年》第4卷第2号,1918年2月15日。
④ 周作人:《小河·序》,《新青年》第6卷第2号,1919年2月15日。
⑤ 郑振铎:《论散文诗》,载《郑振铎全集》第3卷,花山文艺出版社,1998,第430页。
⑥ 成仿吾:《诗之防御战》,《创造周报》第1号,1923年5月13日。
⑦ 成仿吾:《诗之防御战》,《创造周报》第1号,1923年5月13日。

有诗意等。新月派的梁实秋认为康白情的《草儿》"只有一半算得是诗，其余一半直算不得是诗"[1]，其原因便是部分诗篇只能算日记或者记叙文，而缺乏诗的情感。此外，梁实秋还认为《草儿》大部分不合诗的音节，因为"诗的句法，因为音节的关系，当然是不能和散文一样的呆板平直"。[2]闻一多同样批评胡适的"自然音节论"。他说："胡适之先生自序再版《尝试集》，因为他的诗由词曲的音节进而为纯粹的'自由诗'的音节，很自鸣得意。其实这是很可笑的事。"因为"所谓'自然音节'最多不过是散文的音节，散文的音节当然没有诗底音节那样完美"。[3]在他看来，格律之功用犹如诗人戴着镣铐跳舞，能增加诗歌的美感。"诗的所以能激发情感，完全在它的节奏，节奏便是格律。"[4]由此他提出诗的节奏有内外之别，内部即"韵律"，外部即诗的韵脚和诗节。陆志韦的《我的诗的躯壳》同样指向当时新诗坛的自由体诗风："自由诗有一极大的危险，就是丧失节奏的本义。"[5]在他看来，"节奏"和"韵"是诗歌最重要的两个质素，因此他的设想是对传统格律进行现代改造，即破四声、押活韵、舍平仄而采抑扬等。这与刘半农早期提出的破坏旧韵、重造新韵的主张[6]是相通的。刘梦苇也强调新诗的音韵问题，提出要创造"新的形式和格调"。[7]此外、朱湘、徐志摩、饶孟侃等新月派诸将都在新诗的格律问题上进行了思考和探索。

不难看出，早期白话新诗派提出的"作诗如作文"的散文化（自由体）主张，虽然实现了诗体的大解放，但是也因随意分行、句式不定、不押韵等导致了新诗在形式感上的缺失，诗与文的界限随之变得模糊。

---

① 梁实秋:《〈草儿〉评论》，载诸孝正、陈卓团编《康白情新诗全编·附录》，花城出版社，1990，第272页。

② 梁实秋:《〈草儿〉评论》，载诸孝正、陈卓团编《康白情新诗全编·附录》，花城出版社，1990，第274页。

③ 闻一多:《〈冬夜〉评论》，载《闻一多全集 文艺评论·散文杂文》第2卷，唐达晖整理，湖北人民出版社，1993，第64页。

④ 闻一多:《诗的格律》，载《闻一多全集 文艺评论·散文杂文》第2卷，唐达晖整理，湖北人民出版社，1993，第138~139页。

⑤ 陆志韦:《我的诗的躯壳》，载《渡河》，亚东图书馆，1923，"自序"第17页。

⑥ 刘半农:《我之文学改良观》，《新青年》第3卷第3号，1917年5月1日。

⑦ 刘梦苇:《中国诗底昨今明》，《晨报副刊》，1925年12月12日。

所以，散文化或自由体的新诗很快就遭到了新诗阵营内部的质疑，沦为更新一代的诗人及其新型新诗所要超越的旧对象。五四新诗阵营内部的新旧之争由此可见一斑。正是为了解决早期白话新诗的本体形式问题，以闻一多、梁实秋等人为代表的新月派诸将发起新格律诗运动，试图将新诗的诗体在自由与规范之间取得一种艺术平衡。这种新诗格律化倾向构成了对早期白话新诗的散文化或自由体倾向的艺术反拨，由此实现了五四白话新诗对中国古典诗词格律传统的另一种艺术回归。

其次，新诗内部的新旧之争还表现在不同诗人如何看待传统这一问题上。众所周知，新诗的发生与建构是在中外文学传统的合力下进行的，但是在五四这样一个新旧过渡时代，诗人们对于中外文学传统的态度是有差异的。在新诗发生期，以胡适为代表的早期白话诗人为了彻底摆脱旧诗词的影响，走的是欧化的路径。胡适在《文学改良刍议》中以历史进化之眼光提出欲造中国今日之文学，"不必摹仿唐宋，亦不必摹仿周秦"[①]。他将文言认定为"死文字"，主张作诗要打破古人的一切束缚，"惟作我自己的诗"。[②]胡适在留学日记中曾摘录美国意象派诗歌的六个信条，其文学革命"八事"与这六个信条高度相似。胡适正是从意象派诗歌中"获取了'自由观念'与形态，找到了反抗中国诗歌传统的路径"。[③]他在《谈新诗》中同样以国外诗歌的变革发展引出其诗体解放的主张，可见其对西方文学传统的青睐。郭沫若在《我的作诗的经过》中明确表示其诗的觉醒与外国诗人匡伯伦、朗费洛有关，此后泰戈尔、歌德、惠特曼等都对其诗歌创作产生了巨大影响。他称"惠特曼的那种把一切的旧套摆脱干净了的诗风和五四时代的暴飙突进的精神十分合拍"[④]，《女神》中诸多诗篇也由此产生。郁达夫认为新诗"完全脱离旧

---

① 胡适:《文学改良刍议》，载《胡适全集》第 1 卷，郑大华整理，安徽教育出版社，2003，第 6 页。

② 胡适:《文学改良刍议》，载《胡适全集》第 1 卷，郑大华整理，安徽教育出版社，2003，第 7 页。

③ 罗义华:《胡适、闻一多与意象派关系比较论》，《外国文学研究》2013 年第 2 期。

④ 郭沫若:《我的作诗的经过》，载《郭沫若全集·文学编》第 16 卷，人民文学出版社，1982 年，第 216 页。

诗的羁绊自《女神》始"①，张资平称《女神》"确有一种特征，这特征就是能同化 Goethe，Schiller，Heine，Byron，Browning 等各专有的特色于一炉"。②正因如此，与早期白话新诗还戴着旧词曲的调子相比，郭沫若那种狂飙突进的"动"的特质使他"根本上异于我国往古之诗人"③。至于流行一时的"小诗"，虽与《女神》差不多同时出现，但其产生则深受日本俳句和印度泰戈尔诗歌的影响。

可见新诗的发生与发展格外倚重外国文学传统，从语言到诗体，再到诗歌内在精神，无一不打上域外深刻烙印，"崇外抑中"也成为新诗草创期的主导倾向。但随后的年轻诗人则对新诗的欧化倾向进行纠偏，强调本土传统的重要性，寻找建设中国化新诗的道路。如梁实秋 1926 年 3 月 25 日在《晨报副镌》发表的《现代中国文学之浪漫的趋势》一文，以新人文主义立场对中国新文学的浪漫主义思潮做了反思和批判，其观点与学衡派更为相近。他认为新文学运动以本土为旧、外国为新的主张十分盲目，新诗不论体裁还是艺术都日趋洋化，"我们所谓的新诗就是外国式的诗"。"试取近年来的新诗以观，在体裁方面一反'绝句'、'律诗'、'排韵'等旧诗体裁，所谓新的体裁者亦不是'古诗'、'乐府'，而是'十四行体'、'俳句体'、'颂赞体'、'巢塞体'、'斯宾塞体'、'三行连锁体'，大多数采用的'自由诗体'。写法则分段分行，有一行一读，亦有两行一读，这是在新诗的体裁方面很明显的露出外国的影响。"④至于闻一多，他虽然在《〈女神〉之时代精神》中肯定了郭沫若迥异于旧诗的"新"的时代精神，但也撰文对其"地方性"传统的缺失进行了批评。闻一多认为郭沫若的诗歌从形式到精神都十分欧化，甚至连笔下的东方人物都打上了西方烙印。他就此批判新诗的欧化倾向："现在的一般新诗人——新是作时髦解的新——似乎有一种欧化底狂癖，他们的创

---

① 郁达夫：《〈女神〉之生日》，载《郁达夫文集》第 5 卷，花城出版社，1982，第 129 页。

② 张资平：《致读〈女神〉者》，《时事新报·文学旬刊》第 34 期，1922 年 4 月 11 日。

③ 闻一多：《〈女神〉之时代精神》，载《闻一多全集 文艺评论·散文杂文》第 2 卷，唐达晖整理，湖北人民出版社，1993，第 111 页。

④ 梁实秋：《现代中国文学之浪漫的趋势》，载《浪漫的与古典的》，新月书店，1928，第 8~9 页。

造中国新诗底鹄的，原来就是要把新诗做成完全的西文诗。"① 他在给朋友的英文信中指出中国的新文学运动欧化色彩太浓厚，尤其不满胡适文学革命的"八不主义"对美国意象派诗歌主张的模仿。② 在闻一多看来，真正的新诗"不但新于中国固有的诗，而且新于西方固有的诗"，即"做中西艺术结婚后产生的宁馨儿"。③

成仿吾对"小诗"的批评与闻一多之批评郭沫若有异曲同工之妙。他指出："和歌与俳句，在日本早已成了过去的骨董，正犹如我们的律诗与绝句。周君把它们介绍了过来，好象是日本的新诗的样子，致使我们多少羽翼未丰的青年，把它们当做了诗的王道，终于把我们的王宫任它蹂躏了。"④ 在成仿吾看来，虽然"小诗"所借鉴的是外国诗学资源，但在其发源地，它就和中国的古诗一样属于"老古董"，因此谈不上真正的创新。真正的创新绝不是简单的外国诗体的横向移植，而是立足中国诗体的改造或创造。考虑到成仿吾终生并未放弃旧体诗写作，后人即能明白他当年倡导一场诗歌"防御战"的苦心。其实，综观成仿吾、梁实秋、闻一多等人对新诗的批评，核心是整个新诗发展中对中外传统的取舍与调和。显然，在新旧之争的新语境下，新文学在与传统决裂的同时，欧化"既是创造汉语的重要资源，也是新文学主要的表达方式"。⑤但以闻一多为代表的新月派诸将仍旧对新诗的欧化倾向进行了大胆的批判与反思。刘梦苇认为五四文学革命虽然使新诗"摆脱了古人的束缚"，但不久就"重新入了西洋人的圈套"，因此主张"创造中国之新诗"。⑥饶孟侃在《感伤主义与创造社》中指出，创造社诗人因过于受西方文学影响而造成了感伤主义的泛滥。可见新月派发起新格律诗运动，除了纠

① 闻一多:《〈女神〉之地方色彩》，载《闻一多全集 文艺评论·散文杂文》第 2 卷，唐达晖整理，湖北人民出版社，1993，第 118 页。
② 参见闻一多《致亲爱的朋友们（八月二十七日）》，载《闻一多全集 书信·日记·附录》第 12 卷，闻立雕、闻铭、王克私整理，湖北人民出版社，1993，第 55~56 页。
③ 闻一多:《〈女神〉之地方色彩》，载《闻一多全集 文艺评论·散文杂文》第 2 卷，唐达晖整理，湖北人民出版社，1993，第 118 页。
④ 成仿吾:《诗之防御战》，《创造周报》第 1 号，1923 年 5 月 13 日。
⑤ 王本朝:《欧化白话文在质疑和试验中成长》，《文学评论》2014 年第 6 期。
⑥ 刘梦苇:《中国诗底昨今明》，《晨报副刊》1925 年 12 月 12 日。

正新诗散文化或自由体带来的弊端，也是要反拨新诗的欧化倾向，试图将中西文化与文学传统融合，引领新诗走中国化道路。

最后，新诗人"勒马回缰作旧诗"的现象也体现了其自身的新旧二重属性。胡适在文学革命之初立志"自此以后，不更作文言诗词"[①]，但后来依然没有放弃旧体诗词写作。在沈尹默创作的诗歌中，约310首旧诗、100首词及1首散曲小令，新诗只有16首，且1920年后再无新诗面世，他转向了旧诗。1925年穆木天致信周作人谈及沈尹默的"新古典"思想，说："记得一天沈先生向我们说：'中国把自己已有的好东西完全扔掉，去费无益的精力去找反倒不及旧的新的同样的东西，未免太不经济了。我们吸收古典中好的东西，我们接得前人的足迹往前去创造。'"[②]周作人在《〈扬鞭集〉序》中同样谈到沈氏的这种转变："尹默早就不做新诗了，把他的诗情移在别的形式上表现，一部《秋明集》里的诗词即是最好的证据。尹默觉得新诗的口语与散文格调不很能亲密地与他的情调相合，于是转了方向去运用文言，但是他驾驭得住文言的，所以文言还是听他的话，他的诗词还是现代的新诗，它的外表之所以与普通的新诗稍有不同者，我想实在只是由于内含的气分略有差异的缘故。"[③]1921年闻一多也曾在《古瓦集》自序中说："这时已经作了白话散文，文言诗都还舍不得丢掉。"[④]次年其《律诗底研究》完稿，坦承律诗的价值"历万代而不泯也"[⑤]。1925年闻一多致信梁实秋，承认近来诗风有剧变，并附《废旧诗六年矣。复理铅椠，纪以绝句》："六载观摩傍九夷，吟成缺舌总猜疑。唐贤读破三千纸，勒马回缰作旧诗。"这标志着其向传统的回归。朱自清也曾对旧体诗持激烈反对态度，但1922年以后又开始创作旧体诗，并与黄节、吴宓等旧诗人来往密切，后辑有

① 胡适:《致任鸿隽》，载《胡适全集》第23卷，耿云志、欧阳哲生整理，安徽教育出版社，2003，第108页。

② 参见郦千明编著《沈尹默年谱》，上海书画出版社，2018，第178页。

③ 周作人:《〈扬鞭集〉序》，载鲍晶编《刘半农研究资料》，天津人民出版社，1985，第269页。

④ 闻一多:《古瓦集》，陕西人民教育出版社，1999，"序"。

⑤ 闻一多:《律诗底研究》，载《闻一多全集 文学史编·周易编·管子编 璞堂杂业编·语言文字编》第10卷，袁謇正整理，湖北人民出版社，1993，第166页。

《敝帚集》和《犹贤博弈斋诗钞》。

事实上，这一"勒马回缰作旧诗"的现象在新文学作家中非常普遍。由此可见，新诗人对旧体诗词的创作态度及价值评判是矛盾的。一方面，他们认为旧诗在五四时代已属于"过去的历史"；另一方面，他们骨子里却无法放弃这片古典诗土，这种"旧形式的诱惑"恰恰体现了他们自身在传统与现代之间的挣扎。其实何止新文学家如此，在广义上的整个五四时期，中国诗坛上所有派别的诗人都在不同程度上以或显或隐的方式表现着内在的矛盾与困惑。正如秦弓所言："'五四'时期是一个多声部合唱的历史舞台，新文学激进派与折衷派、守成派及复古派共同参与了文学史建构。"[①]同样，五四时期的中国诗坛流派纷呈，众声喧哗，如同一个争奇斗艳的百花园。旧诗群体内部的新旧之争从晚清延续至五四，折射的是旧诗人对古典诗歌发展的危机体认；新诗群体与旧诗群体之间的论争，则是新诗为了取得合法地位的必由之路；至于新诗群体内部的新旧之争，则体现了过渡时代新诗观念与标准的层层推进与修正。正是在这三重新旧之争中，五四时期中国诗歌发展的历史本相得以还原，并呈现出新旧过渡时代的丰富性与异质性。

---

① 秦弓：《"五四"时期文坛上的新与旧》，《文艺争鸣》2007 年第 5 期。

第九章　五四时期中国诗体的新旧冲突 *

近人王国维曾言："凡一代有一代之文学：楚之骚，汉之赋，六代之骈语，唐之诗，宋之词，元之曲，皆所谓一代之文学，而后世莫能继焉者也。"[①] 这种文体递嬗性的文学史观在近现代中国文学转型过程中发挥了巨大威力。古典诗歌发展至晚清，"好诗已被古人说尽"[②] 的焦虑与危机迫使诗人们不得不思考旧诗的出路。但不论是黄遵宪、梁启超等人的"诗界革命"，抑或是南社诸将"欲凭文字播风潮"[柳亚子《岁暮述怀（其二）》] 的革命诉求，他们始终坚守"革其精神，非格其形式"[③] 的观念和立场，不愿割舍民族诗歌的文体传统。而新文学（新诗）"急先锋"胡适，正是从他们的终点出发，以形式革命为突破口，倡导"诗体的大解放"，号召"把从前一切束缚自由的枷锁镣铐，一切打破"。[④] 由此，自由与格律的诗体冲突便成为五四时期中国诗歌新旧冲突的焦点，且一直存在于百年中国诗歌的发展历程中，余音不绝。近年来，围绕百年中国新诗发展道路问题，学界多有反思。本章旨在回顾百年前的那场中国诗歌新旧冲突，聚焦自由体与格律体之争，从句式、用韵、节奏三个方面梳理和反思五四时期中国新旧诗人两大阵营

<hr />

* 本章原刊《福建论坛》（人文社会科学版）2020 年第 5 期，署名李遇春、鲁微，题名《自由与格律：五四时期中国诗体的新旧冲突》。中国人民大学复印资料《中国现代、当代文学研究》2020 年第 8 期全文转载。

① 王国维：《宋元戏曲史》，上海古籍出版社，1998，"自序"第 1 页。

② 陈衍：《石遗室诗话》，郑朝宗、石文英校点，人民文学出版社，2004，第 159 页。

③ 梁启超：《饮冰室诗话》，舒芜校点，人民文学出版社，1959，第 51 页。

④ 胡适：《〈尝试集〉自序》，载《胡适全集》第 1 卷，郑大华整理，安徽教育出版社，2003，第 193 页。

围绕中国诗体问题所展开的对话与冲突。

一

宋人严羽在《沧浪诗话·诗体》开篇便说："风、雅、颂既亡，一变而为离骚，再变而为西汉五言，三变而为歌行杂体，四变而为沈宋律诗。"[①]此言概括了中国古典诗歌从先秦的四言诗发展至后来定型的五七言律绝的过程。唐代是五七言诗的全盛时代，格律诗体也逐渐完备并最终定型。与诗的齐言相比较，词的句式相对灵活，从一字到十二、十三字都有，故曰长短句，但也受到词牌、词调限制。词如此，曲亦然，曲牌、曲谱同样有限制。自度曲并不易作，也不流行。总之在中国古典诗歌历史长河中，中国诗歌业已形成结构非常严密稳定的形式系统，由诗律、词律、曲律所规定，故而其句式也基本固定。晚清时，黄遵宪曾致信梁启超，提倡一种介于弹词、粤讴之间的"杂歌谣"，"句或三或九，或七或五，或长或短"[②]，已初显打破五七言体制的端倪。五四时期胡适高举"诗体大解放"的大旗，呼吁彻底抛弃格律，须"作诗如说话""作诗如作文"。[③]这一"诗国革命"的主张，便是从打破古典诗歌整齐划一的固定句式，代之以灵活多变的自由句式开始的。

1918年2月，周作人在《新青年》上发表《古诗今译》，提出以"口语作诗"，不必依照传统的五七言体制，"止要照呼吸的长短作句便好"[④]，此即他心中的"自由诗"。胡适也认为，诗歌只有先突破句式的束缚，才能容纳丰富多样的内容，因为"五七言八句的律诗决不能容丰

---

① （宋）严羽：《沧浪诗话校释》，郭绍虞校释，人民文学出版社，1961，第48页。

② （清）黄遵宪：《与梁任公书》，载黄遵宪著，钱仲联笺注《人境庐诗草笺注》（下），上海古籍出版社，1981，第1245页。

③ 胡适在《白话文学史》中称赞孟郊的诗"完全打破六朝以来的骈偶格律"，"用朴实平常的说话，炼作诗句"，接着论及韩愈的诗："他用作文的方法来作诗，故意思往往能流畅通达，一扫六朝、初唐诗人扭扭捏捏的丑态。这种'作诗如作文'的方法，最高的地界往往可到'作诗如说话'的地位，便开了宋朝诗人'作诗如说话'的风气。"参见《胡适全集》第11卷，朱文华整理，安徽教育出版社，2003，第520、548页。

④ 周作人：《古诗今译》，《新青年》第4卷第2号，1918年2月15日。

富的材料，二十八字的绝句决不能写精密的观察，长短一定的七言五言决不能委婉达出高深的理想与复杂的感情"。①他以历史进化之观念对中国诗体变迁进行分析时指出，由诗到词就是一种诗体解放，诗歌句式走向灵活多变也是历史的必然。他认为："五七言诗是不合语言之自然的，因为我们说话决不能句句是五字或七字。诗变为词，只是从整齐句法变为比较自然的参差句法。唐、五代的小词虽然格调很严格，已比五七言诗自然的多了。"②不过，即便词曲较诗已算是解放，但终究不能脱离"调子"而独立，因此其在胡适眼中仍不能算形式自由。此前他在给钱玄同信中谈及诗体问题时也表达过类似观点，认为词调词体虽然可以自由选择，但亦有弊端：一是"字句终嫌太拘束"，二是"只可用以达一层或两层意思，至多不过能达三层意思"。③因此，他主张作诗宜选取长短无定之体，但也不必排斥固有的诗词曲诸体。钱玄同在回信中对胡适的"长短无定之韵文"的观点表示赞同，但他不赞成填词，原因是"填词硬扣字数，硬填平仄，实在觉得劳苦而无谓尔"。④因此钱玄同主张以"白话诗"为正体，古诗、词曲可以偶尔为之，但不能作为韵文正宗。

　　显然，胡适等人追求的是完全打破旧体诗词固定整齐的句式，不限制字数和行数，以实现语言表达的绝对自由。从《新青年》1918年1月15日第4卷第1号上刊登的胡适、沈尹默、刘半农等人的白话诗来看，不难印证新诗句式的灵活与自由。其中，沈尹默的《人力车夫》多为短句分行建制，在句式上还未脱古乐府调子，有明显的由旧到新的过渡性。沈诗开头四句还是比较整齐的四言句："日光淡淡，白云悠悠，风吹薄冰，河水不流。"可见上古诗法犹存。胡适的《人力车夫》虽也以短句为主，但采用长句分行建制，每行由若干短句复合成长句建行，

---

①　胡适：《谈新诗——八年来的一件大事》，载《胡适全集》第1卷，郑大华整理，安徽教育出版社，2003，第160页。

②　胡适：《谈新诗——八年来的一件大事》，载《胡适全集》第1卷，郑大华整理，安徽教育出版社，2003，第163页。

③　胡适：《答钱玄同书》，载《胡适全集》第1卷，郑大华整理，安徽教育出版社，2003，第42页。

④　钱玄同：《答胡适》，《新青年》第4卷第1号，1918年1月15日。

由此体现散文化句法的灵动多姿。尤其是重点以对话形式来表现诗歌内容，强烈的口语化和生活化色彩更能彰显新诗的自由表达风格。《一念》在句法试验上走得更远，胡适在该诗中创造性地运用了散文长句的二重组合形式建行，这就彻底打破了旧体诗词格律，真正迈上了中国新诗散文化的道路。诗中写道：

> 我笑你绕太阳的地球，一日夜只打得一个回旋；
> 我笑你绕地球的月亮，总不会永远团圆；
> 我笑你千千万万大大小小的星球，总跳不出自己的轨道线；
> 我笑你一秒钟行五十万里的无线电，总比不上我区区的心头一念！

　　这首诗的前四句均以"我笑你"开头，形成了一种看似整齐但却并不划一的排比句式。因为每行诗中的两个长句的字数并无一定之规，纯属现代散文的自由表达，且诗句高度口语化，几乎破除了文言句法成规。而且诸如地球、月亮、星球等科学名词融入诗中，充满了现代气息。这种自然流畅的表达，使诗歌洋溢着一种不受拘束的洒脱之感。更为典型的例证是郭沫若《天狗》的段落："我飞奔，我狂叫，我燃烧。我如烈火一样地燃烧！我如大海一样地狂叫！我如电气一样地飞跑！"这种长短不一的排比抒情句式，如火山爆发一样宣泄而下，完全不受形式约束，充满了自由奔放感。不过，这种形式的自由并非易事，俞平伯就坦言："白话诗的难处，正在他的自由上面。没有固定的形式的，前边没有模范的，但是又不能胡诌的；如果当真随意乱来，还成个什么东西呢！"[1]俞平伯感受到的这种"痛苦"实则揭示了新诗自由体背后的隐患，即无参照、无规范、无秩序，难以把控。

　　而在旧体诗人看来，新诗打破五七言固定句式的自由体模糊了诗之为诗的边界。南社胡怀琛就提出"新派诗"，试图创造不同于胡适等人的"另一种新诗"，其体例便是"以五言七言为正体，亦作杂言，但以

---

① 俞平伯：《社会上对于新诗的各种心理观》，载《俞平伯全集》第3卷，花山文艺出版社，1997，第511页。

自然为主，绝对废除律诗"①，言下之意诗歌仍以五七言的固定句式为佳。针对新诗人认为词调也有拘束的观点，胡怀琛反驳道："又有人说旧体词，因为被腔调拘束了，往往不能充份的发表意思，所以要打破这个范围，做没腔调的新体诗。我说这也未必。旧体词的调子，有好几百个，尽可随意选用，为什么还嫌拘束。如再嫌拘束，要自由做出来，便决不能好。"②胡怀琛虽不反对新诗，但始终认为胡适所提倡的新体诗解放得太过了，因此他在"新派诗"观念下创作的《大江集》基本上沿袭传统诗歌的句式。朱信庸对胡怀琛的"新派诗"颇为推崇，他以胡怀琛的《长江黄河》一诗为例，说明"五言等句子，并不是一定束缚自由。会做诗的人，运用长短相齐的现成句子，他偏不觉得这种句子是束缚做诗者的意义。他能够藉着这种形式，而更增加他所做的诗的意义及美感"③。因此朱氏认为自然式的五七言句子尽可运用，长短不一的句式反而无益于诗体。其实南社后期倡导的"新派诗"是一种"新古风"试验体，它由讲究格律严整的"近体诗"上溯到相对自由的"古体诗"，说到底这还是一种以复古为革命的传统做法，维新色彩浓厚。要知道晚清诗界革命派的黄遵宪、梁启超等人就曾提倡并试验过古风体或山歌体的"新体诗"，所以，南社后期的"新派诗"与晚清诗界革命派的"新体诗"基本上属于一脉相承。

　　与南社相比，后起的学衡派在诗体改良上更主动地承续了诗界革命派的做法。因为与诗界革命派倡导"以旧风格含新意境"④相类似，学衡派倡导"以新材料入旧格律"⑤，对五四新诗人彻底废除格律、倡导自由体的主张尤为不满。胡先骕强烈批判过新诗的"无定体"，他认为古典诗歌的整齐句式较新诗的不整齐更为自然，并且断言说："中国诗以五言古诗为高格诗最佳之体裁，而七言古五七言律绝与词曲为其辅。

---

① 胡怀琛：《新派诗说》，载《大江集·附录》，上海崇文书局，1933，第45页。

② 胡怀琛：《写景文》（下），载《白话诗文谈》，上海广益书局，1921，第46页。

③ 朱信庸：《新诗的意义》，《妇女杂志》第6卷第12期，1920年。

④ 梁启超：《饮冰室诗话》，舒无校点，人民文学出版社，1959，第51页。

⑤ 吴宓：《论今日文学创造之正法（节录）》，载吴宓著，吴学昭整理《吴宓诗话》，商务印书馆，2005，第98页。

如是则中国诗之体裁既已繁殊，无论何种题目何种情况皆有合宜之体裁，以为发表思想之工具。不至如法国诗之为亚历山大体所限，尤无庸创造一种无纪律之新体诗以代之也。"①在胡先骕看来，中国古典诗词经历漫长的发展，其基本句式、形式、体制已经成熟完备，不存在胡适所说的无法表达精密复杂的内容一说。诗歌表达的效果取决于诗人的艺术技巧，而不在诗体本身。比如作为学衡派最进步的改良主义者，吴芳吉的《婉容词》兼采文言白话之长，融抒情叙事为一体，取得了情深意美的艺术效果。新诗人康白情对《婉容词》很称道，但是也指出其中夹杂着很工整的律诗句子，如"野阔秋风紧，江昏落月斜"等，似不妥。面对康白情的委婉批评，吴芳吉辩护道："写诗如行文，至此有如长江大河，波涛汹涌，一泻而下，非有很工稳的句子，不能顿住。"②在吴芳吉看来，诗歌的形式都是为内容服务的，因此无论是长句还是短句，参差还是整齐，都不必太过拘泥，应视诗歌内容的需要而定。显然，吴芳吉的旧体诗试验比胡怀琛的"新派诗"走得更远，他的句法更灵活多变，举凡诗骚、乐府、律绝、词曲之句法，一一纳入新诗体构型之中，一切视表达内容的需要来定，这就带有鲜明的现代"混搭"风格，从而在中国传统诗词话语系统内部实现了各种诗体之间的"跨体"写作。

二

按照赵元任的说法，中国古典"诗韵以三百篇为'古韵'，与古韵相对的叫'今韵'。今韵不是今音，它的传统很长，事实上是代表隋唐的音。由《切韵》的增订到《唐韵》，再到《广韵》，分为二百零六韵。宋淳祐间，平水刘渊增修《礼部韵略》，省并为一百零七韵，这就是坊

① 胡先骕：《评〈尝试集〉》，载张大为、胡德熙、胡德焜合编《胡先骕文存》上卷，江西高校出版社，1995，第33页。
② 张采芹：《回忆白屋诗人吴芳吉先生》，载重庆市江津县文化局编《吴芳吉逝世五十周年纪念集》，江津县印刷厂，1984，第27页。

间《诗韵合璧》用的平水韵。这部韵书，一直沿用到现在，支配诗坛时间很久，影响很深。"① 唯其如此，现代人作旧体诗，按照惯例，也得依"平水韵"来遣字用韵，甚是严格。但古人所定的古韵书是否还适用于今日的现代汉语实际，这实在是一个无法回避的问题。一直到今天，旧体诗界依旧为古韵（旧韵）与今韵（新韵）争议不休，可见用韵的问题至关重要，究竟应不应该用韵，如果用韵那么是用旧韵还是新韵，这都牵涉中国诗体的现代建设问题。而回望五四时期中国诗坛新旧之争中自由体与格律体的对抗之势，比如诗歌是否应该用韵，抑或到底该用什么韵的议题，于今人应该不无启示。

1920 年 4 月 2 日吴芳吉在日记中写道："《星期评论》主编戴季陶，谓吾诗用韵为不顺潮流。托校人转告我云。"② 《星期评论》是当时的进步刊物，主编除戴季陶之外还有沈尹默，其坚守新文化、新文学立场。胡怀琛在其《白话诗谈》中也说："无韵的诗，近来很有许多人主张。"③ 从这两则材料可以窥见，用新韵或不用韵已成为五四新诗潮流，这也是"诗体大解放"的一个重要信号。如康白情主张不拘音韵，因为"每每的诗里必要用韵，就好用韵来敷衍，以致诗味淡泊，不堪咀嚼"。④ 俞平伯也强调诗歌"不限定句末用韵"⑤，但是作为一种韵文，诗歌必须做到音节谐适。郭沫若在家书中也提出作新诗不宜拘泥于押韵，"须知没韵也能成诗，近代的自由诗，散文诗，都是没有的抒情文字"。⑥ 郑振铎则认为，新诗作为一种自由化、散文化的文体，已经将"无韵则非诗"的原则彻底打破了。他将西方诗人对于诗的定义总结为两种：一种是诗的特质在于韵，如约翰生、卡莱尔、爱伦·坡等，另一种则认为诗的特

① 赵元任：《中国音韵里的规范问题》，载《赵元任语言学论文集》，商务印书馆，2002，第 517 页。
② 吴芳吉：《吴芳吉全集》（下），傅宏星编校，华东师范大学出版社，2014，第 1276 页。
③ 胡怀琛：《无韵诗的研究》，载《白话诗文谈》，上海广益书局，1921，第 1 页。
④ 康白情：《新诗底我见》，《少年中国》1920 年第 1 卷第 9 期。
⑤ 俞平伯：《白话诗的三大条件》，载《俞平伯全集》第 3 卷，花山文艺出版社，1997，第 502 页。
⑥ 郭沫若：《致元弟》，载王继权、童炜刚编《郭沫若年谱》（上），江苏人民出版社，1983，第 124~125 页。

质在于"发明"和想象，用韵并非必要的条件，如亚里士多德、华兹华斯、席勒、雪莱等。在郑振铎看来，第一种定义以韵为诗的要素之一，忽视了散文诗和自由诗的成绩。而他认为诗的要素"绝不在有韵无韵"，而在于情绪、想象、思想和形式。因此他确信"诗与韵可以不必为同一的名词"。① 不过，郑振铎以西方诗歌观念来阐释"无韵诗"的主张，忽略了在中国诗歌传统中押韵为诗歌要素之一这一明显的事实。虽然他在文章中也举出了"日出而作，日入而息，凿井而饮，耕田而食，帝力于我何有哉"这个例子来说明古代的诗也不一定必用韵，但这样的个例显然还是不太具有说服力。

上述新诗人不用韵的主张在五四时期受到许多旧诗人的反对。正如有人所说："新诗初胡适之尝试的时候，因旧诗入人太深的原故，激起了许多对于新诗怀疑的人的反对论调，如什么'音韵全无''字句不练'等等。"② 其中最典型的当属章太炎的"无韵非诗"的观点。1922年章太炎在江苏进行"国学演讲"时提出："文学可分为有韵无韵二种：有韵的今人称为'诗'，无韵的称为'文'。"③ 曹聚仁在听演讲之后上书章氏，指出其"诗与文以有韵无韵为准"的观点"恐非平允之论"④，此外列举胡适、康白情、俞平伯等人的诗作，说明新诗固然有无韵的，但是有韵的也很多，以此反驳章太炎"白话诗全无韵"的批评。⑤ 次年章太炎在《答曹聚仁论白话诗》中再次强调"诗之有韵，古今无所变"，略谓："若夫无韵之作，仆非故欲摧折之，只以诗本旧名，当用旧式，若改作新式，自可别造新名。如日本有和歌、俳句二体。和歌者，彼土之诗也；俳句者，彼土之燕语也。缘情体物，亦自不殊，而有韵无韵则异，其称名亦别矣。"⑥ 章太炎"无韵非诗"的观点在五四时期的旧诗人中十分普遍。

① 郑振铎：《论散文诗》，载《郑振铎全集》第3卷，花山文艺出版社，1998，第430页。
② G.L.：《新诗与新诗话》，《孤吟》第3期，1923年6月15日。
③ 章太炎讲演《国学概论》，曹聚仁记录，巴蜀书社，1987，第83页。
④ 曹聚仁：《讨论白话诗》，载章太炎讲演《国学概论·附录》，曹聚仁记录，巴蜀书社，1987，第123页。
⑤ 曹聚仁：《新诗管见（一）》，载章太炎讲演《国学概论·附录》，曹聚仁记录，巴蜀书社，1987，第129~133页。
⑥ 章太炎：《答曹聚仁论白话诗》，《华国月刊》1923年第1卷第4期。

即便是推崇新诗的梁启超，虽然反对诗歌押险韵，但也说"韵却不能没有，没有只好不算诗"。① 梁启超主张恢复广义的诗，便是指有韵之诗。1925 年 7 月 3 日他致信胡适讨论白话诗时再次谈到押韵的问题："我虽不敢说无韵的诗绝对不能成立，但终觉其不能移我情。"② 柳亚子最初反对新诗，主张"形式宜旧，理想宜新"。③ 即便他后来投入新诗阵营，表示对新诗的拥护，但仍然主张一种"有韵脚的自由诗"。他说："我不赞成把外国诗体移植到中国来，我所主张的，是有韵脚的自由诗。所以要有韵脚，是为念起来好听，并且容易记得，这是中国旧诗的特长。"④ 可见在旧诗人看来，用韵是诗之为诗的一个必要条件。

那么新诗人是否真的都不用韵呢？答案当然是否定的。朱自清就说过："新诗开始的时候，以解放相号召，一般作者都不去理会那些旧形式。押韵不押韵自然也是自由的。不过押韵的并不少。"⑤1920 年 3 月出版的《尝试集》就约有 30 首保留了对韵脚的要求。1922 年 9 月 24 日闻一多致信吴景超说："现在我极喜用韵。本来中国韵极宽；用韵不是难事，并不足以妨害词意。既是这样，能多用韵的时候，我们何必不用呢？"⑥ 他的《太阳吟》一诗共十二节，每节三行，不仅押韵，而且一韵到底，中间并不换韵。1922 年闻一多致信梁实秋，信中谈到《幸而》一诗的修改，涉及新诗的押韵问题。此诗首节写道："幸而我是一只孤雁啊！误投进弋者的网窨，做了情人们婚前的赘礼。"闻一多在信中提出将最后一节末行"缢死我自己的活尸"改为"将自己的活尸缢死"，第二节末行"带我走进山里去"改为"带我走进了山里"，理由是："'里'与首节之末字'礼'，末节之末字'死'为韵，因此全诗成

① 梁启超：《〈晚清两大家诗钞〉题辞》，载《梁启超全集》第 17 卷，北京出版社，1999，第 4931 页。

② 梁启超：《致胡适之》，载《梁启超全集》第 20 卷，北京出版社，1999，第 6057 页。

③ 柳亚子：《与杨杏佛论文学书》，《民国日报》1917 年 4 月 27 日。

④ 柳亚子：《我对于创作旧诗和新诗的感想》，载中国革命博物馆、上海人民出版社编《磨剑室文录》（下），上海人民出版社，1993，第 1146 页。

⑤ 朱自清：《诗韵》，载《朱自清全集》第 2 卷，时代文艺出版社，2000，第 767 页。

⑥ 闻一多：《闻一多致吴景超》，载《闻一多全集 书信·日记·附录》第 12 卷，闻立雕、闻铭、王克私整理，湖北人民出版社，1993，第 78 页。

了一个 Whole unit，音节也好多了。"① 在闻一多看来，用韵对诗歌音节的圆润和谐至关重要，不可不用。而朱自清则指出："中国诗总在需要韵。原始的诗歌也许不押韵，但是自从押了韵以后，就不能完全甩开它似的。韵是有它的存在的理由的。"② 南社林庚白直至 30 年代还认为"诗为韵文，百世不易。盖必有韵而后可以歌唱，而后可以通音乐也"③，并说："余所知语体诗人，如郭沫若、徐志摩、闻一多，皆颇善于用韵。"④ 可见五四时期新诗人在用韵问题上意见并不完全统一，新诗其实是在"妥协"与"折中"中发展。

既然新诗群体并不完全排斥用韵，那么如何用韵以及用何种韵就成为另一个重要分歧。刘半农提出"破坏旧韵、重造新韵"的主张。他认为"旧韵"以梁沈约所造的四声谱为主，为"吾辈今日通用之诗韵"⑤，此原本是依据当时语音为当时之人作诗便利而编纂的，但在旧文学中已经落伍，更不用说新诗了。而今人作诗，不仅袭元、袭宋、袭唐，甚至越过梁人沈约而去承袭汉魏，那就违背了"韵即是叶"的作诗原则，是一种复古倒退的现象。在"破坏旧韵"的前提下，刘半农提出"重造新韵"的三种办法，即"作者各就土音押韵"，"以京音为标准"，"撰一定谱，行之于世"。⑥ 对于刘半农的主张，钱玄同专门致信表示赞同，认为"造新韵之事，尤为当务之急"。⑦ 潘公展也曾致信《新青年》关心新韵问题："古韵和今韵不同，那么今人要做韵文，用前代的韵觉得勉强，

---

① 闻一多：《闻一多致梁实秋》，载《闻一多全集 书信·日记·附录》第 12 卷，闻立雕、闻铭、王克私整理，湖北人民出版社，1993，第 113 页。
② 朱自清：《诗韵》，载《朱自清全集》第 2 卷，时代文艺出版社，2000，第 767 页。
③ 林庚白：《孑楼诗词话》，载张寅彭主编《民国诗话丛编》（六），张寅彭等校点，上海书店，2002，第 113 页。
④ 林庚白：《孑楼诗词话》，载张寅彭主编《民国诗话丛编》（六），张寅彭等校点，上海书店，2002，第 113 页。
⑤ 刘半农：《我之文学改良观》，载鲍晶编《刘半农研究资料》，天津人民出版社，1985，第 119 页。
⑥ 刘半农：《我之文学改良观》，载鲍晶编《刘半农研究资料》，天津人民出版社，1985，第 120 页。
⑦ 钱玄同：《新文学与今韵问题》，载《钱玄同文集》第 1 卷，中国人民大学出版社，1999，第 61 页。

随意用韵，那又各人不同，所以审定标准韵实在是最要紧的事。"① 钱玄同在回复潘公展时指出，白话诗所用之白话"就是一种不成文的国语"，因此"用国语做诗时，那就该用国音押韵"。② 当时北洋政府教育部已委托吴稚晖审定《国音字典》，字典 1920 年出版，只有 15 个韵母，钱玄同认为今后做诗便可按照这一国音标准用韵。他强调要用新韵："是现在的人，该用现在的国语做诗，该用现在的国音押韵。那从前的诗韵，只配丢在字纸篓里，或者拿去盖盖酒瓮口，也还使得。到做诗的时候，丝毫用处也没有（诗韵这样东西，就是在旧韵学上，也没有半点价值。研究'小学'的人，也很吐弃这书）。"③ 虽然这话显得过激，但不难体会他倡导新韵的良苦用心。

其实，重造新韵的主张可以说是时代发展之必然趋势。由于古今汉语语音的差别，旧韵与现代通行国语之间存在龃龉，多有限制和不便。既然"一时代有一时代之文学"，现代诗韵也应符合现代人的表达习惯。民初曾彝进曾提出用国音写旧诗，他认为写旧诗不必非要与口语不同，因此提倡旧诗今韵，即"今音"④，不过这一主张在当时并不被接受。到五四时期，胡适就新诗用韵的问题提出自己的设想，即"用现代的韵，不拘古韵，更不拘平仄韵"。⑤ 陆志韦强调"押活韵，不押死韵"，"活韵"便是指符合现代国语的韵。他指出："中国现存的韵书，无论在语音史上的价值怎样的大，用以做诗简直是可笑可恶。"⑥ 陆志韦的办法是以王璞的《京音字汇》为根基，"把京音照《广韵》的方法分为几十个韵，不再分平上去"。⑦ 至于官方途径，如前所说，1920 年教育部出版

① 潘公展、钱玄同：《关于新文学的三件要事》，《新青年》第 6 卷第 6 号，1919 年 11 月 1 日。
② 钱玄同：《答潘公展》，《新青年》第 6 卷第 6 号，1919 年 11 月 1 日。
③ 钱玄同：《答潘公展》，《新青年》第 6 卷第 6 号，1919 年 11 月 1 日。
④ 转引自赵元任《中国音韵里的规范问题》，《赵元任语言学论文集》，商务印书馆，2002，第 517 页。
⑤ 胡适：《谈新诗——八年来的一件大事》，载《胡适全集》第 1 卷，郑大华整理，安徽教育出版社，2003，第 172 页。
⑥ 陆志韦：《我的诗的躯壳》，载《渡河》，上海亚东图书馆，1923，第 21 页。
⑦ 陆志韦：《我的诗的躯壳》，载《渡河》，上海亚东图书馆，1923，第 21 页。

《国音字典》，有 15 个韵母。而 1923 年商务印书馆出版赵元任所编《国音新诗韵》，包含 31 个韵，相当于一部国音字典，凡是通韵的字都排在一起，这与平水韵相比，大大精简。赵元任说："写新诗就可以本书为标准。但反对新诗的人，都反对这本新诗韵。"[1]

确如赵元任所言，绝大多数旧诗人反对新韵。由于传统韵书根深蒂固，他们对古韵更为熟谙，因此对新诗人重新订立的音韵标准是抗拒的。学衡派首领胡先骕在《评〈尝试集〉》一文中指出，虽然目前通行的沈约的诗韵不能代表全国方言，但是北京方言对于音韵分别的差异性太小，实在简陋，因此他认为沈约所订之诗韵比《国音字典》的北京韵更好。瞿宣颖（署名大弨）曾和吴宓对诗韵问题进行探讨。瞿宣颖不赞同新诗人所持的旧韵应该被淘汰的说法，他认为"诗韵这件东西是为一班人而设的。要使无论何处的人都能大致适用，并且可以矫正不少错误的读音"，"所以诗韵虽然不是现代的人做的，然他自有其演进之历史，可以合于现代之用。并且实际上粤人用的最多，吴人次之，北人又次之。阁君（徐凌霄）硬说他是古坟堆里用的，恐怕不确"。[2]吴宓指出徐凌霄与徐志摩的观点一致，即"主张遵从现代人及各地方言土语之读音"[3]，而他则赞同瞿宣颖的立场，并认为"诗韵不特有其演进之历史，且有其当保存之价值"。[4]不过吴宓曾在日记中记录过作诗押韵的感受："作诗二首，即和碧柳前寄《归家感怀》诗八律，而中间险韵难押，几经搓手，终则勉强敷衍成篇。"[5]可见在旧诗人那里，押韵也并非一件容易之事。对于古典诗韵与现代汉语和现代生活之间的隔膜问题，吴宓的看法是："予以为在今新诗（语体诗）可作，旧诗亦可作。（详上篇，题曰《论诗

---

[1] 赵元任:《中国音韵里的规范问题》，载《赵元任语言学论文集》，商务印书馆，2002，第 518 页。

[2] 大弨:《诗韵问题》，载吴宓著，吴学昭整理《吴宓诗话》，商务印书馆，2005，第 146 页。

[3] 吴宓:《诗韵问题之尾声》，载吴宓著，吴学昭整理《吴宓诗话》，商务印书馆，2005，第 146 页。

[4] 吴宓:《诗韵问题之我见》，载吴宓著，吴学昭整理《吴宓诗话》，商务印书馆，2005，第 143 页。

[5] 吴宓著，吴学昭整理《吴宓日记》（第 1 册），三联书店，1998，第 272 页。

之创作》。）作新诗者，如何用韵，尽可自由试验，创造适用之新韵。非予今兹所欲讨论。若夫作旧诗者，予意必当严格的遵守旧韵。（现行之诗韵）"[1] 他的这一主张比较圆通，这也可以概括新旧诗人在用韵问题上的态度，即各守己见，新韵与旧韵共生。

三

　　句式和用韵这两个要素，最终指向诗歌的音节和节奏问题。胡适在《谈新诗》中指出，新诗的音节不同于旧诗中句脚押韵以及"平平仄仄""仄仄平平"的调子，它所依据的："一是语气的自然节奏，二是每句内部所用字的自然和谐。"[2] 此即新诗的"自然节奏论"，它与旧诗高度规范化和格律化的节奏机制存在明显的差异。前者指向自然和自由，后者指向规范和格律。而在《〈尝试集〉自序》中，胡适自言其中的部分诗作未能完全摆脱旧诗的痕迹，他认为其中一个原因便是音节上的弊端："第一，整齐划一的音节没有变化，实在无味；第二，没有自然的音节，不能跟着诗料随时变化。"[3] 这就进一步引出"自然音节论"，作为"自然节奏论"的基础，其用以分析构成新诗自然节奏的内在自然音节组合规律。

　　在早期白话新诗人中，康白情赞成胡适提出的"自然音节论"和"自然节奏论"，不过他对"自然"之理解更具有一种"内倾性"。他说："情发于声，因情的作用起了感兴，而其声自成文采。看感兴底深浅而定文采底丰歉。这种的文采就是自然的音节。我们底感兴到了极深底时候，所发自然的音节也极和谐，其轻重缓急抑扬顿挫无不中乎自然的律

---

① 吴宓：《诗韵问题之我见》，载吴宓著，吴学昭整理《吴宓诗话》，商务印书馆，2005，第143页。

② 胡适：《谈新诗——八年来的一件大事》，载《胡适全集》第1卷，郑大华整理，安徽教育出版社，2003，第168页。

③ 胡适：《〈尝试集〉自序》，载《胡适全集》第1卷，郑大华整理，安徽教育出版社，2003，第193页。

吕。"①在康白情看来，旧诗的格律更多地是满足感官的东西，但是束缚了"心官"，缺少诗味，因此新诗要合乎心灵的自由发抒，声随情转，就必须排除旧格律，由自然的情绪（"感兴"）生成自然（"和谐"）的音节，唯其如此，其节奏的"轻重缓急抑扬顿挫"才会与"自然的律吕"契若符节。而南社革命诗人朱执信认为，"诗的音节是不能独立的"，即"一切文章都要使所用字的高下长短，跟着意思的转折，来变换，我叫他做'声随意转'"。②这就与康白情的"声随情转"有异曲同工之妙。二者都认为诗的节奏与诗的内在情意密切相关。胡适于是进一步展开论述："所以朱君的话可换过来说：'诗的音节必须顺着诗意的自然曲折，自然轻重，自然高下。'再换一句说：'凡能充分表现诗意的自然曲折，自然轻重，自然高下的，便是诗的最好音节。'古人叫做'天籁'的，译成白话，便是'自然音节'。"③

值得注意的是，虽然胡适等早期白话诗人大力倡导"自然音节"与"自然节奏"，但他们的早期新诗作品实际上还是大多有旧词曲音节的痕迹。这说明从旧诗的规范化音节和节奏过渡到新诗的自然化音节和节奏还需要一个艺术的"变音"和"变奏"的过程。其中，相对于狭义的旧体律诗而言，旧词曲的长短句形式和灵活多变的用韵方式能够为新诗的音节和节奏的建构提供更多的艺术借鉴。由此，如何创造性地转化旧词曲的音节和节奏来为新诗创作服务就成了早期白话诗人写作的一大艺术关捩。比如胡适就自言他的新诗旧词调很多，"此外新潮社的几个新诗人，——傅斯年、俞平伯、康白情，——也都是从词曲里变化出来的，故他们初做的新诗都带着词或曲的意味音节。此外各报所载的新诗，也很多都带着词调的"。④今人施议对指出胡适《尝试集》中的部分白话诗

① 康白情：《新诗底我见》，《少年中国》第 1 卷第 9 期，1920 年。
② 朱执信：《诗的音节》，载胡怀琛编《〈尝试集〉批评与讨论》，上海泰东图书局，1923，第 34 页。
③ 胡适：《〈尝试集〉再版自序》，《胡适全集》第 1 卷，郑大华整理，安徽教育出版社，2003，第 202 页。
④ 胡适：《谈新诗——八年来的一件大事》，《胡适全集》第 1 卷，郑大华整理，安徽教育出版社，2003，第 166~167 页。

虽未明确标榜所属词牌词调，但却绝不是随意拼凑的"百衲诗（词）"，而是依据潜在的格式谱写而成。因此他认为胡适的白话诗实验"乃有意以'倚声填词'的方法，为新体诗创作提供样板"。[①]是否有意我们不得而知，但摆脱了词牌曲律限制的旧词曲音节，确实是新诗建立自然音节和自然节奏的一个艺术过渡的津梁。由此可见，从五七言诗的音节到旧词曲的音节，再到白话诗的"自然音节"，正是新诗在不断试验中的艺术进化。

作为异军突起的创造社的领军人物，郭沫若提出"文学的本质是有节奏的情绪的世界"[②]的命题。这一文学（诗歌）节奏观显然是对此前胡适派早期白话诗人的"自然节奏观"的深化和内化。郭氏的重点不在诗歌的外部形式方面，而是诗歌主体内在情感的流动所产生的一种与生俱来的节奏。他抛开了传统的平上去入、高下抑扬、强弱长短、宫商徵羽这些外在的韵律形式，从创作心理动力角度出发，主张新诗应该建立一种"内在的韵律"，或者说"无形律"，它是"情绪的自然消涨"[③]，而不依凭于旧体诗词曲的"有形律"，即规范化和格律化的音节和节奏。在《论节奏》一文中，郭沫若对这一观念进一步阐发道："抒情诗是情绪的直写。情绪的进行自有它的一种波状的形式，或者先抑而后扬，或者先扬而后抑，或者抑扬相间，这发现出来便成了诗的节奏。所以节奏之于诗是它的外形，也是它的生命，我们可以说没有诗是没有节奏的，没有节奏的便不是诗。"[④]显然，郭沫若的诗歌节奏观以情感（情绪）为核心，更注重诗歌内在情绪韵律的自然和谐。虽然郭沫若也认同胡适的新诗"自然音节"和"自然节奏论"，但他标举的"情绪节奏观"更为深入地切中了现代抒情诗的艺术肯綮和肌理。在郭沫若这里，诗歌节奏不仅仅是外在的艺术形式，更是内在的艺术本体。因为形式即内容，或曰"有

---

① 施议对：《为新体诗创作寻求生路（代序）》，载《胡适词点评》，中华书局，2006，第2页。
② 郭沫若：《文学的本质》，载《郭沫若全集》第15卷，人民文学出版社，1982，第352页。
③ 郭沫若：《文学的本质》，载《郭沫若全集》第15卷，人民文学出版社，1982，第337页。
④ 郭沫若：《论节奏》，载《郭沫若全集》第15卷，人民文学出版社，1982，第353页。

意味的形式"（贝尔语），所以节奏是诗歌的生命。

与郭沫若认同早期白话新诗人的"自然音节"和"自然节奏论"不同，新月派的主将闻一多并不认同胡适关于"自然音节"和"自然节奏"的看法。闻一多对新旧诗歌的节奏研究投入了大量的精力和热情。他说："胡适之先生自序再版《尝试集》，因为他的诗由词曲的音节进而为纯粹的'自由诗'的音节，很自鸣得意。其实这是很可笑的事。旧词曲的音节并不全是词曲自身的音节。音节之可能性寓于一种方言中；有一种方言，自有一种'天赋的'（inherent）音节。"① 不仅如此，在闻一多看来，所谓的"自然音节"只不过是散文的音节，还远远称不上诗的音节。因此诗人必须对自然的散文的音节进行艺术加工，"声与音的本体是文字里内含的质素；这个质素发于诗歌的艺术，则为节奏，平仄，韵，双声，叠韵等表象"。② 闻一多之所以对俞平伯《冬夜》的音节称赞有加，便是因其将旧词曲音节经过查验拣择放入新诗体式中。此外，闻一多的《律诗底研究》《诗歌节奏的研究》《诗的格律》等文章进一步系统探讨了新旧诗的音节和节奏问题。他指出诗的节奏有内外之别，内部即"韵律"，外部即诗的韵脚和音节。③ 而诗歌之所以能激发人的情感，"完全在它的节奏；节奏便是格律"。④ 因此他反对废除诗的格律，主张建立一种新格律体的新诗。由此可见，新诗的节奏从早期白话诗人所提倡的"自然音节"和"自然节奏"到创造社倡导的"内在情绪的节奏"，再到新月派倡导的新格律体内外节奏的统一，从声音走向情绪再走向形式与内容的统一，其内涵和外延逐渐丰富、日趋辩证。从外在形式来看，新诗打破了旧诗格律中平仄、对仗、押韵等规范化的节奏，力求一种自然和谐的音节和节奏；从内在看，由于解除了传统形式的束缚，诗人的情绪不必

① 闻一多：《〈冬夜〉评论》，载《闻一多全集 文艺评论·散文杂文》第2卷，唐达晖整理，湖北人民出版社，1993，第64页。

② 闻一多：《〈冬夜〉评论》，载《闻一多全集 文艺评论·散文杂文》第2卷，唐达晖整理，湖北人民出版社，1993，第64页。

③ 闻一多：《诗歌节奏的研究》，载《闻一多全集 文艺评论·散文杂文》第2卷，唐达晖整理，湖北人民出版社，1993，第56页。

④ 闻一多：《诗的格律》，载《闻一多全集 文艺评论·散文杂文》第2卷，唐达晖整理，湖北人民出版社，1993，第139页。

再受格律的支配，故而可以自由挥洒，这种情绪的流动又形成了诗歌内在而无形的自然之律。

而就在新诗人纷纷倡导打破旧格律，提倡"自然节奏"试验之时，早期新诗也因音节和节奏的过于散文化和自由化而遭到诸多质疑。吴天放在评论周作人的《小河》时就说："但我不欲许他具体都有'很好的声调'，因既没有加上人工造巧的音律，而他的组织上总缺少很好的节韵，所以仅能满足读者的'心官'，而多不便引起我们的耳官之快感。第二段首行：'在河中间筑起一道堰'，我以为用'横着小河筑起一道堰'比较的仿佛妥一点儿，因'中间'两字容易被人说'闲话'。"[①]换句话说，周作人的《小河》这首诗在音节和节奏上过于随意和散文化，虽然在内在情思上能打动读者，但外在的"声调""音律""节韵"上都还不是"很好"，故而只能满足读者"心官"的需求，而无法引起读者"耳官之快感"。汪震在谈到早期白话诗时也说："新诗的开创是反对旧音律的，但是开山的几位先生，一面做得脱离不了旧音律的束缚，一面却故意做得佶屈聱牙，这是很大的缺点。"[②]可见在质疑者眼中，新诗的节奏应该满足"听"和"诵"的"耳官"需求，要有音乐性，而早期新诗还未能做到这一点，其音节和节奏要么过于随意，要么故作生硬。

1920 年 10 月，梁启超在《〈晚清两大家诗钞〉题辞》[③]中就指出，格律可以不讲，但音节尤为重要。而"所谓音节者，亦并非讲究'声病'，这种浮响，实在无足轻重。但'诗'之为物，本来是与'乐'相为体用，所以《尚书》说：'诗言志，歌永言，声依永，律和声。'古代的好诗，没有一首不能唱的。那'不歌而诵'之赋，所以势力不能和诗争衡，就争这一点。后来乐有乐的发达，诗有诗的发达，诗乐不能合一。……今日我们做诗，虽不必说一定要能够入乐，但最少也要

---

① 吴天放：《新诗谈——谈〈新诗集〉第一编里的诗》，《评论之评论》第 1 卷第 1 期，1920 年 12 月 5 日。

② 汪震：《新诗的进步》，《京报·文学周刊》第 37 期，1925 年 9 月 26 日。

③ 夏晓虹言："本人多年前曾钩稽《张元济日记》中的相关记述，判断该文作于 1920 年 10 月，现在结论并无改变。"见夏晓虹《梁启超：在政治与学术之间》，东方出版社，2014，第 154 页。

能抑扬抗坠，上口琅然。"①此前梁启超在《饮冰室诗话》中就曾多次强调诗歌的音乐性，他认为应努力使诗歌的音节近于可歌。他后来虽然赞成新诗，但对其音节上的效果依然持怀疑态度。唐钺则进一步指出，正是因为新诗缺乏旧诗那种规范化的节奏，无法做到朗朗上口，所以更容易露出内容上的破绽："实实在在讲起来，新诗比旧诗，要做的好是还要难些，因为旧诗有律韵；遇诗情稍微欠缺的地方，还可以借形式胡乱敷衍过去；人家念他的时候，觉得声调铿锵，若是不十分留神，就给他骗过去了。新诗却没有这种躲闪的工具，所以不容一处稍懈，一懈人家就觉得庸冗了。"②这些批评都指向了诗歌的节奏功能问题。旧诗整齐的规范化节奏，音调铿锵，容易成诵，在某种程度上可以掩盖内容的不足。而新诗的节奏注重情绪的自然流动，在形式上稍懈，而对内容的要求其实更高。

新旧诗人的分歧还在于何为诗歌的自然之节奏。1921 年 6 月 20 日，顾随在与卢季韶的通信中对新诗音节的杂乱无章提出批评："诗是有价值的文学。（野蛮人也有歌谣，可见诗是人类自然的'心之声'）……我对于胡适之的新诗，固然喜欢，也不免怀疑。他那些长腿、曳脚的白话诗，是否可以说是诗的正体？至于近来自命不凡的小新诗人的作品，我更不耐看。诗是音节自然的文学作品，他们那些作品，信口开河，散乱无章，绝对不能叫作诗。我的主张是——用新精神做旧体诗。改说一句话，便是——用白话表示新精神，却又把旧诗的体裁当利器。"③顾随并不反对新诗，他在信中对胡适的新诗表示欢喜。但他认为新诗缺乏自然的音节和规则的节奏，这种散文诗只能称为诗的别裁，而非诗的正宗。这也是顾随后来放弃新诗写作，只写旧体诗的主要原因。至于学衡派旧体诗人，他们对新旧诗的节奏问题思考得更为深入。比如吴宓就认为"音律者，节奏之整饬而有规则者也（Regular rhythm）"，又说"音律乃

---

① 梁启超：《〈晚清两大家诗钞〉题辞》，载《梁启超全集》第 17 卷，北京出版社，1999，第 4928 页。
② 唐钺：《旧诗中的新诗》，《小说月报》第 13 卷第 10 期，1922 年 10 月 10 日。
③ 顾随：《致卢季韶（继韶）（一九二一年六月二十日）》，载《顾随全集》第 8 卷，河北教育出版社，2014，第 382~383 页。

节奏之一种，特节奏之最整者耳"。^①可见他主张的是一种整齐规范的诗歌节奏。而李思纯进一步指出，新诗的音节虽然不必像旧诗那样铿锵，但是不可缺少。他从中西诗歌的差异入手，分析了二者在音节上的差别：

> 中国用单音的文字，一字为一音，所以必制定若干言，使每句的音节相等而和谐，欧美用合音的文字，一字为数音，音的长短不等，所以必制定若干 Sallable，使每句的音节相等而和谐。中国的五言诗，每句五个字，即是每句五个字音。欧洲的十二言诗（Alexandrine），每句十二个 Sallable，即每句十二个节音。这都是根据于文字本身的组织，为求音节的谐和，而天然造成的规范。^②

可见与新诗人相反，李思纯恰恰认为规范化的音节和节奏才是自然的诗的音节和节奏。这在中西格律体诗歌中都得到了验证，符合中西语言差异性与同一性共存的原则。不仅如此，他还从古典诗歌诗体变迁角度出发，认为"律诗所以别于古诗，便是平仄的形式。平仄的作用，也是为求音节的更和谐，而天然造成的规范"。^③在他看来，诗歌从古体到律体再到词曲的进化，正反映了汉语诗歌诗体变迁与音节进化的"自然"趋势。换句话说，中国古典诗词格律并非不切自然的外在的人为规范，而是汉语诗歌节奏进化的"天然规范"。

综上所述，在五四时期，当新诗人们从句式、用韵、节奏这些要素对中国古典诗歌诗体进行解构的同时，同时期的旧诗人们也在以反抗的立场不断地对新诗体进行纠偏或质疑。在新诗群体抛弃旧诗形式标准的同时，其实也存在大量的也是我们今天所不应忽视的、被后来的新文学史书写所遮蔽的旧诗群体的声音。文学史绝非胜利者的叙事，文学史书

---

① 吴宓：《诗学总论》，载吴宓著，吴学昭整理《吴宓诗话》，商务印书馆，2005，第 70 页。

② 李思纯：《诗体革新之形式及我的意见》，载陈廷湘、李德琬主编《李思纯文集》论文、小说、日记卷，巴蜀书社，2009，第 892 页。

③ 李思纯：《诗体革新之形式及我的意见》，载陈廷湘、李德琬主编《李思纯文集》论文、小说、日记卷，巴蜀书社，2009，第 892 页。

写需要更为客观、更为全面的价值中立立场。中国现代诗歌史及其书写同样如此，不应例外。在五四那样一个新旧过渡时代，自由与格律的诗体之争，绝非简单的二元对立的形式之争，而是新旧诗人围绕诗歌标准破坏与重建的对话。百年回首，在那场大型的文学新旧对话中有冲突也有融合，而如何在自由与格律的诗体对抗中继续寻找调适与和解的可能性，则是这场新旧之争给百年中国诗歌发展所提出的关键问题及其意义之所在。

第十章 学衡派诗学的形成、重构与融合[*]

中国古典诗词从传统到现代的转换中，创作实践与诗学建构同等重要，也相互促进。在现代诗坛上，鼎足而立的是革命创新的白话新诗派，保守持旧的传统派以及改良创旧的学衡派。相应的，在诗学上，白话新诗派倾向于以白话语言、散文句法、自然节奏、现代情思为新诗立法，并在进化史观下通过逻辑化、体系化的批评实践为新诗定位。传统派多是依附于传统经学的诗艺阐释，并通过校勘、笺注、诗话、点将录等形式进行批评实践。学衡派在会通中西的视野中对新旧都有所批评、借鉴，寻求折中与平衡。他们在五四文化与文学场域中，一面对新文化运动过激处进行批评以接续传统、持续改良；一面又以现代的视野、观念与方法改造传统诗学以损益旧学、阐发新义。学衡派诗人倡导明畅雅洁的语言观、超越律绝藩篱的形式观、主张古今演变的发展观，以及"采用逻辑推理方式撰写长篇论文，或用系统的理论构架方式撰写学术著作"①的现代批评实践等，无不显示出其诗学在现代中国诗学建构中的重要位置。不过学衡派内部不仅随时间推移而有流变，也因各自诗学渊源、旨趣与际遇不同而有差异与争论，因此又折射出其一致倾向背后的复杂与多元面貌。

---

* 本章原刊《福建论坛》（人文社会科学版）2020 年第 5 期，署名王彪、金宏宇，李遇春参与执笔。

① 陈水云：《中国古典诗学的还原与阐释》，中国社会科学出版社，2013，第 493 页。

一

在中国白话新诗的酝酿与发展过程中，学衡派诗人的介入与论争始终是重要的历史推动因素之一。但这种互动式的论争也反过来促进了学衡派自身诗学观的形成。抛开新文学话语权争夺上的进与退、成与败不说，各诗派在论争中的取长补短确实为中国现代诗学建构提供了不同的可能性。这里我们以白话新诗派及保守旧派为背景，重审学衡派诗人在系列论争中的语言观、形式观与文学发展观及其批评文体的选择，探讨其共同诗学观的建构与调整。

"文言和白话，实物是古已有之，名称却是最近几十年来才流行的。"①的确，从相互依存的古有之物到日趋对立的现代概念，二者实自晚清以来学者为了革新的有意塑造。1916年六、七月间胡适两过绮色佳（伊萨卡），与梅光迪、任鸿隽、杨杏佛、唐钺等友人谈"造新文学"事，将文言视为"一种半死的文字"，力主用白话"作文作诗作戏曲小说"②，但遭诸友不同程度的反对。梅光迪等人虽主张语言革新，以创造"新文学"为己任，但变革本位是什么、尺度在哪里、以何种途径等，都与胡适有差异。其中，梅光迪在同年7月24日致胡适的信中就从文体角度反对白话入诗，说"文章体裁不同，小说、词曲固可用白话，诗文则不可"。③梅氏虽不同意白话入诗，但对晚清以来诗词流弊是非常清醒的，孜孜于诗词语言改良。同年8月8日，梅氏再函胡适，率先提出"文学革命四大纲"："一曰摈去通用陈言腐语；二曰复用古字以增加字数；三曰添入新名词，如科学、法政诸新名字，为旧文学中所无者；四曰选择白话中之有来源、有意义、有美术之价值之一部分，以加入文学，然须慎之又慎耳。"④此针对同光体、南社等旧派"文字上之俗套"而发

---

① 张中行：《文言和白话》，中华书局，2007，第1页。
② 胡适：《胡适留学日记》（下），安徽教育出版社，1999，第242页。
③ 中华梅氏文化研究会编《梅光迪文存》，华中师范大学出版社，2011，第542页。
④ 中华梅氏文化研究会编《梅光迪文存》，华中师范大学出版社，2011，第545页。

的诗歌语言改良方案，除第二条似不合时宜外，其他为此后学衡同人认可，也直接影响了胡适文学"改良八事"的形成。

在国内，胡适的"改良八事"最早于1916年10月1日《新青年》第2卷第1号刊载的其与陈独秀的通信中披露，后才以《文学改良刍议》为题正式刊发在1917年1月1日《新青年》第2卷第5号上。其实，胡适文学改良的意见一经披露便引起常乃惪、胡先骕等人的强烈反对。常乃惪认为白话不能如文言一样抒写高尚情韵，因此致函《新青年》，说"愚意以后文学改良，说理纪事之文必当以白话行之，但不可施于美术之文耳"。[①]素怀改良文学之志的胡先骕则从文学、文体、文字等角度论述口语因写实故符合小说、演讲等纪事说理之用，文言多抽象故适合表达高深优美境界的文学所用。归国后的任鸿隽也致函胡适，批评《新青年》的激进方案，提出文言与白话能否作出好诗"要看其人生来有几分'诗心'没有罢了"。[②]与此同时，吴芳吉也超脱出文白的对立与纠缠，从诗质与诗艺的完善上提出："既为文学则所选用文字，一必要明净，二必要畅达，三必要正确，四必要适当，五必要经济，六必要普通，欲定文学形式上之死活，必要合此标准。"[③]

随着辩论的深入及白话新诗的成长，学衡同人的态度也发生着转变。梅光迪从坚持白话不能入诗到承认"白话诗"为非正规诗之一种，是有限度的退守。吴宓1923年还坚持"新体白话之自由诗"不是诗也不能作，到1932年则声称"予以为在今新诗（语体诗）可作，旧诗亦可作"[④]，这是其在新诗创作成就冲击下荡开心胸所致。同样在新旧互动中变得宽容的是胡先骕。1931年3月，胡氏在燕京大学演讲时坚持旧诗的价值，亦呼吁新诗须有大诗人出现："因此推论白话诗纵能存在，但须有大诗人出，且此大诗人必不排斥旧诗。"[⑤]其实不唯个人，学衡派所主持

① 常乃惪:《通信：致陈独秀函》,《新青年》第2卷第4号，1916年12月1日。
② 樊洪业、潘涛、王永忠编《中国近代思想家文库》任鸿隽卷，中国人民大学出版社，2014，第103页。
③ 吴芳吉:《吴芳吉全集》，傅宏星编校，华东师范大学出版社，2014，第359页。
④ 吴宓著，吴学昭整理《吴宓诗话》，商务印书馆，2005，第143页。
⑤ 夏鼐:《夏鼐日记》卷一，华东师范大学出版社，2011，第36页。

的《学衡》《湘君》《文史季刊》《武汉日报·文学副刊》等刊物在宗旨上也提倡文白兼收、新旧同载（虽然实际并未完全做到）。如《湘君简章》即云："有与本刊宗旨相合之投稿，无论文言白话，新旧体裁，俱所欢迎"[1]；《武汉日报·文学副刊》亦谓："本刊不拘文体，不别形式。文言语体，古文白话，或摹古或欧化，本刊兼蓄并收"[2]等。总之，胡适等人提倡的白话文是将现代白话口语、欧化白话与择取的文言融汇到欧式文法中，而梅光迪等人提倡的文言中，除淘洗的文言外，外来新词也"吸用语体之文法及词筍（Vocabulary），故一时代有一时代之文言，非固定僵死"。[3]双方你中有我、我中有你，差别并没有争论的那样大。

由文言到白话的变革只是胡适新诗革命的第一步。1919年，他对自己早期白话诗词的语言、文法迁就于旧诗形式表示不满，并认定"诗体大解放"的方向是："若要作真正的白话诗，若要充分采用白话的字，白话的文法和白话的自然音节，非做长短不一的白话诗不可。"[4]对新诗而言，白话诗词的尝试很像蜕变前的蓄势，"长短不一"的自由体才是蝶变的完成。然而，诗体大解放对学衡派诗人别有一番意味。白话诗词尚在古典诗词体式之内，而伴随自由新诗而来的是现代标点、欧化句法、自然节奏与灵活分行，传统范式将彻底解体。因此，对传统诗体的持守是学衡派的最后防线。他们一面否认自由体新诗的合法性，一面或自证或援外国诗学论证传统诗词形式的合理，并寻求内部调整。1916年，当胡适作"长短不一"的白话游戏诗《答梅觐庄》时，梅光迪反讥"读大作如儿时听'莲花落'，真所谓革尽古今中外诗人之命者，足下诚豪健哉！"[5]言外之意，并不将其当诗看。吴芳吉亦言新诗"自其有韵者言之，词曲之变相而已。自其无韵者言之，短篇小说及新派杂志之随感录而已。固非诗也"。[6]胡先骕则连篇累牍地引用华茨华斯、辜勒律己、罗

---

① 吴芳吉：《湘君简章》，《湘君》第3期，1924年3月。
② 吴宓：《序例》，《武汉日报·文学副刊》第1期，1946年12月9日。
③ 〔美〕陈润成、李欣荣编《张荫麟全集》，清华大学出版社，2013，第1050页。
④ 欧阳哲生编《胡适文集》第9册，北京大学出版社，2013，第78页。
⑤ 中华梅氏文化研究会编《梅光迪文存》，华中师范大学出版社，2011，第541页。
⑥ 吴芳吉：《吴芳吉全集》，傅宏星编校，华东师范大学出版社，2014，第430页。

士等人对"整齐之句法"的必要的论述，佐证"中国诗之整齐句法，不足为病矣"。[①]吴宓则直言：

> 作诗之法需以新材料入旧格律，即仍存古近各体，而旧有之平仄音韵之律，以及他种艺术规矩，悉宜保守之遵依之，不可更张废弃。旧日诗格律绝，稍嫌板滞，然亦视才人之运用如何，诗格不能困人也。至古诗及歌行等，变化随意，本无限制。镣铐枷锁之说，乃今之污蔑者之所为，不可信也。[②]

不过，对于近体格律的僵化与束缚，学衡派诗人也有着清醒的认识。他们选择的途径是在传统的内部寻求调解，倾向于用律绝以外的五七古、古风、歌行、谣曲、竹枝词等体裁作诗，积极向民间歌谣与外国诗歌寻求借鉴。比如吴芳吉不拘文白、糅合众体、熔铸中西的"白屋体"新诗，即是学衡派自我调整更新的艺术成绩之一。

诗歌语言、形式争论的背后其实隐含着双方文学发展观的差异。承认晚清民初古典诗词衰微与堕落是学衡派与白话新诗派的共同起点。相较新派的激进否定，学衡派的批评虽显温和，但也不胜枚举，梅光迪、吴宓、吴芳吉、胡先骕、常乃惪等都有过微词。直到 20 世纪 30 年代，邵祖平的《诗厄篇》还批评道："同光作者今犹存者，佳者黝然有光，佶然有味，下者生硬槎枒，皆演宋诗之余势，益无余味。"[③]新派激烈否定的背后是进化史观下的革命方案，而学衡派在温和批评的背后则是通变史观下循序渐进的改良路子。学衡派反对将生物进化论嫁接到文艺史观上，正所谓"科学与社会上实用智识可以进化。至于美术、文艺、道德则否"。[④]胡先骕承认文学发展中创造的重要性，但认为创造并非打倒重来的革命，而是环环相扣的"脱胎"。他指出："故欲创造新文学，必

---

① 胡先骕：《胡先骕诗文集》，黄山书社，2013，第 301~302 页。
② 吴宓著，吴学昭整理《吴宓诗话》，商务印书馆，2005，第 97 页。
③ 邵祖平：《培风楼集》，浙江大学出版社，2000，第 22 页。
④ 眉睫：《梅光迪年谱初稿》，海豚出版社，2017，第 104 页。

浸淫于古籍，尽得其精华，而遗其糟粕，乃能应时势之所趋，而创造一时之新文学，如斯始可望其成功。"[1] 吴宓则认为整体的文学演变无一定轨辙，但个体的创作却有定轨，即"作文者所必历之三阶段，一曰摹仿，二曰融化，三曰创造。由一至二，由二至三，无能逾越者也"。[2] 吴芳吉对此有形象之比拟："小儿之哑哑学语犹'摹仿'也。学语既熟，可自由与家人谈天，犹'创造'也。两者之分，无是非新旧的问题，乃时机与能力的问题"。[3] 卢前则在两人基础上提出"蜕化论"。他认为"进化论"自相矛盾不能自圆其说，"退化论"偏颇狭隘且多为私见所蔽，"盖文学之演进，若蝉之蜕皮，若蚕之破茧，层出无穷，谓为有优有劣、有进有退可，谓为无优无劣、无进无退亦可"。[4] 总之，吴宓的"摹仿—创造"关注个体与传统的互动过程，胡先骕的"脱胎"侧重文体演进的连续性，而卢前的"蜕化说"着眼于整个文学史的因果链条。三人之提法与关注点各异，但既不愿相信进化论未来的黄金时代，也不愿回到守旧派过去的黄金时代，力求在有所损益的循序渐进中创造他们心目中的"中国新诗"，则是一致的愿望。

二

从新旧冲突与融合的视野来看，学衡派改良创旧的诗学观在现代中国诗学史上占有重要地位，它是中国诗学从传统向现代转型的历史链条上的重要环节之一。学衡派对新派与旧派的诗学注重双向的批评与借鉴，充分体现了过渡时期的新古典主义诗学面目。这首先表现在学衡派诗学自觉地承续和拓展了近现代"诗界革命"理论，并明确标举和倡导了"民国诗"的设想与实践。有学者指出，仅看到"诗界革命"对白话新诗的启迪与意义，忽视其对延及当下的旧体诗词的深远影响，那

---

[1]　胡先骕：《胡先骕诗文集》，黄山书社，2013，第274页。

[2]　吴宓：《论今日文学创造之正法》，《学衡》第15期，1923年3月。

[3]　吴芳吉：《吴芳吉全集》，傅宏星编校，华东师范大学出版社，2014，第359页。

[4]　卢前：《卢前文史论稿》，中华书局，2006，第58页。

就低估了它"诗学理论及其新诗派创作实绩在中国传统诗歌的古今之变过程中所发挥的理论引领和创作示范意义"。[①]的确，中国现当代旧体诗词"已经构成了一个绵延不绝的诗歌史段落"。[②]相较白话新诗派突破性的接续，学衡派诸君从创作实践到诗学理论都直接承续了"诗界革命"的衣钵并不断丰富和创化。就诗学而言，从吴宓"以新材料入旧格律"对梁启超"以旧风格含新意境"的瓣香与丰富，到吴芳吉、卢前自觉提出"民国诗"的设想与实践，学衡派的传承与创新能力其实是不容低估的。吴宓"一生思想，受梁任公及《新民丛报》之影响，最深且巨"。[③]他幼年即受嗣父吴建常、姑丈陈伯澜等影响，对维新思想与诗界革命有较深认同；入清华后大量接触梁启超的政治、文艺论著，更为膺服。自1915年《余生随笔》公开瓣香，吴宓论诗恒以"以新材料入旧格律，以旧风格含新意境"为圭臬，毕生不易。吴宓不仅是诗界革命最忠实的继承者，也对其进行充实和完善。首先，他将提倡入诗的"新名词"扩充为"新材料"，并对其内涵与外延进行界定。"新材料"包括外国的历史、地理、民俗、文艺、故事、典实等，以及当时中国社会过渡期的复杂世态与现代人的"爱国伤时之心""生活劳忙之苦""浪漫之情趣""心理及精神"[④]等方面。这些具有现代内涵与世界视野的"新材料"如同新质砖块，从根底上更新了古典诗词大厦。其次，吴宓以新人文主义为依据，为梁启超设想的"新意境"赋予新的内涵、形态及可达之途径。吴宓认为现代中国人"其危疑震骇迷离旁皇之情，尤十倍于欧西之人"[⑤]，因此现代旧体诗"新意境"正是要传达出这种现实与心理相冲突的悲剧式处境。当然它不能以自由无节制的新诗传达，而应"纳于完整精炼之格律艺术之中"[⑥]，合浪漫感情与古典艺术于一体。这正是新人文主义"理性节制情感"的艺术传达。

---

① 胡全章：《近代报刊与诗界革命的渊源流变》，北京大学出版社，2017，第368页。
② 李遇春：《中国文学传统的复兴》，商务印书馆，2016，第309页。
③ 吴宓：《吴宓自编年谱》，三联书店，1995，第47页。
④ 吴宓著，吴学昭整理《吴宓诗话》，商务印书馆，2005，第152~154页。
⑤ 吴宓著，吴学昭整理《吴宓诗话》，商务印书馆，2005，第81页。
⑥ 吴宓著，吴学昭整理《吴宓诗话》，商务印书馆，2005，第81页。

此外，吴宓还将梁启超、丘逢甲、陈伯澜等人的诗学、诗作传与吴芳吉、王越、王荫南诸友相切磋。吴芳吉关于"自然的诗""民国诗"的设想与提倡，都是对诗界革命理论建设性的开拓。"自然的诗"的提倡注重对诗歌"趣味""审美"的追寻，对"新诗"的体裁、语言、音韵有着更为自然、开放、通融的见解。这与梁启超在 1920 年为《晚清两大家诗钞》撰写的序中提出的诗学观不谋而合，二者都是白话新诗派影响下的结果。而"民国诗"则是吴芳吉将"自然的诗"纳入时代范畴的新建构。吴芳吉自信"民国诗"的提倡与实践是民国建设的题中之意。他以新理想为主干，从天然之美与社会实相两面着力，提倡"依然中国之人，中国之语，中国之习惯，而处处合乎新时代者"[1]的"民国诗"。吴氏英年早逝，建设"民国诗"的重担落到卢前肩上。卢前是吴宓引为同道的学衡派后起之秀，"不管是'以旧格律传新精神'还是'旧坛盛新醴'，其文学观与学衡同人都颇为贴近，尤其是其中的吴宓与吴芳吉"。[2]卢前不仅将吴芳吉纳入从丘逢甲、黄遵宪到于右任等人的"民国诗"创作谱系中，还在《民族诗坛》中组织易君左等人展开对"民国诗"的讨论。卢前自身则从民族与时代两个维度阐发并丰富"民国诗"内涵。在他看来，"民国诗云者，以活泼、生动之形式与格调，扬示我民族特有的雍容博大之精神，为民主政治时代之产物，发四万万五千万民众之呼声"。[3]凡此种种，均体现了学衡派中人对旧体新诗学的建构性思考。

而就在吴宓、吴芳吉、卢前等人孜孜于"诗界革命"的承续与创化时，胡先骕、邵祖平等人也在为同光体（宋诗派）诗学添加新质素。同光体分闽、赣、浙三派，以陈三立、郑孝胥、沈曾植、陈衍为领袖，以"不专宗盛唐"为宗旨，以"学人之诗"为导向，是晚清民国诗坛上影响最大的诗歌流派之一。胡先骕、邵祖平是同光体后起之秀，但并不为诗派所限，而是不断调整更新。他们不仅为同光体诗论注入新质，而且

---

[1] 吴芳吉：《吴芳吉全集》，傅宏星编校，华东师范大学出版社，2014，第484页。

[2] 赵丽华：《民国官营体制与话语空间——〈中央日报〉副刊研究（1928—1949）》，中国传媒大学出版社，2012，第204页。

[3] 卢前：《卢前文史论稿》，中华书局，2006，第295页。

也使自身成为学衡派的中坚。胡先骕的诗学努力有二。一是对"学人之诗"的内涵进行改造扩容。胡先骕认同作诗者应是诗人与学者的合体，因为诗中熔铸经史才有理智。不过，处此古今转换、中西交通之时，旧学问已难有拓殖余地，亟须厚植现代学术与学问，待发扬充实后再撷取修饰以入诗词。这就将同光体"以学入诗"的内质进行了现代转换，并将其纳入学衡派"以新材料入旧格律"的诗学理路之中。二是在持守传统诗话批评的同时致力于"专人专论"的现代学术批评。同光体主要借由陈衍记载、整理、点评的《石遗室诗话》得以传播，胡先骕晚年亦有设想宏大、仅存残稿的《忏庵丛话》。不过胡先骕影响最大的还是刊载于《学衡》《东方杂志》等的系列诗歌专论。《评胡适〈尝试集〉》自不必说，即是《评赵尧生〈香宋词〉》《读阮大铖〈咏怀堂诗集〉》《评朱古微〈彊村乐府〉》《评文芸阁〈云起轩词钞〉、王幼遐〈半塘定稿剩稿〉》等十余篇系列文章也开清诗研究先河，为吴宓、金毓黻、王揖唐、阿英、钱仲联等新旧文人所共许。今人刘梦芙曾誉扬道："滔滔莽莽，有高屋建瓴之势，处处根据学理立论，鞭辟入里。最突出的特色是视野宏阔，融贯中西，博观圆照，洞察诗歌及一切艺术的创作规律，极能显示'旧学深沉，新知邃密'的通识卓见和辩证分析的思维能力。"[1] 不过批评也是有的，替胡先骕删订《忏庵诗稿》的钱锺书曾就《读阮大铖〈咏怀堂诗集〉》一文议论道："胡丈识既未高，强作解事，又于晚明诗体了无所知，遂少见而多所怪耳。"[2]

相较于胡先骕，邵祖平与同光体的关系则若即若离，稍显暧昧。邵祖平早年诗作"艰崛奥衍"，为陈三立、黄侃、胡先骕等人称赞。1929年，陈三立为邵氏《培风楼诗》作序，谓其"虽取途不尽依山谷，而句法所出颇本之，即谓之仍张西江派之帜可也"[3]，可见殷切之望。不过邵祖平弃陈序不用，自阐述诗作的渊源与宗旨，刻意显示其与同光体的距离。这"距离"正是邵氏对同光体诗学的反思与扬弃，即以"诗心、词

---

① 转引自胡先骕《胡先骕诗文集》，黄山书社，2013，第 58 页。
② 钱锺书：《容安馆札记》，商务印书馆，2003，第 1549 页。
③ 陈三立：《散原精舍诗文集》（增订本），上海古籍出版社，2014，第 1422 页。

心"代"学问"。邵祖平虽沾溉江西余绪，但其诗学旨趣一言以蔽之："为诗词立心，此心必我心。"其《培风楼诗》《词心笺评》《七绝诗论、七绝诗话合编》皆如是。邵认为"王氏所谓词境者，皆'词心'也。世间一切境皆由心造，心在则境存，心迁则境异"。①不过在"心"的传达上，诗与词不同，诗多传教化之心，词则为悦己之心。即使是教化之心，邵氏注重的也并非学人之诗抑或诗人之诗，而是"风人之诗"，正所谓"诗有风人之诗焉，诗家之诗焉。风人之诗者，兴象融怡，仰俯之间自然流露之谓也。诗家之诗者，语不惊人不肯罢休之谓也"。②

除了狭义的诗学创新，学衡派同人在词学探索上亦建树颇丰。他们力图"将传统词学批评那种摘句批评、感悟批评、即兴批评引向全面、系统、客观的现代词学批评轨道上来"③，是现代词学中的新变派。就地域而言，又可分为以刘永济、王易为代表的受朱祖谋、况周颐影响较大的南派词学家，以及以缪钺、浦江清为代表的受王国维影响较大的北派词学家。刘永济、王易在梦窗词的评价与解读、词音律的重视与改良、词史的建构上有所突破；缪钺、浦江清则在王国维词学的阐释发展与词学研究范畴的界定上贡献较多。

众所周知，晚清民初词坛形成一股"梦窗热"，从词学到词作，对梦窗（吴文英）的推崇与追摹盛极一时。以至于胡适偏激地说："这五十年的词，都中了梦窗派的毒，很少有价值的，故我们不讨论了。"④"梦窗热"是以朱祖谋为核心的"彊村派"通过校勘、选词、评论等方式来推动的。王易延续了这一宗风，他在《词曲史》中对梦窗词"集诸家之长，而无诸家之弊"⑤的过高评价即是例证。刘永济对梦窗词的评价与解读则更为中肯、深入。刘永济不像前辈陈洵那样要"立周、吴为师，退辛、王为友"⑥，而是将苏辛与梦窗并论，也指出梦窗词"惟

---

① 邵祖平：《词心笺评》，复旦大学出版社，2011，第1页。
② 邵祖平：《七绝诗论、七绝诗话合编》，华龄出版社，2009，第2页。
③ 曹辛华：《20世纪词学批评流派论》，《江海学刊》2001年第6期。
④ 欧阳哲生编《胡适文集》第3册，北京大学出版社，2013，第190页。
⑤ 王易：《词曲史》，江苏教育出版社，2005，第135页。
⑥ 唐圭璋编《词话丛编》第5册，中华书局，1986，第4838页。

其修辞太过，用典过富，有时不免晦其本意"[①]的弊端。他的《微睇室说词》对梦窗词的解读较朱彊村与陈洵等人更为细致、深入、系统，可谓说梦窗词的集大成者。彊村派词学另一特质是精通声律、严守四声。沈曾植《彊村校词图序》云："彊村精识分铢，本万氏而益加博究，上去阴阳，矢口平亭，不假检本，同人惮焉，谓之'律博士'。"[②]况周颐也说他的《餐樱词》除寻常"三数熟调"外，悉遵宋元旧谱，一字不易。可见此派守音律之严。刘永济、王易、龙榆生等虽对朱、况等前辈精声律、守四声无异议，但试图改良的用心则是一致的。刘永济认为填词之事在宫调、声韵、歌辞三项。宫调是天籁所发，声韵关乎韵、散，应循制不废，歌辞可因时而异。王易认为"声韵本乎天籁；而调谱属于人为"。[③]前者宜守，后者可变。龙榆生则意图用新韵、谱新曲，创造"新国乐"："因思应用词曲之声韵组织，加以融通变化，以创制富有新思想、新题材、而能表现我国国民性之歌词，藉以促成新国乐之建树，而完成继往开来之大业。"[④]对词史的溯源与建构则是王易、刘永济的独特贡献。王易的《词曲史》与刘永济的《词论》《宋词声律探源大纲》，都是以现代词学研究方法，对中国古代词进行系统梳理的划时代之作。二人虽然借鉴了胡适讲求实证、逻辑、系统的批评方法，但并没有接受其进化史观。这些词史、词论并不是以时代发展为轴序的，而是综合刘勰的"通变"观与王国维的"一代有一代之文学"观的产物。王易的《词曲史》在体例上即是对刘勰《文心雕龙》的效仿，并对其"通变"观进行发挥。他在例言中即点明宗旨："是编尚论乐府流变，冀探其源；详述词曲演化，务明其体。"[⑤]

　　缪钺、浦江清都是王国维词学的继承者。缪钺对"要眇宜修"的阐发，确立了词体的独立审美地位。浦江清对王氏文艺思想的总结与阐释

---

① 刘永济：《唐五代两宋词简析·微睇室说词》，中华书局，2010，第192页。
② 转引自严昌迪编著《近现代词纪事会评》，黄山书社，1995，第320页。
③ 王易：《词曲史》，江苏教育出版社，2005，第323页。
④ 龙榆生：《龙榆生词学论文集》，上海古籍出版社，2009，第123页。
⑤ 王易：《词曲史》，江苏教育出版社，2005，第1页。

则启发了他对词学研究范畴的思考。缪钺推崇"词之为体,要眇宜修"[①],认为"诗显而词隐,诗直而词婉,诗有时质言而词更多比兴,诗尚能敷畅而词尤贵蕴藉"。[②]借此,他提出词体四征:"其文小、其质轻、其径狭、其境隐",并将此特质与常州派所标举的"重、拙、大"糅合成一体,表里互现:"吾之所论,就词之本质而言,重、拙、大之说,就词之用笔而言,二者并行而不相悖。"[③]自此,缪钺将词从"诗余"的从属地位中解放出来,从句调韵律与内在特质赋予词体独立审美价值。他的词学研究即以此为根底,集中在对词体、词人、词艺的探索上。《冰茧庵词说》最重要的三部分是:词体总论、唐到晚清重要词人的专论、普及性的"名词欣赏"。浦江清则首先指出王国维"一代有一代之文学"是参酌糅合清代焦循与西人叔本华的观点,"遂悟历代文学蜕变之理,拈出真不真之说"。[④]其次,他对王国维"真与不真""隔与不隔"观念做出科学辩证的解读:"且说隔与不隔之说与真不真之说,有以异乎?曰无以异也。未有真而隔,亦未有不真而能不隔者。故先生隔不隔之说,是形式之论,意境之论,而真不真之说,则是根本之论也。"[⑤]而后,随着词的研究与教授深入,浦江清在《词曲选》引言中明确提出词学研究的六个方面,即词史、词律、词集、词的批评、词的掌故、词的欣赏。[⑥]这在从王国维、梁启勋到龙榆生、唐圭璋的现代词学建构中有着承先启后的意义。

三

学衡派诗人勠力于现代中国诗学建构的背后,也因着各自不同的诗学渊源、时代背景与人生际遇而有着各种诗学分歧与争辩。这里有传统

---

① 王国维:《人间词话》,上海古籍出版社,2008,第18页。
② 缪钺:《缪钺全集·冰茧庵词说》,河北教育出版社,2004,第5页。
③ 缪钺:《缪钺全集·冰茧庵词说》,河北教育出版社,2004,第9页。
④ 谷永(浦江清):《王静安先生之文学批评》,《学衡》第64期,1928年7月。
⑤ 谷永(浦江清):《王静安先生之文学批评》,《学衡》第64期,1928年7月。
⑥ 浦江清:《中国古典诗歌讲稿》,北京出版社,2016,第37~39页。

诗学争辩的延续话题"唐宋之争"，也有因吴芳吉的趋新与回归所折射的学衡派"改良限度"之反思，更为重要的是，还有学衡派内部发生的"诗史互证"与"审美批评"之间的分野与调和。这些差异与分歧或隐或显，并在不断地碰撞与互渗中走向融合，最终形成了统一而丰富的学衡派诗学。

晚清民初诗人强分唐、宋，背后除了单纯的学诗取向外，也依附着个人偏见、亲友宗派、话语争夺以及意识形态等其他诉求。这导致不同的诗歌社团之间借"宗唐""宗宋"的旗帜自树壁垒、闭门造车，互相攻击讨伐。其实，诗歌从唐到宋是求精求细、求新求变的自然流向，无所谓高低上下。学诗与诗学，以我为主、兼收并蓄、作用当下，才是正途。学衡派内部的唐宋分歧还要先从胡先骕与南社说起。胡先骕是南社"唐宋之争"公案的导火线，但在愈演愈烈最终引发南社分裂解体的论战中作壁上观。实际上，当柳亚子提出"学唐学宋关系到诗人是前清之民还是共和国之民"[1]的政治命题时，双方已无对话空间。胡氏后撰《论批评家之责任》提出专业批评家应具"批评之道德、博学、以中正之态度为平情之议论、历史之眼光、上达之宗旨、勿谩骂"[2]等六项责任，可见其批评准则。不同于南社政治功利主义论战，学衡派内部唐宋龃龉大抵是因《学衡》"诗录"话语权争执、亲友师承以及个人审美偏见。南社消退后，胡先骕将社中一部分宋诗派诗人引向《学衡》，使杂志的诗录栏目"成了'江西诗派'之绝响"。[3]吴宓晚年还抱怨"胡先骕主持'文苑'一门，专登江西省人所作之江西诗派或名之曰同光体之诗……友、生及来稿，皆不选入一首"。[4]1923 年 8 月胡先骕再度赴哈佛留学，吴宓与邵祖平发生冲突后最终收回"诗录"的编辑权，并交由李思纯负责。胡先骕虽未见反应，但自此论诗、办刊及其他事务与吴宓恒不和。吴宓也在日记、诗话、自编年谱等处表达受冷待的怨情，这进而影响其

---

① 孙之梅:《南社研究》，人民文学出版社，2003，第 368 页。
② 胡先骕:《胡先骕诗文集》，黄山书社，2013，第 339~352 页。
③ 沈卫威:《作为文化保守主义批评家的胡先骕》，《江西社会科学》2005 年第 3 期。
④ 吴宓:《吴宓自编年谱》，三联书店，1995，第 234 页。

对胡先骕诗作的评价。

总体来看，唐宋之争在学衡派内部的回响并不强烈。这一方面是因为学衡派对外忙于与新文化派的论争，对内着力于传统诗学的现代建构，无暇顾此；另一方面则是学衡派诗人大多唐宋兼采、中西会通，能超越传统门户派别。比如王易、汪辟疆虽籍隶江西，但早年作诗皆取径中晚唐，直到1910年负笈太学前后才受林庚白、姚鹓雏等人的影响转学宋诗。再如陈寅恪虽为陈三立哲嗣，但"精治隋、唐之学，诗亦言三唐，有《元白诗笺证稿》。其所作雅健雄深，则有玉溪之窈渺与冬郎之绵丽"。[1] 其实，邵祖平诗也非江西诗派所限，"出入唐宋，得于天授"（章太炎语）[2]。至于宗尚唐诗的吴宓，也在师友影响下兼作宋诗，晚年重读《散原精舍诗》《海藏楼诗》多有印心之得。可见学衡派诗人大多能博览精守、转益多师，传统的唐宋之争在学衡派内部也就日渐消歇，无法构成大的阵势。

值得注意的是，在学衡派中，吴芳吉是个独特的存在。他出身贫寒，既无家学师承又未曾留学欧美，诗作与诗学多出于自然天赋，少学理典故。1917年前后，当吴宓、汤用彤、李思纯等留学欧美时，吴芳吉却拘囿于家室中，为生计所困，"破屋满江兵满地，老亲催病债催钱"（《丁巳中秋寄怀欧美诸友》）是其处境的白描。虽得与欧美诸友沟通并获接济，但在邻里"谗诼蜂起"与川中频年祸乱的双重刺激下，吴芳吉思想趋于激进与浪漫。吴宓在1918年9月20日日记中感叹道："又碧柳来函，其中狂骚之情、郁激之感，颇与卢梭等相类，予殊为惊忧，即致书规劝。……然若碧柳误入魔障，则不惟碧柳一人之损，亦吾侪之大失。深望其能改进也。"[3] 吴宓的殷切与隐忧并不能使吴芳吉回心转意，因为吴芳吉对留美诸友也颇有不满，其日记中亦说："雨僧渡美后，思想日趋偏激。大凡留学生辈，皆有此种趋势。"[4] 吴宓此时已膺服新人文

① 陈声聪：《兼于阁诗话》，上海古籍出版社，1985，第177页。
② 邵祖平：《培风楼诗》，浙江大学出版社，2000，第12页。
③ 吴宓：《吴宓日记》第2册，三联书店，1998，第13页。
④ 吴芳吉：《吴芳吉全集》，傅宏星编校，华东师范大学出版社，2014，第589页。

主义，并自觉站在新文化运动对立面。而此后的 1919 年到 1920 年间，吴芳吉毅然介入新文化运动——吴宓所谓"魔障"，又在 1920 年秋勒马回缰，从创作到诗学都重回学衡派阵营。吴芳吉的趋新与回归为重审学衡派改良限度提供了新视角。

1919 年 7 月，吴芳吉赴上海任《新群》编辑，积极筹办《新人》杂志，并担任中国公学国文教员。而杂志背后的亚东书局与中国公学正是新文化运动的重要策源地。此外，吴芳吉还撰有《提倡诗的自然文学》《谈诗人》等文，提倡个人的自然的新文学。创作上，他一改早期以古近诸体寄寓情思的作法，而是将白话、文言的用语，三言、四言、五言、七言、九言诸句式，律绝、古风、歌行诸诗体，叙事、抒情、对话、旁白诸手法糅为一体，创作出诸如《摩托车谣》《小车词》《婉容词》《两父女》等优秀的"白屋体"新诗。这样，吴芳吉在思想情感、行为方式、诗词创作与诗学理想上逐渐与吴宓等人相悖离，并基本上与留美诸友切断联系。吴宓 1919 年 12 月 30 日日记中悲愤地写道："甚至碧柳，亦趋附'新文学'，而以宓等之不赞成'新文学'为怪事。呜呼，倒行逆施，竟至如此。"①

其实，吴芳吉的"趋新"是探索学衡派改良限度的有益尝试，其与吴宓等人的内在认同远大于表面背离。首先，吴芳吉有限度地认同而非附和"文学革命"，并有自己的诗学主张。他在《弱岁诗》序中说："时文学革命之声震海内。心知旧诗之运已穷，穷则必变。……乃决意孤行，自立法度，以旧文明的种子，入新时代的园地，不背国情，尽量欧化，以为吾诗之准则。"②可见他虽参加新文学运动，但与推倒重来的文学革命主流相差甚大，倒与之后学衡派的"昌明国粹，融化新知"相去不远。其次，吴芳吉不仅斥那些投机者鼓吹的新文化运动为"春宫的文化运动"，还对白话新诗派不容他人质疑与匡正的"学阀"作风予以严厉批评，"你若要与他反对，他便首先将文化运动这块招牌把你压死"。③

---

① 吴宓:《吴宓日记》第 2 册，三联书店，1998，第 114 页。
② 吴芳吉:《吴芳吉全集》，傅宏星编校，华东师范大学出版社，2014，第 469 页。
③ 吴芳吉:《吴芳吉全集》，傅宏星编校，华东师范大学出版社，2014，第 602 页。

最后，吴芳吉的这段经历促使他对"新文学"建设方向再思考。他认为"新文学"建设若想有成效，首求努力文化运动的人有很好的人格，"此后欲为文学谋所以建设者，必在不雅不俗、不新不旧、不中不西、不激不随之间。苟不解得此义，则万难为最后之战胜"。[①] 这种见解与学衡派的宗旨及诗学主张根底相通，为吴宓、卢前等人所认可。1920 年秋，吴芳吉受湖南明德中学之聘，与刘永济、刘朴过从，筹红叶诗社、修楚辞亭、吊屈原墓，回归文学传统。此后他又通过致函请罪、创刊发声、撰文立论等方式来修复与吴宓等人的关系并为《学衡》争理壮势。

　　"诗史互证"与"审美批评"是学衡派诗学中潜在对立的批评特质。以往学者对"诗史互证"关切点多在诗学与史学的互动。其实从诗学内部看，"诗史互证"可阐释为从批评到创作的一套系统循环理念。这在陈寅恪的《元白诗笺证稿》《柳如是别传》及其诗词创作中最先彰显。"诗史互证"可以析而为二："以史证诗""以诗证史"。"以史证诗"指向诗词的批评方法，又分为二："一为诠解辞句即考释古典；一为考证本事即诠释今典。"[②] "诠解辞句"即以传统笺注之法标明出处、考辨意义，以明了古典中的丰富内涵。"考证本事"即知人论世的社会历史批评。今典不明则今意难解，进而古典所指亦暗。"以诗证史"指向诗词的创作门径，也可分为二：以诗笔存史，以史笔写诗。前者是指诗词要对社会历史、时事政治、民生百态关注，即以存一时代历史的"诗史"为标的。后者是指创作艺术手法上的"微言大义"，即以措辞、用典、互文、比兴、反讽等艺术手法构建一套诗歌隐喻系统，传达自我情思与批判意识。只有"以诗证史"才能用诗歌表达对时代社会的关切，实现"文以载道"的理念；只有"以史证诗"方能做到"知人论世"，阐释前人诗词中社会时代关涉，理解诗词背后的隐微叙事。从这个意义上看，学衡派中吴宓、吴芳吉、胡先骕、邵祖平等人的诗学与诗作都可以"诗史互证"概念统摄。吴宓的"诗为社会之小影，诗人莫不心在斯民"[③] 的载道观、吴

---

① 吴芳吉：《吴芳吉全集》，傅宏星编校，华东师范大学出版社，2014，第 1236 页。
② 陈寅恪：《柳如是别传》，三联书店，2015，第 7 页。
③ 载吴宓著，吴学昭整理《吴宓诗话》，商务印书馆，2005，第 41 页。

芳吉"三日不书民疾苦，文章辜负苍生多"（《戊午元旦试笔》）的"诗史"抱负与"仿《神曲》旧例"的史诗写作计划、胡先骕的清代诗学研究系列文章里展现出的知人论世批评等，都传达出相通的诗学旨趣。

　　"审美批评"是学衡派批评显现的另一种特质，是对"诗史互证"的纠偏与补充。因为诗、史虽有紧密联系，但本属不同体式范畴，各有评价标准。作为文学之一种，诗不必也不能依附于史。因此，刘永济、浦江清等人的"审美批评"既突出诗歌本体地位，从语言、意象、结构、风格等文学特质着手分析，又能将背景本事考证、诗体溯源、意义解读等融为一体。刘永济《微睇室说词》、浦江清《词的讲解》、缪钺《名词欣赏》《名诗欣赏》、陈寂《诗论》、钱锺书《谈艺录》等都是如此。其中，浦江清《词的讲解》即是将考证、讲解与点评融为一体的典范。其在考证中对作者、渊源、本事进行审慎的辨别、取证；在讲解中对字词的择取推敲、音律的平仄高下、章法的起承转合、写法的情景事理进行层层推进式的详细解读；在评点中对某首词的整体风格意境、文学史上的地位、内容与形式的流变与开新进行综合的评价。总之，这种诗词批评"以语言学、心理学、哲学和艺术学配合以说诗的学术方法代表了古代另一个传统，即修词、评点、谭艺的传统与西方新学的融合"。①

　　以上内容从共时、历时及内部等视角对学衡派诗学做了初步考察，不难发现，学衡派诗学既没有像它自身标榜的那样"新"，也并不如白话新诗派所"估"的那样旧。实际上，学衡派诗学在改良创旧中对传统诗学不断损益、调整和转换，进而走向了新的融合与复兴。今天我们对学衡派诗学的重估与重塑，一方面为研究新诗提供了一个更为真实、复杂的历史镜像，另一方面也为探索从传统到现代的中国诗学脉络提供了历史佐证。目前学界对作为诗学流派的学衡派研究还不够充分，不过随着对相关史料的进一步钩沉、整理与编撰，以及对其诗学的生成、传播及谱系的深入探讨，学衡派的历史意义与当下价值将会得到更为全面的呈现。

———————————

　　①　胡晓明：《陈寅恪与钱锺书：一个隐含的诗学范式之争》，《华东师范大学学报》（哲学社会科学版）1998年第1期。

第十一章 抗战时期旧体诗词的
"合法性"建构问题 *

　　发生在 20 世纪三四十年代的中国人民抗日战争"是中国人民抵抗日本帝国主义侵略的正义战争，是世界反法西斯战争的重要组成部分，是近代以来中国反抗外敌入侵第一次取得完全胜利的民族解放战争"。[①]这场全民抗战给当时中国社会的政治、经济、文化等各个层面都打上了独特的"战时印记"，文学亦不例外。正所谓"国家不幸诗家幸"，曾经在五四新文学运动中饱受批判的旧体诗词在硝烟弥漫、诡谲动荡的战争环境中，呈现出蓬勃生长的态势。抗战时期的旧体诗词凭借其民族解放的战争背景、身份多样的创作群体、丰富多元的思想内涵、古今融合的诗艺变革等特质，成了中国现代旧体诗词的创作高峰之一。[②]但"新文学"长期以来在中国现代文学史上占据绝对的权威话语地位，故而抗战时期的旧体诗词作为"旧文学"并没有得到与之存在意义相匹配的文学

　　＊　本章原刊《社会科学战线》2018 年第 3 期，署名李遇春、邱婕。

　　①　《全国人民代表大会常务委员会关于确定中国人民抗日战争胜利纪念日的决定》，载全国人民代表大会常务委员会法制工作委员会编《中华人民共和国法律汇编 2014》，人民出版社，2015，第 375 页。

　　②　刘梦芙在《补写骚坛信史，宏开诗国新程——论"五四"以来名家诗词研究》（《中国韵文学刊》2002 年第 1 期）一文中将抗战时期看作继清末民初之后的又一个旧体诗词创作的高峰期。胡迎建在《民国旧体诗史稿》（江西人民出版社，2005，第 20 页）中指出："在长达八年的抗战期间，旧体诗无论是创作者人数，还是创作的质量，都引起人们的瞩目……旧体诗因而出现复兴。"李遇春在《中国当代旧体诗词论稿》（华中师范大学出版社，2010，"前言"第 4 页）中提出："20 世纪旧体诗词有两个创作高峰期：一个是 20 世纪 30 年代至 40 年代的抗战时期，一个是新中国成立后的 20 世纪 50 年代至 70 年代。"

史地位。新时期以来，随着学界对中国现代文学研究边界的拓展与价值尺度的重估，尤其是随着"民国文学"概念的提出与运用，抗战时期旧体诗词的"合法性"建构问题已然越来越被学界所重视。

西方政治学对于合法性（legitimacy）有这样的定义："任何一种人类社会的复杂形态都面临一个合法性的问题，即该秩序是否和为什么应该获得其成员的忠诚的问题。"①因此，合法性论证是社会秩序的建立者与社会成员之间博弈的一个场域。若延伸至文学领域，合法性的建构过程便成为创建文学规范与文学秩序的言说者与从事具体文学创作实践的被言说者之间的一场较量。毋庸讳言，在这场文学的合法性较量中必然会存在话语权力或符号暴力的挤压，因此，一定时期的文学的合法性进程其实也就是文学本身在符号暴力或话语权力的重压下突围，力图重新获得价值认同的过程。一般而言，文学争取合法性的进程有两种话语途径，即自我正名与他者正名。自我正名发生在作家作品的内部，不被认可的焦虑逼迫着作家作品努力建构自身存在的合法性。他者正名一般发生在作家作品的外部，往往集中于对作家作品的精神内涵和审美意蕴的发掘，这主要不是通过作家自身而是通过文学研究者来完成其历史合法性的建构。毫无疑问，抗战时期的中国旧体诗人群体已经从创作上做出了自我正名，他们凭借古今融合的多样化创作开创了旧体诗词的现代中兴，初步克服了新旧文体博弈的文学现代化焦虑。因此，摆在后人面前的主要就是抗战时期旧体诗词合法性论证的他者正名问题，即如何从学术角度建构抗战时期旧体诗词的合法性。

一

对于现代学术而言，具有明确的概念范畴是一个学术命题存在的根本。而文学之"概念往往是一个时代的图腾，一个时代的历史缩影。这些具有不同命运的概念的集合，构成了一幅概念的地图。通过它们，我们因

_____

① 邓正来主编《布莱克维尔政治学百科全书》，中国政法大学出版社，1992，第408页。

此可以去把握一个时代的特点"。[①] 在中国现代文学史上，各种文学概念如群星璀璨，层出不穷，包括文学创作概念、文学理论概念、文学批评概念和文学史概念在内，它们的存在共同丰富了中国现代文学史的立体状貌。不难发现，在中国现代文学史上有许多概念是合法的存在，它们一经诞生就被文学史所接纳，而另外一些概念则常常被文学史有意无意地遮蔽，它们作为文学史上的另类或者文学秩序中的异端被放逐、被排斥、被屏蔽，但却一直在寻求合法化的机缘。毫无疑问，"抗战时期旧体诗词"就是一个这样的中国现代文学史概念，作为一个巨大而坚实的文学史存在，它却长期被中国现代文学史或中国新文学史的"概念的集合"所排除，于今，它正在逐步浮出现代性历史地表，艰难地寻求着文学史的合法性位置。所以，我们首先要做的就是为抗战时期旧体诗词的概念正名，只有对抗战时期旧体诗词概念的自我镜像做出深度描述，才能使其获得存在的理论证据，进而获得被解读、被阐释、被建构的文学史合法权利。

所谓"抗战时期旧体诗词"，特指中国抗日战争背景下的旧体诗词创作。对于这个特定的现代文学史概念，我们需要进一步明确其时间维度与空间维度，从时空上建构其概念的合法性。从时间维度来看，由于历史学界对中国现代抗日战争的时间界定有"八年抗战"与"十四年抗战"两种说法，故而抗战时期旧体诗词的时间范畴也相应地存在两种划分方式。在很长的一段时间内，"八年抗战"的提法占据主导地位。早在 1945 年 4 月，毛泽东在《论联合政府》的报告中指出："中国人民在其对于日本侵略者作了将近八年的坚决的英勇的不屈不挠的奋斗，经历了无数的艰难困苦和自我牺牲之后，出现了这样的新局面。"[②] 显然，"八年抗战"的时间界定有着其自身的合理性。尽管 1931 年的九一八事变标志着日本大规模侵华战争的开始，但直到 1937 年的七七事变爆发以前，"就全国来说中国人不是生活在战争状态中，中国的政治、军事也不是主要处于和日军作战的状态中"，而"在 1937 至 1945 年这八年中

---

① 旷新年:《中国现代文学理论批评概念》，清华大学出版社，2014，第 3 页。
② 毛泽东:《论联合政府》，载《毛泽东选集》第三卷，人民出版社，1991，第 1029 页。

国全国处于战争状态中，全体中国人或直接或间接都和战争联系着"。①
虽然"八年抗战"的时间界定一度达成共识，但是有关"十四年抗战"
的提法一直以草蛇灰线的状态存在，并最终在 21 世纪得到了官方的"认
证"。事实上，毛泽东在《论联合政府》中不仅指出中国人民经历了"近
八年"的抗战路程，而且提到"中国人民的抗日战争，是在曲折的道
路上发展起来的。这个战争，还是在一九三一年就开始了"。②2005 年，
胡锦涛正式指出："一九三一年九一八事变是中国抗日战争的起点。"③正
是从这一年起，"十四年抗战"的提法"在中国人民抗日战争纪念馆举
办的各种展览中固定下来"。④ 及至 2017 年 1 月，教育部颁发《关于在
中小学地方课程教材中全面落实"十四年抗战"概念的函》，进一步以
公文形式确立"十四年抗战"的时间维度。

　　基于此，本书将抗战时期旧体诗词的时间边界确定在 1931 年至
1945 年之间，力图站在新的历史高度上探究"十四年抗战"时期的旧
体诗词创作。诚然，1931 年九一八事变甫一爆发，旧体诗词的写作高
峰即随之开始，如姚伯麟的《辽警有感》、希鲁的《日本入寇东三省感
赋》、王一甲的《日占东省有感》、钱来苏的《九一八国难后有所见闻，
愤而赋此》、冯玉祥的《九一八》……这些血泪交织的诗作词章，就此
拉开了抗战时期旧体诗词联唱行吟的序幕。正是"在这一家国巨劫的大
事变之后，旧体诗词出现了 20 世纪以来第二个创作高峰"。⑤从这个角
度而言，相对于"八年抗战"的提法，"十四年抗战"更加吻合抗战时
期旧体诗词创作的历史实际情形，而且它赋予了抗战时期旧体诗词更为
绵延的时间线，能够更为全面地还原抗战时期旧体诗词的整体面貌。不
仅如此，随着"十四年抗战"历史进程的阶段性变化，中国旧体诗人的

<hr>

① 王桧林：《论"十五年中日战争"与"八年抗战"》，《抗日战争研究》2009 年第 1 期。
② 毛泽东：《论联合政府》，载《毛泽东选集》第三卷，人民出版社，1991，第 1034 页。
③ 《胡锦涛文选》第二卷，人民出版社，2016，第 330 页。
④ 李宗远：《"十四年抗战"还原了抗战历史全过程》，《党的生活》（黑龙江）2017 年
　　第 2 期。
⑤ 薛勤：《"九一八"文学旧体诗词初评》，《辽宁大学学报》（哲学社会科学版）2007 年
　　第 6 期。

个人身份认同面临不断重构的命运。在很大程度上，拥有丰厚创作实绩的战时旧体诗词能够映射出诗人的战时个人身份认同重构之路。一般而言，身份认同是对于"你是谁"这样一个问题的回答。看似简单的问题背后"其实包含了一组各不相同而又相互关联的内涵和过程"。[①]换言之，个人身份认同要素较为多样，但是从抗战时期旧体诗词文本出发，战时诗人的个人身份认同主要受到自我身份认同与民族身份认同两种因素的制约。围绕二者展开论述，能够对旧体诗人的战时个人身份认同之路进行有效的探究，并且能够揭橥"十四年抗战"旧体诗词的历史演变趋势。接下来笔者拟将抗战时期旧体诗词创作大致划分为三个阶段进行论述：发轫期（1931年9月至1937年6月）、中兴期（1937年7月至1941年12月）、沉潜期（1942年1月至1945年8月），以此初步完成抗战时期旧体诗词的时间建构。

抗战时期旧体诗词的发轫期起于1931年的九一八事变，终于1937年七七事变爆发前。在此阶段中，日军侵占了东三省并建立起殖民统治，随后华北不断沦陷，中华民族继晚清鸦片战争之后再度陷入危机。毫无疑问，这种抗战初期的战争语境使得旧体诗人在个人身份认同中自觉纳入了鲜明而强烈的现代民族意识。如1935年，续范亭感于国难民艰，意图剖腹自尽以明志，作有《绝命诗》五首。其一云："赤膊条条任去留，丈夫于世何所求？窃恐民气摧残尽，愿把身躯易自由。"其五云："灭却虚荣气，斩删儿女情。涤除尘垢洁，为世作牺牲。"诗人面临民气将尽、无地自由的残酷现世，为了拯救民族国家于危亡之间，他毫不犹豫地将个体之"我"推上时代祭坛，"我"的"生""死""情"在"世"面前都可以被"斩删"、被"牺牲"，表现出极强的民族认同感与忧患意识。但由于在此阶段中，抗日战争多为局部抗战、区域性抗战，并非中华民族整体性地被卷入这场战争，仍旧有相当广阔的地域以及相当数量的诗人延续着"非战"的生活轨迹，故而这种初期抗战局面还是给了不少旧体诗人以喘息的空间，其旧体诗词中依然存在执着于自我身份认同

---

① 任裕海：《全球化、身份认同与超文化能力》，南京大学出版社，2015，第3页。

的创作实践，很多诗词作品中洋溢着独特的文人趣味与对自由理想人格的追求。如 1936 年，刘永济闻"有讥卖文价贱者"，赋词《定风波》一阕。其中有句曰："莫把文章等菜斤，千金何补长卿贫。记否词仙留俊语，自许，疏梅香在纵成尘。 赖有龙芭堪一借，陶写，从他聋瞀与知闻。身外浮名真土芥，笑杀，扬云千载待扬云。"词人在国危家难之时，并未忘却对自身理想的瞻顾与坚守，针对他人讥文章价低之事而作自我解嘲之语。全词言辞铿锵，展示出词人高蹈独立的文人理想与人格追求。概言之，该阶段旧体诗人在进行个人身份认同时，自我认同与民族认同两种因素处于平行并举的状态。

抗战时期旧体诗词的中兴期起于 1937 年的七七事变，终于 1941 年 12 月的珍珠港事件。七七事变是抗日战争全面爆发的标志，意味着"平津危急！华北危急！中华民族危急"。① 全面抗战将旧体诗人抛向现实的洪流，颠沛流离的生存境遇带来了诗人个人身份认同的危机。沉浸在沉重的民族焦虑中的旧体诗人失去了较为从容的自我身份认同姿态，其个人身份认同的天平开始向民族身份认同全面倾斜，这使得此时的旧体诗词面貌呈现出前所未有的"整齐划一"的态势，表现出"地无分南北，年无分老幼，无论何人，皆有守土抗战之责任，皆应抱定牺牲一切之决心"② 的民族精神。如 1937 年 7 月 24 日，郭沫若有诗云："欣将残骨埋诸夏，哭吐精诚赋此诗。四万万人齐蹈厉，同心同德一戎衣"（《又当投笔》）；1937 年 9 月，日军进犯宝山，卢前有词曰："况此城与我，存亡关切。有我不能寸土失，要知吾土坚如铁"（《满江红·宝山之役》）；1939 年，董必武作诗云："泱泱古大国，众志已成城。势必驱胡虏，人思返汉京"（《英灵》）。在抗日战争全面爆发之后，诗人纷纷选择将"小我"之抒情主人公隐没，从而将个人命运与民族命运紧密相扣，发出全民族勠力同心、协作抗战的疾呼呐喊。总而言之，在此阶段，向民族、

① 中国共产党中央委员会：《中国共产党为日军进攻卢沟桥通电》，载中央档案馆编《中共中央文件选集》第 11 册，中共中央党校出版社，1991，第 274 页。
② 蒋介石：《庐山讲话》，载王修智主编《民国范文观止》，山东人民出版社，2011，第 606 页。

为民族成为旧体诗人此时个人身份认同的关键因素，而知识分子自我身份认同则以近乎隐身的姿态如影随形。如 1939 年，叶圣陶作诗《王献唐以所绘山水相赠题二绝，依韵酬之》。诗人一改或涕泪横流或金戈铁马的民族身份认同体验，将落脚处回归自身，认同友人献唐在战乱中以"图写凌云静读书"的姿态修得"耕烟妙笔"的另类行为。他在第二首中进一步描述友人献唐画中"丛蕉滴翠峭壁苍，一卷空亭意味长"的清幽之境，认为此为"安心无上法"，欣赏"不须危涕望斜阳"的从容处世姿态。这两首诗作表明诗人在民族身份认同之外，还选择从自我生命体验切入，寻求个人身份认同的自觉意识。但在全民抗战的历史语境中，旧体诗词创作毕竟还是以抒发纯粹而炽烈的家国情怀为主。而且伴随着这种抒写主调的是旧体诗人们"大我"的张扬和外向性的情绪表达，以及关于战争的各种宏大叙事与抒情。

抗战时期旧体诗词的沉潜期起于 1941 年 12 月珍珠港事件后，终于 1945 年 8 月日本投降。珍珠港事件标志着太平洋战争的开始，也意味着中国抗日战争开始进入相持阶段后期，此时的中国遭遇到了更为严峻的军事压力与经济压力。在此阶段，经历了全面抗战初期的恐慌与流离后，大部分旧体诗人的生存境遇渐趋稳定。此时的他们仍旧坚持抗战必胜的信心，但是僵持的抗战局面、困顿匮乏的物质生活、纷乱的时事政局等现实，在不同程度上又消磨了他们的抗战热情。不少旧体诗人或多或少地面临"精神上的迷茫与颓唐"。[1] 在这种复杂矛盾的心境中，旧体诗人尝试着肩负起民族救赎与自我救赎的双重使命。此时的他们在牵挂民族命运的同时，开始尝试将这种战乱命运体验"当成一种自由，一种依自己模式来做事的发现过程"。[2] 在这种二元复调的创作心态中，诗人之自我身份认同与民族身份认同形成合流之势，成为战时个人身份认同的新形态。如钱锺书 1943 年作《斯世》云："斯世非吾世，何乡作故乡。气犹埋剑出，身自善刀藏。朴学差成札，芳年欲缩杨。分才敢论斗，愁

---

① 陈平原：《抗战烽火中的中国大学》，北京大学出版社，2015，第 194 页。
② 〔美〕爱德华·W.萨义德：《知识分子论》，单德兴译、陆建德校，三联书店，2016，第 72 页。

固斛难量。"置身于民族危难中的钱锺书,其内心愤懑恨不能犹如"埋剑"出土冲天,但囿于沦陷区之困局,他又不得不"身自善刀藏",偷生于乱世。即使如此,诗人也未消沉颓废,而是选择珍惜时光,埋首学术以修其身。但再多的才学也无法消磨诗人内心中难以斛量的家国愁绪。此诗用语平实,却因情意灌注而显得真切感人。诗中,民族救亡意识与诗人的自我修身体验缠绕交织,折射出抗战后期诗人双重的身份认同之路。再如1944年,张恨水作有《浣溪沙(五阕)》,其五曰:"起舞谁人唤渡河?引杯欲唱大风歌,故园迢递隔干戈。一盏苦茶消永夜,半窗黄月下山河,《离骚》读得泪滂沱。"此词为抗战末期词人客居重庆时所作,全词起势飘逸豪纵,落笔沉郁悲凉,令人潸然泪下。词人将"我"于不寐之时读书饮茶喝酒的日常体验与对家乡故园的深深怀念,还有报国为民的慷慨情怀并于一处进行叙写,自我身份认同与民族身份认同遂整合一体。总而观之,该阶段的诗词审美不再受制于国事的牵绊,而是向着更为深广的社会生活进发,诗词从而获得"家国一体"的书写情怀。除此之外,较"中兴期"诗词之激昂悲愤的情绪表露,该阶段的诗词基调较为低沉和缓,情感表达更显内敛醇厚,笔力书写渐趋深重刻骨。

与较为恒定的时间维度相比,抗战时期旧体诗词的空间维度兼具流动性与稳定性的双重特点。从大的空间构架观之,抗战时期旧体诗词创作多出现于中国以及南洋等地。但细究下去,这些大的地理区位往往因其不同的政治语境而被细分为特定的政治空间。就中国大陆而言,主要包括日军占领的沦陷区、中国共产党领导的解放区以及国民党统治的国统区。这三大政治空间其实并非恒定不动,而是随着战争的行进不断地发生更易。抗战时期旧体诗人群体中不少人正是在这些不同的政治空间中辗转流动,由此他们的诗词创作蒙上了更加复杂的面纱。如抗战伊始,新文学家郁达夫由上海而杭州而福州而武汉,并于1938年赴新加坡,最后长眠于印尼苏门答腊。[1]再如学人刘永济从九一八事变始,便

---

① 郭文友:《千秋饮恨——郁达夫年谱长编》,四川人民出版社,1996,第996~1915页。

一路南下。① 即使是在 1938 年后的战略相持阶段与战略反攻阶段中，仍旧有不少诗人辗转于解放区、沦陷区、国统区。政治地理空间的频繁转换，使得抗战时期旧体诗词的空间维度极具流动性与变化性。但稳定性也不能忽视，这种稳定性在抗战时期旧体诗词的主要书写空间——中国大陆表现得最为突出。就大陆而言，"从芦沟桥事变到武汉广州沦陷，中国华北华中和华南大部分地区已被日军占领。国民党军队的主力已大部退往西南和西北。中国共产党领导的八路军和新四军已深入华北和华中敌后广大地区，开展游击战争，建立敌后抗日根据地"。② 可见在抗战全面爆发后，有关国统区、沦陷区和解放区三种政治空间的书写便构成了抗战时期旧体诗词创作的主体。至于台港澳和南洋地区的抗战时期旧体诗词书写，同样呈现出相对稳定的态势，均能构成比较稳定的研究对象。由于主客观条件的限制，拙著此处以中国大陆为主，论述战时旧体诗词在不同政治空间中呈现的不同形态。

首先看国统区。七七事变爆发后，旧体诗人中的主要写作群体——新文学家、大学教授、政界人士、书画家以及女性诗人大多面临生存境遇的重新选择。而由于抗战时期机关与高校的内迁，加之偏居敌后的地理位置，不少旧体诗人将国统区作为避寇的首选之地。因之，与解放区、沦陷区相较，国统区拥有数量比较庞大的旧体诗人群体。与诗人群体相伴的是国统区诗词社团的繁盛，据粗略统计，在中国大陆，建立于七七事变爆发与 1945 年日军投降期间 ③，且具体成立年份与成立地点皆可考

---

① 徐正榜、李中华、罗立乾编著《刘永济先生年谱》，载《刘永济集：诵帚词集 云巢诗存》，中华书局，2010，第 299~424 页。

② 白寿彝：《中国通史纲要》，中国友谊出版公司，2016，第 380 页。

③ 除却东三省地区，解放区、国统区、沦陷区的"三角型"政治空间的渐趋形成是在1937 年七七事变以后，因此，在正文中不再将抗战初期的诗词社团（东三省的诗词社团除外）纳入其中。但据粗略统计，在抗战初期，诗词社团已经开始蜂拥而起，在此处将其中年份与地点皆可考的诗词社团列举如下：建立于 1932 年的湖社（上海）、白下—石城诗社（南京）、韶阳诗社（广东韶关）、梅社（南京）；建立于 1933 年的因社（上海）、哭社（上海）、词学季刊社（上海）、绮社（江苏盐城）；建立于 1934 年的画中诗社（上海）、无锡国专的持恒诗社、秋水诗社、芙蓉诗社、国风诗社；建立于 1935 年的如社（南京）、声社（上海）、南社纪念会（上海）、寿香社（福建福州）；建立于 1936 年的夏声社（广东广州）、桃谷诗社（福建永春）、蛰园律社（北平）、冷枫诗社（天津）等。

的诗词社团有将近 40 个。[①] 其中国统区便占据了大部分，兹列举如下：莫江吟社（湖南新化）、雍园词社（四川巴县）、潜社渝集（重庆）、椒花诗社（云南昆明）、中兴诗社（重庆）、山中诗社（湖南安化）、罗湾诗社（重庆）、饮河诗社（重庆）、海星诗社（成都）、保国爱家乡诗社（湖北洪湖）、澄江诗社（江西泰和）、青原诗社（江西吉安）、千龄诗社（兰州）、风雨龙吟社（浙江龙泉）、正声诗词社（成都）、蚕社（贵州遵义）、南社闽集（福建永安）、湄江吟社（贵州湄江）、湘川诗社（贵州遵义）、藕波词社（成都）、友声诗社（四川自贡）、五溪诗社（湖南辰溪）等。国统区的旧体诗词在坚持家国情怀的书写共性外，具有较为独特的主题选择。其中尤为突出的是高扬的忧患思绪与批判意识。除此之外，国统区的旧体诗人拥有良好的古典文学素养，在创作时多注意诗语的提炼与诗艺的研磨，奉献出较为丰富的诗词作品。

在抗战时期，解放区的旧体诗词写作也蔚然成风，并具有独特的艺术气象。中国共产党内的党政军领导多参与至旧体诗词创作中来，如毛泽东、林伯渠、董必武、徐特立、谢觉哉、吴玉章、朱德、叶剑英、陈毅、刘伯承、续范亭、李木庵、陶铸、郭化若等。除此之外，在解放区的进步文人也是抗战时期旧体诗词创作的主力，如钱来苏、董鲁安、萧军、邓拓等人。虽然解放区的诗词社团数量较少，但是和国统区与沦陷区相较，解放区的诗词社团具有更为浩大的声势与规模。建立在潼阳县的潼阳正气诗社便是其中的一个，诗社由时任潼阳县抗日民主政府县长的江剑农任社长，诗社成员有机关干部"刘锡九、周晓江、刘荣甫，开明绅士胡锦斋、周凤殿等"20 余人。[②] 当然，更具声势与规模的还是建立于敌后革命根据地的三大诗社：怀安诗社（延安）、湖海艺文社（江

---

① 所列社团除却根据笔者手中的一手资料外，另参考了毛大风辑录《百年诗坛纪事 1896—1996》（钱塘诗社印行，1997）、施议对编《当代词综》（海峡文艺出版社，2002）、吴海发著《二十世纪中国诗词史稿》（中国文史出版社，2004）、曹辛华作《百年词社考论》（2008 年词学国际学术研讨会）、尹奇岭著《民国南京旧体诗人雅集与结社研究》（中国社会科学出版社，2011）、马大勇作《近百年词社考论》（《文艺争鸣》2012 年第 5 期）等相关著述。

② 沭阳县地方志编纂委员会：《沭阳县志》，江苏科学技术出版社，1997，第 725 页。

苏阜宁）、燕赵诗社（晋察冀边区）。此三大诗社囊括了解放区的大部分旧体诗人，说是解放区抗战时期文学中弘扬"主旋律"的主力军也并不为过。解放区身处敌后，物质较为匮乏，抗战形势较为严峻，但是解放区的旧体诗人在进行旧体诗词创作时往往专注于描述战事、政事与民事，而且洋溢着乐观积极的革命态度，流露出抗战必胜的勇气与信心。解放区旧体诗词诗艺上的最大特点在于口语语词与白话语体的入诗实践，此类诗词大多浅白易懂，具有"新鲜活泼的、为中国老百姓所喜闻乐见的中国作风和中国气派"。[①]

再看沦陷区。在抗战时期，新文学家俞平伯、王统照、周作人等人都因种种原因滞留沦陷区。除此之外，还有不少其他身份的诗人也曾滞留在沦陷区，如夏敬观、陈曾寿、金松岑、冒鹤亭、高燮、郑桐荪、杨圻、顾随、王瀣、钱仲联、龙榆生、钱锺书、冒效鲁、叶恭绰等学者诗人；黄宾虹、齐白石、溥心畬、陆维钊等书画家诗人；汤国梨、陈小翠、丁宁、周炼霞、叶嘉莹等女性诗人。沦陷区的旧体诗人中还有一种特殊的失节者类型，著名的有郑孝胥、汪精卫、梁鸿志、黄秋岳、曾仲鸣、任援道、陈公博、王揖唐、江朝宗、李宣倜、褚民谊等汉奸政客诗人，毋庸讳言还包括周作人、龙榆生、赵尊岳、冒效鲁等失足的文人诗人。沦陷区亦有一定数量的诗词社团[②]，比较重要的有商山诗社（黑龙江宁安）[③]、瓶花簃词社（北平）、延秋诗社（北平）、余园诗社（北平）、诚正文学社（上海）、玉澜词社（天津）、梦碧词社（天津）等。这些滞留于沦陷区的诗人大多拥有良好的古典文学素养，亦执着于对传统诗词艺术的探寻与开拓。但与国统区、解放区的诗人相较，沦陷区的诗人面临更为复杂的时局形势。这导致他们中不少诗人专注于"闭门造车"，在

---

① 毛泽东：《中国共产党在民族战争中的地位》，载《毛泽东选集》第二卷，人民出版社，1991，第534页。

② 此处不包括仅活动于上海"孤岛"的诗词社团，如建立在上海租界内，但在上海沦陷后解散的午社与西社诗社；再如建立在未沦陷时的上海租界内，但社团活动结束时间尚不可考的群雅社、变风诗社。

③ 商山诗社成于1937年，但具体成立月份不可考。由于其时黑龙江宁安已属沦陷区，故放置于此。

诗词中多做隐语、趣语，以此来隐藏内心深处的真实思绪。如周作人便说他自己的苦茶庵打油诗的"文字似乎诙谐，意思原甚正经"。[1] 再如顾随的诗词中罕有直陈时事与过于情绪直露的语词，诗人之万千心绪多被堆叠入诗句词章的更深处，正所谓"好像天地间只有萤和鸟，但一切痛苦皆在其中"[2]，这就是沦陷区诗人的难言隐痛。

　　需要特别指出的是，除却上述的解放区、国统区与沦陷区，尚有少数旧体诗人处于其他空间维度。如郁达夫便远赴新加坡进行抗日救亡活动，并创作出大量的海外战时旧体诗词。其实，抗战时期旧体诗词还应包含"吕碧城、蒋彝等人漂洋过海的海外旧体诗词创作，潘受等新加坡和马来西亚等国的华人旧体诗词创作等"。[3] 这些漂洋过海的诗人以及海外华人的战时诗词中具有很强的离散经验和异域色彩，为此类诗人的个人身份认同添加了更多的向度与因素。总之，战争的爆发将原处于象牙塔中的旧体诗人推向了残酷的现实，无论是直接参与战事还是避寇于偏远之地，诗人们的生活境遇与精神姿态都兜转不开战乱这一时代语境。对于抗战时期旧体诗词而言，其时间维度与空间维度的确立，都与"抗战"二字息息相关。抗战时期旧体诗词的时空维度与抗日战争的时空维度保持严格的同构关系，抗战时期旧体诗词的演变过程不仅与"十四年抗战"的历史阶段性变化基本契合，而且在抗战时期的不同政治空间中活跃着不同的诗人创作群体与诗词社团，各自都具有不同政治空间的共同思想与艺术取向。显然，绵延曲折的时间维度与多元复调的空间维度证实了抗战时期旧体诗词的存在不是昙花一现，其是承载了中华民族的历史记忆与心灵刻度的重要文体形式。

二

　　抗战时期旧体诗词凭借自身丰厚的创作实绩，获得了很有限的"合

---

① 周作人：《苦茶庵打油诗二十四首》，载《知堂杂诗抄》，岳麓书社，1987，第3页。
② 顾随：《驼庵诗话》，载《顾随全集》3《讲录卷》，河北教育出版社，2000，第10页。
③ 李遇春：《中国现当代旧体诗词平议》，《创作与评论》2014年第20期。

法性"地位。很长时间以来,"生不逢时"的抗战时期旧体诗词始终处于尴尬的文学史缝隙中,飘摇不知所终。尽管抗战时期旧体诗词时常被"书写文学史"所"错失",但不能否认,抗战时期旧体诗词确是"事实文学史"①中的重要组成部分。如果没有对抗战时期旧体诗词的文学史坐标做出较为清晰的认定,在阅读和研究时就会缺少相应的参照标准和规范,从而使评述变得虚空、缥缈甚至力不从心。因之,思考并尝试进行抗战时期旧体诗词的文学史建构已然成为当务之急,这也是建构战时旧体诗词"合法性"的必经之途。目前学界开始了针对包括抗战时期旧体诗词在内的现代旧体诗词的文学史建构,并取得了一定的成果。但是,建立起具有"全局性眼光"的抗战时期旧体诗词的文学史形态依旧有较长的路要走。总的来说,抗战时期旧体诗词"合法性"建构的重要途径——"入史"实践可以从以下领域展开:民国文学史领域、中国诗词史领域、现代诗歌史领域以及中国现代文学史料学领域。

第一,抗战时期旧体诗词是民国文学史建构中的重要文学存在。五四新文化运动以来,中国文学发生了数千年来未有之新变革,新文学呈现出与古典文学不同的现代特质。因此,以"现代文学"或"新文学"为此后三十年间的文学,乃至为整个百年来的中国现当代文学进行命名在某种程度上已成为学界的成规。中国现代文学由此成为一门独立的学科。但是,现代文学这一学科的内涵并非一成不变。早在1995年,樊骏在提及中国现代文学时,认为这门学科"已经不再年轻,正在走向成熟"。②而陈思和在2008年发表了《我们的学科还很年轻》③一文,他认为中国现代文学学科的范畴与观念尚不稳定,这门学科"还很年轻"。"走向成熟"的推断与"还很年轻"的表述看似矛盾对立,却不谋而合地证实了同一个观点:中国现代文学学科尚未成熟。在阐释与对话中梳理、形成、修补、重塑既有的模式与成果,是中国现代文学学科建设的

---

① 李昌集:《文学史中的主流、非主流与"文学史"建构——兼论"书写文学史"与"事实文学史"的对应》,《文学遗产》2005年第2期。
② 樊骏:《我们的学科:已经不再年轻,正在走向成熟》,《中国现代文学研究丛刊》1995年第2期。
③ 陈思和:《我们的学科还很年轻》,《文学评论》2008年02期。

活力来源之一。在这种复调对话的研究氛围中，随着学科建设的深入，不少学者开始对中国现代文学之核心概念进行重估。"民国文学"的概念便在这种研究语境中被正式提出。近些年来，在日渐"热闹"的民国文学研究领域中，建立起一部完整的民国文学史成为不少学人所希冀的学术目标与努力的学术方向。

显然，民国文学史具有与现代文学史不同的特质。"现代文学"这一定义更注重中国文学本身的话语机制由古典至现代的转换，它强调的是中国现当代文学的现代性价值观念和艺术表达形式，而"民国文学"的概念则更为客观和持中，更倾向于将特定的历史时间段落作为文学史断代划分的根本原则。正是这种立论的客观性，使得"民国文学"在文学史的建构中具有更多的选择性和历史话语空间。而抗战时期旧体诗词所具有的文化和文学特质与"民国文学"的立论基础大致吻合。首先，"民国文学"的立论基础之一便是中国现代文学话语的多元化与多样性。有学者指出："以往的中国现代文学研究关注启蒙话语（人性解放、个性解放）与社会话语（社会批判、暴力反抗）较多，而对国家话语和民族话语的关注度不够。事实上，文学的脉动始终与国家的命运、民族的危机息息相关。"[①]虽然五四以来，"启蒙"成了中国现代白话新文学的精神主脉，但在进入抗战时期以后，由于全民族抗战语境的强化，"救亡"已成为中国现代文学的主流话语形态。而就在抗战军兴中，原有的现代文学格局被重新划割，传统诗词形式开始强势进驻。原有的以"西学"为中心的文化语境逐渐演化成中西古今相碰撞、相结合的新型民族文化语境。因此，作为"国难文学"的抗战诗词，凭借其对国家话语与民族话语的抒写，已然成为民国文学史建构中的重要文体形式。

其次，"民国文学"的另一个重要立论基础是新旧文学形态的共存。诚然，五四新文学运动开创了一个新的文学时代，但是初期新文学家们坚持"凡新者必加推崇，凡旧者一并舍弃"的近乎全盘反传统的激进文

---

① 张中良：《民族国家概念与民国文学》，花城出版社，2014，第22页。

学姿态，将新兴的白话文学与传统的古典文学置于历时性的文学史坐标中，且断定新文学是适应"进化论"的新型文学形态，而传统的"旧文学"形态必将走向覆灭的命运，这种现代性崇拜在很大程度上遮蔽了传统文学样式即使在现代语境中依旧存在的文学事实。如今中国文学的现代性情结逐步消解，20世纪90年代以来，越来越多的中国学者开始走出现代性藩篱，他们打破了传统与现代二元对立的思维模式或价值立场，转而追求二者之间的文化或文学的同一性与对话性，新旧融合和古今会通越来越成为新一代学人的文化和文学理想。而"民国文学"概念的提出在某种程度上正好顺应了这种新旧融合的文学研究趋势。只有在"民国文学"视域内，我们才能打破新旧文学壁垒，将传统样式的旧体文学纳入文学史建构中来。抗战时期旧体诗词作为民国旧体文学的突出代表，具有相当的创作实绩与受众群体，且形成过可观的创作热潮，唯其如此，它才必然会成为民国文学史建构中的重要文学现象。作为一个极具包容性的概念，"民国文学"涵盖了"新与旧、中与外、左与右、写实与浪漫、传统与现代，多种因子彼此对立，也互相交织，互有排斥，也不无汲取……"①这种特质给抗战时期旧体诗词"介入""融入"民国文学史提供了新的可能性，必将大力推动抗战诗词的民国文学史"合法性"建构进程。

第二，抗战时期旧体诗词是中国传统诗词的延续与新变，是古典诗词在现代社会中重焕光彩的重要一环。中国古代文论向来重视"通变"之道，并非一概是复古拒变的陋儒之言，更何况古人的文学复古旗号常常是用来进行文学革新的策略。故而钱穆称："吾古人早知变。"②进入近现代以来，文学革新乃至文学革命的浪潮席卷神州。近人王国维明确提出"凡一代有一代之文学"③，这是对中国古典文体代嬗史观的进一步提炼与发展，为五四文学革命拉开了序幕。作为新文学的理论

---

① 张中良:《民族国家概念与民国文学》, 花城出版社, 2014, 第26页。
② 钱穆:《晚学盲言》(下), 广西师范大学出版社, 2004, 第33页。
③ 王国维:《宋元戏曲史》, 中华书局, 2010, 第1页。

旗手,胡适声称:"古人已造古人之文学,今人当造今人之文学。"①这与王国维的文学史观一脉相承。不同在于,五四新文学先驱除了传承中国古代文学通变论和文体代嬗论之外,他们还明确地借鉴了西方近现代的进化论文学史观。正是在文学进化论的支配下,五四新文学家们"不破不立",以激进的立场和姿态对中国文学进行颠覆性重建,其意在于使中国新文学与中国古典文学传统断裂,成为截然不同的"一代之文学"。于是现代白话文学的勃勃态势将绵延了数千年的中国古典诗词史割裂开来。自此,似乎中国传统诗词的命运轮盘已然停下。不少中国诗词史将传统诗词的创作历史截止于晚清,甚至有中国诗史认为清诗是"旧体诗之终局"②。这种文学史建构自然有其合理之处,但在很大程度上人为地隐匿了现代旧体诗词的存在。旧体诗词在现代社会的延续与发展,尤其是在抗战时期的高峰表现,有力地接续或修复了中国古典诗词传统的五四断裂地带。

抗战时期旧体诗词与延续数千年的中国古典诗词血脉相通。在中国古代诗歌史上,有关战乱年代的诗词创作一直都是值得后人珍视的华彩乐章。与冲淡隐逸的山水田园诗词相比,边塞诗词更能激发民族的豪情与历史的担当。鸦片战争以来,中华民族面临三千年未有之变局,一时间丧师失地、瓜分豆剖,亡国灭种的民族危机阴云笼罩。自龚自珍至南社诸子,中国诗人无不在诗词创作中自觉地发扬古代边塞诗词传统,直面战乱中的民族命运,书写战乱中的民族心史。直至抗战军兴,面对日寇的铁蹄与淫威,中国诗人再次将边塞诗词传统推向历史的高峰。人不分党派,地不分南北,中国诗人团结在民族救亡的旗帜下谱写了一代抗战诗史。中国古典诗词中有许多代代相传的创作传统,如"胡马""秋风""行戎""关塞"等意象群体,雄健、苍劲、悲凉、豪放等意境风格,纪实、白描、抒情、写意等创作技法,登高怀古、羁旅流亡、感时忧国、思亲念旧等创作题材,以及灌注于其中的古典士人品格和心性,凡此种

---

① 胡适:《历史的文学观念论》,载欧阳哲生编《胡适文集》2,北京大学出版社,2013,第 27 页。

② 李维:《中国诗史》,江苏文艺出版社,2008,第 216~228 页。

种都成了有意味的艺术形式，被抗战时期旧体诗词所继承并发扬。需要指出的是，抗战时期旧体诗词并不是简单地复制传统的文体形式，更不是固执地"向后看"的文体古董，而是在继承传统的基础上打破对传统的"迷信"，从而成了一种"有选择地否定传统"①的文体创作实践。在新的抗战语境中，以现代人的思绪情感、言说习惯对传统诗词的意象、意境、题材、体裁、风格等方面进行创造性的转化，已然成为战时诗人们所自觉肩负的历史使命。因此，将包含了抗战时期旧体诗词的民国旧体诗词纳入整个中国诗词史中，能够使其获得中国诗词史一体化进程的历史合法性。

目前，由于现代旧体诗词研究进程的加快，学界已经有相关的旧体诗词入史的成果出现。如孙多吉编著的《中国诗歌史》便囊括了自上古至当今的古典诗词，包括"中国古代诗歌史、近代诗歌史、现代诗歌史、当代诗歌史"。②其中"现代诗歌史"的章节新旧并重，涉及不少抗战时期的诗人诗作。这种"打通式"的诗词史建构为缝合现代旧体诗词与古典诗词之间的裂缝做出了有益尝试。除此之外，在进行的旧体诗词的文学史建构中，出现了不少有关现代旧体诗词的"断代史"。如朱文华的《风骚余韵论：中国现代文学背景下的旧体诗》（复旦大学出版社，1998）、吴海发的《二十世纪中国诗词史稿》（中国文史出版社，2004）、胡迎建的《民国旧体诗史稿》（江西人民出版社，2005）、李遇春的《中国当代旧体诗词论稿》（华中师范大学出版社，2010）、刘梦芙的《近百年名家旧体诗词及其流变研究》（上、下册）（学苑出版社，2013）等。在这些诗词史著作中，抗战时期旧体诗词或作为整体的诗潮出现，如胡迎建的《民国旧体诗史稿》便以抗战时期旧体诗为明确的研究对象，对其勃兴的原因以及精神内涵等方面进行了专题论述③；或通过典型的个案或群体研究来揭示抗战时期旧体诗词的思想艺术特质，如李遇春的《中国当代旧体诗词论稿》便在上编"转型篇"中对郭沫若、田汉、叶圣陶、

---

① 〔美〕爱德华·希尔斯：《论传统》，傅铿、吕乐译，上海人民出版社，2014，第47页。
② 孙多吉编著《中国诗歌史》，陕西人民出版社，2005，第1页。
③ 胡迎建：《民国旧体诗史稿》，江西人民出版社，2005，第16~34页。

老舍四位新文学家出身的旧体诗人进行了专题考察，通过比较他们的抗战诗词与新中国成立后诗词的审美差异，认为"他们从'遗民之诗'到'新台阁体'诗词，从抗战中'宗南宋'到建国后'主盛唐'，划出了20世纪旧体诗词从'现代'到'当代'转型的一条内在轨迹"①。应该承认，这些中国现当代旧体诗词史著的出现，已经将抗战时期旧体诗词纳入中国诗词发展史的逻辑进程，并且凭借历史的和美学的双重考察，让抗战时期旧体诗词逐步赢得合法化的文学史身份。

第三，抗战时期旧体诗词是中国现代诗歌史中值得珍视的思想和艺术宝藏，更是中国抗战诗歌史的"半壁江山"，也是中国新诗乃至新文学研究中不可或缺的互文性存在。五四新文学运动以来，中国现代诗歌史便被现代白话新诗所垄断，新诗或"现代汉诗始终以一个反偶像崇拜者的姿态出现，和一位令人生畏的前辈——三千年的古典诗歌传统——进行针锋相对的斗争"。②在这种激进的反传统诗歌创作语境下，旧体诗词被迫沦为中国现代诗歌史的地下潜流。但是抗战时期旧体诗词的另类"在场"，决定了它和同时期的新诗并肩战斗，共同承担起了时代赋予的文学使命。旧体诗人们在战时走出象牙塔，在流离中书写中华民族的屈辱与抗争："眼底河山失色，何须问、鬓发欺霜"（章士钊《满庭芳·寄怀弘度嘉州》）、"归来满袖黄人血，含泪灯前看大刀"（夏承焘《沪战壮士歌》）、"中原白骨三千里，一纸家书掩泪看"（陈小翠《除夕寄蜀》）……不难想见，抗战时期旧体诗词能够在现代旧体诗词乃至整个现代诗歌中脱颖而出，原因之一便在于它和抗战这一重大历史事件之间存在同构共振的关系。正是抗战的宏阔历史语境为旧体诗词这种较为个人化、私密化的写作行为提供了公开的写作平台与公共的话语空间。从此，旧体诗词不再是"倒行逆施"的"逆流"或曰从"旧书堆"中走出的"古物"，而是与新诗"同声歌唱"的重要伙伴。

不能否认，抗战时期的新诗有着辉煌的业绩，但毋庸讳言，在这些

---

① 李遇春：《中国当代旧体诗词论稿》，华中师范大学出版社，2010，"前言"第14页。
② 奚密：《诗的新向度：从传统到现代的转化》，载吴盛青、高嘉谦主编《抒情传统与维新时代——辛亥前后的文人、文学、文化》，上海文艺出版社，2012，第630~631页。

新诗中也充斥着大量的呼号式、过于直露浅白的"急就章"。如果我们能像对待抗战新诗那样，以客观的立场评价抗战旧体诗词，那就必须正视后者的巨大历史价值。虽然抗战时期的旧体诗词中有些诗词作品也存在"已死"文学的呆板，甚至带着"打油诗"的游戏痕迹，但是其中也确实存在着大量的艺术佳品，只不过由于传播媒介的限制，世人所知不多而已。可见抗战时期的新诗与旧诗，两相权衡，各有优劣。因此，以新旧之维简单地评判抗战时期诗歌的地位与价值无论如何都显得有些牵强。无论是抗战时期的新诗还是旧体诗词，二者都有应该摒弃的糟粕，也都有应该撷拾的精华。正如刘勰在《文心雕龙·知音》中所云："无私于轻重，不偏于憎爱，然后能平理若衡，照辞如镜矣。"今人只有秉承这种客观的诗歌评判观念与立场，才能在碰撞、并存与融合之中沉淀出真正意义上的现代诗歌经典。显然，对抗战时期旧体诗词的重新发现和整理，能够缝补白话新诗的横空出世所造成的中国诗歌话语的断裂，从而使旧诗得以与新诗一起，共同流衍出完整的中国现代诗歌史。只有新旧并存的现代诗歌史，才能提供完整的解读现代文人心境的立体场域。同理，只有新旧并重的抗战诗歌史，才能对抗战时期的诗学环境、诗人心态、诗歌风格等各方面做出更为客观公正的评价。

就目前的文学史建构而言，容纳了抗战时期旧体诗在内的现代文学史或诗歌史已出现了多种。就中国现代文学史的编纂而言，现代旧体诗词以及抗战时期旧体诗词多以依附或补充的形式存在于各种现代文学史教材中。如在周晓明、王又平主编的《现代中国文学史》中，抗战时期旧体诗词便以"战时战后的旧体诗词"①之专节形式出现。再如黄曼君、朱寿桐主编的《中国现代文学史》，该著的第三编第四节以"民族诗坛"②为依托对抗战时期旧体诗词展开论述。书中详细介绍了"民族诗坛"的体制和历史，并对聚拢在其旗下的诗人于右任等进行了个案研究。如此这般建构抗战时期旧体诗词的文学史身份，虽然功莫大焉，但难免有以偏概全或削足适履之处。至于现行的抗战诗歌史的编纂，新旧

---

① 周晓明、王又平主编《现代中国文学史》，湖北教育出版社，2004，第732~738页。
② 黄曼君、朱寿桐主编《中国现代文学史》，武汉大学出版社，2012，第501~505页。

并举的诗歌史形态建构已经有了不错的成果。如苏文光的《抗战诗歌史稿》在尽述新诗之后，以"旧诗新话"为最后一章的主题，论述抗战时期旧体诗词的"竞写潮"以及抗战时期的诗词唱和。[①] 再如吕进等著的《大后方抗战诗歌研究》，直接将新诗与旧诗统一纳入现代抗战诗歌的话语体系，以"大后方抗战诗歌中的旧体诗词"[②] 为单独的一章，对大后方的抗战旧体诗词展开综合研究与个案剖析。显然，对于现代诗歌史或抗战诗歌史的编纂而言，抗战时期旧体诗词的融入已经成为其诗歌史构建的内在理路和必行趋势。但目前而言，抗战时期旧体诗词大都是作为现代诗歌史的补充式或附骥式存在，尚未获得真正的文学史或诗歌史主体地位。如何将现有的拼贴式文学史模式转变为融合式的文学史模式，进一步确立抗战时期旧体诗词在中国现代诗歌史中的合法性学术地位，依旧是任重而道远的学术命题与使命。

抗战时期旧体诗词是中国现代文学史料学建构的重镇。有学者指出："凡一门成熟的学科，应当具备相对稳定的文献学基础。"[③] 若仅凭借许多貌似科学合理的现代研究方法，而没有较为扎实的史料搜集与整理工作做基础，相关研究的进行便"似令巧妇为无米之炊也"。[④] 与古典文学相较，现代文学距今不算久远。这种不长的时间距离既给现代文学史料学的建构提供了方便，也使得现代文学史料学的建构至今仍处于不断积累的阶段。相对于现代新文学史料的编纂与整理，现代旧体文学史料的编纂与整理处于现代文学史料学的初始阶段，而集中对抗战时期旧体诗词史料进行编纂与整理则尤其显得迫在眉睫。因为没有系统而完整的文学史料储备，就无法开展真正全面而深入的文学史研究，文学史料学是文学史学的学术支柱。对抗战时期旧体诗词史料文献进行整理研究，不仅对中国现代文学史料学的建构具有重要意义，而且是推进抗战时期旧体诗词"合法性"建构进程的基础所在。可惜

---

① 苏文光:《抗战诗歌史稿》，四川教育出版社，1991，第223~289页。

② 吕进等著《大后方抗战诗歌研究》，重庆出版社，2015，第424~446页。

③ 谢泳:《现代文学论丛 现代文学的细节》，北岳文艺出版社，2015，第177页。

④ 周传儒:《甲骨文字与殷商制度》，开明书店，1934，第1页。

由于主客观条件的制约，至今尚未见一整套系统完备的抗战时期旧体诗词史料建设成果。作为一个浩大的文学研究工程，抗战时期旧体诗词史料整理工作的完成仍需时日。

综而观之，迄今以来抗战时期旧体诗词的史料建构主要体现在如下方面。一是对个体性抗战时期旧体诗词文本的辑录。抗战时期旧体诗人人数众多，因此，个人类抗战时期旧体诗词文本亦不在少数。如马一浮的《避寇集》（嘉州初刻初印本，1940）、卢前的《中兴鼓吹》（开明书店，1944）、唐玉虬的《国声集》和《入蜀稿》（南京树文印刷工业社，1947）、姚伯麟的《抗战诗史》（改造与医学社，1948）等皆为抗战时期著名旧体诗词集。此外，不少诗人的个人诗词集中也多包含抗战时期旧体诗词，因数量大，此处不赘。二是有关抗战时期旧体诗词的综合性选本。早在1938年1月，便有教育短波社编辑的《抗战诗选》问世，除却新诗外，书中还编选有冯玉祥、何香凝、王统照、马君武等人的抗战旧体诗词。近些年来，带有明确的抗战时期旧体诗词属性的诗词集被重新辑录，如陈汉平编注的《抗战诗史》（团结出版社，1995）、重庆文史研究馆编选的《中国抗日战争诗词曲选》（重庆出版社，1997）、熊先煜等主编的《卢沟桥抗战诗词选》（北京燕山出版社，1997）、杨金亭主编的《中国抗战诗词精选》（北京燕山出版社，1997）、袁行霈主编的《诗壮国魂：中国抗日战争诗钞·诗词》（中国青年出版社，2015）等。三是针对抗战时期诗词社团与报刊进行的诗词文献整理。不少战时诗词社团出版有自己的诗词合集或社刊。如午社的《午社词》、饮河诗社的《饮河集》、如社的《如社词钞》、寿香社的《寿香社词钞》等。另外，旧体诗词专门性期刊以及刊载旧体诗词的综合性期刊也为数不少，如《民族诗坛》《诗经》《雅言》《青鹤》《词学季刊》《同声月刊》《越风》《文艺茶话》《淹留》《大千》等。在抗战时期，相当一部分报纸也对旧体诗词开"绿灯"，如重庆《新华日报》、延安《解放日报》、天津《国闻周报》、重庆《新民报》等。对这些诗词文献资料进行重新发掘与整理，是中国现代文学史料学建构不可或缺的一环。此外还有毛大风辑录的《百年诗坛纪事1896—1996》（钱塘诗社印行，1997）值得关注，书中以编年纪事的体例辑录了战时旧体诗人的重要诗词活动。至于不少旧体诗人的年谱与传记，也常收录有诗人战时旧体诗词史料。

三

围绕着战时旧体诗词展开的文学批评活动，是构建抗战时期旧体诗词"合法性"的重要场域。文学批评可以与文学理论、文学史相并置，是文学活动中的重要组成部分。①对于在较长时间内被放逐或淡忘的抗战时期旧体诗词而言，围绕其所进行的文学批评具有更为重要的意义，是对其进行"合法性"建构的关键一环。首先，对战时旧体诗词进行批评与研究有助于其重回主流文学世界。文学批评活动并非无的放矢，而是针对有着鲜明创作特色与存在意义的文学现象展开。因此，文学批评界对抗战时期旧体诗词这一文学现象的逐渐接纳，成为抗战时期旧体诗词"合法性"存在的切实证据。其次，对战时旧体诗词进行文学批评，是对此文学现象进行形象"祛魅"与意义"重塑"的关键所在。文学文本的意义阐释与艺术解读是一个双向建构的过程。"作者以语言营造的文本，只有通过可供参考的认知结构才能把握其意义。"②而战时旧体诗词不仅具有与新文学"隔代"的文体形式，而且继承了古典诗词"辞约而义丰"的创作特性。这在无形中增添了对其进行阅读与欣赏的难度。基于此，文学批评对战时旧体诗词进行研究，有助于挖掘战时旧体诗词的精神意蕴与艺术特点，从而推动其"合法性"建构的进程。除此之外，文学批评对于抗战时期旧体诗词的批评和研究直接关系到战时旧体诗词经典的形成。文学经典的形成是一个多元化、复调式的过程，也是文学"合法性"建构的关键步骤。而对于长期被新文学史话语淹没的战时旧体诗词而言，如果单依靠普通读者的鉴赏、时间的沉淀，战时旧体

---

① 〔美〕雷·韦勒克、奥·沃伦：《文学理论》，刘象愚、邢培明、陈圣生译，三联书店，1984，第30页。

② 〔德〕沃尔夫冈·伊瑟尔：《虚构与想象：文学人类学疆界》，陈定家、汪正龙等译，吉林人民出版社，2003，第1页。

诗词经典的形成必然遥遥无期。在文学批评领域对抗战时期旧体诗词进行遴选、解读和推介，是形成战时旧体诗词经典文本的重要途径。由是观之，抗战时期旧体诗词的合法性建构与围绕其展开的文学批评活动息息相关。

早在20世纪三四十年代的诗话诗论中，有关抗战时期旧体诗词的批评活动便已悄然开展。如吴宓在《空轩诗话》中便提道"九一八国难起后，一时名作极多，此诚不幸中之幸"[1]，并论及少数战时诗人诗作。卢前则以"民族诗歌谈屑"[2]为名，简要论及刘永济、张一麟、陈豹隐、潘伯鹰、何香凝等人的战时诗作。再如王蘧常所作《国耻诗话》，云"始鸦片之役，著国耻之所始，讫淞沪之战，痛国难之未已"[3]，著者殷殷爱国之心可感，在卷三中讲述自九一八事变至淞沪抗战之间的诗人诗事。但在这些诗话诗论中，有关抗战时期旧体诗词的论述较为零碎，并未形成抗战时期旧体诗词的专门性论述体系。而新时期以来，有关抗战时期旧体诗词的文学批评渐趋专门化，并呈现出日趋繁盛的态势。在"中国知网"上，以1978年和2017年为界限，对"抗战""旧体诗词""抗战诗词""抗战时期旧体诗词"等关键词进行交叉搜索，约得针对抗战时期旧体诗词进行专门性研究的学术文章53篇。通过对它们进行比较分析，可以发现，新时期以来抗战时期旧体诗词的相关文学批评活动渐趋活跃。值得注意的是，在这渐趋繁盛的研究趋势中，针对战时旧体诗词进行的个案研究与整体研究之篇目数量也分别呈现一定的发展规律。需要专门指出的是，此处的整体研究仅指以"抗战时期旧体诗词"这一整体为对象进行的研究，而以诗人个体、地域诗词、诗词事件为对象展开的研究皆为个案类研究。在20世纪八九十年代，对"抗战时期旧体诗词"之整体进行研究的篇目极少，但是针对战时旧体诗词进行的个案研究已经开始"冒头"。及至21世纪以后，在战时旧体诗词之个案研究持续发展的同时，其整体研究也呈现逐渐繁盛

---

① 吴宓著，吴学昭整理《吴宓诗话》，商务印书馆，2007，第239页。
② 卢前：《卢前文史论稿》，中华书局，2006，第304页。
③ 王蘧常：《自序》，载《国耻诗话》，新纪元出版社，1947。

的态势。概言之，改革开放新时期以来，在经历了四十余年的发展后，抗战时期旧体诗词文学批评形成了个案研究与整体研究并举的局面，这标志着新时期以来有关战时旧体诗词的文学批评已经形成相当的规模，并渐趋深化与全面。

综而观之，学界主要在两种话语场域——重返发生现场与扎根古典传统中，展开对抗战时期旧体诗词的批评活动。抗战时期旧体诗词既存在于新文学的时间场域又具有旧体文学的形态，呈现出现代与传统交融的复杂特质。它和同时期的新文学并肩，折射出中华古国在危机中怒吼、崛起的历史进程，并记录下在新旧时代的嬗变中民族之心灵、思想和情感的变化。与此同时，它又继承了古典文学的特质，在审美形式、精神渊源上与古典诗词一脉相承。这种多元的文体气质固然给抗战时期旧体诗词的定位带来了难度，但也给抗战时期旧体诗词之研究提供了多重学科背景。因之，需要在较为开阔和绵延的文学场域中研究抗战时期旧体诗词的内涵与价值。"现代文学者，近代文学之所发酵也，近代文学者，又历古文学之所积渐也。"[1] 基于此，学界中人尝试将抗战时期旧体诗词纳入现代文学、古代文学、近代文学等多种学科领域。[2] 这种在多重学科领域进行探究的学术路径，改变了抗战时期旧体诗词封闭的研究状态，增加了其价值与内涵的多向生长的可能性。总之，对抗战时期旧体诗词进行研究时，学界既重返发生现场，从抗战历史领域与现代文学领域探究战时旧体诗词；又坚持扎根传统，秉承"由传统而现代"的学术理路，对战时旧体诗词展开研究。

（一）重返发生现场的战时旧体诗词文学批评

事实上，"'历史'从来都不是按照'今天'的愿望而存在的，而

---

① 钱基博：《现代中国文学史（外一种：明代文学）》，商务印书馆，2011，第47页。

② 如胡迎建在《论抗战时期旧体诗歌的复兴》（《抗日战争研究》2001年第1期）中将抗战时期旧体诗词称为"抗战时期旧体诗歌"，将其纳入现代文学学科领域；陈忻的《抗战时期旧体诗词对古代战争诗词纪实性之继承》[《重庆师范大学学报》（哲学社会科学版）2008年第4期] 偏向于将抗战时期旧体诗词纳入古代文学研究领域；王新立的《论近代旧体诗词中的抗战书写》[《宁夏大学学报》（人文社会科学版）2016年第3期] 则在近代文学的话语体系中对抗战时期旧体诗词予以介绍与研究。

是源自历史本身当时的状况而存在的"。①因此，重返文学的发生现场、获得文学的生存本相，能够在一定程度上对文学存在予以透彻而切实的"原生态"解读。对于抗战时期旧体诗词而言，重返现场意味着重返两个场域：抗战历史与现代文学。自1947年蓝海的《中国抗战文艺史》②始，"抗战文学""抗战文艺"等概念便开始涌现与留存。在抗战时期，新旧文学的论争与辩驳在抗战的大形势下退居幕后，救亡图存成为新的时代命题，这种包容新旧文体的文学大环境使得旧体诗词创作进入新的高峰。从这个角度而言，作为应了抗战之运而获得新生的旧体诗词，更应"投桃报李"，成为描写和记录抗战的忠实文体。因此，战时旧体诗词与抗战历史之间的关系，成为不少学界中人津津乐道的话题。

一般而言，重返抗战历史现场对抗战时期旧体诗词进行合法性论证，主要有两种论证途径："以诗证史"和"以史补史"。如刘开扬在论述田汉抗战旧体诗时，便以田汉在抗日战争中的活动为叙述线索，将田汉包括旧体诗在内的文学创作当作记录抗战历史的信史，认为田汉的抗战旧体诗"反映了南部中国的抗日战争"③。于是田汉战时旧体诗词便具有了"以诗证史"的特性。"以史补史"是在史料学领域展开的批评研究，指重返历史现场，对文人的往来唱和等诗词活动加以考察记录。如丁茂远曾发文论述抗战时期革命根据地的三大诗社④，对怀安诗社、湖海诗社、燕赵诗社三大诗社成立的时间、地点、重要人物及其文学事件进行综合性记录，使之成为抗战历史中的重要构成部分。再如龚明德在《一本曾经畅销的书：〈中兴鼓吹〉》⑤中由卢前（冀野）的《中兴鼓吹》说开去，将"陈立夫为之提笔作序""郭沫若表示钦佩与受鼓舞"等文人逸事夹杂其间，并对作者卢冀野在乱世中的浮萍身世进行考证。政事、人事夹杂论述，文章成为抗战历史之补遗。虽然

① 程光炜：《当代文学的"历史化"》，北京大学出版社，2011，第229页。
② 蓝海：《中国抗战文艺史》，现代出版社，1947年初版。
③ 刘开扬：《田汉的抗战旧体诗》，《中华文化论坛》1995年第1期。
④ 丁茂远：《抗日革命根据地的三大诗社》，《文教资料》1995年第1期。
⑤ 龚明德：《一本曾经畅销的书：〈中兴鼓吹〉》，《世纪》1999年第2期。

这类文章对战时诗词的精神内涵、艺术形式也有涉及，但其论说重心始终偏向于历史维度。这似乎有些"历史的现场有余，文学的现场不足"①，但对抗战时期旧体诗词研究而言倒是情理之中的事。抗战时期旧体诗词的"合法性"建构得以顺利开展，原因之一便是这类主要从历史现场来展开论述的研究方式。换言之，重返历史现场是建构抗战时期旧体诗词"合法性"的必由之途。

随着文学批评活动的深入，重返现代文学现场成为抗战时期旧体诗词研究不可避免的趋势。相对于重返抗战历史现场的外部研究而言，从抗战时期旧体诗词的文本出发，回归现代文学现场，探究抗战时期旧体诗词的发生以及形态特质，是建构其"合法性"的内部通途。大体而言，重返现代文学现场的拓展性研究主要表现在三个方面：第一，重返作品存在，解读其中颇具时代气质的精神内蕴和审美艺术；第二，重返创作现场，探究诗人之文学道路选择及其创作心态；第三，重返新旧语境，展开新旧文学的并置与对话研究。这三种研究模式并不是孤立的，而是多以缠绕交融的姿态综合性地呈现。如杨华丽便以冯沅君在抗战时期的漂泊体验为切入点，将其新文学作品与旧体诗词作品进行整合归纳，并置研究，形成一种互文性的研究语境。②胡迎建的《论抗战时期旧体诗歌的复兴》一文亦是如此。文章起笔重返创作现场，对抗战时期旧体诗歌复兴的背景予以解读。随后对抗战时期旧体诗歌的时代内容予以详解，认为"无论是直接写战争还是间接写社会生活，都与深重的民族危机与民族解放斗争相关，大多表现出作者的爱国挚情与忧患意识"。③此外，孙志军的《现代旧体诗的文化认同与写作空间》④、葛欣然的《抗战时期新文学作家旧体诗词创作的勃兴现象研究》⑤

---

① 韩颖琦：《"历史的现场"有余、"文学的现场"不足——对"红色经典"研究现状的一种考察》，《广西社会科学》2010年第4期。
② 杨华丽：《漂泊体验与冯沅君抗战时期的文学书写》，载《抗战文化研究》第八辑，广西师范大学出版社，2014，第160~177页。
③ 胡迎建：《论抗战时期旧体诗歌的复兴》，《抗日战争研究》2001年第1期。
④ 孙志军：《现代旧体诗的文化认同与写作空间》，博士学位论文，华中师范大学，2004。
⑤ 葛欣然：《抗战时期新文学作家旧体诗词创作的勃兴现象研究》，硕士学位论文，贵州师范大学，2014。

等都尝试在论述时重回现代文学现场，构建、补充、丰富现代文人心态。在这些论述中，虽然抗战历史亦有涉及，但是论述的天平始终向着现代文学现场倾斜。

当然，抗战历史现场与现代文学现场，二者并不能被完全割分开来。在重返现场的研究语境中构建有关抗战时期旧体诗词的评介体系，需要将历史话语与文学话语进行结合，从而在抗战历史与现代文学的双重现场中找到平衡点，以此确立抗战时期旧体诗词的"合法性"。陈平原在《岂止诗句记飘蓬——抗战中西南联大教授的旧体诗作》中记录"八位西南联大教授抗战期间的旧体诗作，取'诗史'的角度加以考察与解读，且尽可能对照其日记、书信及专业著述，说明诗中如何体现了中国学人的心境；同时，追问旧体诗能否承担起战时联大教授于流徙中'书写战争'的使命"。[①] 他在论述中以全景式的历史背景为依托、以诗人之往来行藏为线索，在此基础上对诗人的写作心态以及诗词的文本价值进行探究。李剑亮在论述刘永济的《诵帚词》时，将战火中的诗人迁徙与旧体诗词创作进行捆绑式论述，他认为"1930 年代至 1940 年代之间，因遭遇外敌入侵，中国高校整体迁徙的现象，在中国历史上可谓是空前绝后。这样的大迁徙，对那些原本习惯了书斋生活的教授们来说，更是一种不可复制的人生经历。这样的特殊经历，打破了他们以往宁静的书斋生活，影响了他们从事的学术研究。但这一特殊的经历，也为教授们的文学创作提供了丰富的源泉"。[②] 在文中，他紧密结合历史现实来分析刘永济之词作，认为刘词风格以及内容的变迁与历史现实的更迭之间具有某种规律性的关系。总之，重返现场的言说策略，能够为建构抗战时期旧体诗词的"合法性"提供坚实有力的根基。但是在抗战时期旧体诗词研究领域，如何探究出合适的将抗战历史话语与现代文学话语贴合起来的研究路子依旧是需要解决的问题。

---

① 陈平原：《岂止诗句记飘蓬——抗战中西南联大教授的旧体诗作》，《北京大学学报》（哲学社会科学版）2014 年第 6 期。
② 李剑亮：《抗战时期高校迁徙与教授的词创作——以刘永济〈诵帚词〉为例》，《新文学评论》2012 年第 3 期。

（二）扎根民族传统的战时旧体诗词文学批评

抗战时期旧体诗词驻扎在中国数千年的诗词沃土上，执着地用传统的文学形式书写着现代中国的历史沧桑与民族命运。如若将抗战时期旧体诗词的研究视野延伸或回退至中国古代文学传统的命脉中，其文学"合法性"建构的进程势必加快。在"由古代中国向现代中国文学转变"①这样的研究思路中，抗战时期旧体诗词较之现代新文学样式，更有得天独厚的资本。在古典诗词中找寻抗战时期旧体诗词生长的根基，构建起共时与历时相结合的立体学术语境，是目前学界所能做出的建构抗战时期旧体诗词合法性的有效尝试。需要指出的是，抗战时期旧体诗词尽管在很大程度上接受了古典诗词的"真传"，为从古典文学话语场域出发对抗战时期旧体诗词进行探究提供了可行性，但所有的文学毕竟都是属于特定时代的话语，承续能够使文学传统中有益于今的特质得以保留，而在承续基础上的新变更是文学存在之"合法性"的确切证据。因此，不能只看到战时旧体诗词对古典文学传统的承续，而忽视它在承续的基础上结合时代进行的新变，否则同样无法完成抗战时期旧体诗词的"合法性"论证。一切片面的研究方法都缺乏包容度和生长性。只有扎根民族传统并建立起由传统而现代的话语体系，才能从精神内蕴与艺术形式两个层面化解抗战诗词的合法性危机。

从精神内蕴方面来看，抗战时期旧体诗词研究中已经出现了一种趋势，即注重从古典诗词乃至于整个中国古典文学传统中找寻抗战时期旧体诗词的文化血脉和精神来源。如郭丽鸽在研究郁达夫的旧体诗词时，便揭示出儒家文化意识对郁达夫抗战时期旧体诗词的渗透。②这种论述不再单纯地关注国家危难关头诗人"怎么做"，而是透视诗人如何"向内转"，找寻诗人创作的内在心理动因。又如潘建伟指出抗战时期旧体诗词从三个方面继承了中国传统文化精神，他认为"山水精神、家国情怀与心性理念均为中国古典诗的精神品格，在抗战迁徙西南时期这一独

---

① 钱理群、黄子平、陈平原：《二十世纪中国文学三人谈·漫说文化》，北京大学出版社，2004，第30页。

② 郭丽鸽：《郁达夫旧体诗词研究及其文学史地位》，硕士学位论文，宁波大学，2010。

特的时空范围内得到全面的阐释……这三个层面的精神品格，展现了中国文学传统之命脉所在"。① 但仅仅从精神内蕴着手还不够，抗战时期旧体诗词与中国古典诗词传统之间最为显而易见的联系便是艺术形式上的承续与创新。武原、曹爽在论述董必武抗战时期旧体诗词时，便涉及了抗战时期旧体诗词对传统诗词艺术形式的承续与开新问题。作者认为董必武的诗作"意新语工，既能尊重古诗的形式规范，与其不相违背，又能在表情达意需要的情况下，对形式进行变通"。② 杨金亭曾在"卢沟桥事变"七十周年的时间节点上用大量的笔墨论述霍松林的抗战诗词，其中他着重论及霍氏对古典诗艺的继承与发扬。③ 薛勤在论述九一八旧体诗词时将其置于古典文学的历史长河中考察，以融合而非断裂的学术立场去探究抗战旧体诗词的文学传统与艺术源流。论者认为抗战诗词以"旧瓶装新酒"的写作模式，突破了传统文学的观念与秩序，"有益于我们打开新的视角考察传统文化与时代文学的关系"。④ 无独有偶，陈忻以纪实性为出发点，论述了抗战旧体诗词对古代战争诗词的传承与新变。他在比较分析中揭示了现代与古代战争诗词风格的不同，即现代抗战诗词的"基本情调是以悲而壮为主的，而古代的有关战争诗词则更多地表现为悲与伤。究其原因，乃是由时代社会的大背景造成的"。⑤ 凡此种种，无不表明抗战时期旧体诗词与中国古典文学传统之间既存在共通性与同一性，也存在差异性与独创性。

综上所述，抗战时期旧体诗词作为被中国现代文学研究领域重拾的重镇，其"合法性"建构的问题已经引起了学界重视。尤其是进入21 世纪以来，抗战时期旧体诗词的"合法性"建构进程已然加速，由此，这个一向寂寥的学术领域开始呈现较为热闹的景象。但是，抗战

---

① 潘建伟:《抗战时期旧诗创作的精神内涵》,《中国社会科学报》2014 年 5 月 16 日。
② 武原、曹爽:《简论董必武抗日战争时期的旧体诗》,《唐都学刊》1988 年第 2 期。
③ 杨金亭:《为了永不忘却的纪念——读霍松林的〈抗战诗词〉》,《中华诗词》2007 年第 9 期。
④ 薛勤:《"九一八"文学旧体诗词初评》,《辽宁大学学报》(哲学社会科学版) 2007 年第 6 期。
⑤ 陈忻:《抗战时期旧体诗词对古代战争诗词纪实性之继承》,《重庆师范大学学报》(哲学社会科学版) 2008 年第 4 期。

时期旧体诗词的"合法性"建构是一个多向度展开的立体学术进程，多种学科背景和知识话语的介入才能使得抗战时期旧体诗词的"合法性"建构进程始终处于活跃的学术生长状态。这意味着抗战时期旧体诗词的"合法性"建构不可能一蹴而就，而是一个有待开发的现代文学话语新空间。它必将随着中国抗战史和抗战文学史书写的深化而不断拓展，也反过来不断推进中国抗战史和抗战文学史的研究进程。

第十二章 抗战时期新文学家旧体 诗词的文体变革[*]

发生于1917年的文学革命以"置之死地而后生"的态度彻底改变了此前"只开出过炫目的花，未结出实在的果"[①]的文学变革，使中国文学文体体系完成了由"旧"而"新"的质变。作为新文学的创作主体，新文学家理应对旧文学体式敬而远之。但若回首而观，中国新文学家写旧诗的文学现象却持续存在，并在抗日战争的十四年中攀至高峰。在中华民族遭受侵略、中华儿女共御外辱的历史语境中，新文学家对"发抒情感之利器"[②]的旧体诗词表现出了浓厚的创作热情。对于"宣告古文学是已死的文学"[③]的新文学家而言，其在抗战时期创作旧体诗词的行为无疑是一种文体的"回退"。但是，"回退"并不等同于"倒退"，抗战时期新文学家的旧体诗词创作是别一种意义上的"文体变革"，是结合时代背景对旧体诗词进行创造性转化的有效尝试。

一

作为驱使文学家进行创作的心理原动力，一般而言，文学创作动因

---

[*] 本章原刊《江西师范大学学报》（哲学社会科学版）2020年第6期，署名邱婕、李遇春，题名《抗战烽火中的文体突围——论抗战时期新文学家旧体诗词的文体变革》。

① 钱理群、温儒敏、吴福辉：《中国现代文学三十年》，北京大学出版社，1998，第3页。

② 龙沐勋：《中国韵文史》，商务印书馆，1935，第1页。

③ 胡适：《五十年来中国之文学》，载欧阳哲生编《胡适文集》3，北京大学出版社，1998，第202页。

囊括了"艺术家所描写的那件事为止以前的全部宇宙的历史"。①对文学的创作动因进行探究，是进行文学本体研究的必要前提。因此，在研究中国新文学家抗战时期旧体诗词的文体变革之路时，应该首先跳出文本解读的框子，对其创作动因进行探究，剖析抗战时期新文学家的"文学活动策略及特殊的诗学构想"②。一句话，"从启蒙到救亡"的时代主题变奏以及新文学家融现代与传统于一身的"一体两面性"是抗战时期新文学家进行旧体诗词文体变革的主要动因。

抗日战争发生之时，中国的半殖民地半封建社会性质已延续了大半个世纪。在此期间，中国社会的政治、经济、军事乃至文化教育等各个方面都遭受了侵略者的劫掠与侵染。在抗日战争中，本就立于危墙之下的中国面临因可能战败而被完全殖民化的后果，而这意味着国家主权的完全丧失以及民众身份的完全异化。在这种语境中，"救亡"超越"启蒙"，成为新的时代主题。与之相应，寻求合适的文体样式书写"救亡"之时代主题成为文学界致力的重要方向。其中，30年代初期的文艺大众化运动以及抗战全面爆发后的"民族形式论争"是影响抗战救亡文学走势的重要文艺事件。日军的侵华行径使文艺大众化运动在强调大众文艺在阶级斗争中的重要作用之外，还要兼顾大众文艺在抗战中的重要作用。"民族形式论争"则进一步对抗战时期文艺的形式问题进行了深入且全面的探究。二者以某种程度的承续关系共同承担起了抗战时期反思五四文学革命、探索抗战文艺新形式、建构新的时代文艺的历史使命。其中涌现的诸多观点，如对民族优秀文化遗产的接受、对旧形式的扬弃式继承等，为新文学家抗战时期旧体诗词的文体变革之路提供了坚实的理论基础。

在文艺大众化、文艺民族化的浪潮中，新文学家赞同并呼吁以较为中和的姿态"利用旧形式"。如1938年茅盾在《文艺阵地》第1卷第4

---

① 〔英〕阿诺·理德：《艺术作品》，载《美学译文》1，朱狄译，中国社会科学出版社，1980，第90页。

② 邓招华：《"文学场域"视阈下的西南联大诗人群再考察》，《广西社会科学》2015年第4期。

期发表《大众化与利用旧形式》《利用旧形式的两个意义》。在前文中，茅盾声称，若想在抗战时期进行文学大众化的实践，那么"就不能把利用旧形式这一课题一脚踢开完全不理"。①在后文中，他进一步提出了利用旧形式的两个重要方法，即"翻旧出新"与"牵新合旧"，并将二者的汇流看作"'利用旧形式'的最高的目标"。②1940年，郭沫若在《"民族形式"商兑》一文中提出抗战文艺也应该利用士大夫的旧形式，"用五言、七言、长短句、四声体来写抗日的内容，亦未尝不可"，并对张一麟创作的"关于抗战的绝诗"以及卢前《中兴鼓吹集》的抗战词予以盛赞。③1941年，老舍认为在抗战的紧要关头，文艺工作面临的最大问题不是新旧形式的选择，而是对"文艺必须以民族革命出发而完成民族的文艺"之文艺目标的坚持。④由此而观，在民族危亡关头，对于旧形式的认可态度以及对于新文学的原生情感，给新文学家立足社会现实进行旧体诗词的文体变革提供了充足的动力。

抗战语境亦激活了新文学家所具有的中国传统文化背景，这为新文学家进行旧体诗词的文体变革增添了更多的可能性。一直以来，新文学家所具有的海外文化背景常常被看作文学革命发生的重要背景资源，对其进行发掘与研究俨然成为现代文学研究领域中的"显学"。如严家炎的《论"五四"作家的西方文化背景与知识结构》一文针对"《中国新文学大系1917—1927·史料索引》列有'小传'的142位作家"进行统计，得出其中有国外留学、工作、考察经历的占据了60%以上的结论，并将这种文化氛围看作"新文化运动和文学革命能够兴起并在全国

---

① 茅盾:《大众化与利用旧形式》，载《茅盾全集》第21卷，人民文学出版社，1991，第410页。

② 茅盾:《利用旧形式的两个意义》，载《茅盾全集》第21卷，人民文学出版社，1991，第414页。

③ 郭沫若:《"民族形式"商兑》，载《中国新文学大系1937—1949·文学理论卷二》，上海文艺出版社，1990，第171页。

④ 老舍:《文章下乡，文章入伍》，载《中国新文学大系1937—1949·文学理论卷一》，上海文艺出版社，1990，第215页。

范围内取得成功的一个重要背景"。① 其他如高群的《清末民初教育制度的变革与现代文学的建构》②、郑春的《文学革命与现代作家的留学背景》③ 等学术论著亦皆表现出对新文学家海外文化背景的热切关注。在这样的研究话语中,新文学家所具有的中国传统文化背景并没有得到足够的重视。

对于新文学家而言,海外文化的熏染并不意味着中国传统文化教育的"阻隔"。就出生年份而观,抗战时期从事旧体诗词创作的新文学家群体可大致分为三个代际:鲁迅、沈尹默、周作人等为19世纪80年代生人,胡适、郭沫若、叶圣陶、张恨水、郁达夫、茅盾、王统照、朱自清、田汉、老舍等为19世纪90年代生人,俞平伯、胡风、台静农、萧军、施蛰存、阿垅等为20世纪初生人。19世纪末20世纪初正是中国社会形势发生巨变的历史时期,"也是教育制度变化多端的时期"。④ 三个代际的新文学家在接受新式教育之外,亦在不同程度上甚至在很大程度上受到了中国传统文化的熏染。郁达夫便曾以"书塾与学堂"⑤ 为名来记录自己由传统而现代的求学经历。郁达夫并非特例,其他新文学家大都有着类似的求学历程。而传统文化教育自然离不开古典诗文的教习,因此,这些新文学家普遍"受过旧体诗的熏陶与训练"⑥,如老舍在《我的创作经验(讲演稿)》中便提及他在私塾中读《诗经》的经历⑦,张恨水在《写作生涯回忆》中也忆及自己年少时诵读《千家诗》并学作律诗的时光⑧,

---

① 严家炎:《论"五四"作家的西方文化背景与知识结构》,载上海鲁迅纪念馆编《上海鲁迅研究》16,上海文艺出版社,2005,第3页。

② 高群:《清末民初教育制度的变革与现代文学的建构》,博士学位论文,苏州大学,2007。

③ 郑春:《文学革命与现代作家的留学背景》,《齐鲁学刊》2012年第2期。

④ 金林祥主编《中国教育制度通史》第六卷 清代(下)(公元1840—1911年),山东教育出版社,2000,第441页。

⑤ 郁达夫:《水样的春愁 郁达夫自述》,万卷出版公司,2014,第15~19页。

⑥ 于友发、吴三元:《新文学旧体诗漫评(代跋)》,载于友发、吴三元编著《新文学旧体诗选注》,山东教育出版社,1987,第272页。

⑦ 老舍:《我的创作经验(讲演稿)》,载老舍著《我怎样写小说》,译林出版社,2012,第370~371页。

⑧ 张恨水:《写作生涯回忆》,载张占国、魏守忠编《张恨水研究资料》,知识产权出版社,2009,第10页。

这给新文学家在抗战时期进行旧体诗词的创作与变革奠定了基础。

　　抗日战争语境为深植于新文学家骨血中的古典文学传统的激活带来了契机。抗日战争改变了新文学家原有的生存形态，将他们抛向现实的洪流中，使其获得了与历史上乱离文人相似的生命轨迹。如处于沦陷区的俞平伯、王统照等人与宋明两朝的"遗民"有着相近的身份特征，辗转入西南大后方的郭沫若、茅盾、老舍、张恨水、朱自清等人的文学行迹与古代文人"入蜀避难"之现象亦有着惊人的相似性。这种遥隔时空的"呼应性"为新文学家古典文学传统的复现提供了充分的可能。在战火纷飞中，忧心民族前程、感念自身漂泊的新文学家自觉重拾负载着数千年来无数文人骚客之沉浮心绪的古典文学形式，希望可以借此获得贯通时空的精神上的慰藉与支持。1934年4月，胡适给自己定下了每天要写一首自己"能背诵的""不论长短""不分时代先后""不问体裁"的"好诗"的要求。[①]1943年，在西南联合大学任教的朱自清亦有着每日抄宋诗的习惯。[②]抗战时期，在自身的古典文学传统被激活后，"许多新文艺家，都喜欢作旧诗"[③]了。需要特别指出的是，虽然新文学家的抗战旧体诗词与"旧"字密切相连，但是这种文学创作行为并不意味着新文学家成了朝过去回望的"复古派"。中国传统文化的"旧"并没有掩去海外文化的"新"，二者相反相成、"联袂"而行，共同成为抗战时期新文学家进行旧体诗词文体变革的厚重基石。

二

　　无论是重临文学革命的发生语境，抑或参照现代文学史的建构实践，新文学都毋庸置疑地成为"一代之文学"的标志形式。这种共识在某种程度上造成了一种认识上的误区，即新文学形式包孕着新的现代思

---

① 胡适：《〈每天一首诗〉识语及后记》，载严云绶整理《胡适全集》第12卷，严云绶整理，安徽教育出版社，2003，第237页。
② 季镇淮编著《闻朱年谱》，清华大学出版社，1986，第158页。
③ 张恨水：《新文艺家写旧诗》，载徐永龄主编《张恨水散文》第三卷，安徽文艺出版社，1995，第225页。

想意蕴、旧文学形式则含纳着旧的传统思想意蕴。但是，所谓"新事物并非就与现代性相关"①，现代思想意蕴的表达与文学形式的选择之间并没有必然的联系。抗战时期旧体诗词在新文学家手中的复苏，并不意味着新文学家所具有的现代精神的解体与崩盘。在抗战时期，新文学家们对旧体诗词进行了精神意蕴的变革实践。抗战时期新文学家旧体诗词中的现代精神意蕴可从现代个体生命意识的书写、现代民族国家的诗性想象、精英意识与平民意识的消长三个方面进行观照。

一是现代个体生命意识的书写。早在新文学发轫之时，"人的发现"就成为新文学家书写的主要内容之一，将"进步的""向上走"②的个体生命意识作为文学创作的重要底色，呼吁"个性的""普遍的""不朽的""生命底文学"③是新文学家一贯的文学坚守。在硝烟弥漫的抗战时期，个体生命的生存空间被凌乱不堪的现实层层挤压，个体生命意识随之趋于变形与扭曲，面临着更甚于从前的存在危机。为了消解不知身在何处、不知行向何方的迷茫与困惑，在旧体诗词中追逐与书写现代个体生命意识成为新文学家祛除存在焦虑、摆脱虚无困境的重要途径之一。

在新文学家的抗战时期旧体诗词中，现代个体生命意识的表达首先体现为"自我"之个体生命意识的表露。鲁迅最重要的旧诗作品之一《自嘲》便张扬着较为浓郁的个体生命意识。在内忧与外患相交织的困境中，诗人选择将自我的发现与凸显作为"反抗绝望"的途径。全诗以由低到高的阶梯式书写模式，将具有强力意志的个体生命意识书写逐步推向顶峰。诗人首先刻画出一个身处困境却坚持真我的生命个体形象。"我"之生命个体所具有的独立意识以及强大意志使得自己获得"冷对千夫指""甘为孺子牛"的决心与勇气。随后诗人又将笔调掉转，由向外扭向了向内。这是诗人在发现自我、实现自我之后，选择以"躲进小楼"自成"一统"的行为回归自我。几经辗转后诗人之个体生命存在的

①　〔法〕伊夫·瓦岱讲演《文学与现代性》，田庆生译，北京大学出版社，2001，第15页。
②　鲁迅：《生命的路》，载《鲁迅全集 编年版 第1卷 1898—1919》，人民文学出版社，2013，第757页。
③　郭沫若：《生命底文学》，载彭放编《郭沫若论创作》，黑龙江人民出版社，1982，第205页。

强力意志呼之欲出。

又如 1935 年 2 月，狱中田汉作《菩萨蛮·遇许》以记与友人在患难中重逢之事。在此词中，诗人采用化虚为实、删繁就简的艺术手法，用四面高围的监狱意象将压制现代个体生命意识的各路势力固化，并以"抛书""拥被""心与愿俱遥，何须望脱梢"等词句消解自身所处困境，展现出快意恣肆的精神理想追求。可以说，现代个体生命意识的加持稀释了诗人被困牢狱的绝望心绪，使诗人获得穿透逼仄空间、继续为自己心中理想奋斗的强大精神力量。再如 1941 年 3 月，茅盾为避白色恐怖离开重庆，取道桂林赴香港，途中作《渝桂道中口占》，重获自由的欣喜、疾驰于"天南道"的激越都使诗人不由得产生"放歌"于"万里江山"的冲动。在反动政治力量意图对个体自由进行压制时，诗人凭借既有的现代个体独立生命意识进行反抗。而在一"压"一"抗"之间，诗人追求身体与心灵之双重自由的意图在旧体诗中得以凸显出来。

抗战时期，新文学家对个体生命意识的书写并不局限于"自我"这一角度，而是将笔触深入至"自我"之外的"他者"，发掘并书写他们身上所包蕴的现代个体生命意识。1940 年 12 月，施蛰存应"福建中等师资养成所之聘，到福建永安任教"[①]，途中作有组诗《蜑娘谣》，诗前序云："南台船娘皆蜑户也，渐与平民无别。余来犹及见其习俗，作谣曲志之。"[②]在组诗中，诗人首先将封建社会中蜑娘遭受的来自统治阶级、自然力量以及男性权力的三层压迫的生存处境据实以告，从而给蜑娘这一独特的底层社会群体渲染上了浓重的悲情色彩。但是，诗人并没有沿着"由悲转伤"的路线叙写，而是以"蓬沓斜簪尺半强，大红衫子艳春阳""蜑娘摇橹夷犹过，自笑今朝得甚忙""蜑娘家在水云乡，一幅芦蓬作洞房"等诗句写出现代蜑娘追求美丽、与自然和谐相处、大胆追逐爱情的天性。在颇富张力的书写场域中，诗人谱写出有关蜑娘群体的生命礼赞。

1941 年秋夏之间，张恨水"乡居无事，又不免发点牢骚，作了若

---

① 黄德志、肖霞:《施蛰存年表》,《淮阴师范学院学报》(哲学社会科学版) 2003 年第 1 期。
② 施蛰存:《蜑娘谣·序》,载刘凌、刘效礼编《施蛰存全集》第十卷《北山诗文丛编》,华东师范大学出版社，2012，第 82 页。

干首村居杂诗"①,是为《邻家杂诗》。诚如诗人所言,这组诗作于避寇的乡居生活中,自然不乏书写困顿与磨难的"牢骚"之语。但是,若细究而去,这些"牢骚"之语却烘托出一个个具有强烈现代个体生命意识的人物形象,他们的身上潜藏着足够使一个民族"向死而生"的巨大力量:既有为了生存而"设摊白日西风里,又向街头卖旧衣"的"老吏";又有避寇远走后,选择"改乡音"以适应现实生活的"妇孺";更有因战乱背井离乡无法亲至祖先墓地拜祭,而选择"野祭"以"效故园"的人们。这些无奈之举固然惹人垂泪,但是此类"自适"行为却在某种程度上体现出个体生命生存的强力意志。这种觉醒的现代个体生命意识是支撑抗战时期的民众乃至整个中华民族继续前行的重要动力。

二是现代民族国家的诗性想象。"20世纪中国文化转型的根本性特征是现代民族和国家观念的形成。"②对现代民族国家共同体的想象成为横亘于现代文学的主旋律。可以说,新文学从诞生之初便与中华民族的现代化结下了不解之缘,因此,面对蜂拥而来的现代民族国家想象潮流,新文学自然毫不例外地汇聚其中,并凭借独特的优势成为想象现代民族国家的重要场域。于是乎,"'新中国'的想象与创造成为中国现代文学最重要的主题"。③而在中华民族面临严峻生存危机的抗日战争中,现代民族国家想象更成为新文学家群体的自觉创作意识。这种创作意识深植于新文学家骨血之中,不仅在他们的新文学创作中得到呈现,而且弥漫于其旧体诗词创作中。

1941年3月15日,郭沫若作有七绝组诗《建设行(四首)》。该组诗以说理议论见长,不取直陈之法,而是言"建屋"之他物,以指代"建国""建设人生"之此物。在前三首中,诗人罗列了如何建造出融"稳""坚""美""新"之特质于一体的房屋的方法。第四首是组诗的点题之作,以"今日人民望建设,抗敌同时固国址。建国建屋理无

---

① 张恨水:《写作生涯回忆》,载张占国、魏守忠编《张恨水研究资料》,知识产权出版社,2009,第71页。

② 时国炎:《现代意识与20世纪上半期新文学家旧体诗》,华中师范大学出版社,2015,第83页。

③ 旷新年:《民族国家想象与中国现代文学》,《文学评论》2003年第1期。

殊，人生建设亦如此"之句阐明了现代民族国家建设应有之要素：稳固坚实的国家基础、万众一心的民族精神、与时俱进的制度政策。诗人围绕着"建国""建设人生"展开的诗性构想至此完成。郭沫若以旧体诗词对现代民族国家的想象并不止步于空泛的理论探讨，他还尝试以理论联系实际，以落到实处与细处的诗性书写进行现代民族国家想象。1941年9月12日，郭沫若作有组诗《抗日书怀（四首）》。在该组诗中，诗人不仅以"建筑长城需血肉，充盈府库费镰槌""今朝毕见雄狮醒，举国高扬抗战歌"等诗句赋予抗战时期中华民族强健的整体形象，而且秉持"以民为本"的理念，以"万方黎庶人安业，四海青衿学有堂""要使匹夫知顺逆，能同蒙叟等彭殇"等诗句对战时后方教育建设展开设想。在此基础上，诗人完成了现代中国形象的诗性构建。

田汉倾向于在国际环境中对中华民族进行现代民族国家想象。1938年4月17日，田汉作《欢迎奥登、伊粟伍特访华》以和来华采访的英国诗人奥登所作的十四行诗《中国士兵》。在该诗中，诗人以"并肩"二字将中英诗人置于同等的地位，在这种预设语境中，现代中国文明被凸显，成为与英国文明"并立"的存在。由此，诗人在国际空间中完成了对现代中国的想象，凸显现代中国所拥有的雄厚文明力量。1940年7月31日，在重庆的田汉于宴席间在周恩来处看到朱德所作《出太行》一诗，"风雨之夜想及国际国内现状"[1]，遂作七绝八首敬和之。第一、二首以较为开阔的视野将中国看作国际反法西斯力量的重要组成部分。在接下来的五首诗中，诗人通过对法国、英国、美国、苏联等国家面对法西斯侵略的不同态度以及举措进行分析，清晰地勾勒出国际形势。随后，诗人将叙述重心腾挪至中国抗战局势上来，并向受到法西斯侵略的国家发出携手抗战的呼吁。20世纪三四十年代的中国抗日战争是世界反法西斯战争的重要组成部分，与他国并肩的抗战经历使中华民族得以以独立的现代民族姿态跻身于世界民族之林。在此七绝组诗中，诗人清晰地将现代中华民族之整体凸显，并赋予其独立自主的、与其他世界民族同

---

[1] 田汉：《和朱德总司令诗·序》，载《田汉全集》第11卷《诗词》，花山文艺出版社，2000，第306页。

等的地位，从而在以他国"为镜"的书写手法中完成了现代民族国家的诗性想象。

三是精英意识与平民意识的消长。创造属于平民的文学已经在某种程度上成为新文学家的"集体无意识"。在抗日战争中，新文学家更是因为"国破山河碎"的民族劫难获得了与普通民众一致的生存背景与较为贴近的生活境遇。新文学家不再强调自己作为精英分子的"那一个"，而是将自己融入广大民众，使自己获得与他们同呼吸共命运的社会地位。这种平民意识在新文学家抗战时期的文学创作中得到了较为鲜明的体现，旧体诗词自然亦不例外。新文学家抗战时期旧体诗词中的平民意识主要体现在两个方面："共情"式的生活体验以及精英文学理想的解构。

相同的战争背景使新文学家与民众一同面临着生活窘困、亲友别离的不幸生活，这种生存体验使新文学家暂时放松了"启蒙"的书写姿态，他们开始以具有平民共性的遭遇为书写切入点。1938 年 2 月 15 日，老舍寄友人之信件——《南来以前（一封信）》刊载于《创导》第 2 卷第 7 期。其中，老舍详述了自己于抗战爆发后南下武汉之前的遭际，信末附有七律一首。面对迭起的战事与困窘的现实，富有拳拳爱国之心的诗人不得不鼓足勇气"抛妇别雏"，踏上流离之旅，故诗中有"弱女痴儿不解哀，牵衣问父何去来"之情境。诗人从实处落笔，以不加藻饰之语将自己作为一位丈夫、一位父亲的无奈与痛楚之情挥就于纸端，如此，原本便具有相当平民意识的诗人进一步"走出象牙之塔"，与同在战乱中流离奔走的民众获得了血脉上的联通。此类精神内蕴的表达在新文学家抗战时期旧体诗词中俯拾即是。如 1941 年 4 月 22 日，于成都休假的朱自清作《近怀示圣陶》，诗中以"累迁来锦城，萧然始环堵""索米米如珠，敝衣余几缕""老父沦陷中，残烛风前舞""众口争嗷嗷，娇婴犹在乳"等句"历数抗战以来个人和家庭所遭受的种种磨难"。[①]冯沅君在抗战中亦有"地室避兵朝复夕，亲朋生死两茫茫"（《北平事变》）、"连连枪声疑爆竹，兼旬卧病意尤哀"（《平寓被劫》）、"百金籴斗粟，无人不

---

① 商金林：《叶圣陶年谱长编》第二卷，人民教育出版社，2004，第 166 页。

菜色"(《病中得家书感赋》)之句以记具有普遍意义的战时情、战时事。由是可见，在席卷中华大地的狼烟中，新文学家凭借与民众"共情"之姿态将笔触向生活更深处漫溯。

抗战时期，生存境遇的改变在某种程度上压缩了新文学家文学理想的生存空间。新文学家的文学理想亦在自觉或不自觉中选择避让或者退让的姿态。1944年12月，身在美国的胡适准备买下一批由传教士罗伯特·利莱五十年前在中国、日本带回的书①，并约杨联陞一起前往清点，杨联陞有诗一首记此事，胡适作《和杨联陞诗二首》。在第一首诗中，胡适选择以凄寒之景叙融融暖情，寒风与蜗居之意象烘托出不甚舒适的处境。但是诗人与友人之间的情谊以及二者为了人类文化建设而倾力的作为却似夏日的骄阳，将眼前的寒气一一融化，流泻出无尽的温情暖意，从而表露了对自己以及友人在战乱年代依旧坚持文化建设的自得之意。第二首以异军突起之势，一换第一首之偏于暖融的私人场景，更之以肃杀残酷的"祖国大劫千载无，暴敌杀掠烧屋庐"的抗战想象。诗人为得珍贵书籍而欣悦的情绪骤然冷却，爱国情绪喷薄而出，转而将自己与友人收"烂书"看作"不长进"的行径。在第二首与第一首近乎断裂式的转折中，诗人的文化精英意识便经历了从熠熠生辉到黯然失色的过程。

再如周作人作于1938年1月26日的《苦茶庵打油诗补遗（其二、其三）》。1938年同滞留于沦陷区的顾随作小诗二首代柬宴请周作人，周作人遂作二首和之。周氏言辞切切，在第一首中起笔便以"廿年惭愧一狐裘，贩卖东西店渐收"二句对自己坚守的文学信仰进行解构。"文学店已经关门"②的无奈苦涩之情尽藏于诗句深处。这是诗人对自己早年所坚持的文学理想的标志性拆解。后二句将诗人的思绪从遥想当年的状态中拉回，回归至当前的生活状态中：喝茶、看报、吃猪头。这一系列

---

① 胡适:《胡适日记全编》7（1938—1949），曹伯言整理，安徽教育出版社，2001，第569~570页。
② 周作人:《文坛之外》，载止庵校订《周作人自编文集 立春以前》，河北教育出版社，2002，第158页。

行为的堆叠，更是彻底将诗人早年所坚持的文学理想埋葬至生活的日常中。第二首中，诗人完全抛开对当年颇具精英意识之文学理想的追忆，直接切入现实，写出自己所具有的人类共通的生理感受——饥饿。困窘的战时生活使诗人发出"人生一饱"并非易事的喟叹，诗人更将"茵陈酒满卮"视为愈加难得的场景。这便使诗人处在与民众相近的生活场域中，并进一步淡化诗人颇具精英意识的文学理想。

三

在新文学家的文学观念中，旧体诗词一度被看作陈旧落伍的文体样式："五七言八句的律诗决不能容丰富的材料，二十八字的绝句决不能写精密的观察，长短一定的七言五言决不能委婉达出高深的理想与复杂的感情"[1]"我国诗集里十之七八的五律七律都只是空有其表的形似诗"[2]"现在已成假诗世界，其专讲声调格律，拘执着几平几仄方可成句，或引古证今，以为必如何如何始能对得工巧的，这种人我实在没工夫同他说话"[3]……但在抗战时期，因着书写语境的改变，新文学家摒弃了对旧体诗词的"偏见"，在传统诗词的审美艺术规范中进行"突围"，从而形成独具特色的、适用于抗战烽火的新型旧诗艺术。抗战时期新文学家旧体诗词的诗艺变革主要体现在对白话旧体诗词的艺术探索、传统意象的复现与现代性"扩容"、以新文学文体"改造"旧体诗词三个方面。

第一，白话旧体诗词的艺术探索。在抗战时期新文学家的旧体诗词创作中，白话旧体诗词的创作成为一道较为耀眼的风景。在共御外辱的民族战争环境中，具有民族意识的文体形式——旧体诗词，成为新文学家们的创作选择，但是固有的旧体诗词形式在包容性与承载度上都显得"不够用"。对于新文学家而言，白话是革新文学必备的武器。在这种书

---

① 胡适:《谈新诗》，载欧阳哲生编《胡适文集》2，北京大学出版社，1998，第 134 页。

② 徐志摩:《杂记（二）坏诗、假诗、形似诗》，载顾永棣编《徐志摩全集》评论卷，浙江人民出版社，2015，第 331 页。

③ 刘半农:《诗与小说精神上之革新——介绍约翰生樊戴克两氏之文学思想》，载文明国编《刘半农自述》，安徽文艺出版社，2014，第 248 页。

写情境中，新文学家自觉地以白话对旧体诗词进行文体"改造"。

1935 年 3 月 12 日，杭州救济院举行集体婚礼，时在杭州的郁达夫应邀参加，并作有《西江月·白话词一首，贺救济院举办之集团结婚》，该词发表在四日后《东南日报》的"吴越春秋"一栏。在词后，有郁达夫致许廑父书信："廑父先生：应命把一首山歌做出来了，你看可要得？"① 词人先后以"白话词"以及"山歌"来界定这首词的文体性质，便从创作现场点明其所具有的通俗易懂、富有民间情调之特色。除却通篇的白话语体，诗人在用典上也较"下功夫"，特意规避了晦涩艰深的典故，而多运用较为通俗且拥有广大受众的典故，如"章台弱柳""乔太守乱点鸳鸯谱"等，以此来加强该词的"白话"属性。1941 年郁达夫在新加坡所作的《冯焕章先生今年六十，万里来书，乞诗为寿。戏效先生诗体》亦是典型的白话旧体诗，中有"马二先生真好汉，能屈能伸能苦干""抗战今年将胜利，加强团结全民意""六十年间教训多，从头收拾旧山河"等白话语句，整首诗既保持了古典诗词的整饬形式，又因几乎通篇的浅白语体形式而具有了活泼泼的现代个性。

在抗战时期，老舍对用文言作诗还是白话作诗都不持十分坚持的态度，在他看来，"为诗用文言，或者用白话，语妙即成诗，何必乱吵絮"。② 1933 年老舍作《病中》以记"患背痛，动转甚艰"③ 之事。面对病魔"有组织""有纪律"的"攻城略地"之行为，饱尝痛苦的诗人只能自我解嘲，将旧病未去、又添新病的痛苦处境理解为病魔的民主策略，作出令人啼笑皆非的"病魔亦幽默，德谟克拉西。既已炙我背，复欲裂肚皮"之诗句。全诗不避俗字俚语、灵活运用西来译词，且不苟对仗用典、不遮俗事俗情，以极为生动的言说形式将诗人的病痛经历和盘托出。再如老舍于 1939 年所作《抛锚之后》。该诗为记慰劳团行军之事，诗云："一去二三里，抛锚四五回。下车六七次，八九十人推。"这首白话

---

① 郁达夫：《致徐廑父》，载吴秀明主编《郁达夫全集》第六卷《书信》，浙江大学出版社，2007，第 245 页。

② 台静农：《我与老舍与酒》，载舒乙编选《台静农文集》，华夏出版社，2000，第 234 页。

③ 老舍：《题扇面赠马子元拳师》，载《老舍全集》13《曲艺 诗文》，人民文学出版社，2008，第 559 页。

旧体诗是对北宋诗人邵雍的《山村咏怀》的戏谑性改写，大量动词辅以数字，较为全面且细致地描绘出汽车频繁抛锚、众人频繁推车的动态画卷，以浅白易懂却不失重量的表述映衬出慰劳团成员不畏艰苦、为抗战贡献力量的赤诚之心。

在抗战时期，不少新文学家都汇入白话旧体诗词的创作中来。如郭沫若所作《对鲁迅的赞美诗》（1937）、《陕北谣》（1938）、《沙场征战苦》（1938）、《惨目吟》（1939）、《解佩令·贺友人结婚》（1940）、《题路工图》（1940）、《"九一八"十周年书感》（1941）、《张果老》（1942）、《白杨来》（1943）等。田汉的《如梦令·虱子》（1935）、《莫把生涯关在厨房里！——贺胡蝶结婚电》（1935）、《观〈青龙潭〉试演后》（1936）、《泥途夜行》（1937）、《为湘剧宣传队题字》（1938）、《垦春泥》（1940）、《题〈养猪图〉》（1941）、《贺演剧队员订婚》（1943）也皆为白话旧体诗词。再如胡适的《题罗文干来信》（1932）、《再和苦茶先生的打油诗》（1934）、《和半农的〈自题画像〉》（1934）、《和周岂明贺年诗》（1935）、《题陈援庵先生所藏程易畴题程子陶画雪塑弥勒》（1937）、《戏答胡健中》（1938）、《贺元任、韵卿银婚纪念的小诗》（1946）等。在抗战时期新文学家旧体诗词的诗艺变革中，白话旧体诗词的创作是重要且关键的一环。

第二，传统意象的复现与现代性"扩容"。在中国古典文学体系中，"意象"是重要的诗学范畴之一。在漫长的历史中，古典诗词中传统意象的能指与所指之间形成了一定的衍射模式。但是自近代以来，随着新事物、新思想、新情感的涌现，古典诗词中的传统意象却因其"固定"的内涵成为"落伍"的存在。所谓"在每一个不同的历史阶段，人们都有不同的观物方式与情感、思想的特质"。[①] 然而，古典诗词意象的含混性与繁复性，固然带来了其概念的模糊性，但这种模糊性也为意象体系的更新与发展提供了更高的自由度。因此，在抗战时期，结合时代背景对传统意象进行现代性"扩容"便成为新文学家旧体诗词文体变革创作

---

① 蔡英俊：《意象的流变》，台湾联经出版事业公司，1982，"导言"第1~2页。

中的"重头戏"。

卢沟桥事变后，俞平伯作《种柳》一首，诗云："手种垂垂柳。能无视荫心。一枝斜近牖。衰鬓待伊簪。"诗前序云："移居清华新南园，旋即有芦沟之变，迄未见来年春柳也。"[①]诗人在自己日常所居的院子中种下垂柳，希望铺展出一片栖息身心的"绿荫"。柳枝蹁跹调皮、斜近窗牖，"我"久历沧桑的"衰鬓"静待爱人以柳枝簪之。在日寇入侵的情境下，诗人即将告别居所，感伤无奈之情本就溢于言表。而于秋风中瑟瑟摆动的院中垂柳更成为牵动诗人欲走还"留"的重要外物。在敌寇入侵、山河泣血的残酷现实中，诗人对院中垂柳的歌咏还带着相当的"自正心迹"之意味：借柔软却不失韧性的"柳"来表征自己虽身处历史的旋涡中却坚持民族气节与独立品格的决心。在中国古典诗词中，"柳"是一个较为重要的意象，不仅常用来表达挽留之意，而且被看作柔美女性以及独立人格的象征，有着颇为复杂的浑厚内涵。但是，在古典诗词中，"柳"之意象所具有的复调意蕴往往不集中出现，诗人偏向于择"柳"的某一个意蕴予以凸显。但在《种柳》一诗中，俞平伯却以栖身之"荫"、离别之情、佳人之态以及自我之姿等多种内蕴灌注之，从而极大地扩充了"柳"意象的包容性。由此，诗人在"一唱四叹"的书写中完成了对传统意象"柳"的"扩容"。

1934年旅欧的王统照作有旧体诗词数首。在这些创作于海外语境里的旧体诗中，诗人赋予传统意象以异域、现代风采，从而进一步创作出含义更为丰富多元的诗作。如《船行南海中见海燕》有句云："呢喃娇啭双飞燕，浩荡能驯万里波。故国芳郊初剪影，客程远棹乍闻歌。"在古典诗词中，"海燕"意象已经出现。南宋诗人陆游《春晚泛湖归偶成》诗中便有"分泥海燕穿花径，带犊吴牛傍柳阴"之句。但是，古诗词中的"海燕"与现代意义上的海燕含义不甚相同。在古代诗人的理解中，燕子多从南方渡海而来，因此他们便常用海燕来指代燕子。但是在现代意义中"海燕"多为海鸟的一种。诗人此处便巧妙地将传统意义上

---

① 俞平伯：《种柳·序》，载乐齐、孙玉蓉编《俞平伯诗全编》，浙江文艺出版社，1992，第375页。

的燕子意象与现代意义上的海燕意象进行嫁接，从而使飞翔于南海中的海燕代替传统的燕子，成为寄托情思的现代意象。

1939 年 7 月 1 日，杜国庠的夫人抵达重庆。郭沫若为其作《蝶恋花》一首。在上片中，诗人对传统意象的使用尚属于常规状态，在下片中，诗人则开始大刀阔斧地对传统意象进行现代性"扩容"：珊瑚在古代多为福贵、吉祥的象征，诗人则将目光延伸至其形成变化的生物过程，以"珊瑚"化"绿岛"来形容世事的变迁沉浮。抗日战争发生于 20 世纪三四十年代，现代社会的背景给其带来了与古代战争中不同的现代武器装备。因此，诗人以"海底潜蛟""海上神鹰"分别指代海底的潜艇与海上的敌机。在词的尾声处，诗人对传统的"鹊桥"进行再"搭建"，将杜夫人凭借绵绵情意涉险寻夫的实际行为作为搭建"鹊桥"的重要途径，这便将神话故事中依靠外力搭建起的鹊桥转化为女性意识觉醒的象征。

茅盾作于 1943 年的《题白杨图》一诗也是对传统意象的"再书写"。1940 年，茅盾作有旧诗《题白杨图》，诗前序云："余曾作短文曰《白杨礼赞》，画家某取其意作白杨图，为题俚句。"[1]"白杨"意象在中国古典诗词中并不鲜见，在中国古诗词中，"白杨"之意象的使用多与死亡、坟墓等相关，常被用以寄托哀思，表达伤感的情绪，"似乎大家对于白杨都没有什样好感"。[2]茅盾的《题白杨图》却是对"白杨"意象的古典含义进行了"颠覆式"的重造。在诗人的笔下，白杨摆脱了悲戚哀恸的刻板印象，成为"挺立如长茅""叶叶皆团结""羞与楠枋伍"的"佳树"代表。借助对白杨意象的现代性"扩容"实践，诗人以言简意赅的方式对散文《白杨礼赞》之思想进行了升华式叙写，进一步达成了对北方抗日军民进行盛赞的诗性诉求。

第三，以新文学文体"改造"旧体诗词。"新文学以文体的变革来

---

① 茅盾：《题白杨图·序》，载《茅盾诗词集——茅盾古典文学论文集外编》，上海古籍出版社，1985，第 20 页。

② 周作人：《两株树》，载钟楚河编《周作人文选（1930—1936）》，广州出版社，1995，第 40 页。

适应启蒙的需要。"①带着跳出旧文学樊笼的迫切愿望，新文学家们开创出富有生气的具有"新体裁和新风格"②的文学新纪元。但是反抗约束、向往自由的新文学家并没有完全将新文学的创作禁锢于界限分明的文学文体中，而是有着"在差异的基础上讲求文体之间的互渗"③之实践。及至抗日战争这一家国巨劫时期，新文学家进行文体互渗创作的自觉意识也得到强化，并从新文学领域延展至旧体诗词创作领域。

杂文无疑是新文学中恣肆飞扬的一面旗帜。在抗战时期，鲁迅积极赋予旧体诗词杂文的精神与特质。1933年，在日军的猛烈攻势下，河北局势危急。国民党政府不思反抗之事，抢运故宫古佛文物。北平大学生为救国奔走导致"逃考及提前放假等情"④，却被国民党教育部发电谴责。面对这种颇具荒诞意味的抗战现实，鲁迅于1月30日作《学生和玉佛》一文，全文只有两则转述而来的新闻以及末尾处的一首旧诗。可以说，诗人的主观发抒全部集中于文末的旧诗上。这种杂文与旧诗的文体混搭形态不仅更具包容性与延展性，而且给文体互渗之命题提供了质而有形的具体实践，容身于杂文中的旧诗不可避免地从内容到形式都沾染上杂文文体的气息。该诗刻意抹去了较为朦胧浪漫的华丽诗意，开篇便以诗言实事，在前两联中以极为利落的笔法将杂文中所述的两则新闻概括而出。在颈联中，诗人采取"以子之矛，攻子之盾"的直言方式，对国民党教育部责备大学生通电中"诋容妄自惊扰"的说法进行句式的"改装"，从而以鲜明的爱憎态度发出对北平大学生的辩护之声以及对国民党当局的谴责之意。尾联处，诗人假大学生之口发出不如玉佛的戏谑之语。这种不升反降的意绪处理方式，却使国民党当局的反动作为无处遁藏，辛辣讽刺之味经久不散。全诗直击现实时事、口语俗语夹杂、幽默讽刺兼具，与杂文文体一脉相续。

---

① 陈思和：《中国新文学发展中的两种传统》，《中国现代文学研究丛刊》1990年第4期。
② 胡适：《寄志摩谈诗》，载杨犁编《胡适文萃》，作家出版社，1991，第286页。
③ 高旭东：《中国文体意识的中和特征》，《湘潭大学学报》（哲学社会科学版）2008年第6期。
④ 鲁迅：《学生和玉佛》，载《鲁迅全集 编年版 第7卷 1933》，人民文学出版社，2014，第27页。

　　郁达夫在进行抗战时期旧体诗词的创作时，亦较为自觉地坚守"文学作品，都是作家的自叙传"这一文学创作原则，创作出具有自叙传小说性质的旧体诗词来，组诗《毁家诗纪》便是其中的重要代表。《毁家诗纪》是郁达夫创作于1936年春至1938冬的诗词作品。在该组诗词中，诗人以玉石俱焚之心态曝光家丑，袒露了自己与妻子王映霞情变的过程。细读而去，此二十首诗词与"自叙传小说"有着血缘上的关联。从内容上看，这些诗词与诗人的现实生活有着交叠的印记，无论是诗人大体上的往来行迹抑或是细微处的日常活动都被统收其中，成为名副其实的"传记"文学。但是，组诗组词的文本结构本身便对连续的情节起着阻断的作用。这不仅造成了"传记"的断续性，而且给内向情绪的融入提供了更大的空间与可能。因此，诗人为了契合组诗组词的文本特征，并不着力于进行完整情节的描画，而是在某种程度上虚化或弱化事件的存在感，甚至在一些诗词中将情感表达与事件描述相剥离，在诗词文本中灌注以大量的内在感受与体验，将事件的描述置于本事中进行补充。如此便形成了以诗人的情绪情感联袂成篇、淡化情节发生发展的"自叙传"诗词文体新形态。

　　在抗战时期，以话剧之文体样式入旧诗也是新文学家的尝试之一。1937年，经朱自清推荐，施蛰存被聘往云南大学任职。在赶赴昆明途中，施氏作有七言古诗《沅陵夜宿》以记夜宿湖南沅陵之事。在同期所作的《西行日记》中，诗人对《沅陵夜宿》之诗的本事予以较为详尽的介绍。[①] 两相对照，《沅陵夜宿》的"实录"性质呼之欲出。现实中，在房间里独处的诗人对其他房间人物的感知主要通过听觉系统完成。而在诗中，诗人一改现实中"隔着一层"的视角，用"人像展览"的方式呈现。诗人在大布景下分割出一块块小布景。在这些小布景中，饱受臭虫摧残的自己、"绕床一掷争稚卢"的"楼头贾客"、豪迈饮酒的"南轩将军"、思妻梦妻的"阶前小卒"、醉呈意气的"老兵"、夜晚偶遇的"城中浪子"与"游女"，甚至责小姑的嫂子、叱奴仆的主人等人物皆被收

---

① 施蛰存:《西行日记》，载刘凌、刘效礼编《施蛰存全集》第5卷《北山散文集》第4辑，华东师范大学出版社，2011，第1643页。

入。诗人在刻画这些人物时注重将其放置于具有一定戏剧张力的片段情境中，这些人物或者独占一个小场景或者共占一个场景，在特有的环境中演绎出战时夜晚旅途中的世情百态。尾声处，在遍览走马灯式的人物展览后，诗人将场景向外拓展，开辟出一个独白场景，表露自己的家国情怀，并以此收束全篇。现代话剧之文体样式的采用，使诗人获得了在有限的文本中进行"扩容"创作的机会，从而为旧体诗词之多维度、大容量的书写提供了新的可能。

总之，在抗战时期，中国新文学家们大都能自觉摒弃"新""旧"文体二元对立观念，在旧体诗词之文体范畴中进行艺术突围。虽然新文学家于抗战时期进行的旧体诗词文体变革实践或有不足之处，但纵观文学史长河，新文学家抗战时期旧体诗词的文体变革之路的确是在传统的有限的文学文体形式中创造出了现代的无限的可能。此种跨越古今中西之边界的文体变革实践，不仅壮大了抗战文学的队伍与声势，而且为中华民族文学传统的创造性转化提供了新的路径和可资借鉴的范式。所以时至今日，依旧值得后人珍视与探究。

第十三章　抗战时期女性旧体诗词的艺术新变[*]

　　近年来，随着学界对中国现代旧体诗词研究的深入推进，抗战时期女性旧体诗词研究开始受到学界重视，并取得了丰硕成果。整体而言，现有研究多从外部入手，揭示抗战时期女性旧体诗词在女性身份、诗词传播、地方结社等方面发生的现代转型；从内部揭示抗战时期女性旧体诗词的艺术新变的成果较少。事实上，作为五四时期女性旧体诗词的延伸与发展，抗战时期女性旧体诗词在语言、意象乃至现代理性思维等方面，都有了进一步的探索与拓展。故而本章聚焦于深入揭示抗战时期女性旧体诗词的艺术新变。由于抗战时期女性旧体诗词是整个中国抗战女性文学史的重要组成部分，其诗艺新变与女性诗词创作主体的女性意识嬗变密切相关，所以本章选取现代女性意识作为核心观念进行统摄。需要说明的是，本章的"抗战时期"，依循现有共识，指的是 1931 年九一八事变爆发至 1945 年 8 月 15 日日本签订投降书的十四年时间。

一

　　五四新文化运动的发生，以人的个性解放为肇始。受封建宗法制束缚的中国女性的解放，自然受到五四先驱者的普遍注意与重视。陈独秀、胡适、鲁迅等先后在《新青年》上发表妇女解放的文章。冰心、庐

---

* 本章原刊《现代中国文化与文学》2021 年第 36 辑，署名朱一帆、李遇春。

隐、丁玲等女作家也纷纷在自己的白话小说里呼吁女性解放。经此一役，中国女性得以摆脱封建礼教压制，从家庭走向社会。身体自由、思想解放，意味着中国女性开始站在现代女性角度审视自身与社会，她们的现代女性意识开始觉醒。表现在五四时期的女性旧体诗词创作中，则是她们主动选择现代词汇入诗词，从容表达当下感受。如张默君在"一战"后观埃菲尔铁塔，以"谁道名城歌舞歇，茶花艳倚血花红"（《欧战后登巴黎铁塔》）哀叹茶花女的悲惨命运；她经过埃及金字塔，以"古国匆匆一笑过，擎空金塔梦嵯峨"（《过埃及》）惊叹金字塔直顶苍穹的壮丽景观。女诗人徐蕴华在听闻茶花女的悲惨身世后，也有"归梦春潮逐渐低，惨心未竟话巴黎"（《岁暮哀感》）之语。至于福建女诗人何曦，因惊异于公寓楼内电扇的降温能力，作《城东寓楼夏日赋电扇，效东坡赋水车体》，诗中有"蛮功裁铜荷叶圆，机变飞驶风轮旋""高旃广厦从多凉，机心机事安可常"之语，抒写消除暑热后的感受。

整体而言，五四时期女性旧体诗词的语言变革，多停留在直接以现代词汇入诗词的层面。随着九一八事变爆发，诸多女性诗人开始经历颠沛流离的生活。战乱中的女性流亡体验，促使她们的现代女性意识进一步深化。这表现在抗战时期的女性旧体诗词创作中，首先则是她们诗词用语的拓展。一方面，她们在旧体诗词创作中多使用今典；另一方面是她们在旧体诗词创作中多使用土语，二者相辅相成，乃至相反相成。今典的现代性与土语的民族性在现代诗词中实现了二位一体的艺术融合。在这个意义上，抗战时期女性旧体诗词的用语拓展，意味着对五四时期女性旧体诗词语言变革的进一步探索。比如茅于美在国立浙江大学读书时作有《鹊桥仙》。词曰："红灯影里，欢情场上，偏有寸心如锁。但知无计拨神弓，一箭地、千逃万躲。愁丝如茧，恨丝如束，每怪自缠自裹。低声寻问'意如何'，却讳道：'不曾真个'。"整体来看，这首词仍不脱相思的主题窠臼。但在表述相思的过程中，茅于美别出心裁地使用了爱神丘比特之箭这个当时流行的西方典故来构思，从而让整首词颇具现代感。茅于美还专门在词的上阕结束后作注云："西方神话克比德（Cupid）为司爱之神。以盲目有翼之小天使为象征。持弓箭，有被其射中者，辄相爱悦。"① 显然，相较于古诗中的红豆、比翼鸟、连理枝等古典，这首词中的今典，令人耳目一新。也难怪冯至会这样评价她："茅于美曾在浙江大学和清华大学研究院学习西方文学，在继承祖国诗词的基础上，又从西方诗歌汲取营养，这给她的创作增添了新的意境。"②

其实抗战时期的女诗人用当今语典入诗词的情况十分常见。1934年中秋，为避战事，吕小薇决意离沪。临行前，昔日同窗卢沅、周振甫、吴德明等前来送行。有感于此，吕小薇作《菩萨蛮》云："劝君休问今何夕。潮痕早没沙滩血。残垒在西边，哀鸦绕暮烟。 霓虹灯似雾，歌媚'毛毛雨'。谁唱大刀环？长城山外山。"不难发现，词的下阕有一旧典"大刀环"。此典故出自《汉书·李广传》。女诗人吕小薇用此典故，显然是期盼国家能战胜日寇、光复河山。与此同时，需要特别留意的是，与旧语典"大刀环"对应的"毛毛雨"则是一个今语典，一个新诗语典。③《毛毛雨》在20世纪30年代的中国，是一首风靡大江南北的可供演唱的新诗。因其太过流行，且演唱者嗓音直白、尖细，鲁迅在其杂文《阿金》中讥为"绞死猫似的《毛毛雨》"。④吕小薇当今语典插入得不露声色，已显示出她在诗艺探索方面的进一步尝试，更为难能可贵的是，这一今语典还能够与旧典相得益彰、互为对照，实在是抗战时期女性旧体诗词语言上的创新与发展。至于用当今事典入诗词的，也就是用当时发生的重大历史事件入诗词的则更多，书写抗战时事的诗词创作甚丰。如在抗日将领张自忠将军殉国三周年之际，苏雪林作《张自忠将军殉国三周年纪念（其一）》云："临沂支柱苦，随枣折卫多。十荡无强敌，三呼竞渡河。誓排炎帝雾，力挽鲁阳戈。名将古来少，英风迈牧颇。"诗中将当今事典融入古典之中，将张自忠将军从山东战场到湖北

---

① 茅于美:《茅于美词集》，湖南人民出版社，1985，第45页。

② 冯至:《读〈茅于美词集〉》，载《茅于美词集》，湖南人民出版社，1985，第201页。

③ 鲁迅在《致窦隐夫》一文中曾讲："诗歌有眼看的和嘴唱的两种，也究以后一种为好，可惜中国的新诗大概是前一种。"许多人因为黎锦晖，在唱《毛毛雨》，但这不能改变新诗还是以眼看的为主的态势。鲁迅:《致窦隐夫》，载《鲁迅全集》第十三卷，人民文学出版社，2018，第249页。

④ 鲁迅:《阿金》，载《鲁迅全集》第六卷，人民文学出版社，2018，第208页。

战场与日寇鏖战的英雄形象刻画得跃然纸上。诸如"炎帝雾""鲁阳戈"等旧典故，还有李牧、廉颇这样的古代名将战神形象，一一融汇到苏雪林这首立足抗战语境的五言律诗中，诗歌达到了古今融合、新旧相彰的艺术效果，可谓一曲现代旧体悲歌。

以土语入诗，古已有之。《诗经》中的《国风》便是当日的通俗土语。五四时期女性旧体诗词中也可见土语身影。如南社诗人高旭之妻何昭的诗《题钝剑〈花前说剑图〉》云："渠侬击剑我吹箫，愁涌心头把酒浇。便遇名花能解语，谈兵画地恨难消。"其中的"渠侬"便是吴方言，即他们。但普遍而言，五四时期女性旧体诗词中出现的土语并不占据主导位置。而抗战时期随着女诗人深入体验战乱流离生活之苦，女性旧体诗词用语中方言土语的比例日渐提高，甚至出现了方言土语占据诗词全篇的现象。典型者如女诗人丁宁创作的两首《南歌子》。《南歌子·索居无俚，缀扬州土语，忆湖上旧游，兼怀船娃小四》云："小艇偏生稳，双鬟滴溜光。几回兜搭隔帘张。却道凫庄那块顶风凉。　杨柳耶些绿，荷花实在香。清溪虽说没多长，可是紧干排遣也难忘。"其中的"偏生""滴溜""兜搭""耶些""紧干"均为扬州土语。以土语入雅词，别具风味。另一首《南歌子·晨起缀扬州土语》云："点个风儿没，丝毫雨也无。讨嫌偏是鹈鸪鸪。冷不溜丢花外一声呼。　索度邻家妪，唠叨故里书。大清早上费踌躇。无理无辜耽误好功夫。"其中的扬州土语"点个"指"一点"，"冷不溜丢"指"突然"，"索度"指"絮絮叨叨"。面对这两首词，刘梦芙评价道："白描风景与人物，土语与书面语缀合无痕，清新流利，活色生香，真可夺易安之席了。"[1] 夏承焘则言其"予欲效颦，未能成也"[2]，周啸天也赞其"在语言上的追求，到口即消"。[3] 由此可见丁宁以大量土语入诗词的成功。相比较五四时期土语多以点缀形象存在，抗战时期女性旧体诗人用土语却不见俗，而且能够与书面语无

---

① 刘梦芙：《二十世纪杰出的女词人丁宁与其〈还轩词〉》，载赵松元主编《诗词学》第2辑，暨南大学出版社，2011，第110页。

② 夏承焘：《天风阁学词日记（一九三九·续一）》，载《词学》编辑委员会编辑《词学》第5辑，华东师范大学出版社，1986，第32页。

③ 周啸天：《周啸天谈艺录》，线装书局，2012，第177页。

痕融合，这无疑彰显了抗战时期女诗人在旧体诗词用语方面的新探索。

二

在五四时期，社会上有一种言论，即认为女性诗词创作"大抵裁红刻翠，写怨言情，千篇一律，不脱闺人口吻"。① 面对此种言论，吕碧城撰文回击。她指出："予以为抒写性情，本应各如其分，惟须推陈出新，不袭窠臼，尤贵格律隽雅，情性真切，即为佳作。诗中之温李，词中之周柳，皆以柔艳擅长。男子且然，况于女子写其本色，亦复何妨？"② 在吕碧城看来，作为女性文学，女性旧体诗词写闺人之情，当属本色当行。但是，她也指出女性旧体诗词创作要推陈出新，不落古人窠臼。应该说，吕碧城的这种观点在五四时期的女性旧体诗人那里得到了普遍认同，并广泛地表现在她们的旧体诗词创作中。

如吕碧城所作的《新体无题三首》。第一首写火车，吕碧城用"电掣风轮贴地驰"写火车行驶状态，用"远鸣仙籟入通逵"写火车鸣笛。其中"风轮""仙籟"均为旧意象，但吕碧城却用其表达现代火车速度之快、汽笛声音传播之远。第二首写英文。同样地，她用"梵语"这一旧意象表新意义，用其指英语是外来语，并用"蟹行"这一旧意象指代英语的书写方式。第三首写交际舞，她用"舞衣"这一旧意象指现代晚礼服。用旧意象表现新生活，这种艺术创新同样表现在冼玉清的五四诗词创作中。如她在观看燕京大学运动会后作的《参加燕京大学落成典礼书事》中，就用"熊鸟经伸"这一旧意象，表示男女同学分作攻守一方的气势，用"弯弓李波妹"这一中古旧意象，书写现代女大学生在运动场上的矫健身姿。整体而言，五四时期的女诗人大多选用旧意象来表现新生活、新事物。诗人通过激活旧意象，赋予传统诗歌中的意象新意义，

---

① 吕碧城：《女界近况杂谈》，载吕碧城著，李保民笺注《吕碧城诗文笺注》，上海古籍出版社，2007，第476页。
② 吕碧城：《女界近况杂谈》，载吕碧城著，李保民笺注《吕碧城诗文笺注》，上海古籍出版社，2007，第476页。

由此，女性旧体诗词为五四时期的旧体诗坛带来了新气象。随着时局发展，女性旧体诗人的现代女性意识不断深化，她们对诗词文体有了更深的认识与体悟。陈乃文在1934年出版的《光华大学半月刊》第二卷第十期上曾发表《新旧文学》一文。文章提出："欧风东渐，文学由新旧之分，各立门户，互相诟厉，新者斥旧者为陈腐，为顽固；而旧者诋新者为肤浅，为鄙俚。殊不知各有是否，要其应用之当耳。"①在她看来，只要应用得当，新旧文学文体无高下之分，都能表现现代新生活。由此可见，抗战时期女诗人对诗词文体的认知已愈发成熟。这表现在她们的抗战时期诗词创作上，则是格外注重意象革新，不再局限于五四时期用旧意象表新意义，而是或者选择改造旧意象，或者干脆创造新意象，书写着自己的生命新体验。

一是改造旧意象。如沈祖棻在抗战时期作有《祝英台近》一首，词云："候红桥，探碧渚，芳约记前度。春意如花，香委旧游处。可怜纵有并刀，愁丝难剪，系多少、幽欢私语？　此情苦。长夜深锁重门，离魂沐风雨。泪作珠灯，持照梦中路。甚时帘底凝眸，相思潮汐，待都付、眼波低诉。"对自己在抗战期间所作的诗词，沈祖棻自言："余疴居怫郁，托意雕虫。每爱昔人游仙之诗，旨隐辞微，若显若晦。"②也就是说，她的抗战诗词多用春秋笔法，微言中有大义。不难看出，这首《祝英台近》其实抒发了沈祖棻因敌寇入侵而滋生的苦闷情绪。在词中，沈祖棻出其不意地使用"泪作珠灯，持照梦中路"来表达对光明的憧憬。一般意义上，古诗中与"泪"有关的意象，如鲛人泣珠、湘妃泪、青衫泪、红泪等，鲜少用来指代光明。而古诗中用来表示光明的意象，常见的是灯烛。显然，在这首词中，沈祖棻先是抛开了旧有表光明的意象"烛"，之后创造性地选取"泪"的意象表示光明。就"泪"这一意象而言，她也不是简单的拿来主义，而是根据眼泪滴下成珠的实际状貌，改造了这一看似传统的旧意象。毫无疑问，这是一种创造性的艺术改造，

---

① 陈乃文著，张晖整理《陈乃文诗文集》，上海社会科学院出版社，2013，第136页。
② 沈祖棻：《浣溪沙十首·序》，载张春晓编，程千帆笺《涉江诗词集》，河北教育出版社，2000，第41页。

旧的"泪"意象获得了新意境。词人把眼泪幻作灯，照亮前行的路。正是在这个意义上，汪东称赞她"泪作二句，奇语，前人未道"[①]，刘梦芙赞她作词"有因有革""化工神笔，叹为观止"。[②]至于沈祖棻的"贯泪成珠难系梦，回肠作结不同心"[《浣溪沙（一夜西风落叶深）》]，也是改造"泪"意象，但这里是将泪珠串起来系梦。至于"侬比玉壶冰，君作金炉火。坚待水翻澜，换取芳心可"（《生查子》），则是创造性地剥离"玉壶冰""金炉火"这两个古典意象的内蕴，将其本色化，祛除其固有的传奇或神话底色。由此，"玉壶冰"在这里单纯地指女性为壶中冰，而"金炉火"则单纯地指男性为炉火。

　　二是创造新意象。如单士厘的《和稻啤酒》，就是以"啤酒"这一新的生活意象为核心结构全诗。首联"瓶启声惊拍，升腾涌雪醅"写啤酒打开后泡沫喷涌而出的景象；颔联"吟情新辟径，豪饮快倾杯"则是说有了啤酒这一新鲜事物助兴吟诗；颈联"蚁泛看将涸，鲸吞莫待催"则是写急不可待、大口饮酒的场景；尾联"味中能耐苦，天下可图回"则卒章显志，希望个人或民族在艰苦抗战中取得最后的胜利。单士厘的另一首和诗，则是以"冰激凌"这一新生活意象为核心结构的。且看《和稻冰激凌》："不肯趋炎热，摇冰酪凝酥。饤盘犹瀹郁，举匕溢芳腴。凛冽饶风骨，晶莹比雪肤。玉环畏暑盛，此味得尝无。"寥寥几句，勾勒出了冰激凌的色香味形，而且在诗的末尾，单士厘还不忘打趣杨玉环，一片惬意溢于言表。而同样塑造"冰激凌"这一新意象的，还有沈祖棻创作的《浣溪沙（碧槛琼廊月影中）》。一句"一杯香雪冻柠檬"，读来直觉得冰激凌的透凉与酸甜。叶嘉莹也称赞她此处新意象使用得"这样活泼，这样有情致"。[③]还是单士厘，她在与孙辈游公园时，耳边响起无线电广播，单士厘有"满街无线电，充耳当弦歌"的感慨。要知道，在20世纪30年代的京沪粤等各大都会中，用无线电广播张恨水的小说

---

① 转引自张春晓编，程千帆笺《涉江诗词集》，河北教育出版社，2000，第70页。
② 刘梦芙编选《二十世纪中华词选》（下），黄山书社，2008，第1763页。
③ 叶嘉莹：《从李清照到沈祖棻——谈女性词作之美感特质的演进》，《文学遗产》2004年第5期。

《啼笑因缘》，已是司空见惯，甚至在偏僻的小都会，也有无线电广播《渔光曲》《大路歌》等流行歌曲。[①] 可以说，单士厘诗词中使用"无线电"这一当时新意象，确实彰显出抗战时期女诗人对旧体诗词意象的有益探索。除了新的生活意象，抗战时期女诗人在诗词作品中还善于使用新的科学意象。如周炼霞《菩萨蛮》中有"赚我一回眸，心潮如电流"之语，用现代科学意象"电流"表心潮澎湃，不可不谓之新。还有茅于美的《虞美人》，词云："失群应似高飞雁，云海嬉游惯。侧身应似塔中灯，万里孤航黑夜破涛行。　人寰怅望空悲切，心瓣生双翼。翱翔化石补青天，但愿人心如练永相牵！"词中"心瓣"意象的出现，与西方现代医学的传入相关，而"化石"意象的出现，则与现代西方生物学与地理学的发展有关。茅于美词中使用这两个现代科学意象，明显强化了词的现代感。虽然整首词是咏相思，主题陈旧，但在诗人新旧意象融合手法的支配下，整首词突破了传统女性诗词的婉约风格，有了新意境与新视野，体现了抗战时期女诗人对旧体诗词意象方面的新探索。

三

民主与科学是五四新文化运动中的两面重要旗帜。用民主来对抗君主专制，用科学来对抗封建迷信，已成为五四一代人的共同信念。作为现代理性思维的核心内容，作为封建蒙昧主义的对立物，民主与科学已成为五四时期作家批评社会的基本价值尺度。浸淫其中的五四女性旧体诗人，自然也用现代理性思维武装自己，书写对现代生活的体悟。如吕碧城在瑞士日内瓦期间作有《梦云中一丹凤渐敛羽翩，经行而逝，维见天际一飞艇，又忽坠落于邻宅，惊醒，诗以记之。戊辰九月三十日志于日内瓦》，诗云："忆昔扬舲驶太空，朝发罗马夕奥匈。俯瞰邦国如结衲，横掠山岳如转蓬。上界下界白雪海，千朵万朵碧芙蓉。丰隆肆威曜灵灼，光使目眯声耳聋。机身一叶能遒劲，捭阖浩荡穿鸿濛。"吕碧城在这首

---

① 郑伯奇：《从无线电播音说起》，载《两栖集》，上海良友图书印刷公司，1937，第39页。

诗中回忆了她昔日乘飞机、俯瞰各国时的情景。不论是平流层似芙蓉的云海，还是使耳聋的飞机发动机声，都是诗人站在现代理性思维视角下的观察与体悟。这种现代宇宙观，与中国人传统思维中的混沌自然观有着本质不同。它提升了整首诗的现代品质。

到了抗战时期，依然有女诗人在诗词中表现着她们的现代宇宙观。如单士厘，在与长子钱稻孙的唱和诗中，她有一首专写飞机的诗作《和长子稻孙〈戏咏飞机〉》。诗云："直上青霄气机足，依稀可听云璈曲。远镜俯视如布局，能使一一眼帘触。豁然无障开心目，超出尘埃如梦觉。国防关塞纷相促，世界分明藏一粟。星星点点失山岳，万斛龙骧成鼅鼅。夕阳红映海水绿，烽火莫教沉大陆。云车风马漫追逐，归读吾书温旧学。"单士厘在诗中忠实记录了自己坐飞机时的新奇感受，其中隐含了现代科学观和宇宙观烛照下的现代生命新体验。这是基于现代科学认知的理性思维在诗词创作中的艺术反映。当然，随着抗战时期女诗人现代意识的深化，她们的现代理性思维也日渐成熟。一个显而易见的事实是，抗战时期女性旧体诗人不再满足于对现代宇宙观的直接书写，她们中的大部分人开始"向内转"，试图用现代理性精神审视传统宗法社会加诸女性身体上的权力质素，从而推进现代女性意识的觉醒。众所周知，现代社会是时尚的身体世界，女性的身体是时尚的身体，是通过时尚的衣着装饰或修饰的身体。因此讨论现代女性身体时，根本上意味着讨论女性着装与服饰问题，因为"它与女性身份的联系是如此紧密，以至于身体、衣装和自我三者，它们不是分开来设想的，而是作为一个整体被同时想象到的"。[①]因此，对抗战时期女性旧体诗词中女性身体祛魅的讨论，不应绕过女性的外在服饰。此外，女性的身体还包括女性的头发，现代社会中女性的发型发式往往体现了社会潮流，头发已然成为现代女性身体上最受关注的文化符码之一。所以，谈论抗战时期女性诗人对女性身体的理性祛魅，必然意味着剥离包含头发、服饰在内的女性身体的束缚。通过剥离女性身体上的传统男权因素，抗战时期女性诗人在

---

① 〔英〕乔安妮·恩特维斯特尔:《时髦的身体:时尚、衣着和现代社会理论》，郜元宝等译，广西师范大学出版社，2005，第6页。

旧体诗词创作中彰显着她们的现代理性思维的成熟。

20世纪30年代的上海时兴烫发，诚如周炼霞《踏莎行》词所云，"盛剪齐眉，轻鬟帖耳"，这是每个都市女郎的标配。周炼霞追赶烫发潮流，好友陈小翠称赞其新发型"无日不曲，甚美也"。[①] 但是面对周炼霞的盛情邀约，稍显传统的陈小翠却言"烫发如定庵病梅，矫揉造作，失其自然"。[②] 两人的审美品位孰高孰低，暂且按下不表，仅就沪上女性能就烫发样式之异同，各自表明心迹，当时已属不易。因为在中国几千年的封建男权文化中，女性身体一直被男性权力话语所把控，女性身体的工具化、物象化，都是封建男权强加在女性身体上的权力质素。典型如南唐后主李煜，因迷恋"三寸金莲"，特为宫嫔宵娘造金莲花台以舞。唐镐见此情形，咏"莲中花更好，云里月长新"赞之。据说自此之后，中国汉族女性开始了千年的裹小脚历史。在此背景下审视两位现代女性诗人有关发型美丑的讨论，其中的现代理性因素的渗透与增长，即现代女性对封建社会权力知识体系的打破，便更为耀眼。有意味的是，陈与周更是分别作诗一首进行唱和。不论是周炼霞打趣陈小翠的"怜她纤薄似秋云，嫌她波皱如春水"[《踏莎行（盛剪齐眉）》]，还是陈小翠言周炼霞"虬鬟鸳帔新妆束，越显人如玉"，甚或是陈小翠自我调侃的"背时村女怕梳头，那及南唐周后擅风流"（《虞美人·戏答周炼霞》），都透露出现代都市女性对自我身体的理性认知。

实际上，周炼霞不仅在发型上打趣陈小翠，她还在身材上打趣好友蕙珍。且看这首《采桑子》："斜袒酥胸闻笑语，婉转纤腰。罗袖轻撩。不是鸳鸯意也消。 梳罢云鬟重对镜，淡抹兰膏。双颊红潮。说为郎归特地娇。"词中"斜袒酥胸"并非古人陈词滥调，而是一语勾勒出摩登上海女性前卫大胆的服饰风格。周炼霞对好友身体的赞美，显露出她对此种新潮女性服饰的赞赏，表现出她自信的女性精神状态。更进一步而

---

① 陈小翠：《虞美人·戏答周炼霞·序》，载刘聪著辑《无灯无月两心知：周炼霞其人与其诗》，北京出版社，2012，第172页。

② 陈小翠：《虞美人·戏答周炼霞·序》，载刘聪著辑《无灯无月两心知：周炼霞其人与其诗》，北京出版社，2012，第171页。

言，她对好友蕙珍身体的纯粹审美欣赏，也展示了现代女性身体自我话语建构的冲动。关于女性身体之美，周炼霞曾专作《女性的青春美》一文予以陈说。在文中，她指出："一个女性的美，并不完全依恃着面容的娇艳，此外还要有修短合度，肥瘦得宜的身体，使她成为整个的美的轮廓。"①而周炼霞在旧体诗词《更衣》中，则详尽描写了女性沐浴更衣的场景。其中，"更衣初罢又香熏"是对女性沐浴更衣后用香熏身体的描绘，"东风犹荡藕丝裙"是写睡衣临风飘荡的美好景象。可以说，周炼霞正是站在现代理性与审美性的观照之上，才能在诗词中做女性的自我身体欣赏。如果没有现代理性思维的加入，周炼霞只会亦步亦趋走在男性为自己设计的病态审美道路上，继续自我戕害并折磨身体。周炼霞展示女性身体美的诗词还有"小瓣玉簪挑，瘦朵银丝结。拥髻灯前却睡迟，有恨何曾说。 艳夺口唇脂，软化心肠铁。抱得温馨压枕衣，梦也风流绝"（《卜算子·鬓边花》）、"柳展娇黄欲媚人。吴娃端的好腰身"（《浣溪沙·题陈小翠女士湖楼梦影之一〈驰马垂纶图〉》）等。由此可见，随着抗战时期女诗人现代女性意识的深化，她们开始以现代理性思维审视女性身体，以物理性的还原方式对女性身体"抽丝剥茧"，以"本色化"的形式呈现女性身体，从而替代了先前被物化、符号化的女性身体。旧体诗词中附着在女性身体上的男权色彩，最终被现代理性精神祛魅，这无疑彰显了抗战时期女性旧体诗人的现代自我意识的强化和现代理性精神的提升。

综上所述，五四时期女性旧体诗词作为中国古代女性文学传统的现代延续，在初步觉醒的现代女性意识的观照下，开始逐步实现自身的现代诗艺转型。这不仅表现在以现代词汇入诗词上，也表现在对旧意象的激活以及诗词创作中现代理性思维的提升上，但在九一八事变爆发后，随着抗战时代的来临，颠沛流离或者苟安偷生的生活处境，促使女性旧体诗人的现代女性意识有了深化与拓展。相应地，她们对女性旧体诗词的诗艺探索也有了进一步的深化与掘进。在语言方面，主要表现为诗词

---

① 周炼霞：《女性的青春美》，《万象》1941年第1期。

用语的拓展，大量的当下事典语典、方言土语在女性旧体诗词中出现。在意象方面，抗战时期女性旧体诗人或者选择改造旧意象，或者选择创造新意象，共同书写她们的现代生活经验和生命体悟。在现代理性思维方面，她们将关注视角向内转，转移至女性身体的符号祛魅，通过剥离加诸女性身体上的封建男权色彩，彰显自己的理性认知。整体而言，随着现代女性意识的深化与成熟，抗战时期女性旧体诗词在诗艺方面发生了新的变化，进一步实现着自身文体的现代转型。而女性旧体诗词在抗战时期所取得的艺术成就，也为新中国成立后的当代女性旧体诗词的发展夯实了基础。

第十四章　新中国旧体诗词研究的基本问题 *

一

旧体诗词研究近年来看似较热闹，但热闹的背后其实颇为寂寞。目前，研究旧体诗词的学者主要是从事古典文学研究的学者，而以现当代文学为业的学者则很少涉足。20 世纪 90 年代以来，古典文学学者在旧体诗词研究领域里初步取得了一些成果。就专著而论，出现了王林书、张盛荣合著的《当代旧体诗论》（新华出版社，1993），王小舒、王一民、陈广澧合著的《中国现当代传统诗词研究》（山东大学出版社，1997），施议对著的《今词达变》（澳门大学出版中心，1997），胡迎建著的《民国旧体诗史稿》（江西人民出版社，2005），刘梦芙著的《二十世纪名家词述评》（安徽文艺出版社，2006）等。这些研究成果在数量上自然不能算多，如果与 20 世纪旧体诗词创作的整体成就相比，就更显单薄了。实际上，以上论著中，除胡著是比较系统和完整的史著外，其余诸种都是散论的结集。但施著中收录的《一百年词通论》是比较宏观而厚实的专论，刘著中收录的《"五四"以来词坛点将录》，纵横点评百年词坛风云，不时有真知灼见。另有文艺美学学者刘士林，著有《20世纪中国学人之诗研究》（安徽教育出版社，2005），用现代学术方法治旧体诗词，惜乎理念先行，断语时常过当，故难免招人讥议。

至于中国现当代文学界，20 世纪 90 年代以来，以黄修己、钱理群、

---

* 本章为李遇春所著《中国当代旧体诗词论稿》（华中师范大学出版社，2010）的"前言"，此处有改动。

刘纳等为代表的现代文学知名学者已经开始重视 20 世纪旧体诗词的研究。黄修已不仅写过《现代旧体诗词应入文学史说》(《粤海风》2001年第 3 期)一文，为恢复旧体诗词的文学史地位鼓与呼，而且他在主编的《20 世纪中国文学史》(中山大学出版社，2004)中还收录了胡迎建执笔的《"五四"后中华诗词发展概述》，但只是作为附录，未能让旧体诗词正式登上现当代文学史的"大雅之堂"。而真正把旧体诗词作为正规章节写进文学史的是周晓明、王又平主编的《现代中国文学史》(湖北教育出版社，2004)。钱理群则与袁本良合作注评《二十世纪诗词注评》(广西师范大学出版社，2005)，他还为该书撰写了长篇序言《一个有待开拓的研究领域》，为 20 世纪旧体诗词研究正名。刘纳是新文学学者中最早研究旧体诗词的学者之一，早在 1991 年她就在《中国现代文学研究丛刊》第 3 期上发表了《旧形式的诱惑——郭沫若抗战时期的旧体诗》一文，反响很大。近年来她还致力于中国新诗与旧体诗词之间关系的研究。进入 21 世纪以来，随着传统文化热的升温，尤其是随着中国现当代文学学者的"文学"和"文学史"观念的变化，一些新文学学者开始对旧体诗词持比较宽容的学术立场。但从整体上来看，大部分新文学学者有意无意地还固守着"新文学"本位的文学史研究，以致"中国现当代文学史"的大门对"旧体诗词"几乎还是关闭着的。许多人热衷于争论旧体诗词的所谓"合法性"，即要不要研究的问题，至于如何进行实实在在的研究，则是一味地回避。无论如何，旧体诗词已经是 20 世纪中国文学的一个重要组成部分，无数的诗人词客留下了大量的诗词作品，其中不乏名家名作，其诗歌成就不说令新诗人感到汗颜，至少是让他们不再那么狂妄。姑且不说陈寅恪、吴宓那样纵横诗坛的学者大家，仅就新文学家而言，闻一多所谓"勒马回缰作旧诗"的人就已经不可胜数了。我们有理由相信，总有一天文学史界会正视他们的诗歌成就，因为谁也不可能永久把持着所谓"文学史的权力"，毕竟一个时代有一个时代的"文学"观念，没有旧体诗词位置的文学史肯定是不完整的"中国现当代文学史"。

笔者不理解为什么如今很多现当代文学学者一提起旧体诗词就会

"谈虎色变"。如果说在"新文学"的中心位置还没有得到确立的20世纪二三十年代，为了"文学革命"能够毕其功于一役，坚决反对"旧文学"（主要是"旧体诗词"）具有历史的合理性，那么五四以来，"新文学"在一个多世纪的发展历程中已经从"旧文学"那里夺得了正统的文学地位，这个时候就应该宽容地承认"旧体诗词"的文学地位了，要不就显得"新文学"太没有雅量了。况且从历史上看，词兴诗未亡，曲兴词未亡，同理，新诗兴，旧体诗词也不会亡。在这个意义上，毛泽东1958年对梅白说旧体诗词"一万年也打不倒"①是很有道理的。同理，臧克家当年宣称"新诗旧诗我都爱，我是一个两面派"②就不仅仅是代表他一个人的兴趣了。有意思的是，许多老一代新文学家都承认旧体诗词的地位和价值，而且他们还是旧体诗词的写作者，就连邵燕祥这样在新中国成长起来的新诗人也提出了新诗和旧诗"双轨制"③发展的主张，且有《打油诗》（广西师范大学出版社，2005）一册印行。我们这些从事"现当代文学"研究的学者，按说更应该尊重历史的客观性，却固执地不承认旧体诗词的地位。这就颇有些耐人寻味了。其实说到底，还是一个所谓"现代性"情结的问题。五四新文学运动以来，新诗成了现代性的化身，而旧体诗词则沦为了现代性的"反动"。1996年《中国现代文学研究丛刊》第1期曾经登载过一组文章，总题为"现代性重估与现代文学研究"笔谈。吴晓东在他的文章里认为："以'现代性'为核心的价值取向的中国现代文学研究，在某种意义上局限了应有的更广泛的对象以及更开阔的视界。"④因此，他提出以韦伯的"价值无涉"立场把中国现代文学乃至整个20世纪中国文学看成一个中性的时间概念，祛除或者剥离其中隐含的价值倾向，从而让旧体诗词等传统文学样式回归文

---

① 梅白：《要发展，要改革，打不倒》，参见张贻玖编《毛泽东和诗》，中央文献出版社，1998，第131页。

② 臧克家：《新诗旧诗我都爱——新诗，照着毛主席指示的方向前进！》，载《臧克家全集》第9卷，时代文艺出版社，2002，第517页。

③ 邵燕祥：《一样情思　两幅笔墨——漫谈新诗和诗词并行发展的双轨制》，载《非神化》，花城出版社，1999，第83~88页。

④ 吴晓东：《建立多元化的文学史观》，《中国现代文学研究丛刊》1996年第1期。

学史的研究视野中来。但是，王富仁很快撰文表示不同意见，他认为："作为个人的研究活动，把它（旧体诗词）作为研究对象本无不可，但我不同意写入中国现代文学史，不同意给它们与现代白话文学同等的文学地位。这里有一种文化压迫的意味。这种压迫是中国新文学为自己的发展所不能不采取的文化战略。"[①] 由此，围绕旧体诗词的学术争鸣，基本上成了"超越五四"与"保卫五四"、"反思现代性"与"坚守现代性"两派学者之间的对立。90年代的争鸣是如此，21世纪以来的旧体诗词争鸣还是如此。这种争鸣似乎还将继续下去，由于双方所持的文学价值立场的不同，这种争论似乎也不可能取得什么"共识"。

当然，目前的旧体诗词研究除了这两派之外，还有一派是"否定五四"和"反对现代性"的。一般而言，主张"超越五四"的学者并不简单地否定"现代性"，他们主张给旧体诗词一个文学史的位置，但并不否定新诗，他们虽然也认为新诗的发展不尽如人意，但还是主张在发展上给新诗以时间和空间。总之，他们期待在新诗和旧诗之间杂交出传统与现代融合的宁馨儿。而文化保守主义者并不这样看，他们研究旧体诗词的目的是"压迫"新诗，向稚嫩的中国新诗发动"反攻倒算"，把中国新诗说得一无是处，这种研究倾向也值得警惕。有少数古典文学学者在研究现当代旧体诗词的过程中表现出比较激烈的否定新诗的倾向，这正好与固执于新诗而彻底否定旧体诗词的新文学学者一样，陷入了二元对立的思维误区。新诗自然要发展，但这不能成为否定旧体诗词存在的理由，正如词的发展不足以取代诗，曲的发展不足以取代词一样。从中国诗史的演变来看，一种诗体一旦产生，它可能会边缘化，但永远也不会消亡。明清两代的诗词虽然没有唐诗宋词那样辉煌，但作为一种历史的存在，依然值得研究，而且改革开放新时期以来，明清诗词，乃至曾经备受冷落和攻击的宋诗成了中国古典文学界的学术热点。同样，近年来20世纪旧体诗词也俨然成了中国现当代文学界的一个学术生长点。研究20世纪旧体诗词，对于中国现当代文学学人来说，无论是文学观

---

① 王富仁:《当前中国现代文学研究中的若干问题》,《中国现代文学研究丛刊》1996年第2期。

念和历史意识的更新，还是知识结构的调整，都将意味着一场学术挑战。

二

其实笔者一直从事新文学研究，只是近年来才"不务正业"，涉足旧体诗词领域。笔者初步的印象是，20世纪旧体诗词有两个创作高峰期：一个是20世纪三四十年代的抗战时期，一个是新中国成立后的50~70年代。前一个高峰期是民族矛盾爆发的产物，后一个高峰期是政治斗争激化的结果。本章要考察的就是50~70年代旧体诗词的创作状况。新中国成立已经有了70年了。如果以1978年底十一届三中全会的召开，中国从此进入改革开放的新时期为界，那么20世纪50~70年代正是新中国的前三十年，"革命"是这三十年的关键词，而之后的关键词则是"改革"。在这两个历史时段中，当代旧体诗词的创作也在不断地发生着变化。相对而言，前三十年名家众多，社会政治更加复杂多变，诗人的身世浮沉更加深广，其诗词创作更有探寻的意义空间，这也是笔者选择50~70年代旧体诗词做"断代"研究的由来之一。

在笔者看来，50~70年代旧体诗词研究应该成为"50~70年代文学"研究的一个重要组成部分。90年代以来，"50~70年代文学"（尤其是其中的"十七年文学"）已经成了当代文学研究的一个很重要的学术领域。学界相继涌现出了一系列的重要学术著作，如李杨的《抗争宿命之路："社会主义现实主义"（1942—1976）研究》（时代文艺出版社，1993）和《50—70年代中国文学经典再解读》（山东教育出版社，2003）、丁帆和王世城合著的《十七年文学："人"与"自我"的失落》（河南大学出版社，1999）、董之林的《追忆燃情岁月——五十年代小说艺术类型论》（河南人民出版社，2001）和《旧梦新知："十七年"小说论稿》（广西师范大学出版社，2004）、贺桂梅的《转折的时代——40~50年代作家研究》（山东教育出版社，2003）、蓝爱国的《解构十七年》（华东师范大学出版社，2003）、余岱宗的《被规训的激情——论1950、1960年代的红色小说》（上海三联书店，2004）、李遇春的《权力·主体·话语——20世纪40—70年代中国文学研究》（华中师范大学出版社，2007）等。这些论著都在不同程度上推进了"50~70年代文学"研究。尤其是洪子诚的《中国当代文学史》（北京大学出版社，1999）和陈思和主编的《中国当代文学史教程》（复旦大学出版社，1999），更是给这个时期的文学史研究开辟了新的空间和路径。但即使在这两本"权威"的文学史著作中，除例行地提及"天安门诗歌运动"之外，并没有当代"旧体诗词"的相关论述。实际上，在近年来出版的其他当代文学教科书中同样存在旧体诗词的空白。算起来，旧体诗词真正在当代文学史中留下印迹，还只有80年代及以前的当代文学史教材中普遍设有的"毛泽东和老一辈无产阶级革命家的诗词"的章节。虽然在今天看来，用革命家的旧体诗词来涵盖全部的当代旧体诗词写作显然是以偏概全，但在80年代后期的"重写文学史"思潮中，就连这种"偏颇"也被矫枉过正地取消了。这说明旧体诗词还没有得到当代文学史家的关注和重视。我们的"当代文学"概念还有待进一步调整，虽然90年代以来的"当代文学"的内涵和外延已经得到了很大的拓展，但认识依然有待深入。所以，对当代旧体诗词的研究就是为了进一步拓展"当代文学"观念和调整"当代文学史"叙述框架所做出的一种努力。

事实上，在50~70年代里，新中国旧体诗坛①可谓群贤云集、名家林立。根据其身份的不同，这个时期的旧体诗人大致可以划分为四种群体，即政治人物、新文学家、学者和书画家。这种区分当然只是相对的，因为不少诗人实际上一身二任，甚至多位一体，如郭沫若就既是新文学家，又是学者和书法家，还是政治人物。但对于大多数旧体诗人来说，他们的身份还是单一的或者是有所侧重的，如田汉主要是新文学家，其政治身份和书法家身份并不是主要的。50~70年代写旧体诗词的政治人物有很多，其中影响巨大的政治诗人是开国领袖毛泽东。毛泽东在新中国成立后写了不少的旧体诗词，尤其是他晚年的旧体诗词还有待进一步的研究。新中国成立后流行的毛泽东诗词主要是他在新中国成立前和

---

① 此处使用的旧体诗坛其实还包括词坛，旧体诗人也包含词人，甚至还包括散曲作家，如赵朴初等。但为了论述的方便，一概简称"旧体诗词""旧体诗人"。

新中国成立初期写的一些诗词作品，而他在 60 年代以后写的旧体诗词，反映了一代伟人晚年的复杂心境，带有那个政治年代的历史印痕，是另一种意义上的"诗史"，不应忽视。在毛泽东的周围，朱德、董必武、陈毅、叶剑英、萧三、萧克、张爱萍、胡乔木、陆定一等人也是 50~70 年代旧体诗坛中的重要力量。他们中既有文臣又有武将，其诗词作品主要是颂诗和赞歌，他们是新中国成立后"新台阁体"①诗词的主力军之一。1979 年中国青年出版社出版过一本《十老诗选》，收录了朱德、董必武、林伯渠、吴玉章、徐特立、谢觉哉、续范亭、李木庵、熊瑾玎、钱来苏等十位政坛耆老的诗作，除朱德是武将外，其他都是文臣。80 年代末辽宁人民出版社出版过《将帅诗词选》及其续集，收录有大量的"将帅诗词"，其中不少诗词作品写于 50~70 年代，这些"将帅诗词"的收集、整理和出版，为新中国成立后"新台阁体"诗词研究保存了不少史料。1983 年人民文学出版社出版过一本《中国国民党革命委员会爱国老人诗词选》，收录了李济深、何香凝、程潜、柳亚子、陈铭枢等 55 人的旧体诗词，其中许多写于 50~70 年代的作品也都属于"新台阁体"诗词。其他民主党派知名人士如沈钧儒、黄炎培、张澜、马叙伦、陈叔通、胡厥文等人在这个时期也写了不少旧体诗词，且先后印行过单行本的旧体诗集。当然，政治人物中有一些人的旧体诗词也不是"新台阁体"可以一言以蔽之的，如郑超麟、陶铸、邓拓、潘汉年、胡绳、曹瑛、宋亦英的诗词等。这说明，即使是政治人物的诗词也不能一概而论，不能简单地贴上政治标签。

新文学家写旧体诗词是 50~70 年代旧体诗坛的一大景观。但同样不能一概而论，因为不同的新文学家的旧体诗词之间的差别也是很大的，甚至同一位新文学家的旧体诗词在不同的历史阶段里也存在很大的差别。在此，笔者以新文学家的旧体诗词为主要研究对象，窥斑见豹，至于政治人物和学者、书画家的旧体诗词，前者因为以前研究太多，所以很难再有新见，后者因为数量过于庞大而分散，尤其是学者诗词还颇多

---

① 这是仿造明代初年流行的"台阁体"而做的一个命名，《中国当代旧体诗词论稿》中有专门论述。

生僻奥衍之作，如陈寅恪、刘永济等许多国学大师或古典文学大家的诗词，资料搜集本就不易，索解更难，故而一时无法做整体和全面的研究，所以只能俟诸来日了。实际上，研究 50~70 年代新文学家的旧体诗词，已经包含政治人物和学者、书画家旧体诗词创作中所需要探讨的诸多问题了。因为，本书中所涉及的新文学家并非都是纯粹的新文学家，他们有的也兼有不同的政治职务，以及现代学者和传统文人的身份，如书法家、画家之类。比如郭沫若就具有多重身份，所以他的诗词，既有"诗人之诗"，也有"学人之诗"，更有"仕人之诗"，即所谓"新台阁体"诗词。至于茅盾、叶圣陶、周作人、田汉、老舍、丰子恺、沈从文、聂绀弩、胡风、臧克家、何其芳、邓均吾、王统照、冯沅君、饶孟侃、冯雪峰、施蛰存、萧军、姚雪垠、石凌鹤、吴祖光、张光年、周立波、林默涵、阳翰笙、于伶、齐燕铭、罗烽、辛笛、阿垅、罗洛、关露、廖沫沙、吴奔星、马识途、冈夫、张志民、陈大远、邵燕祥、刘征、程光锐、梁上泉、胡征、林昭、丁芒等一大批旧体诗人，虽说都是新文学家出身，但大都具有双重或多重身份，如茅盾、胡风、何其芳、冯雪峰等是知名的学者和理论家，叶圣陶是教育家，沈从文还是中国古代服饰研究专家，聂绀弩和施蛰存是古典文学学者，丰子恺是著名画家，其他喜欢书画且擅长书画的也不在少数。但这些外在的身份也许并不重要，重要的是，他们都是新文学家而写旧体诗词，故而深谙新诗和旧体诗词创作中的甘苦和个中三昧，所以他们的旧体诗词更是一种"新旧体诗词"，或曰"旧体的新诗"。虽然形式是传统的，是旧的，但骨子里注入了新的现代的因素，其中的佳作，往往能做到黄遵宪所谓"我手写我口，古岂能拘牵"（《杂感》其二），如果用梁启超的话来说，就是"熔铸新理想以入旧风格"或者"以旧风格含新意境"。① 这些新文学家所写的旧体诗词与许多固守近体诗词格律的学者诗词一味地仿古和贩古是有本质的区别的。他们大都自幼有深厚的旧学功底和做旧诗的经历，后来适逢五四新文学革命大潮，由旧诗而新诗，再回到旧诗，这便不再是简单的回归传统，而

---

① 梁启超：《饮冰室诗话》，人民文学出版社，1982，第 2、51 页。

是一种否定之否定的过程，其中隐含了对传统诗学进行创造性转化的历史期待。

在 50~70 年代的旧体诗坛，学者诗词和书画家的诗词也占有很重要的地位。当代或横跨现当代的学者和书画家，酷爱写旧体诗词的简直不可胜数，仅就中国大陆而言，比较重要的名家即有章士钊、陈寅恪、吴宓、俞平伯、胡先骕、叶恭绰、柳北野、张伯驹、黄公渚、夏承焘、王力、冯友兰、吕振羽、常任侠、钟敬文、钱锺书、冒效鲁、徐燕谋、沈祖棻、顾随、黄咏雩、周谷城、翦伯赞、吕思勉、陈隆恪、陈方恪、刘永济、杜兰亭、马一浮、王敬身、刘景晨、邓云乡、钱仲联、胡小石、张珍怀、洪敦六、丁宁、唐玉虬、龙榆生、徐翼存、陈声聪、周炼霞、苏局仙、霍松林、缪钺、王季思、杨树达、蒋礼鸿、盛静霞、黄寿祺、张中行、荒芜、吴鹭山、姜书阁、唐圭璋、程千帆、寇梦碧、周汝昌、陈朗、陈永正、王退斋、刘逸生、陈迩冬、詹安泰、苏渊雷、王蘧常、浦江清、何鲁、梅冷生、廉建中、叶一苇、徐震堮、黄稚荃、王昆仑、胡遐之、庞石帚、欧阳祖经、白敦仁、萧印唐、陈邦炎、李汝伦、吴世昌、周退密、陈九思、周采泉、徐定戡、杨宪益、张牧石、莫仲予、刘蘅、赵玉林、王沂暖、江婴、郭影秋、刘翠峰、郭汉城、王个簃、沈尹默、赵朴初、启功、齐白石、黄宾虹、蔡若虹、林散之、邓散木、刘海粟、潘天寿、吴茀之、吴白匋、谢稚柳、陆维钊、朱庸斋、黄苗子、沈鹏、范曾、张采庵、朱子鹤、周素子、李可蕃、陈祥耀、孔凡章、吴玉如、刘夜烽、潘主兰、潘光旦、苏步青、石声汉、陈从周、苏仲湘、孙玄常、舒芜、曹大铁、吴丈蜀、裘沛然、罗密、林锴、芦荻、毛大风、王斯琴、陈贻焮等。这些诗人词客主要集中在京津、苏沪、岭南、巴蜀、湖湘、浙闽等地区，有国学大师，有古典文学研究大家，有书画名家，有编辑名家，还有科学泰斗和医学大师，他们绝大部分都有单行本的旧体诗词集子印行，在现当代旧体诗坛享有重要声誉。然而，一旦谈到研究，而且是系统和深入的"知人论世"的研究，则相关研究资料的搜集和整理是最大的问题，这也是目前 20 世纪旧体诗词研究的一个很严重的障碍。鲁迅先生当年就曾说："倘要研究文学或某一作家，所谓'知人论世'，那么，足以应用的选本就很难得。"又说："倘有取舍，即非全人，再加抑扬，更离真实。"①这说的是全面占有研究对象的相关资料的必要性，而对于现当代诸多旧体诗词名家来说，要想做到"全人"研究，其中许多都面临着资料占有的困难，还需要更多的旧体诗词研究者和爱好者继续做出努力。

对于以上四种类型的当代旧体诗人群体，长期以来，我们的研究者只注意"显在"的政治人物的旧体诗词研究，而忽视了"潜在"的新文学家、学者和书画家的旧体诗词研究。事实上，我们应该还原50~70年代旧体诗词写作的"历史真实"，让各种不同类型的诗人群体的旧体诗词写作在文学史上"各得其所"。既然50~70年代的旧体诗词已经构成了当代文学史上不可或缺的历史事实，而且它是革命年代中国各种不同类型的知识分子的心灵证词，其中隐含着丰富的历史、文化、精神意蕴，那么，凭借其"多样化"的创作实绩，笔者以为它应该而且必将会走进"中国当代文学史"。

三

回望过去，新中国旧体诗词在曲折中向前延伸和发展。就50~70年代而言，当代旧体诗词的演变主要经历了三个阶段：1949~1956年是当代旧体诗词创作的转折期，1957~1965年是当代旧体诗词创作的兴盛期，1966~1976年是当代旧体诗词的潜伏期，1976年的天安门诗歌运动则是潜伏中的一次总爆发。

先看转折期。1949年新中国成立以后，曾经在抗战时期初步复兴的旧体诗词，其存在的合法性又遭到了正式的质疑。1949年11月25日，《文艺报》第1卷第5期以《关于学习旧文学的话》为题发表读者来信，询问是否可以学习中国旧文学，尤其是旧体诗词方面的问题。叶圣陶委托杜子劲、叶蠖生做了书面解答，结果引起了争议。《文

---

① 鲁迅:《"题未定"草（之六）》，载《鲁迅全集》第6卷，人民文学出版社，1981，第421~422页。

艺报》第 1 卷第 6 期、第 7 期上连续刊登了陈涌、王子野等人的争鸣
文章。1950 年,《文艺报》又专门刊登了郭沫若的一封谈写旧体诗词的
信,公开答复人们的质疑:"为什么在'五四'前后顶大胆写新诗的人
又转到写旧诗来?"① 这说明在新中国成立初年,旧体诗词的生存继五四
新文化运动后又遇到了严峻的挑战。在第一次文代会上,郭沫若、茅
盾和周扬作的报告都肯定了五四新文学传统的正宗地位。新中国文学
既然要继承新文学传统,作为"旧文学"的旧体诗词和武侠言情等通
俗小说的地位自然会遭到质疑。于是,与三四十年代报刊上频繁发表
"旧文学"相比,新中国成立初年的报刊上很少刊登旧体诗词和通俗小
说了。丁玲曾在 1950 年的《文艺报》上专门撰文谈知识分子的"旧兴
趣"和读者的"旧的文学阅读趣味",她批评一些读者"喜欢张恨水的
书","喜欢古典文学",希望他们能够转变文学趣味,关心工农兵文艺
的成长,"跨到新的时代来"。②

　　而在诗歌界,据何其芳后来的总结,从 1950 年至 1956 年,先后
发生过三次重要的关于诗歌形式问题的讨论。③ 这三次讨论虽然主要
是关于新诗的发展问题,但每一次讨论都和旧体诗词的命运息息相关。
第一次讨论发生在 1950 年初,《文艺报》第 1 卷第 12 期上刊登了萧三、
田间、冯至、马凡陀、林庚等人的新诗笔谈文章。萧三开宗明义,表
达了对中国新诗的不满,认为"自由诗""自由到完全不像诗了",但
他只是主张仿效古典诗的句式,多写五言和七言的新诗,并未对旧体
诗词的合法性进行辩护。田间和林庚也提出了建立新格律诗的问题。
1953 年底到 1954 年初,中国作协创作委员会诗歌组连续召开了三次新
诗形式问题的讨论会,会上,主张格律诗和主张自由诗的两派展开了
争鸣,也有主张格律诗和自由诗"自由"发展的包容派。何其芳和卞
之琳都是新格律诗的坚持者。1956 年下半年,《光明日报》等报刊上又

---

① 郭沫若:《论写旧诗词》,《文艺报》1950 年第 4 期。
② 参见丁玲《跨到新的时代来——谈知识分子的旧兴趣与工农兵文艺》,《文艺报》1950
　　年第 11 期。
③ 参见何其芳《再谈诗歌形式问题》,《文学评论》1959 年第 2 期。

展开了诗歌形式的讨论，争论的焦点是旧体诗词可不可以利用和如何加以利用的问题。仅就《光明日报》而言，朱偰的《略论继承诗词歌赋的传统问题》（8月5日）、徐应佩和周明的《我们对继承诗词歌赋的传统的意见》（11月17日）、朱光潜的《新诗从旧诗能学习得些什么？》（11月24日）诸文在总体上对旧体诗词持肯定态度，而且流露出新诗不如旧诗的思想，希望新诗能够向旧诗学习；而曾文斌的《对"略论继承诗词歌赋的传统问题"一文的意见》（9月23日）和《论诗的新形式的创造》（12月8日）、沙鸥的《新诗不容抹煞——读朱光潜文有感》（12月8日）诸文明确提出了反对意见。《郭沫若谈诗歌问题》（12月15日）一文则表达了折中的见解，文中喊出了"好的旧诗万岁，好的新诗也万岁"的口号。从这三次诗歌讨论来看，焦点问题都是新诗的发展，虽然也提到了对旧体诗词的借鉴和利用的问题，但对于旧体诗词存在的合法性则是否定或者回避的，在这样的背景下，新中国成立初年的旧体诗词创作自然会边缘化。一些在三四十年代曾经大写旧体诗词的新文学家，如郭沫若、茅盾、田汉、老舍、叶圣陶等人，在新中国成立初年纷纷减少了旧体诗词的写作数量，公开发表的就更少了，这显然与当时旧体诗词遭遇"合法性"危机有关。这些以新文学登上现代文坛的名家，在涉及新文学的正统地位的时候，自然要公开维护新诗的"合法性"，而从内心来讲，他们对旧体诗词充满了留恋。

与郭沫若等新文学家以"胜利者"的姿态跨入新中国不同，陈寅恪、吴宓、胡先骕、叶恭绰、顾随等许多知名学者或旧派文人则是以"多余人"身份转入了新的政治秩序。对于他们而言，并不存在维护新诗的权威地位的问题，因为他们一直以旧体诗词写作为学术之余事，尤其是吴宓和胡先骕，他们还是当年坚决与新诗对抗的学衡派的代表人物。所以，与新文学家减缓旧体诗词创作的脚步不同，这些带有文化遗老色彩的旧体诗人在新中国成立初年并没有刻意减少旧体诗词的创作，他们还是一如既往地吟咏情性，用旧体诗词的形式书写了他们对于时代转折和政治变迁的真实感受。如今看来，他们晚年的旧体诗词写作，其意义和价值自然不能低估，只得展开深入的探究。与"多余人"相似的还有一种更为坎坷的"受难者",他们不像"多余人"那样仅仅是偏安一隅,如陈寅恪在岭南,吴宓在巴蜀,与中心保持必要的距离,而是经历了从边缘到底层的命运大波折,如胡风和阿垅、罗洛、胡征等"胡风分子",他们在1955年落难以后,在最初被囚禁或被流放的日子里即开始了旧体诗词写作,成了新中国成立后最早从事地下旧体诗词写作的诗人之一。由此我们不难看出新中国成立初年旧体诗词创作的三种主要流向:新文学家的回避、旧式文人的坚守和政治受难者的重拾。但从总的态势来看,由于时代的转折,新中国成立初年的旧体诗词创作也呈现出了某种转折期的特点。

再看兴盛期。新中国成立后旧体诗词大兴,以毛泽东的诗词十八首和致臧克家等人的信公开发表肇始,旧体诗词获得了社会的承认,许多政治人物、新文学家、学者文人开始大写旧体诗词,并且在许多报纸杂志上公开发表,从而在五六十年代之交掀起了盛大的旧体诗词浪潮。1957年1月25日,《诗刊》创刊,创刊号发表了毛泽东致《诗刊》主编臧克家和《诗刊》编辑部的一封信,并同期发表了毛泽东诗词十八首:《沁园春·长沙》(1925)、《菩萨蛮·黄鹤楼》(1927)、《西江月·井冈山》(1928)、《如梦令·元旦》(1929)、《清平乐·会昌》(1934)、《菩萨蛮·大柏地》(1934)、《忆秦娥·娄山关》(1935)、《十六字令三首》(1934~1935年)、《七律·长征》(1935)、《清平乐·六盘山》(1935)、《念奴娇·昆仑》(1935)、《沁园春·雪》(1936)、《七律·赠柳亚子先生》(1949)、《浣溪沙·和柳亚子先生》(1950)、《浪淘沙·北戴河》(1954)、《水调歌头·游泳》(1956)。毛泽东在信中说:"这些东西,我历来不愿意正式发表,因为是旧体,怕谬种流传,贻误青年;再则诗味不多,没有什么特色。"① 又说:"《诗刊》出版,很好,祝它成长发展。诗当然应以新诗为主体,旧诗可以写一些,但是不宜在青年中提倡,因为这种体裁束缚思想,又不易学。"② 虽然毛泽东在信中对旧体诗词的缺陷直言不讳,且认为新诗应该是"主体",但他毕竟承认了旧体诗词生

---

① 毛泽东:《致臧克家等》,载《毛泽东文艺论集》,中央文献出版社,2002,第308页。
② 毛泽东:《致臧克家等》,载《毛泽东文艺论集》,中央文献出版社,2002,第308页。

存的权利。而且这一次集中发表十八首诗词，也是毛泽东诗词首次大规模公之于世，因此在社会上引起了强烈的反响，尤其是影响了知识分子对旧体诗词的态度。郭沫若、臧克家与毛泽东的诗词因缘更是为文坛所瞩目。于是，许多以前反对旧体诗词的新文学家不再公开反对了，新中国成立初忌讳旧体诗词写作的一些新文学家猛然加大了写作力度，以前只是私下写作旧体诗词的文人墨客如今也敢于公开承认并能发表了，总之，旧体诗词的地位在1957年后得到了承认。

不仅如此，1957年后毛泽东还多次批评新诗，这在客观上也提高了旧体诗词的地位。1958年毛泽东在一次中央工作会议上指出："我看中国诗的出路恐怕是两条：第一条是民歌，第二条是古典，这两面都要提倡学习，结果要产生一个新诗。现在的新诗不成型，不引人注意，谁去读那个新诗。将来我看是古典同民歌这两个东西结婚，产生第三个东西。"[1]1960年，毛泽东又对梅白说："你知道我是不看新诗的……给我一百块大洋我也不看，是你那回说我对新诗有偏见，你说当代青年喜欢新诗，尤其喜欢郭小川的诗。你送给我的《将军三部曲》、《致青年公民》等等，我都看了。这些诗并不能打动我，但能打动青年。"[2]1965年，毛泽东在致陈毅的信中干脆说："但用白话写诗，几十年来，迄无成功。"[3]毛泽东对新诗的批评虽然值得商榷，但在当年产生了重大影响也是客观事实。当然，毛泽东也并非彻底否定新诗，他只是对新诗的现状不满意，希望在古典和民歌的基础上创造出一种成型的新诗。与此同时，毛泽东对旧体诗词也并非一味地肯定，他希望旧体诗词能在改革中发展，毕竟旧体诗词在中国有着深厚的文化土壤，喜欢的人很多。1958年，毛泽东对梅白说："旧体诗词源远流长，不仅像我这样的老年人喜欢，而且像你这样的中年人也喜欢。我冒叫一声，旧体诗词要发展，要改革，一万年也打不倒。因为这种东西，最能反

---

① 毛泽东：《建国以来毛泽东文稿》第七册，中央文献出版社，1993，第124页。
② 梅白：《在毛泽东身边的日子里》，《春秋》1988年第4期。又见刘汉民编写《毛泽东谈文说艺实录》，长江文艺出版社，1992年，第267页。
③ 毛泽东：《致陈毅》，载《毛泽东文艺论集》，中央文献出版社，2002，第334页。

映中华民族和中国人民的特性和风尚，可以兴观群怨嘛，怨而不伤，温柔敦厚嘛……"①总之，毛泽东的诗学观念对于五六十年代之交当代旧体诗词的繁荣起了很大的推动作用。而且他本人的诗词创作也极大地带动了当代旧体诗词的发展和复苏。

1957年后旧体诗词的兴盛和繁荣，主要表现为报纸杂志上竞相发表旧体诗词。1957年以前，新中国的报纸杂志上很少看到旧体诗词作品的发表，而1957年以后，《人民日报》《光明日报》《文艺报》《文汇报》《人民文学》《诗刊》《解放军文艺》《雨花》《青海湖》《新港》《火花》《长春》《星星》《安徽文艺》《四川文学》《湖南文学》《广西文艺》《河北文艺》《北京文艺》《文艺月报》《延河》《前哨》《收获》《边疆文艺》等中央和省市报纸杂志纷纷发表旧体诗词作品，成了一种引人注目的文学景观。其中，《光明日报》自1958年1月1日起创办了《东风》副刊，发表名家旧体诗词是其特色之一。王昆仑、马连良、王力、万枚子、王季思、丰子恺、公木、邓云乡、邓拓、冯友兰、田汉、叶圣陶、叶剑英、叶恭绰、史树青、朱德、朱蕴山、老舍、吕振羽、许德珩、阳翰笙、陈此生、陈毅、陈迩冬、陈叔通、沈从文、沈尹默、吴世昌、吴作人、吴研因、吴晗、芦荻、张执一、张爱萍、邹问轩、苏步青、李準、陆定一、周汝昌、周而复、范长江、欧阳予倩、杨宪益、林林、林默涵、孟超、俞平伯、赵朴初、胡先骕、胡厥文、饶孟侃、钱小山、钱仲联、钱昌照、郭化若、郭沫若、郭绍虞、唐兰、唐玉虬、秦似、夏承焘、石凌鹤、章士钊、梅兰芳、萧华、萧劳、常任侠、康同璧、屠岸、萨空了、阎宝航、黄绮、董必武、舒同、谢觉哉、楼适夷、蔡天心、蔡若虹、翦伯赞、黎锦熙、蹇先艾、魏文伯等一大批社会名流、文人学者和老一辈革命家，都在《东风》副刊上发表过旧体诗词作品。1985年，光明日报社文艺部编辑出版了一本《〈东风〉旧体诗词选》，选录了上述诸家的旧体诗词佳作。据《编后记》说，毛泽东当年读《东风》发表的旧体诗词，"既仔细，又认真"。如1961年12月28日的《东风》上刊登了吴

---

① 梅白：《要发展，要改革，打不倒》，参见张贻玖编《毛泽东和诗》，中央文献出版社，1998，第131页。

研因的两首七绝《赏菊》和钱昌照的《七绝两首》(《芦台农场》《藁城农村》),毛泽东批注道:"这几首诗好,印发各同志。"①当时党中央正要召开扩大工作会议("七千人大会"),这四首诗作为会议文件被印发给与会代表。又如1963年元旦的《东风》上发表了郭沫若的《满江红》,毛泽东看后即于1月9日写了《满江红·和郭沫若同志》。再如1965年10月16日的《东风》上刊登了叶剑英的七绝《望远》,毛泽东看后把原诗题改为《远望》。毛泽东"以一个热心的读者和诗人的身份"②关注《东风》副刊,不仅是对《东风》的支持,而且直接促进了当时旧体诗词的繁荣。

1966年"文革"开始,此后十年,当代旧体诗词进入了潜伏期。所谓潜伏期,是指这个时期的旧体诗词创作主要处于地下的潜伏状态。1966年7月后全国除了《解放军文艺》外,所有文学期刊都被勒令停刊。所谓"两报一刊"(《人民日报》《解放军报》《红旗》)和《光明日报》上发表的旧体诗词少之又少,只是偶尔能见到毛泽东、郭沫若、赵朴初、冯友兰等少数人的旧体诗词作品问世。但这仅针对公开的主流文坛而言,至于地下文坛中,"文革"期间的旧体诗词创作却是异常的丰富和繁茂,不过这是以一个民族的灾难,以及诗人的血和泪为代价换来的。清人赵翼《题遗山诗》云:"国家不幸诗家幸,赋到沧桑句便工。"此之谓也。"文革"中私底下写旧体诗词的诗人词客不可胜数。这方面的资料还有待大力搜集和爬梳。1993年,朝华出版社曾经出版过一本杨健的"长篇纪实报告"《文化大革命中的地下文学》,书中专辟了一章介绍"旧体诗词在'文革'中的复兴",虽然仅限于简略的介绍,难免挂一漏万,但无疑还是表达了作者对当代旧诗词创作的艺术尊重。"文革"中的旧体诗词作者主要由四种人构成:第一种是新中国成立初年(1949~1956年)即受到政治排斥或打压的新文学家、文人学者或政治人物,著名者如沈从文、吴宓、胡风、萧军、郑超麟、潘汉年、关露、

---

① 《毛泽东年谱(一九四九——一九七六)》第五卷,中央文献出版社,2013,第64页。
② 光明日报社文艺部编《〈东风〉旧体诗词选》,载《〈东风〉旧体诗词选》,光明日报出版社,1985,"编后记"第418页。

罗洛等人。第二种是 1957 年反右运动之后受到政治批判或流放的新文学家和文人学者，著名者如聂绀弩、吴祖光、罗烽、姚雪垠、邵燕祥等新文学作家，还有程千帆和沈祖棻、陈朗和周素子这样的诗坛伉俪。第三种是 1966 年后受到政治冲击和迫害的新文学家、文人学者和政治人物，这样的诗人词客就更多了，兹不列举。第四种是在"文革"中避祸一隅的文化逸民一类的人物，尤以津京沪地区为最。如 1975~1976 年出现在沪上的"茂南小沙龙"就是一例。参加这个旧体诗词沙龙的主要是一些寓居上海的老一辈诗人词家，以陈声聪为中心，另有施蛰存、高仁偶、陈琴趣、周炼霞、张珍怀、包谦六、陈九思、周退密、沈轶刘、富寿荪、徐定戡诸辈。这个旧体诗沙龙一直延续到 1987 年主持人陈声聪生病入院才落下帷幕。据说连在安徽大学任教的冒效鲁暑假期间也会赶来参加沙龙，可见其影响不小。①

此外，"文革"中还有许多青年人也喜欢写旧体诗，著名的如陈明远，在 1966 年被红卫兵广为传抄的《未发表的毛主席诗词》中，有19 首诗词的真实作者是陈明远。还有钱宗仁，这位英年早逝的青年知识分子同样饱受磨难和打击，1984 年孟晓云发表过一篇轰动一时的报告文学《胡杨泪》，介绍的就是钱宗仁的坎坷人生。1986 年湖南人民出版社出版了《胡杨泪尽——钱宗仁纪念集》，书中辑录有钱宗仁的旧体诗。诗人李锐和学者朱正都对钱宗仁的旧体诗给予了很高的评价。实际上，"文革"中像陈明远、钱宗仁一样喜欢写旧体诗词的青年人还有很多，郝海彦主编的《中国知青诗抄》（中国文学出版社，1998）中就专门收录了一部分知青的旧体诗词作品，这不过是当年民间知青旧体诗词写作的冰山之一角而已。追溯起来，"文革"期间旧体诗词写作的繁盛，尤其是青年作者喜欢写旧体诗词，与当时社会上各种版本的毛泽东诗词的大流行密切相关，还与王力的《诗词格律》一书的广为普及相关，当然，郭沫若与毛泽东的诗词唱和，臧克家和周振甫等人对毛泽东诗词的讲解和阐释，也起了很大的作用。

---

① 　参见唐吟芳《陈声聪与"茂南小沙龙"》，《收藏·拍卖》2008 年第 7 期。

1976 年 4 月 5 日爆发的天安门诗歌运动，是"文革"旧体诗词从"潜流"走向"激流"的标志。天安门诗歌中旧体诗词的影响较新诗为大，如"欲悲闻鬼叫，我哭豺狼笑。洒泪祭雄杰，扬眉剑出鞘"这样的名作在当时广为传唱。正如童怀周编《天安门诗抄》的前言中所说："'愤怒出诗人'。愤怒的人民以诗词为武器，向'四人帮'呼啸着发起冲锋，无情地揭露了这些政治流氓、江湖骗子的丑恶嘴脸，同时沉痛悼念和尽情歌颂忠于祖国、热爱人民的周总理以及老一辈无产阶级革命家。当时真是'诵者声泪俱下，抄者废寝忘餐'。一首诗词就是一把匕首，无不击中了'四人帮'的要害；一首诗词就是一把炬火，使人们对'四人帮'的满腔仇恨烧得更旺。这些凝聚着革命人民的血和泪的诗词，无不出自作者们灵魂深处的呐喊，因此具有强烈的战斗力和艺术感染力。"[1]这场诗歌运动继承和发扬了中国古典诗歌积极干预时政的现实主义精神，表现出了强烈的民族忧患意识，是 20 世纪旧体诗词史上的一页华章。

四

由于主客观条件的限制，《中国当代旧体诗词论稿》主要探讨50~70 年代新文学家的旧体诗词创作。但这种探讨是建立在对 50~70 年代旧体诗词创作整体状况的了解和理解基础之上的。通过探讨这段历史时期新文学家的旧体诗词创作，庶几可以阐明新中国前三十年旧体诗词创作中的基本理论问题和主要艺术形态。

《中国当代旧体诗词论稿》的主要内容分为三编。第一编是转型篇，探讨"现代"旧体诗词向"当代"旧体诗词转型的艺术问题。中国"现代"旧体诗词的高峰期在全面抗战时期（1937~1945 年），往宽泛一点说，还应包括战前和战后，实际上，自 1931 年九一八事变后中华民族就陷入了日寇入侵的民族危机中，而即使在 1945 年日寇投降后，国内兵戈未息，民族危机并没有得到根本的解除。在民族危亡的历史关头，

---

① 童怀周编《天安门诗抄》，人民文学出版社，1978，"前言"第 2 页。

国民的民族主义情绪迅速上升，传统士人精神也在现代中国知识分子的心底很自然地滋生并不断地壮大了起来。一些原来对传统文化和古典诗词弃如敝屣的新文学家们，在颠沛流离的流亡途中，在别妇抛雏的危难之际，他们血液中从小就流淌着的古典诗词情愫，也迅速地复活并蔓延了开来。像郭沫若、田汉、叶圣陶、老舍这样在新文学坛坫中鼎鼎大名的作家，在抗战中都写下了大量的旧体诗词作品，抒发了他们的家国兴亡之痛、身世飘零之感、山河收复之志等现代"遗民情怀"。而在新中国成立以后，"中国人民从此站起来了"，郭沫若、田汉、叶圣陶、老舍诸人旧体诗词创作中的"遗民情怀"也一扫而空，取而代之的是国家主人公的自豪感，所以他们由"遗民之诗"转向了"新台阁体"的写作，后者雍容典雅、铺张夸饰的诗词风格，与抗战时期"遗民之诗"慷慨悲歌、沉郁顿挫的风格形成了鲜明的对比。当然这种艺术转向在不同的诗人身上表现的程度也会存在不同，相对而言，郭沫若和老舍的旧体诗词转型是最为明显，也是最为彻底的，而在田汉和叶圣陶那里还残存着早年诗词风格的遗响。这也是第一编中选取这四位新文学家做个案剖析的主要原因。事实上，这四位新文学家旧体诗词的创作转型在 20 世纪中国旧体诗词史上很普遍。他们从"遗民之诗"到"新台阁体"，从抗战中"宗南宋"到新中国成立后"主盛唐"，划出了 20 世纪旧体诗词从"现代"到"当代"转型的一条内在轨迹。关于这些概念和提法，第一编都做出了详细的辨析和论证，此处不赘述。

　　第二编是炼狱篇，探讨的是 50~70 年代旧体诗词中的"地下写作"思潮。当代文学史界十多年来一直对"地下写作"或"潜在写作"抱有浓厚的兴趣，然而他们关注的只是新文学（包括新诗、小说和散文）的"地下写作"，而地下旧体诗词写作基本上无人问津，这显然来自"当代文学史"的偏见。实际上，与新文学的地下写作相比，当代的地下旧体诗词写作潮流更为壮观，至少它们是互相补充的两翼。如果缺少了对地下旧体诗词的探究，那么我们对 50~70 年代文学的书写和理解是不完善的和偏执的，是另一种意义上的文学史的遮蔽行为。第二编重点探讨了沈从文、聂绀弩、胡风、吴祖光诸人在人生炼狱中所进行的地下旧体诗词创作。沈从文是新中国成立后最早遭到主流文学秩序放逐的著名新文学家。胡风是1955年那起当代文坛冤案的主要受难者。聂绀弩和吴祖光则都在1957年被打成了"右派分子"。沈从文以小说名世，聂绀弩以杂文饮誉，吴祖光是剧坛才子，胡风是新文学理论大家，在政治受难的日子里，他们不约而同地选择了写旧体诗词来排遣人生的黯淡与苦闷。在探讨这四位新文学家的地下旧体诗词创作的过程中，笔者不仅解读了他们旧体诗词创作中隐含的文化心理的复杂性和矛盾性，如现代意识和传统文化的冲突、儒家文化与道家文化的互补之类，而且探讨了他们各自的传统诗学渊源，如沈从文对汉魏古风的追慕，聂绀弩对宋诗的创化，胡风对建安风骨和鲁迅旧体诗的传承，吴祖光对元白新乐府的借镜等。

第三编是边缘篇，探讨一些在主流文学秩序内外游移的新文学家的旧体诗词创作。如茅盾、臧克家、姚雪垠、何其芳诸人的旧体诗词创作就是如此。一方面，他们是主流文学秩序的维护者和代言人，或者是被保护者；另一方面，他们在反右运动和"文革"中也受到了不同程度的政治冲击，这导致了他们旧体诗词创作中思想的二重性，既有理性上对主流政治的反思，也情不自禁地流露出一定的盲从。茅盾和姚雪垠在"十七年"和"文革"时期都有过旧体诗词创作。而臧克家和何其芳主要是在"文革"后期才正式从事旧体诗词写作，"十七年"期间基本没有涉及旧体诗词。在这一编里除了辨析四位新文学家旧体诗词创作中思想的二重性之外，还探究了他们旧体诗词创作的古典诗学传统，如茅盾对辛词的推崇，何其芳对义山体的迷恋，姚雪垠对杜诗的追步，臧克家对王孟山水田园诗的模仿等。

顺便还要交代一下，该书特地为十二位新文学出身的旧体诗词作者每人选择了一句七言诗，用以概括或折射他们各自旧体诗词创作的艺术转型、精神取向或者风格特色。这些七言诗句绝大部分都是诗人自己的诗，唯一的例外是关于吴祖光的那句"性情中人枕下诗"，那不是吴祖光的诗句，而是笔者根据他的旧体诗词集名《枕下诗》化出的一个七言句子。为避免鱼目混珠，特此说明。

第十五章　如何评价中国当代旧体诗词创作[*]

　　进入新世纪以来，有关中国现当代旧体诗词研究的话题越来越引起人们的注意了。除了学界的争鸣之外，官方或半官方的举措无疑也备受关注：一是 2010 年由中国作协主办的第五届鲁迅文学奖首次向旧体诗词敞开了大门，二是 2011 年北京隆重举行了中华诗词研究院的成立大会，这是继 1987 年中华诗词学会成立以后中国现当代旧体诗词发展史上的又一件大事。接连发生的这两个文学事件是意味深长的，其象征意义不容忽视。如果说鲁奖接纳了旧体诗词意味着以中国作协为龙头的中国当代文学界已经承认了旧体诗词的历史和现实地位，那么中华诗词研究院的成立则象征着政府已经把旧体诗词研究纳入了弘扬民族精神和传统文化的整体文化战略之中，因为中华诗词研究院隶属国务院参事室和中央文史研究馆，它将与中华诗词学会一道致力于中国现当代旧体诗词创作与研究两翼齐飞。

　　所以，在新世纪的文化和文学语境中，笔者觉得再在旧体诗词及其研究的所谓合法性上展开论争已经没有多大必要了，因为旧体诗词肯定不会以少数人的意志为转移而继续缺席中国现当代文学的历史现场了。我们当然不必像陈独秀当年在致胡适的信中那样绝对化地断言"必不容反对者有任何讨论之余地"，但确实"吾辈实无余闲与之作此无谓之讨论也"！因为真正的有识之士已经开始在做扎实沉稳的旧体诗词文献整理和学术研究了，这从近年来黄山书社和巴蜀书社陆续推出的"二十世

---

　　[*]　本章原刊《文艺报》2012 年 1 月 20 日，署名李遇春，题名《如何看待当代旧体诗词创作》。《新华文摘》2012 年第 8 期摘登。此处有改动。

纪诗词名家别集丛书""当代诗词家别集丛书""二十世纪诗词文献汇编"
等大型丛书的编印中不难窥见端倪。而且包括笔者在内的一批不同代际
的新老学者，不论是以古典文学还是以现当代文学研究为主业，也不论
文化立场和学术立场存在何种内部分歧，在致力于旧体诗词研究这一点
上，大家算是走到一起来了。这意味着在新的历史语境下，我们的旧体
诗词研究已经越过了争鸣阶段，而转入了具有历史意义和学术品格的研
究。那么，我们究竟该如何评价中国现当代旧体诗词的创作成就？这个
问题让笔者想起了困扰着新文学界的一个同样的问题，即如何评价中国
现当代文学的创作成就。很多学者至今坚持现代文学三十年的成就在当
代文学前六十年的成就之上，而在当代文学前六十年中，后三十年的成
就又在前三十年的成就之上，这几乎可以说达成共识了，当然反对的声
音也不是没有，但比较弱势罢了。那么，五四以来中国现当代旧体诗词
创作的历史成就该如何评价，沿用新文学界的百年评价是否合适？笔者
觉得有必要借用新文学界的评价角度，但结论并不完全相同。首先，必
须承认，现代旧体诗词三十年的成就在当代旧体诗词前六十年的成就之
上，那个时代不仅新文学名家荟萃，在旧体诗词坛站里同样高手如林，
而且在新文学家中也盛产旧体诗词作手，旧体诗词不仅没有从现代文学
的历史中退场，相反逐步在新文学界回潮，犹如闻一多所谓"勒马回缰
作旧诗"的新文学家举不胜举，这在抗战军兴中达到了高潮，旧体诗词
在民族救亡的历史背景中不仅重现了生机，而且书写了属于自己的辉煌。
这只要翻看一下陈汉平先生倾力编注的 80 万字《抗战诗史》就不难窥
斑见豹了。

然而，在这里笔者主要想谈的还是当代旧体诗词创作的评价问题。
众所周知，时下流行的中国当代文学史习惯于把当代文学前六十年划分
为前后两个三十年，前一个三十年属于革命年代，后一个三十年属于改
革年代，革命年代的旧体诗词创作表面上看起来并不繁荣，但实际上取
得了令后人瞩目的成就，而改革年代的旧体诗词创作则相反，表面繁荣，
背后却掩饰不住内在的虚浮、匮乏与危机。这个整体判断似乎正与新文
学界对当代文学前后两个三十年的历史判断相龃龉。谓予不信，不妨做

一番简短的历史检视。在革命年代里，以"三红一创"为代表的红色经典小说大流行，新诗界则以郭小川和贺敬之的政治抒情诗最受欢迎，同时代的其他主流新诗人如今大都被当代文学史所遗忘，可见历史确实是残酷的选择。之所以革命年代的绝大多数主流新诗人及其诗作被时间淘汰，一个很重要的原因就是后来的学者在这些诗人及诗作中无法开掘出具有文学史和文学经典意义的话语空间。"礼失而求诸野"，学者只能到革命年代里的"地下写作"或"潜在写作"中去探寻"文学史上的失踪者"。他们找到了食指，找到了"白洋淀诗群三剑客"（多多、芒克和根子），找到了昌耀，然而即令如此，仍然掩饰不住那个年代里新诗坛的落寞与黯淡。笔者以为，在这样一个尴尬的学术时刻，是到了我们把文学史视野放开的时候了。如果不局限于新诗，而是把旧体诗词也纳入整体的诗歌史考察范围，我们将会发现，革命年代的诗歌史无疑是辉煌璀璨的，一大批当代诗歌史上的失踪者将被我们发掘出来，这将是中国当代文学史包括诗歌史上的一个重大的考古学事件，其意义绝对不可以被低估！正所谓"国家不幸诗家幸，赋到沧桑句便工"，尤其是到了"文化大革命"时期，旧体诗词却迸发出了让同时代的新诗汗颜的诗歌力量。仅以地域而论，岭南诗坛的陈寅恪、冼玉清、黄咏雩、朱庸斋、詹安泰、李汝伦、张采庵等，京津诗坛的张伯驹、寇梦碧、俞平伯、钱锺书、张中行、郭风惠、陈宗枢、邓拓、李锐、巩绍英、黄万里、江婴等，皖苏沪诗坛的汪东、胡小石、洪漱崖、冒效鲁、陈声聪、潘伯鹰、周炼霞、陈小翠、张珍怀、丁宁、曹大铁、徐定戡、沈轶刘等，闽浙赣诗坛的夏承焘、吴鹭山、陈琴趣、宗远崖、许白凤、周素子、陈朗、周采泉、洪传经等，湖湘诗坛的沈祖棻、刘永济、罗密、朱雪杏等，巴蜀诗坛的曾缄、胡惠溥、吴宓、黄稚荃、许伯健等，西北诗坛的霍松林、罗元贞、胡藻秋、宋剑秋、徐翼存等，齐鲁诗坛的冯沅君、黄公渚、牟宜之等，无不在艰难时世中发出了不平之鸣，其人其诗都将在当代诗史上不可磨灭。至于当时的新诗人如郭沫若、田汉、叶圣陶、老舍、茅盾、沈从文、聂绀弩、胡风、何其芳等人的晚年旧体诗词创作，笔者已在《中国当代旧体诗词论稿》中做过集中的探究，其文学史和诗歌史意义同样不可被抹杀，尤其是他们由新入旧的创作转变更值得珍视！

笔者并非一个厚古薄今之人，但在多年以来的现代性反思语境中，笔者确实不再相信五四以来所流行的"历史的文学进化论"了。新未必优于旧，历史并非直线前行，一个时代的文学成就主要依靠那个时代的文学实绩来证明，这与先后无关、与新旧无关，也与文体无关。我们不能因长期以来对旧体诗词的文体歧视而自我遮蔽了文学史考察的整体视野，而应该正视历史，对那些确实应该被历史所铭记的作家作品，无论新旧，同样秉笔直书，这才是当今学者亟须坚持的学术立场。所以，当笔者以同样客观的视野来考察改革年代的文学创作的时候，同样不分文体新旧，笔者必须承认，改革三十年的新文学成就肯定在旧体文学的成就之上，这主要是因为这个三十年的小说创作取得了重大成绩，其成就甚至是现代小说三十年所不可小觑的，其完全可以和现代小说三十年相媲美。笔者多年来一直从事当代小说研究，举出各种理由来证明这一观点并非难事，此处就从简不赘了。现在的问题是，如果拿改革三十年的旧体诗词与新诗相比较，其结果又当如何？这方面笔者显然不能苟同少数旧体诗词研究者的看法，他们彻底否定改革开放新时期三十年的新诗成绩，甚至彻底否定五四以来整个中国新诗的成就，认为只有旧体诗词才是中国诗歌的嫡传，只有旧体诗词才能代表中国现当代诗歌的成就，这无疑有些言过其实了。正所谓矫枉过正是我们长期以来难以摆脱的思维模式，五四时期陈独秀和胡适在打倒旧文学、树立新文学时是如此，如今刘梦芙和徐晋如在否定新诗、重振旧体诗词上也是如此。事实上，百年来中国诗坛的新旧之争一直未曾断绝，二元对立、矫枉过正、你死我活的思维和立场牢牢地控制着中国诗人和学人的判断和行动。虽然笔者很能理解刘、徐重振"国诗"雄风的良好愿景，但文学史的理性却告诉笔者不能轻言轻信。在笔者看来，改革三十年的诗坛，新诗与旧体诗词不相伯仲，各擅胜场，也各有流弊。但无论是与革命年代三十年的旧体诗词相比，还是与改革年代三十年的小说相比，其总体成就都不是很高。这是一个让不少旧体诗词作者和学者都感到尴尬甚至是难以接受的事实，但事实很可能就是如此！新诗界三十年出现了北岛、顾城、海子、舒婷、翟永明的诗，虽然不如小说界的成绩那么骄人，但也可以过得去了，他们的存在多少可以抵消一点所谓"口水诗""梨花体""羊羔体"等给读者带来的不快。旧体诗坛呢，老实说，近三十年来出现的名家也不多，许多诗坛耆老虽然有幸渡过劫难活到了改革开放年代，但此时在创作上已是有心乏力，更多地是凭着惯性在写作，所谓"暮年诗赋动江关"者并不多见。这些诗坛耆旧的创作高峰期一般都在抗战时期或者革命年代里，只有启功、杨宪益、荒芜等少数人的暮年诗作达到了新的境界。至于中青年诗词作者，虽然人数庞大，但像老辈那样卓然成家者寥寥无几。笔者曾读过岭南何永沂的《点灯集》①，作者继承了聂绀弩、李汝伦等当代旧体诗词大家忧时伤怀、不拘一格的传统，堪称优秀作手。而不少中青年名家诗词，慕其名而购其书，及读之则大感失望，这让笔者不敢也不愿太乐观。

在笔者有限的阅读视野内，近三十年来的旧体诗坛主要存在三种弊端或病象，它们严重地制约当代旧体诗词的发展。一是"老干体"盛行。这已经是老生常谈了。追溯起来，"老干体"的前身是革命年代的"新台阁体"，新中国成立后以郭沫若为代表的一群文艺界领导或者开国将帅，他们经常诗词唱和，展现了革命年代的太平风度和盛世景象。这种诗体在艺术上追求以文为诗、以赋为词，重铺排和渲染，格调华美丰赡，但难掩骨子里的疏阔苍白。进入新时期以后，随着时代的更迭，一大批离退休老同志在含饴弄孙的晚年寄情于传统诗书画，"新台阁体"遂蜕变成"老干体"，由于作者的传统文化学养和古典诗词素养与前辈相比皆有不及之处，甚至等而下之，故"老干体"的盛行给当代旧体诗坛的声名带来了莫大的伤害。二是"新古董"泛滥。翻阅《中华诗词》等各种旧体诗词杂志，以及市面上层出不穷的旧体诗词集子，我们不难得到"新古董"泛滥成灾的恶俗印象。许多旧体诗词作者在严守古人所定格律的基础上乐此不疲地制造种种"新古董"作品，他们在写作中完全心（内容）为形（形式）役，根本达不到古人所谓"得意忘形""得

---

① 何永沂：《点灯集》，广东番禺市印刷厂印行，1995；《点灯集》，澳门学人出版社，2003；《后点灯集》，花城出版社，2014。

意忘言"的高妙境界。笔者并不反对今人作旧诗严守古人格律，如平水韵之类，但笔者反对泥古不化，在所谓拗救问题上斤斤计较，比如挑剔毛泽东诗词里出格破律的瑕疵，如果作诗作到了以律害意的地步，那就该是诗的末路了。今人作旧体诗词，在格律问题上必须要开明，要探索古今融合的新律路径，这是摆在当代旧体诗词作家和学者面前的一道难题。我们不要"新古董"，因为"新古董"其实就是假古董，属于文物赝品和仿制品，不可能有真正的生命力。"新古董"的泛滥虽然在数量上庞大，但从质量上来讲，并无益于当代旧体诗词的复兴。三是消费化严重。特别是 90 年代以来，随着市场经济体制的建立，文学日益消费化，旧体诗词同样未能幸免。各种出于商业利益驱动的诗词大赛名目繁多，而不计其数的参赛作品更是充斥着大量的应景应制之作，商业市井气息弥漫，难觅真的诗和真的人。在当前这个新诗日益失去民众基础的年代里，旧体诗词可悲地充当了替代品，沦为文学商业化的符号。这不能不促使有良知的旧体诗词作家警醒！

笔者一直相信明人的话："真诗在民间。"其实何独明代如此，自《诗经》以降，历朝历代莫不皆然。进入现当代以来，许多轰动一时的诗人诗作，被遗忘者在在多有。21 世纪网络诗词的崛起，无疑为当代民间真诗的出现提供了广阔的话语空间。去年在曾少立先生的介绍下，笔者翻阅了一部分他从网上传来的旧体诗词作品，包括他的"李子体"诗词在内，诸如嘘堂、天台、碰壁、胡僧、伯昏子、莼客、军持、矫庵、添雪斋、贺兰雪、独孤食肉兽等青年网络诗人词客的作品"琳琅满目"，或倡导"文言诗词"，或追求"白话诗词"，或融新旧诗于一炉，另创新古体诗，真正是让笔者大开眼界。还有最近惠赠《忏慧堂集》的胡马（徐晋如），其人其作颇得南社风流，既是优秀的旧体诗词作手，同时评点诗坛飞将如云，虽有时不免偏激，但还是让笔者看到了 21 世纪的新一代诗人实现旧体诗词复兴的真正希望！

第十六章　现代中国旧体诗词研究亟需实证精神[*]

在 21 世纪的"国学热"中，20 世纪旧体诗词研究似乎也跟着"热"起来了。然而，如同"国学热"存在虚热的嫌疑一样，旧体诗词研究热似乎也不能摆脱虚热的病象。

依笔者的理解，"国学热"虚就虚在华而不实，本该在新的历史语境中复活的本土"实学"传统居然被改革开放新时期以来长期盛行的"文化热"的表象所遮蔽了。"文化热"早在 20 世纪 80 年代就热火朝天过一阵，不少人应还记忆犹新，热到极致，不是对传统文化的抱残守缺，就是对西方文化的顶礼膜拜，总之是主观性和情绪性淹没了立论者的客观立场和理性精神。90 年代后曾有过"思想淡化、学术凸显"的说法，在一些学术转向的倡导者那里，主观的"思想"日渐被客观的"学术"所取代，而在另一些坚持启蒙或自由理念的学者眼中，主观的思想依旧是治学的灵魂。就中国当代文学研究而言，京城里的洪子诚与沪上的陈思和，正是这两种治学倾向的典型代表。不难看出，在洪子诚的《中国当代文学史》[①]中，主观的阐释已经被客观的实证所取代；而在陈思和的《中国当代文学教程》[②]里，主观的阐释与过度阐释，以及演绎型的思维模式，确实遮蔽了他对中国当代文学史进程的客观描述与历史叙述。

---

[*]　本章原刊《中国韵文学刊》2011 年第 3 期，署名李遇春，题名《20 世纪旧体诗词研究亟需实证精神》。

[①]　洪子诚：《中国当代文学史》，北京大学出版社，1999。

[②]　陈思和主编《中国当代文学史教程》，复旦大学出版社，1999。

可见，究竟是重主观还是重客观，重演绎还是重归纳，重阐释还是重实证，确实是学术分野的问题。21世纪以来的"国学热"也隐含着这样一个问题。在现代传媒的轮番推动和炮制下，一种"国学热"走向了传统文化的劣质传播与贩卖，这是80年代以来"文化热"的变本加厉或曰余波泛滥，也即所谓"国学虚热"；另一种"国学热"则悄然返回了中国传统学术的"汉学"或曰朴学一脉，强调接续汉儒和清儒"重实证、轻阐释；重归纳、轻演绎"的治学理路和学术情怀。笔者以为，后一种"国学热"才是21世纪"国学热"的核心和精魂，而前者不过是一时间的沉渣泛起罢了。

有鉴于此，笔者认为当前的旧体诗词研究亟需提倡一种实证精神。这是因为，当前的旧体诗词研究热也存在和"国学热"一样的两种倾向：一种是重主观感悟的阐释型研究，另一种是重客观辨析的实证型研究。虽然在理论上这两种倾向都有不可替代的价值，但在实践中这两种研究方法却存在不对等或不平衡的状况，即主观阐释型研究占据绝大多数，而客观实证型研究却少有人问津，大约后一种研究需要研究者花费更多的时间和精力去沉潜往复吧。而在这样一个学术功利化的时代里，主观阐释型研究无疑更能成为学术上的终南捷径；相比之下，客观实证型研究不但不能以耸人听闻的"观点"博得媒体和世人的眼球，而且那种重视资料的搜集与整理、孜孜于历史现场的还原与诗歌本事的细节求证的做法，在我们这个浮躁的年代里，显然会沦为迂腐的代名词。于是我们看到了大量的旧体诗词论文的出笼，如果是宏观的文章，大都少不了"标题党"的嫌疑，乍看起来视野宏阔，写得大气磅礴、纵横捭阖，例证俯拾即是，究其实，所谓"观点"不过是常识或共识而已，而举证的材料也随意得很，完全依凭主观的好恶取舍定夺，招之即来，挥之即去，完全丧失了学术的品格。如若是微观的文章，则独自陶醉于文本的主观感受中不能自拔，对某一首旧体诗词作品进行着毫无新意的把玩，把老祖宗留下来的那些古典诗学概念玩弄于股掌之间，如什么清新俊逸、什么婉约豪放、什么冲淡清空之类，也不管合适不合适，妥帖不妥帖，一律地贴在所谈论的诗词作品上，表面上很尊重自己的阅读感受，且美其名曰感悟鉴赏，实际上不过是盗卖古董，变着法子拾前人的唾余罢了。至于写旧体诗词名家专论的文章，名曰作家论，却并没有遵循鲁迅先生所谓"知全人"①的基本研究原则，常常以偏概全，仅仅根据别人所说的少数"代表作"便遽然立论，全不管这些大胆得出的所谓结论，究竟是否站得住脚，要知道倘若有人信手拈来一个证据，他那堂皇的结论瞬间也就灰飞烟灭了。不消说，这样的旧体诗词"鸿文"，多半是只记得了胡博士的前一句——"大胆的假设"，而忘记了他的后一句——"小心的求证"，于是酿成了许多的错判与武断，作这样的"鸿文"无疑也就近乎制造冤案了。

所以，与其作那种空洞无物的鸿文，或者作那种过度阐释的琐文，笔者宁可赞赏去作扎扎实实的"知全人"的文字。笔者并不一概地反对旧体诗词鉴赏文字，笔者也不一味地拒绝宏观探讨旧体诗词的文章；只要是摆脱了仿古腔调的诗词鉴赏文字，或者确实是立足于 20 世纪旧体诗词创作实践而提炼出来的诗学至文，抑或闪烁着 20 世纪诗词流变的历史洞见的鸿文，那当然值得举双手去欢迎。然而，遗憾的是，这样的惊艳之作委实太少了，且经常鱼目混珠，假作真时真亦假，弄得读者对那种装腔作势的大块文章早就厌倦了。可惜如今这样的"鸿文"满天飞，当代文坛再一次充斥着假大空的话语。毫无疑问，关于 20 世纪旧体诗词研究，宏观的论述必须建立在微观的剖析之上，真正意义上的鸿文必须有坚实的微观个案文章来支撑和建筑，否则难免不会犯下古人削足适履、刻舟求剑、盲人摸象之类的误会。

笔者也不甚赞成今人研究旧体诗词还沿用那种"点将录"的做法。诚然，近现代以来，汪辟疆和钱仲联两位先生在这方面卓有成就，汪氏的《光宣诗坛点将录》和钱氏的《近百年诗坛（词坛）点将录》在学界声名远播，不少点评文字堪称不刊之论，隐含着作者的真知灼见。但问题是，今人甚少有两位先生那样的功力和识见，就笔者陋见所及，当今坊间的诸多"点将录"，相互沿袭成风，饾饤獭祭杂陈，陈腐的气息往

---

① 鲁迅：《"题未定"草（之六）》，载《鲁迅全集》第 6 卷，人民文学出版社，1981，第 421~422 页。

往掩盖了被点评对象的生机。更重要的在于，"点将录"这种研究方式确实有它的局限性，往往为传统的门户之见或者等级观念所拘囿，且时有拼凑客串的嫌疑，读者难免不心生疑窦，进而怀疑撰述者的客观性。因此，与其作那种蜻蜓点水或者陈陈相因式的"点将录"，将百年来的诗词名家一勺烩，不如借鉴西方的"作家论"文体，逐一精研，在个案研究中打破传统的印象式点评，做那种全面、深入、细致的研究。很难想象，如果没有几代学人对"鲁郭茅巴老曹"以及沈从文、张爱玲等新文学名家的个案研究，我们难以书写《中国现代文学史》；同样，如果现在不展开对20世纪旧体诗词名家的充分研究，而仓促地去编撰20世纪旧体诗词发展史，那样的文学史叙述必然是缺乏根基的"空心"诗词史。而在旧体诗词名家的个案研究中，历史的视野、文学史（诗史）的视野尤其重要：有了历史的视野才能做到真正的"知人论世""以意逆志"；有了文学史（诗史）的视野才能辨识风格、考镜源流，给诗人词客一个公允的历史定位。只有这样的个案研究，才能够把"史证"、"心证"与"形证"三者结合起来，把20世纪旧体诗词研究推向新的实证性的研究高度。

除了诗词名家个案研究之外，旧体诗词社团与流派的研究也需要贯彻实证精神。汪辟疆先生的《近代诗派与地域》已经为后人做出了典范。他按地域将近代诗派区分为"湖湘派""闽赣派""河北派""江左派""岭南派""西蜀派"等六派进行归纳和分述，创建了今人研究旧体诗词社团与流派的一种比较可靠的研究思路和述史模式。笔者以为，现当代的旧体诗词社团与流派可以借鉴汪先生的思路进行清理和叙述，除了"河北派"可易为"京津派"之外，其他的也可稍事调整，借以整合中国现当代旧体诗词的地域风貌和历史全景。许多诗词社团，如民国时期的瓯社、虞社、午社、潜社、如社、沤社、饮河诗社、之江诗社、怀安诗社、燕赵诗社、湖海艺文社之类，新中国成立后的北京稊园诗社、上海乐天诗社，还有萧军等人在改革开放新时期之初创建的野草诗社，乃至如今蔚为大观的中华诗词学会，如此等等，都值得进行切实的资料搜集与整理，做充分的实证研究，以社团和流派的研究来带动整个中国现当代旧体诗词发展史的研究。

当然，社团与流派研究也好，名家个案研究也好，它们都还只是一个又一个的点或面，这些点或面，必须安置在历史的线索上加以考量和定位，才能凸显其诗歌史或者文学史的意义。为此，还需要凭借严谨扎实的实证精神来做 20 世纪旧体诗词的编年史工程。与纪传体的述史模式相比，编年体更加古老；这种古老的述史体例虽然朴拙，但依然孕育着学术生机。笔者以为，只有以 20 世纪旧体诗词编年史为依托，我们期待中的中国现当代旧体诗词发展史才能变成可靠的现实。否则，我们所有的旧体诗词史构想都不可能轻易地落到实处，即便勉强写出了这种旧体诗词史，这样的历史叙述及其叙述者也都是可疑的、不可靠的。只有建立在编年史的基础之上的历史叙述，穿插纪传体（以旧体诗词名家为砖块）和纪事本末体（以旧体诗词社团和流派为支柱），经纬交织，在时间和空间的交汇中去描述的旧体诗词发展史，才是可靠的信史。

余 论 新旧融合与现代中国诗歌史叙述*

  回眸 20 世纪中国诗坛，"新诗"无疑得时代风气之先，占据了现代中国文学话语秩序的中心位置，而"旧体诗词"则被放逐到了诗歌坛坫的边缘。但旧体诗词并未像新诗倡导者所期望的那样就此消亡，相反其在时代的逆境中不断振衰起弊，不时地散发出耀眼的光亮。然而，学术界至今仍然在为旧体诗词的文学史地位问题争论不休。好在已经有少数学者开始摆脱所谓争议的旋涡，径直转入对旧体诗词的实实在在的整理和探究了。显然，这对于长期以新诗定于一尊的中国现当代诗歌史来说是一场挑战。

  有意味的是，这场诗歌史的挑战近年来又加入了新的声音和力量。当今学术界不仅有人在为旧体诗词的文学史地位鼓与呼，而且还有人在为 20 世纪流行歌词的诗歌史地位辩护和呐喊。与旧体诗词以"旧"的面目向新诗的文学史权力表示抗议不同，流行歌词则以"新"的姿态向新诗的诗歌领导权发起新的冲击。如果说旧体诗词的爱好者以中老年群体为主，他们大多深受中国传统精英文化的熏染，那么流行歌曲的爱好者则以青少年群体为主，他们更多地受到了西方现代大众文化的激发。在这一新一旧、一中一西两种诗歌势力的发难下，中国新诗的诗史霸权已经不可避免地开始动摇了。

  不少中国新文学研究大家，如钱理群、黄修己、刘纳等人已经意识

---

  * 余论原刊《湖北日报》2010 年 6 月 25 日，署名李遇春，题名《新诗·旧体诗词·歌词——中国现当代诗歌史的叙述问题》。

到并且承认了旧体诗词的文学史价值和地位。至于流行歌词，也正式进入了新文学史家的法眼。早在 1996 年，谢冕、钱理群主编的《百年中国文学经典》就率先选入了崔健的《一无所有》和《这儿的空间》两首歌词。1999 年，陈思和又在《中国当代文学史教程》中为崔健开列专节，带来了 21 世纪以来高校中文专业学生毕业论文中研究流行歌词的一个不小的热潮。这些都是耐人寻味的新现象与新课题。中国新诗如果还想保持原本并不稳固的诗史霸权，就必须正视和接受这样一场文学史的挑战，必须摆脱目前纯粹西化的诗体建设困境，从古典的旧体诗词和现代的流行歌词的发展中去反思和重辟新诗的民族化道路。新诗不能没有自己的文体意识，所谓"自由体"不免招致"分行的散文"之讥，至多只能聊备一格，而不应占据唯一的诗史霸权。

笔者以为，中国现当代诗歌史应由三种形态的诗史所构成，即"新诗"史、"旧体诗词"史和"歌词"史。从客观的学术立场来看，作为一种文学史秩序，"中国现当代诗歌史"不宜继续维护新诗的话语霸权，而应该确立一种自由生长的诗史新秩序。这种诗史新秩序是哈耶克所谓的内在生长的自由秩序，而不是外在人为的权威秩序。在这种诗史新秩序中，三种诗歌形态之间不存在你死我活的二元对立，不存在依靠外在的力量而确立的所谓权威话语，中心与边缘的权力关系被消解，每一种诗歌形态都能发出自己的声音，都平等地享有各自的话语权利。根据这种学术理念而建构起来的中国现当代诗歌史，是一种巴赫金所谓的多声部或者复调的诗歌史。其中，不仅有艾青、徐志摩、戴望舒、穆旦、舒婷、北岛、海子等优秀新诗人的声音，也有鲁迅、郁达夫、田汉、聂绀弩、沈祖棻、陈寅恪、吴宓、顾随、夏承焘等旧体诗人词客的声音，还有李叔同、田汉、张光年、乔羽、崔健、罗大佑、李宗盛、林夕、方文山等一代代流行歌词作手的声音。这三种声音构成了中国现当代诗歌史的交响曲，彼此独立又交互融合，没有兼并只有兼容，捍卫着每一种诗歌的荣誉。

遗憾的是，目前国内还没有这样一部"三足鼎立"的中国现当代诗歌史。在现有的各种中国现当代文学史教科书或者诗歌史专著中，绝大多数是独尊新诗的一体化诗史格局，少数史著中虽然给予了旧体诗词和流行歌词不同程度的篇幅，但几乎是杯水车薪，不能从根本上撼动新诗的诗史霸权，而仅止于充当新诗的陪衬与点缀罢了。这样的文学史或者诗歌史带有强烈的话语霸权，充满了新与旧、好与坏、进步与落后、传统与现代等意识形态色彩。正如钱基博先生所言："胡适《五十年来之中国文学》不为文学史。何也？盖褒弹古今，好为议论，大致主于扬白话而贬文言；成见太深而记载欠翔实也。夫记实者，史之所为贵；而成见者，史之所大忌也。呜呼，是则偏之为害，而史之所以不传信也。史之云者，又持中以记事也。"① 依钱先生之言观之，当今流行的各种叙述现当代诗歌历程的文学史或者诗歌史，几乎都没有做到"持中以记事"，大多"成见太深"，缺乏德国人马克斯·韦伯所谓"价值无涉"的学术立场，一味固守个人理念而恣意褒贬史实，论过于史，文胜于质，犯了史家大忌。古之良史秉笔直书，不虚美隐恶，寓褒贬于客观叙述中，不露痕迹。

反观今之现当代诗史，扬新诗而贬旧体诗词，对流行歌词亦漠然视之，置百年来新诗之外的两种诗歌形态的丰饶史实于不顾，盖其中潜匿着极深的现代门户之见。但凡提及旧体诗词的文学史地位，诸多现当代文学从业者常常以"守旧""落伍"之辞加以力贬。殊不知，新与旧、现代与传统并非人们习惯上所认为的那样，纯粹是一对历时性的概念，或谓传统是过去完成时，现代是现在进行时，二者如水火不能相容、冰炭不可共器。事实上，传统与现代更应该被理解为一对共时性的概念，作为两种时态，现在之中隐藏着过去，过去之中包孕着现在；传统是现代的土壤，现代是传统的转换。李太白诗《把酒问月》中有句云："今人不见古时月，今月曾经照古人。古人今人若流水，共看明月皆如此。"这等于是消解了古与今、新与旧、现代与传统之间的界限。诚然，现代与传统不仅是两种时态，它们还是两种心态。对于现代人的文化心理结构而言，这两种文化心态并非不能共存，更非不可共荣。不管现代人是

---

① 钱基博：《现代中国文学史》，傅道彬点校，中国人民大学出版社，2004，"绪论"第6页。

否愿意，传统与现代的冲突与融合已经纠结在了我们的文化心理结构的深处，想彻底摆脱它的心理纠缠是不太可能的了。

长期以来，中国诗界在新诗与旧诗之间构筑了一种诗体的政治。这种文体的等级观念亟须打破。如果说妨碍旧体诗词进入中国现当代诗歌史的障壁是所谓新旧之争，那么，阻碍流行歌曲的歌词进入中国现当代诗歌史的瓶颈则是雅俗之争。其实，所谓新与旧、雅与俗之间并没有截然的界限。旧中寓新，新中藏旧；俗中见雅，雅中寓俗，在真正优秀的诗人笔下，一切都是相对的，极可能在艺术张力中融为一体。就当今旧体诗词名家而言，笔者以为聂绀弩和启功的当代诗词，是达到这一境界的。如果有人从他们的旧体诗词中解读出了现代性乃至后现代性的因素，笔者不会觉得丝毫的意外。还是钱基博先生说得好："文学史云者，记吾人之文学作业者也。"① 一部中国现当代诗歌史，就是一部记述中国现当代优秀诗人的"作业"的历史。只要作业优秀，无论新诗还是旧诗，抑或歌词，都不妨平等地荟萃其中，以见我们时代的诗歌全豹。当今之诗歌史家，切不可以文化取向或学科利益为借口，将旧体诗词和流行歌词摒弃于诗史之外。要知道，我们的许多既定的文学史观念也许是灰色的，而客观的历史常青，它是不灭的。

---

① 钱基博：《现代中国文学史》，傅道彬点校，中国人民大学出版社，2004，"绪论"第6页。

后 记

　　这本书里所说的"现代中国"，与"古典中国"或"传统中国"相对应，指的是推翻了两千多年的"封建帝制"的辛亥革命以后的中国。而以"现代中国文学"的名义写中国文学史始于钱基博先生，他的《现代中国文学史》在20世纪30年代初公开印行，意在坚守中国文学传统本位，以旧带新，先讲现代中国的"旧文学"，再叙现代中国的"新文学"，由此初步建构了一部兼容新旧的"现代中国文学史"。但钱著以现代中国"旧文学"为文学史正统的述史模式，长期以来并未得到以"新文学"为中心的中国现当代文学研究界的认同，故而湮没无闻久矣。直至改革开放新时期以来，尤其是21世纪以来，钱著不断被翻印或再版，吸引了众多现当代文学研究者的学术目光。一时之间，以"现代中国文学史"的名义书写或编撰"20世纪中国文学史"的文学史著猛然多了起来。但此类史著并不是对钱著的"接着讲"，更不是"照着讲"，而是有所变通地"换着讲"，即袭其名而易其实，在"现代中国文学史"的述史框架中以"新文学"为中心，辅之以"旧文学"。这就改变了钱著的"以旧带新"模式，换成了"以旧辅新"或"以新带旧"模式。这种能够兼容"旧文学"的"现代中国文学史"或"20世纪中国文学史"的出现，无疑是当代中国学术的进步。它意味着现当代文学研究界开始重新正视百年中国文学中聚讼纷纭的新旧问题。

　　回想起来，20世纪90年代中后期我在珞珈山求学期间，就开始接触百年中国文学的新旧问题了。记得有一年中国社会科学院文学所研究员钱中文先生来武大讲学，主要讲他的文章《会当凌绝顶——回眸二十世纪文学理论》的内容。钱先生是如何回顾20世纪西方文学理论与中国文学理论发展的关系的，我已记不清了。印象最深的是他不厌其烦地解释为什么要"会当凌绝顶"，如何才能做到"会当凌绝顶"。因为20世纪中国文学理论基本是跟在西方理论后边跑，遗忘了中国本土的古代文学理论传统，所以现在得有一帮学者从事中国古代文论的现代转化研究。我那时的专业是中国现当代文学研究，正执着于用西方文艺理论体系来解释中国现当代文学创作实践，因此对西方文论很是痴迷，猛然听到钱先生的棒喝，心中多少有些吃紧。也就是在那个时候，我还读到了新诗界"九叶派"老诗人郑敏的一篇鸿文，题名《世纪末的回顾：汉语语言变革与中国新诗创作》，对百年中国新诗创作与中国古典诗歌传统的"断裂"提出了诘问和反思。虽然当时现当代文学界的许多人对她的观点不以为然，但老诗人的观点确实激发了以"新文学"和"现代性"为中心的现当代文学界的群体反思。吾生也晚，学殖浅陋，至今还记得当年读郑文时所产生的讶异之感。因为对于当时的中国现当代文学专业的研究生而言，中国新诗就是中国现当代诗歌的正宗，而中国古典诗歌早已作为"旧体诗词"被打入了现代历史冷宫，中国新诗要发展只能是向外国诗歌和西方诗歌学习，至于中国古典诗歌传统则几乎可以忽略不计。唯其如此，郑敏在世纪末批评中国新诗发展道路的文章才会对当年的我产生如此大的触动。

那个时候，由陆耀东先生领衔的武汉大学中国现当代文学学科正是国内不可或缺的新诗研究重镇。陆先生的新诗藏书之丰富，据说连海外华人学者李欧梵看了都说不可望其项背。我至今还记得陆先生给我们那一届新来的研究生做学科漫谈的情景。他轻摇着纸扇，给我们讲徐志摩八宝箱的秘密，讲新诗史料搜集，讲到得意处不禁掩面失笑。由于湖南方音浓重，陆先生做漫谈的具体内容我们听得不甚清楚，但他关于做新诗研究要重视史料问题的看法给我留下了终生难忘的印象。多年以后，我在桂子山华中师范大学任教期间沉迷于旧体诗词史料的搜集，也许就与陆先生无意中播下的种子有关。说起来，我们那几届的现当代文学研究生都要撰写新诗研究论文。负责讲授中国新诗研究专业课的老师是已故的龙泉明先生。记得龙先生那一年正在为《中州学刊》组稿，主题是中国新诗现代化研究，要求所有听课学生都写课程论文，择优录用。我原本是想跟着业师於可训先生重点做小说研究的，但龙先生的课程论文也不敢懈怠，只好向业师求助。记得於老师当时给我指点迷津，说除了要认真阅读胡适的《谈新诗》等论诗文章外，朱自清的《新诗杂话》、废名的《谈新诗》、艾青的《诗论》和朱光潜的《诗论》尤其要认真消化，还说这是中国现代四大诗论，要作为"看家书"来读。于是我一头扎进这几本现代诗论著作中，沉潜往复，终于写出了一篇题目叫作《为新诗散文化一辩》的小文，刊发在《中州学刊》的新诗研究笔谈栏目中。这是我人生中写就的第一篇公开发表的小论文，所涉及的中国新诗散文化命题至今难以忘怀。但我已经没有了早年为中国新诗散文化辩护的勇气，而是在多年的现代中国旧体诗词研究中对这个问题有了更多的想法。于今看来，中国新诗散文化流弊甚深，它的出现更多地受到了翻译体的外国自由诗传统影响，而我当年的论证更多地着眼于中国古典诗歌中的散文化传统，认为胡适倡导的"诗体大解放"不仅迎合了西方诗歌潮流，而且也符合中国诗歌规律。

然而我的新诗研究刚开了个头，很快就煞了尾。随后的硕士和博士学位论文主要借助西方文论探究改革开放新时期的中国小说创作与社会主义革命和建设时期的中国文学话语状况。就这样在世纪之交的那些年里，我沉醉于西方文论视角的现代中国文学研究，似乎与新诗研究无缘，也貌似与中国古典文学传统资源绝缘。但所有的绝对都是相对的，因为就在我沉迷的西方文论世界里，对我影响甚大的是精神分析与神话原型批评，而这派文论对单个作家的创作心理分析和作家群体的文化心理分析，必然深入特定历史年代里文学创作中的民族文化心理积淀，这就触及了文学创作与民族文化传统的关系，当年李泽厚先生的思想史和美学著作也重点论及这个问题，所以即使是在我最执迷于西方文论之时，其实也并未与中国本土文化和文学传统真的绝缘。只不过那时习惯性地选择了以西释中的路径，醉心于用西方话语解读当代中国文学创作中的民族文化心理潜影。但作为一个现代中国文学研究者，中国古代文学传统始终在我心中难以释怀，所以博士毕业后我受师命去西安采访陈忠实和贾平凹时，还是念念不忘地问他们对中国古代文学传统的看法，他们的回答都记录在了各自的访谈录里，而我在研究他们小说创作的专辑文章里也着意凸显了两位陕西作家在现代与传统之间挣扎的复杂文化心理冲突。紧接着因为贺敬之文学创作国际学术研讨会要在桂子山举行，我受命参与会议筹办，认真拜读了老诗人贺敬之新版文集，由此得以重拾早年中辍的新诗研究旧业，这已经是来桂子山任教两年之后的事了。那次研究贺敬之，我开始有意识地探讨当代中国政治抒情诗与中国古代诗歌传统，诸如山水诗、田园诗、边塞诗、怀古诗、游子诗等古典诗歌形态之间的文体渊源，能够借此打破中国诗歌新旧之争的壁垒，对于当年的我而言不啻是一大学术快事。但因其时又受师命安排，协助编纂中国当代文学编年史，就此无意中闯入了中国现当代旧体诗词研究领域，也就从此基本告别了新诗研究。但新诗研究始终是我从事旧体诗词研究的重要参照，我的志业在于现代中国旧体诗词研究，但我的理想并非重新制造新旧文体二元对立，而是尝试重建新旧融合的现代中国文学研究新秩序。

当我开始真正投入现代中国旧体诗词研究中时，我意识到不能再走以前那种以西释中的老路了，而是要重新研习中国古代文论和古典诗学传统，要走以中化西或中西平等对话的新路径。为此我给自己确立了两条腿走路的方案：一条是做百年中国旧体诗词史料文献整理，计划用编年史体例来呈现现代中国旧体诗词的历史进程和原生状貌；另一条是以新文学家的旧体诗词创作为学术突破口，以学术论文的形式探究现代中国旧体诗词创作中的文化心理与诗学问题。前一条路一路走来大大出乎我的意料，我没曾想自己就此一头扎入了百年中国旧体诗词文献的汪洋大海，在过去十五六年的时光里，我仿佛把自己训练成了一个古人所谓的"书蠹"，在旧体文献搜集与整理中难以自拔。后一条路一路走来却是有心无力，我曾经花费五年时间写了一部以新文学家为主体的《中国当代旧体诗词论稿》，原本打算再写一部"中国现代旧体诗词论稿"作为姊妹篇，但迟迟未能如愿。更大的困难还在于，仅仅以新文学家的旧体诗词创作为研究中心显然不够，我们还必须把视野投向现代中国学人诗词、艺人诗词、军政诗词、遗民诗词、女性诗词等多种旧体诗词创作，这就更不能指望毕其功于一役了。后来我很快意识到，现代中国旧体诗词研究绝非单凭一己之力所能为，必须培养新一代的学人才能做到代有传承。这就如同五四后期发动的整理国故运动一样，我们应该在 21 世纪来一场新的国故整理运动。与五四的国故整理对象是中国古代典籍不同，今天我们面对的"新国故"是现代中国语境中存留的旧体文献。这些现代中国旧体文献在广义上都可以纳入文学范畴加以研究，即令是旧体的应用文，如日记、书信、学术论著之类，也不应简单地排除在外。虽然在整理这些现代中国旧体文献时要谨记胡适所谓"打鬼"或"捉妖"的箴言，但我们的目的与五四先贤不同的地方在于，我们更着眼于中国文学传统的创造性转化与创新性发展。这都是时下流行的套语了，但其中有我们习焉不察的精髓。

大约是在十年前开始招收博士生的时候，我有了有计划地培养博士生和硕士生一起组团队做现代中国旧体诗词研究的构想。为此我特地在执行主编的《新文学评论》上开辟了"中国现当代旧体诗词研究"专栏，为全国有志于此的研究者搭建一个切磋的学术园地。其中也刊发了一些我指导的博士生和硕士生的旧体诗词论文。不仅如此，我还与博士生合作撰写论文，而有关论文的选题与角度、思路与方法、材料与表述等环节我都会从头至尾地深度介入，这些论文大都以联合署名的方式刊登在国内一些有名的学术期刊上，如《中国现代文学研究丛刊》《文艺争鸣》《南方文坛》《天津社会科学》《社会科学战线》《东南学术》《人文杂志》《福建论坛》等，其中部分论文还被人大复印报刊资料全文转载，或者被《新华文摘》《高等文科学术文摘》摘登。本书稿中有些章节是我独立完成的，还有部分章节就是我和博士生合作撰写的论文，但都是选题相对宏观一点的文章，而个案文章这一次都没入选，将来再找机会以其他形式呈现。本书稿中的章节合作者有戴勇、朱一帆、叶澜涛、邱婕、王彪、鲁微等六位博士生，他们的博士学位论文分别涉及现代中国旧体诗词杂志研究、女性诗词研究、书画诗词研究、抗战诗词研究、学衡派诗词研究、五四时期中国诗歌的新旧之争研究等领域，在很大程度上集中呈现了近些年来我和我的学术团队集体攻关的科研成果。他们博士毕业后分散在全国各地高校任教，也都愿意以现代中国旧体诗词研究为学术志业，其中有的以现代中国旧体诗词研究为选题成功获批国家社会科学基金青年项目或博士后基金项目，这尤其令我感到欣慰。这意味着我们的科研团队经过多年的努力已经得到了学界的认可，我们将以更大的热情把现代中国旧体诗词研究推向新的学术高度。

这本书稿是我主持的国家社会科学基金重大项目"多卷本《中国现当代旧体诗词编年史》编纂与研究及数据库建设"（18ZDA263）阶段性成果。感谢诸位课题评审专家的厚爱和鼓励，感谢诸位杂志编辑老师的扶持，也要感谢我们课题组的所有博士生和硕士生，他们这些年来坚持与我奋战在一起，课题侵占了他们很多闲暇时光，我们的工作室留下了大家精诚团结的共同记忆！《中国现代旧体诗词编年史》第一辑四卷本的出版仅仅是我们学术长旅迈出的第一步，但却是最坚实的一步，它让我们有信心把眼光投向未来。在此还要特别感谢《文艺研究》杂志社的陈斐兄，他多年来一直关心现代中国旧体诗词研究，他曾组织我和复旦大学黄仁生教授、上海大学曹辛华教授在上海做主题对谈，对谈文字经整理和打磨后刊发在《文艺研究》上，斐兄功莫大焉。这次我把三人谈作为代前言收在书稿里，作为我们四个人的友情的纪念。最后要感谢恩师於可训先生，他在我去年最迷惘的时候牵引我回到了阔别近二十年的武汉大学。二十年前我作别珞珈山来到桂子山，二十年后我在不经意间又原路返回，恍惚间真有人生动如参与商之感！是为记。

李遇春

2022 年春节记于武昌寓所

图书在版编目（CIP）数据

现代中国旧体诗词通论 / 李遇春等著 . -- 北京：
社会科学文献出版社，2022.12（2024.8 重印）
ISBN 978-7-5228-0887-1

Ⅰ.①现⋯ Ⅱ.①李⋯ Ⅲ.①古体诗－诗词研究－中
国－现代 Ⅳ.① I207.2

中国版本图书馆 CIP 数据核字（2022）第 194113 号

现代中国旧体诗词通论

著　　者 / 李遇春 等

出 版 人 / 冀祥德
责任编辑 / 李建廷
责任印制 / 王京美

出　　版 / 社会科学文献出版社·人文分社（010）59367215
　　　　　　地址：北京市北三环中路甲 29 号院华龙大厦　邮编：100029
　　　　　　网址：www.ssap.com.cn
发　　行 / 社会科学文献出版社（010）59367028
印　　装 / 河北虎彩印刷有限公司

规　　格 / 开　本：787mm×1092mm　1/16
　　　　　　印　张：21　字　数：301 千字
版　　次 / 2022 年 12 月第 1 版　2024 年 8 月第 2 次印刷
书　　号 / ISBN 978-7-5228-0887-1
定　　价 / 128.00 元

读者服务电话：4008918866